文学与文化

中国研究丛书

中国
文学与文化
研究丛书

明代故事类宝卷选注

文俊威 注

四川大学出版社
SICHUAN UNIVERSITY PRESS

图书在版编目（CIP）数据

明代故事类宝卷选注 / 文俊威注 . -- 成都：四川大学出版社，2025.4. --（中国文学与文化研究丛书）. ISBN 978-7-5690-7808-4

Ⅰ．I207.76

中国国家版本馆 CIP 数据核字第 2025TU4358 号

书　　　名：	明代故事类宝卷选注
	Mingdai Gushi Lei Baojuan Xuanzhu
注　　　者：	文俊威
丛　书　名：	中国文学与文化研究丛书

丛书策划：张宏辉　欧风偃
选题策划：徐　凯
责任编辑：徐　凯
责任校对：毛张琳
装帧设计：李　野
责任印制：李金兰

出版发行：四川大学出版社有限责任公司
　　　　　地址：成都市一环路南一段 24 号（610065）
　　　　　电话：（028）85408311（发行部）、85400276（总编室）
　　　　　电子邮箱：scupress@vip.163.com
　　　　　网址：https://press.scu.edu.cn
印前制作：四川胜翔数码印务设计有限公司
印刷装订：成都市新都华兴印务有限公司

成品尺寸：170mm×240mm
印　　张：23.25
字　　数：366 千字

版　　次：2025 年 5 月 第 1 版
印　　次：2025 年 5 月 第 1 次印刷
定　　价：98.00 元

扫码获取数字资源

四川大学出版社
微信公众号

本社图书如有印装质量问题，请联系发行部调换

版权所有 ◆ 侵权必究

前　言

宝卷产生于我国宋元时期，明清时期大量出现，是一种民间说唱文本。宝卷的内容包括大量的宗教教义、宗教故事及民间传说，这决定了其必然包含许多汉语语言方面的成分和因素，所以说宝卷是汉语史尤其是汉语词汇史的重要语料毫不为过。关于宝卷的定义，向达将宝卷定义为"一种仿佛经式的经卷作品"，因为其"大多数称为宝卷"，且体裁大概相同，将其"归纳到'宝卷文学'这一个名辞底下"。[①] 郑振铎认为宝卷为"'变文'的嫡派子孙，也当即'谈经'等的别名。'宝卷'的结构，'变文'无殊且所讲唱的，也以因果报应及佛道的故事为主"[②]。车锡伦认为"宝卷是一种十分古老的、在宗教（主要是佛教和明清各民间教派）和民间信仰活动中，按照一定的仪轨演唱的说唱文本"[③]。宝卷的产生，最早可以追溯到唐代的佛教俗讲。从敦煌文献来看，唐代的佛教俗讲可以分为两大类：一是讲经，即演释佛教经典，此类底本称为"讲经文"；二是说唱因缘，讲佛教因缘故事，宣扬佛法，此类底本称为"因缘""缘起"，或简称"缘"。到了宋代，民间说唱活动日益兴盛，出现了专门的表演场所瓦子勾栏，于是佛教俗讲走出寺庙，进入瓦子勾栏，但是佛教寺庙和其他佛教徒的宗教活动中仍然保留了这类宣讲活动。

---

① 向达：《唐代长安与西域文明》，河北教育出版社，2007年版，第59页。
② 郑振铎：《中国俗文学史》，商务印书馆，1938年版，第307页。
③ 车锡伦：《中国宝卷研究》，广西师范大学出版社，2009年版，第1页。

以清康熙年间为界，宝卷的发展可以分成两个时期，前期主要是宗教宝卷，后期主要是民间宝卷。其中宗教宝卷又分为两部分，正德年间以前是佛教世俗化宝卷的发展时期，正德年间以后是民间教派宝卷的发展时期。前期佛教的宗教宝卷留存较少，有演释佛法的《金刚科仪宝卷》《心经卷》《法华卷》等，有关于佛本生故事的《目连宝卷》《香山宝卷》《雪山宝卷》等，还有关于世俗民众修行的《黄氏宝卷》《睒子卷》等，其形式主要是夹说夹唱，说唱结合，唱词以五言或七言为主，形成了明显的段落，且有一定的节奏性；后期民间宗教的宝卷则涉及无为教、黄天教、龙天教等多个宗教，内容以宣讲教义为主。

明代宝卷和后期的宝卷比较起来，疑难词语多，与其他类型的文献相比也有一些自己的特点：

（1）很多民间宗教的教义掺杂了佛教和道教的内容，例如里面的神灵既有佛教的观世音、释迦佛、文殊菩萨等，也有道教的玉帝、吕洞宾等以及民间宝卷自创的神灵无生老母；既有"波罗蜜""三藐三菩提"等佛教术语，也有"铅汞""红金"等道教术语。这使得这些宗教宝卷的语言风格并不单独近似佛经或道经，而是掺杂了各种宗教的特点。

（2）明代的一些民间宗教往往有传承关系，互相影响，自身的一些术语对内有很强的流通性，对外却具有很强的封闭性，即仅出现在这些宗教的宝卷里，宝卷之外的其他文献中很难见到，诸如"答查对号""实心答本""当人"等，这也给我们考释词义带来了一定的困难。

（3）宝卷的创作者与传抄者文化水平往往都不高，且宝卷的创作过程往往是一人口述，一人记录，准确性很差，所以产生了大量的俗讹字，对文义的理解造成了不小的影响。

（4）宝卷的目的是宣讲教义，传播的对象是广大民众，所以为了显示宗教的严肃性，会使用很多书面语、文言词；同时为了让普通大众也能接受，又有大量的口语词、白话。这种文白交杂的情况成为宝卷语言的一大特色。

（5）宝卷是一种说唱文学，演唱部分占了很大的比例，有的使用了当时流行的曲牌，有的直接使用了七言或十言诗歌的形式。既然是唱曲就需要押韵，但编写者文化水平普遍不高，经常出现为了押韵或凑字数而故意加字、减字、换字的现象，例如"诵经垒忏"变为"诵经垒"，这也对文义理解造成了困难，需要格外注意。

本书由文俊威、刘贤忠校对，文俊威注释。本书在整理、注释的过程中得到了不少人的帮助，首先特别感谢我的导师、南开大学的杨琳教授，在笔者撰写博士学位论文期间，杨教授在词语考释方面为笔者提供了大量的帮助；此外还要感谢我的学生卢亦歆、苏玥、汪雪勤、刘瑶、王尧、徐雨欣等人为本书所做的校对工作。

目　录

雪山宝卷
　　——雪山宝卷全集 上坛宣扬讽诵心经 ……………………（1）

香山宝卷……………………………………………………（47）
　　香山宝卷序………………………………………………（47）
　　重刻观世音菩萨本行经简集卷上………………………（48）
　　观世音菩萨本行经简集卷下……………………………（86）

三世修行黄氏宝卷…………………………………………（126）
　　黄氏女卷原序……………………………………………（126）
　　三世修道黄氏宝卷上集…………………………………（127）
　　三世修行黄氏宝卷下集…………………………………（162）

五祖黄梅宝卷上下集二卷…………………………………（190）
　　五祖黄梅宝卷上集………………………………………（190）
　　五祖黄梅宝卷下集………………………………………（227）

销释孟姜忠烈贞节贤良宝卷上下二卷……………………（254）
　　销释孟姜忠烈贞节贤良宝卷上…………………………（254）
　　销释孟姜忠烈贞节贤良宝卷下…………………………（285）

如如老祖化度众生指往西方宝卷…………………………（320）

主要参考文献………………………………………………（361）

雪山宝卷
——雪山宝卷全集 上坛宣扬讽诵心经

举香赞①

炉香乍爇②,法界③蒙熏,诸佛海会,悉遥闻随处结祥云,诚意方殷,诸佛现全身。

南无香云盖菩萨摩诃萨④三称⑤:

雪山宝卷初展开,诸佛菩萨降临来。

南无本师⑥释迦牟尼佛

天龙覆护真如⑦塔,赐福祯祥尽消灾。
释迦文佛现金容,普天匝地⑧放光辉。
普劝众生齐瞻仰,万国同观日月彩。

---

① 举香赞:也称"炉香赞",即下面这段文字。早期佛教宝卷中常用此作为开场。
② 爇:烧。《说文》:"然火曰爇。"
③ 法界:佛教术语,泛指各种事物的现象及本质。
④ 南无香云盖菩萨摩诃萨:这里"香云盖"指的是菩萨的神力能使香气变成云盖。摩诃萨,摩诃萨埵的简称,常译作"大心""大众生"或"大有情",指有作佛之大心愿的众生,也即"菩萨"的通称。
⑤ 三称:即连诵三遍。
⑥ 本师:即根本的教师,这是佛教徒对释迦牟尼的尊称。
⑦ 真如:佛教语,梵文 Tathatā 或 Bhūtatathatā 的意译。指永恒存在的实体、实性,亦即宇宙万有的本体,与实相、法界同义。南朝梁·萧统《谢敕赉制旨大集经讲疏启》:"同真如而无尽,与日月而俱悬。"
⑧ 普天匝地:匝,满。普天匝地即满天遍地。

再劝男女勤念佛,人人合掌志诚来。
今日大众同聚会,他生净土①坐莲台。

伏②闻道场绝言③,启八音④之所,净法身而无朝⑤,非三心而可诠,一沤⑥归海,万派朝源,名曰非常道。自古西来之祖教乃至东土之流传,不言而自言,不化而自化,荡荡⑦而说可说,巍巍而圣德难闻。无闻可闻,无信可信。现前众等,既临法会,各生恭敬之心,暂息尘劳之想,回光返照,打开精神。迷云散而心月自明,尘翳除而空化不灭。一瞻一礼,消除孽障⑧烦恼障。一障一偈,成就善根福根般若⑨根。常居清净⑩根门,共证菩提⑪之路,上报四重恩,下济三途苦⑫,法界众生,同圆种智⑬,大众虔诚,齐声和佛⑭。

千江有水千江月,万里无云万里天。和佛
西方老祖达摩僧,特来东土化众生。

---

① 净土:佛教语,佛所居住的无尘世污染的清净世界。一名佛土。多指西方阿弥陀佛净土。
② 伏:在这里是敬辞。清·刘琪《助字辨略》卷五:"伏者,以卑承尊之辞也。"
③ 绝言:佛教语,指无法用言语表达。
④ 八音:我国古代对乐器的统称,通常为金、石、丝、竹、匏、土、革、木八种不同质材所制。也可泛指音乐。
⑤ 无朝:疑为"无朝无暮"的缩写。
⑥ 沤:水泡。
⑦ 荡荡:广大的样子。《尚书·洪范》:"无偏无党,王道荡荡。"
⑧ 障:佛教语,即烦恼。
⑨ 般若:佛教语。梵语的译音,即智慧。佛教用以指如实理解一切事物的智慧,为表示有别于一般的智慧,故用音译。
⑩ 清净:佛教语,指远离恶行与烦恼。南朝梁·王僧孺《礼佛唱导发愿文》:"愿现前众等,身口清净。"
⑪ 佛教术语,梵语 Bodhi 的音译。意译为"觉""智""道"等。佛教用以指豁然彻悟的境界,又指觉悟的智慧和觉悟的途径。
⑫ 上报四重恩,下济三途苦:"四重恩"和"三途"都是佛教语,"四重恩"指父母恩、众生恩、国王恩(一作国土恩)、三宝恩(一作上师恩)。"三途"指佛教中的三恶道:地狱道、饿鬼道、畜生道。
⑬ 同圆种智:"同圆"即共同圆满,"种智"为佛教语,即"一切种智",佛教"三智"(一切智、道种智、一切种智)之一,指了知一切道、一切种、一相寂灭相与种种行类差别的佛智。
⑭ 和佛:指宣卷人在唱完一句诗文后,听众重复最后一句,并在后面加上"阿弥陀佛"或"阿弥陀佛,陀佛"之类的后缀,后面诗文后的"和佛"小字均为此义。

2

烧香礼拜相迎着，九玄七祖①尽超升。
焚香点烛请观音，直至香山紫竹林。
手执杨枝甘露水，来临洒扫道场新。
念佛持斋升天去，贪恋家园在红尘。
圣贤都是凡人做，何不依他早修行。
昔日如来降世临，甚年甚月甚时辰。
要知我佛成正果，且听如来游四门。

昔日燃灯佛②，在于圣宝殿内，会集天龙八部③，天仙地仙，水府龙王，一切圣贤，尽来赴会，燃灯佛升座，开金口露银牙，出微妙音，言我灭度④之后，若有一人将七般宝物，来献与我，赐他后为佛祖。

如来会集众天神，说法谈经度世人。和佛
护法诸天皆合掌，善男信女尽来临。
若有优钵罗花⑤献，交与如来候世尊⑥。

燃灯佛云："若人有优钵罗花七朵，来献与我，方可成得正果。"会下无数天龙，并无一人可答。当有一世尊曰："此地寸草不生，岂有此花。只有赵国内有优钵罗花。阿真国⑦内，有金灯花⑧。"且说阿真国，有一太子，号曰忍辱仙人，在会听法，思量我国中有金灯花，莫不如优钵罗花，未可见得遂回本国，采花七朵，用金盘盛献于佛前，仙人绕佛

---

① 九玄七祖：泛指列位祖先，"九"和"七"都是虚指。
② 燃灯佛：又叫定光如来、普光如来，佛教中过去庄严劫出世的千佛之一。
③ 天龙八部：佛教里的八种神道怪物，包括一天众、二龙众、三夜叉、四干达婆、五阿修罗、六迦楼罗、七紧那罗、八摩睺罗伽。因八部中以天、龙二部居首，所以叫"天龙八部"。
④ 灭度：佛教语。灭烦恼，度苦海，即"涅盘"的意译。亦指僧人死亡。
⑤ 优钵罗花：又作乌钵罗、沤钵罗、优钵刺。花名。译作青莲花、黛花、红莲花。佛经说优钵罗有赤白二色，据考证，赤为雪莲，白为睡莲。
⑥ 世尊：对佛的尊称。
⑦ 阿真国：古城名，又译作安正国城、阿真谷或阿占国。旧址一般认为在今缅甸曼德勒以北伊洛瓦底江畔的新古。
⑧ 金灯花：兰科植物杜鹃兰或云南独蒜兰的干燥假鳞茎。前者习称毛慈菇，后二者习称冰球子。

三匝，礼佛三拜。燃灯佛将花扭碎，在虚空①散去，片片飞扬，即今世上唤作夜落金钱②。

  水向石边流水冷，风从花里过来香。和佛
  如来金口答仙人，不是优钵是金灯。
  后日佳人来货卖，莫说贪瞋一片心。
  皆因前世有缘法，堪为后代佛世尊。
  若要优钵罗花献，除非仙人游四门。

  忍辱仙人，即是依佛之言。便去寻卖宝花，遂带金银珠宝，出游四门。行至东门，见一美人好似蓬莱仙女，犹如月里嫦娥，手擎七朵五色奇花。仙人一见，即便低头下拜，便问娘子："手中拿的是甚花？"娘子答曰："是优钵罗花。"仙人曰："将花拿到何处去的？"娘子曰："将花出卖。"仙人曰："要卖多少金银？"娘子曰："价值三千大千世界③。"甚有摩尼宝珠④，也不肯将花卖他，只要对天罚愿⑤：于五百年后结为夫妇，就将此花送与他们。

  奴年二十正青春，要结他年配合姻。
  因此将花擎七朵，不卖金银与宝珍。
  总要对天来罚愿，感切⑥山盟海誓深。
  五百年后为夫妇，此花就送与郎君。

---

① 虚空：空中。
② 夜落金钱：即午时花，又名摇钱树、子午花，原产印度。这种花每天中午开花，入夜到清晨前花瓣缤纷落地，犹如金钱洒地，故名"夜落金钱"。
③ 三千大千世界：佛经里世界有小千、中千、大千之别，合四大洲日月诸天为一世界。一千世界名小千世界，小千加千倍名中千世界，中千加千倍名大千世界。因大千世界包含了小、中、大三种"千世界"，所以又称"三千大千世界"。
④ 摩尼宝珠：梵语 cintā-maNi 之意译，音译真陀摩尼、震多末尼，又作如意宝、如意珠、末尼宝、无价宝珠、如意摩尼。指能如自己意愿，而变现出种种珍宝之宝珠。
⑤ 罚愿：也作"发愿"，即许下愿心。
⑥ 感切：深切感动。

4

仙人见说，心下思量：燃灯佛分咐于我，叫我莫生贪心，若与娘子罚愿为缘，我总万年千载不得成其正果。

落花有意随流水，流水无情恋落花。和佛
仙人见说微微笑，佳人出语太无情。
非是贪花来发愿，皆因要见佛然灯。
不曾说出山盟誓，累及阿鼻地狱①门。
娘子坚执心不肯，仙人作别到南门。

仙人见娘子定要罚愿，抽身便往南门，又撞着这位娘子，仙人近前又去问曰："我将无价宝珍与你买花，娘子意下如何？"娘子答曰："若不罚誓，此花绝不轻卖。"

月爱深潭流不去，云怀山色故来飞。和佛
仙人要献燃灯佛，买花诚意办真心。
只是佳人求誓愿，不卖不敢发怒瞋。
抽身又往西门转，西门又遇这佳人。
不说西门多言语，再别佳人往北门。

仙人又往北门，又见这位娘子，心下思量，想来总是前世冤家，若不罚愿买花，惟恐今时差过，后来难逢。不免向前接花在手，对天罚誓，仰告虚空作证，愿同娘子，五百年后结为夫妇。

佛法若无如此意，宗风②怎得到如今。和佛
一头罚愿心息疑，祷告龙天三界知。
今日买花来聚会，愿同后世做夫妻。
欲待不买此花献，怎见然灯老祖师。

---

① 阿鼻地狱：佛教八大地狱之一。
② 宗风：原指佛教各宗系特有的风格、传统，多用于禅宗。有时也用以泛指道教或文学艺术各流派独有的风格和思想。

一心只要成正果，对天罚愿做夫妻。

娘子便问："郎君家住何处？要买我花将去何用？"仙人答曰："家乡非遥，我父是阿真国王，母是毘①伽王后，吾乃忍辱仙人，只因然灯佛，在结果园中说法曰：如人有优钵罗花献我七朵，于五百年后当证佛位。因此特来寻买此花。佛言：若要此花，且游四门，方可得着。今日不期遇偶娘子，请问仙乡何处？因甚家有此花出卖？"娘子答曰："家住玄门赵国王，我自生来无父，名俄云仙女。我母自小无夫。却是然灯佛，与我母亲优钵罗花种之，分付我母，如若后来生得一女，年长二十，可令此女将花出卖，不要卖金银，不可贷珠宝，只要罚愿结为夫妇，可将此花与他。故此我母令我卖花，幸遇郎君罚了誓愿，后为夫妇。奴今将花四朵，付与郎君，奴持三朵，同到结果园中，奉献然灯老祖，待五百年后，同成正觉②。"

要见分明如是愿，将花同去见然灯。和佛
卖花娘子告郎君，本是前生夙有因。
东西门下迎仙客，南北门内遇佳人。

仙人只得依顺佳人，各执优钵罗花，去见然灯老祖。同往佛前，绕佛三匝③，礼佛三拜，将花献上。佛接仙人花扭碎，望空散去，不能飞扬。佛接娘子花扭碎，望空散去，只见天花乱坠，地涌金莲，孔雀衔花，百鸟呈祥，天雨珠露，石女歌吟，木人拍手，铁佛眉中，金光现灿。仙人与娘子合掌向前求佛授记④。佛开金口说："忍辱仙人买花不合⑤，无贪瞋之心；卖花娘子不合，要他罚誓。你二人直待五百年后，依汝所愿，方与汝等授记已毕。"二人同拜辞师。却说俄云仙女，回家

---

① 毘："毗"的异体字。
② 正觉：佛教术语，又译作"三菩提"或"三藐三菩提"，即一切诸法之真正觉智。成正觉即成佛。
③ 匝：绕一圈为一匝。曹操《短歌行》："绕树三匝，何枝可依。"
④ 授记：佛教术语，谓佛对菩萨或发心修行的人给予将来证果、成佛的预记。
⑤ 不合：不应该。

合掌坐化辞世，一灵真性①，投托圣胎，生于天王宫内。

  无我无人观自在，非空非色见如来。和佛
  轮回返转生天界，脱却凡胎换圣胎。
  姻缘未遇然灯佛，应当重见古如来。

  且说那李天王宫内，第三位夫人，名曰白莲夫人，身怀六甲，不觉十月满足，生下一女，两耳垂肩、双手过膝、面如满月、目似青莲，取名耶输公主。且说忍辱仙人，佛与授记回还本国，忽然坐化，灵性投托梵王宫内。

  狮子窟中狮子吼，象王阁下象王游。和佛
  仙人离别然灯佛，投托虚灵一性真。
  翻身去换生身面，转出分明见水清。
  难舍后来三界主，日后定作佛中尊。
  梵王国内为太子，皇宫内院托生身。

  净王国治世，天下太平、八方宁静、四海晏清，外国俱来进贡。不期宫内皇后，摩耶夫人身怀六甲，至十四个月，始能降诞。于周昭王甲寅年四月初八日，宫娥奏上："我王今日后花园，无忧树②上花开。"梵王闻奏，龙颜大悦，同摩耶夫人，带领婇女③，共到园中，见无忧花开，白如银雪，绿叶青枝，果然奇异。皇后奏上道："小童④见此树久枯，今日如何开花？"皇曰："寡人先知道了，若有佛出世，其树开花生叶，今日必然天开大赦，有佛出世。"摩耶夫人启奏我皇："小童欲采一枝，未知圣意容否？"皇曰："取花随意。"娘娘即时右手攀枝左手抬枝

---

① 一灵真性："一灵"与"真性"都指人的灵魂。后文的"灵性"也是灵魂之义。
② 无忧树：即无忧树。一种小型乔木，又名火焰树，产于印度、中南半岛及中国云南、广西一带。树皮及果实可药用。
③ 婇女：也作"采女"，宫女的通称。
④ 小童：古代国君夫人的自称。《论语·季氏》："邦君之妻，君称之曰夫人，夫人自称曰小童。"

摘花，只见左肋下，毫光闪闪、千圣合掌、万神拥护、在肋下降生太子。龙神使水以浴之，地发金莲以乘之，圣子各踏七步，一手指天，一手指地，四维①上下，唯我最尊。皇以金盘盛之以告天地礼毕，取名萨婆悉达。此是周昭王九年，甲寅四月初八日，午时建生②。

　　　　优钵花开香满地，菩提果绽影遮天。和佛
　　　　皇游国苑赏花心，奇花吐秀灿光明。
　　　　皇后爱花抬头采，左肋生下小储君。
　　　　右肋毫光如闪电，满天星斗放光明。
　　　　合宫眷属齐合掌，朝臣宰相尽皆惊。
　　　　一手指天一指地，周行七步镇乾坤。
　　　　走兽飞禽来献果，九龙吐水浴金身③。
　　　　九莲台上毫光现，五合真香④喷世尊。

佛在毘卢⑤顶上托化，名号释迦，乃周朝年间甲寅岁，此时江湖水清、枯木开花、天上万神朝现、地下军民欢喜。乃净梵王见太子，身如壮虎、形似苍龙、周行七步、天摇地动、瑞兽出现、飞禽献果，不觉龙颜失色，心内惊慌，即时合集两班文武、九卿四相，遂宣阴阳监太师，与太子算命。

　　　　奇哉太子不寻常，宣召阴阳面帝王。和佛
　　　　梵王心内自评论，此命生来不可当。
　　　　量他后来非小可，定为万姓作君王。
　　　　阴阳太师前来奏，此命世上并无双。
　　　　天上古佛来下降，超度众生上天堂。

---

① 四维：四方。
② 建生：获得生命，这里指诞生。
③ 金身：金色的佛像。
④ 真香：优质的香。
⑤ 毘卢：即"毗卢"，佛名，毗卢舍那的省称，即大日如来。一说法身佛的通称。毘为毗的异体字，下同，不再出注。

8

梵王见奏，便宣文武百官计议，大赦天下罪犯，除有十恶不赦。此时天下太平，人民俱以赞仰①。

> 万岁君王临帝阙，毘卢古佛下凡间。和佛
> 五更三点王登殿，掌扇才开见帝君。
> 满朝文武朝帝阙，三呼万岁永长春。

不觉光阴似箭，日月如梭。太子年方七岁，梵王宣苏佑承相②，教太子读书。就于御园内，建造书院。太子问曰："教我读什么书？"承相曰："太子宣读儒书。"太子答曰："我爱读天甲兵书，护法伽蓝③书。"承相奏曰："此书天上有世间无。"太子曰："料你也不见此等之书。"承相被太子一番羞辱，乃承相遂，即祝告上苍，乞赐天书。

> 天上有星皆拱北，人间无水不流东。和佛
> 玉皇上帝早知闻，差下多罗太白星。
> 将身化作凡夫汉，特来天书献帝君。

太白金星蒙玉帝敕旨下降，即便化一道者，到御园中高叫读书。苏佑承相听闻，忙去问曰："道者手拿何书？"道者曰："此书天上有世间无，老汉是积祖④留传。"言毕将书付与承相，承相接在手中，那道者忽然不见。承相曰："此是天来救我。"即将三卷天书，献与太子，太子展开一看，读了一遍，尽皆精熟，不用承相指教。

> 路逢剑客须呈剑，不是诗人莫献诗。和佛
> 太子接书在手中，三卷天书今日逢。
> 展开天书从头看，毫光灿现照皇宫。

---

① 赞仰：称赞敬仰。
② 承相：即丞相。
③ 伽蓝：指伽蓝神，佛教寺院的护法神。
④ 积祖：即累代，世代。

文武官员齐惊动，宫娥婇女躲无踪。
　　此书果然凡间少，通天彻地在其中。

　　此时太子年长十五。那外国有一李天王国，动起百万雄兵，又置九重铁锅，在于香山交界。李天王遂用书一封，差人遂。至梵王国内，正设朝事，只见班中闪出一人，将书奉上。梵王拆书看之，说道："以无金宝进献，若有人到香山地界能射透九重铁锅，退得百万雄兵者，情愿年年进贡岁岁来朝，如无能退得者，我为上邦，他为下邦，各起干戈。"梵王见书龙颜失色，便问朝臣，并无一人敢答。

　　九重铁锅香山架，万力金刚愁断肠。和佛
　　梵王心内甚忧煎，连问朝臣没个言。
　　百万雄兵难得退，九重铁锅怎能穿。

　　梵王正在恼闷，闻太子入朝三呼万岁已毕。观见父王，龙颜不悦，向前奏曰："今乃四方宁静，干戈永息，我父为甚烦恼？"梵王对太子曰："皇儿有所未知，今因李天王，在香山地界，排下九重铁锅，点起百万雄兵，要我射透铁锅，退得雄兵。如若不能，他为上邦我为下邦，即起干戈，要比输赢，问及百官无人敢答，故此烦恼。"

　　有志不待年高发，无能空劳百岁人。和佛
　　太子将言奏父王，愿王何必苦愁心。
　　任他九重真铁①锅，那怕百万大雄兵。
　　儿今虽然年纪小，百般武艺尽皆能。
　　不要众官来助我，管教外国尽依遵。

　　梵王听说，皇儿年少力微，不能射锅退兵。太子道："儿今年纪虽

---

① 真铁：经过多次锻造的优质铁。

小，是不能射锅退兵，非为王家之子，枉做男儿之汉。不发勇猛之心，怎能成其大事。"太子即刻辞朝，梵王大喜。

> 炮响一声如霹雳，困龙惊起五云头。和佛
> 太子选日就行程，官员将帅总随身。
> 旌旗斧钺相簇拥，枪刀剑戟黑如云。
> 金锤银杖前引路，黄凉伞盖小储君。
> 梵王亲送金銮殿，太子拜别出朝门。
> 三界天气登宝辇，空中排拥释迦尊。
> 径过山冈并峻岭，香山界在面前存。

太子到了香山交界，先差白旗小将，飞报李天王："净梵王太子，特来相见。"李天王闻知悉达到来，即便迎接。相见已毕，天王就问："大国储君，为何到此？"太子答曰："闻知贵邦，九重铁锅，百万雄兵。父王特令吾来射锅退兵。"天王见说，微微冷笑，曰："吾观太子力量，如何射得铁锅，退得雄兵？汝真能射锅退兵，吾有第三公主，名唤耶输，未曾婚配，就将公主招为驸马。如若不能，性命难逃。"太子听天王一番言语，就微微冷笑，遂即全身披挂，上马至铁锅前，拈起月明弓，搭上金刚箭，箭将离弦，声如雷震，惊得山摇地动，英雄猛烈，九重铁锅，尽皆射透。惊得千员猛将，百万雄兵魂消魄散，不损一人尽皆降伏。赞叹不已，真是上国太子，凡间少有，世上罕闻。

> 香山射锅逞英雄，夙世姻缘今日逢。和佛
> 五百年前同结会，今番相会定良缘。
> 曾将优钵罗花献，谁知当初游四门。
> 只为贪爱难授记，姻缘尽在佛然灯。
> 忍辱仙人重托化，耶输公主卖花人。

李天王见太子如此英雄，就招为驸马。公主奏曰："夫妻之事，是五百年前结成姻缘相会。望父王结起彩楼，百尺高轩。待女儿将绣球抛

下，如中太子者，结为夫妇。如打不中者，誓不成亲。"公主上楼抛球，正中太子，就结为夫妇。每日笙箫歌乐，终朝饮宴，嫔妃捧拥，婇女传杯，口吃珍羞百味，身穿锦绣绫罗。太子虽然成亲，半点情心不动。不觉太子与公主，在宫中四载，忽然思想父母，向公主说知："同到父王跟前奏知，宽赦臣罪。"天王闻奏，告言太子："任从自便。"当时分付公主："你去只要堤防①，二十六岁，尚有大灾大难。如今与你灵丹三粒，临难可服。"太子同公主拜别天王，即便起程。

  风送野云归碧洞，月里沧海作明珠。和佛
  行程正当春三月，遍地花香鸟语声。
  叹想宫娥如鬼怪，观看婇女是妖精。
  身倚栏杆心思忖，汪汪流泪落胸心。
  燕子簷②前谈般若，黄莺枝上无为吟。
  独有杜鹃知意早，声声叫道好修行。
  花红柳绿都是假，紫陌红尘③总虚文。

  太子正行之间，遇一道人④，对面相逢，语曰："太子回头。"太子即便回头，看见沟内，有一队鰕⑤鱼螃蟹，啾啾唧唧。道人叫太子，曰："此等鰕鱼螃蟹，如何不到汪洋大海，却在浅水之中，向后沟干水涸，毕竟化为泥土！"

  知音不在多多话，响鼓何须重重敲。和佛
  太子行来见一沟，鰕鱼螃蟹闹啾啾。
  水深不去寻门路，水浅方知路尽头。

---

① 堤防：即提防。
② 簷：檐的异体。
③ 紫陌红尘：紫陌，帝京的道路；红尘，尘埃。指京城道上热闹非常，尘土飞扬。比喻虚幻的荣华。
④ 道人：在古代出家人都可称为"道人"，这里指的是僧人。
⑤ 鰕：同"虾（蝦）"。

太子欲问道人，转眼不见。太子思想此是菩萨叫我修行，又听得空中叫道："光阴似箭，日月如梭。聪明智睿，总用不着。雪山修道，胜似皇宫。劝你及早修行，切莫当面差过。"

  一寸光阴一寸金，寸金难买寸光阴。和佛
  太子端坐在龙车，个中消息少人闻。
  四海天王空中叫，传言太子听缘因①。
  光阴迅速催人老，要求出世早修行。
  太子闻言心思切，牢记在心不安宁。

太子听见空中言语，记怀在心。将到本国，飞报梵王。梵王令文武百官出迎。太子回朝，奏父王曰："香山射锅之事，李天王知我年少力微，出其大言。倘若锅不能射透，兵不能退敌，性命难保。若射得透，愿将耶输公主与你招为驸马。臣儿当时拈弓搭箭，射透九重铁锅，退得百万雄兵，李天王遂招我儿为驸马。不觉已竟四载。今与宫主回朝，朝见父王国母。"梵王听奏，龙颜大悦，即立太子为东宫，朝臣恭贺，诏行天下，赦免钱粮，各役大小罪人，尽皆发放。太子终朝不乐，每日思量那道人言语，幻体②如水上浮沤③，性命如风前之烛，倘有一失人身，万劫难复，就是梵王帝子，总难免无常二字，若还罪孽深重，当入地狱，不如修行可免生死。

  明明白白一条路，万万千千谁肯修。和佛
  太子思量路上因，鰕鱼螃蟹探吾心。
  三千媒女骷髅伴，八百娇娥孽债行。
  无常不怕真天子，阎王不让帝王亲。

---

 ① 缘因：即原因，根由。
 ② 幻体：佛教术语，指人的肉身。佛教认为身躯由地、水、火、风假合而成，无实如幻，故曰幻身。
 ③ 沤：水泡。

识破世间花哄①事，得修行处且修行。
荣华富贵皆如梦，父母恩深也有分。
夫妻恩情总有别，大限来时各分行。
贪名图利满世间，不如破衲②一道人。
笼鸡有食汤锅近，野鹤无粮天地宁。

却说宫主在水阁乘凉，见荷花叶下，有一个鰕蟆虫③，扒将起来，化作蜻蜓，即便飞去。太子问公主曰："此物甚怪。"公主答曰："时节到来，蠢动含灵皆有飞腾。"太子心中自想，为人在世，都是梦也。太子看蜻蜓飞去，辗转心中痛切，思量道人之言，终日沉吟。我思天气融和，不如出去游玩四门，消遣愁怀，有何不可。

烟楼待月横琴久，渔浦轻舟下钓迟。和佛
太子闻言欣欣笑，耶输公主合我心。
生死忙忙④如闪电，红尘滚滚似云纷。
人老鬓边生白发，年高眼目欠分明。
金银难买无常事，儿女何曾可替身。
阳孽案前犹我造，阴司地府有谁亲。
万般快乐都是假，临终孽障尽随身。
蛤蟆自有升天日，几时学得像蜻蜓。
年方十九正青春，香山射锅力皆能。
英雄赢得耶输女，皆是前生夙有因。
正好宫中受快乐，忽然思量游四门。
瞒了父王并公主，安排鸾驾出宫门。
太子方才离宫殿，街坊见一女佳人。

---

① 花哄：即胡闹。
② 衲：僧衣。
③ 鰕蟆虫：鰕蟆即蛤蟆，鰕蟆虫指蝌蚪。
④ 忙忙：同"茫茫"。

怀抱婴儿微微笑,娇娇嫡嫡①向前行。

太子看见便问:"此儿年少甚,容颜还有更变否?"妇人答曰:"天地尚有变化,世人岂无更改。"太子见说,心中烦恼,回头便往东门。有然灯佛试化太子,变作老人,背曲头低,耳聋眼瞎,身如枯木。

太子游玩出东门,见一公公年老人。和佛
形枯骨瘦身无肉,行步气喘泪纷纷。
太子一见心烦恼,如何免得老来侵。
向前便问公公道,少年之时作甚因。
公公即忙将言答,百般武艺尽皆能。
只道英雄常体健,谁知老弱不成人。

太子就问公公:"我今年少,向后如何?"公公答曰:"花开尚且有谢,世人岂无衰老。"

月至十五光明少,人到终年万事休。和佛
两鬓如丝白如霜,眼无分晓目无光。
背曲腰驼难走路,气喘头低力不刚。
从今世事都不管,家园好与别人当。

太子见说,心中忧惧,人到老来这般模样如何是好,勒马便往南门。佛又变化病人,在于庵中,只听得气喘咳嗽之声,口内声声叫道:"百骨病痛服药无效,求神不灵,求生不得,求死不得。"面如饿鬼,体似枯柴。太子一见,心如刀割,两泪汪汪,近前问曰:"你少年之间如何?"病人答曰:"我少年之时,贪花恋色,横害②他人,谁知今日有如此病苦。"

---

① 嫡嫡:同"滴滴"。
② 横害:即残害。

病后方知身自苦，健时多为别人忙。和佛
太子游玩出南门，见有茅庵一病人。
低头看见心烦恼，何人免得病来侵。
叹息浮生①真是苦，多添烦恼好伤心。
我想后来终有患，不如及早去修行。

太子心中烦恼，勒马便往西门。然灯佛又来点化太子，再变一个死尸，在于路旁。太子观见，心下思量，此人在生，也为逞能夸口，今日败坏，做了这般模样，其实可悲可叹。

昔日风流都不见，绿杨芳草髑骷髅②。和佛
太子游玩出西门，见一尸骸草内存。
未知是男并是女，熏天污地臭难闻。
鸦餐鹊啖身上肉，蛆虫蝼蚁满身叮。
败坏不知猪狗相，人争闲气枉劳心。
太子苦叹死尸灵，你是何乡何县人。
或是男儿真好汉，未知女子妇人身。
或是经商名利客，还是盗贼不良人。
不想今朝有此难，被人观见好伤情。

太子见了尸灵③，两泪浇流，吾今虽是龙子王孙，少不得这条径路。太子嗟叹不已，勒马便往北门。然灯佛又化一个道人，肩负锡杖，手持佛珠，口念经文。太子见了道人，向前合掌："请问道者。吾观世上之人，难免生老病死，总不如出家修行的好。"那道人答曰："要学贫道不染红尘，谨持五戒，一不杀生、二不偷盗、三不邪淫、四不妄语、

---

① 浮生：人生在世虚浮不定，故称人生为"浮生"。
② 髑骷髅：应为"髑髅"和"骷髅"的合并，髑髅即人的头骨。
③ 尸灵：即尸体。

五不饮酒食肉、守定死关①、参禅②悟道、识破本来面目③，才有到家消息④。"太子又问："到家有何消息？"道人答曰："不入地狱、永脱轮回、真证菩提之果、与佛同居。"

    恩爱断是生死断，有何佛法与君传。和佛
    太子又遇一道人，劝我学道办前程。
    三门遇见真痛切，劝我修行试真心。
    道人苦口叮咛劝，听我从头说缘因。
    要证菩提成正果，弃却皇宫恩爱亲。
    惟有雪山修行好，并无烦恼杂乱心。

  道人近前告曰："太子生死事大，无常⑤迅速，饶你那怕帝主皇孙，难免这条恶路，不如弃了皇宫，及早回头，当面切莫差过。"太子听说，即便答曰："道者此言差矣，我那父是净梵王，母是摩耶夫人，吾为东宫太子，有何不遵我令？有何孽债随身？你何用如此苦劝与我。"那道人答曰："昔日有一长者，用沉香木，雕刻阎罗王一尊，朝夕礼拜祝曰：弟子若到死日，祈求大王，早通一信，待我自己收拾回来。忽然一日长者死去，见了阎王，长者曰：'我在阳间，朝夕焚香祷祝，求你早通一信，为何杳无信息，忽然就来捉我，其实⑥没有人情。'阎王笑曰：'我有四信与他，自你执意不肯回头，与我何干。'长者曰：'并无一信。'阎王曰：'第一信发白，第二信齿落，第三信耳聋，第四信腰曲背驼、眼目昏花，如何怨我无信？'"太子闻言心中忧闷，又问曰："我今依师修行，却向何处了悟。"道人曰："你若听我言，吾指你到雪山修行，饥餐松柏，渴饮清泉，莫恋皇宫富贵，抛离欢喜冤家。那时若无佛来度

---

① 死关：佛道修行中的关键，若能守住死关，便可超脱生死。
② 参禅：佛教禅宗的修持方法。有游访问禅、参究禅理、打坐禅思等形式。
③ 本来面目：佛教语。指人本有的心性。
④ 到家消息：到家，即高水平；消息，这里指奥妙。到家消息即高深的奥妙。
⑤ 无常：佛教术语。指世间一切事物不能久住，都处于生灭变异之中。此处代指死亡。
⑥ 其实：这里是"实在，确实"的意思。

你，又若不成正果，贫道替你代受三途①之苦。"太子见道人罚誓，即便低头下拜，告言师父："悉达今日回朝，便向雪山修道，谢师指引。"

  自从一见道人后，始觉从前错用心。和佛
  道人合掌说缘因，君要修道莫迟行。
  阎罗天子无面目②，判官小鬼少人情。
  阎王若留人情去，贫者多亡富者存。
  无数国王争世界，几多皇帝夺乾坤。
  英雄总是南柯梦，将军埋在土中存。
  请君观看荒郊里，都是争名夺利人。
  皇宫快乐冤家债，内苑风流鬼怪精。
  双手撒开生死路，翻身跳出火坑③门。
  雪山若不成正果，老身替你代受刑。
  太子低头便礼拜，今朝发愿往山行。
  锦绣江山都撒弃，宫娥婇女尽抛分。
  悉达若不尊师命，待我万劫堕红尘。

  太子辞别道人回到宫中，耶输公主出来迎接。太子见了公主沉吟不语。公主向前问曰："太子往常回来，欢天喜地。今日不知向何处回来，面带愁容，却是为何？"太子不觉泪流如雨，哽咽悲伤，告言公主："夫妻是五百年前冤家，只望百年相爱，万载同欢。不想无常到来，谁人替得。因此出游四门，东门见老、南门见病、西门见尸、北门见一道人，那道人劝我往雪山修行，成其正果。"再告公主，一世夫妻，今朝作别。

  微雨洒花千点泪，淡烟笼竹一堆愁。和佛太子恓惶④泪满腮，
  一句言词要你猜。

---

① 三途：又作"三涂"。佛教术语，即火途（地狱道）、血途（畜生道）、刀途（饿鬼道）。
② 面目：指情面。"无面目"即不讲情面。
③ 坑：同"坑"。
④ 恓惶：悲伤的样子。

一言永脱轮回苦，声名传与古灵台①。
今日夫妻相拜别，将刀劈竹两分开。

耶输公主听说，微微冷笑，告言太子："奴家早已知道，你私心嫌我貌丑，今日定见了美色女子，意中想要娶他，怕奴阻隔，故此回来指东话西。"太子见说，回言公主："你须要记着我言，若不修行出家，万劫永堕阿鼻地狱。"乃作一偈。

若不将刀亲斩断，如何出得那重关。和佛
不痴心了不痴心，再不将身入火城。
三千美女如冤家，八百娇娥孽债精。
无心去恋鸳鸯伴，誓不将身染色尘。
若思凡心无边罪，拔舌犁耕②罪不轻。

公主听说如此言语，方知真意要去修行。近前告曰："太子得个男子之身，非同容易，况在皇宫，行是金堦③玉步、坐是锦绣龙墩、口餐珍羞百味、身穿金衣玉带，有甚不足。只要修行，你若出家办道④，丢了奴家何人管顾。我劝太子，莫起此心，与奴相聚。倘无常到来，奴自有方便⑤。"太子听说，微微冷笑，告言公主："我将红罗一匹，剪作二段，公主可接得否？"公主曰："太子好不分晓，罗既剪断，焉能再成？"太子曰："红罗剪断，不能成匹，人死焉能再生，岂可不要修行？"公主劝夫君不转，放声大哭，便往前殿奏言："我夫太子，出游四门，见生老病死，又见道人，急忙回宫寻思修行之路，臣媳再三解劝，不肯回心，望皇宣太子，问其详细，是何缘故？"

---

① 灵台：收留亡灵的台。
② 犁耕：本义用犁耕田，这里指将人放到犁沟里，在人身上来回犁耕直至人死亡的一种酷刑。
③ 堦：阶的异体。
④ 办道：即修道。
⑤ 方便：这里指方法、诀窍。

水流纵急心常静，花落虽多意自闲。和佛
耶输公主劝夫君，一旦无常与我分。
何必深山躲修道，且在家中养二亲。
我今不怕无常鬼，何须忧虑老阎君。
太子若有千斤罪，奴身当挑八百斤。
苦苦劝夫劝不转，耶输公主奏明君。
我夫太子名悉达，一朝游玩四城门。
一心只要修行去，雪山修道办前程。
梵王见奏卓然①惊，宫中选出小储君。
太子闻知父王召，不敢留停就动身。
父王一见心内想，我儿今朝为何因。
宫中有甚心亏你，缘何说道要修行。

净梵王细问太子因由，再三劝他："父母只生你一人，惜如珍宝护如掌珠，是何缘故只要修行？"太子听说奏言父王："非是臣儿②不肯顾恋父母，只恐光阴似箭催人老，无常到来谁人替得，虽有江山一统，总归一梦，若不及早修成正果，恐后难报父母深恩。故求父母，莫要劝我，譬如不生孩儿。"两班文武再三苦劝，太子告言："任你诸臣说得天花乱坠、地涌金莲，我总要修成正果，报答双亲。"太子奏罢，梵王龙颜失色，言曰："修行之事，饥餐松柏、渴饮清泉，昼夜谨守，时刻坚切③，山林虎豹成群，鬼邪妖魔作伴，如何去得？又况忤逆双亲，不得成其正果。"太子曰："我实为父母深恩难报，故要出家修行，一子成道，带升九族。"

有冤方为亲父子，无仇难结百年妻。和佛
梵王说与小儿君，因甚贪图向山林。
况逆双亲难成佛，总然千载不成真。

---

① 卓然：突然。
② 臣儿：同"儿臣"，皇子对父母的自称。
③ 坚切：坚定诚恳。

太子重又奏帝君，容儿修行办前程。
光阴似箭催人老，日月如梭不暂停。
想起无常难躲避，何人免得见阎君。
譬如不生儿一个，又喻①病死赴幽冥。
我儿只为亲难报，切心②修行报双亲。
父母见奏双流泪，再三相劝小储君。
去到雪山修正果，一统山河靠谁人。
太子含悲苦哀求，愿王大赦纳儿因。
弗必苦苦留儿在，容我修行报亲恩。

梵王见奏，放声大哭，真个伤心。"儿若要去，命必难存。"太子求曰："愿皇大赦慈悲，容儿修行。恐在宫中夭亡哭身，难报亲恩。若要臣儿在家，除与孩儿几件大宝，我便不去修行。"梵王曰："你要甚么宝，随意与你。"

无弦琴上知音少，父子弹来调不同。和佛
太子含悲奏帝君，求皇赦儿去修行。
若使孩儿在宫中，除有几件宝和珍。
一要长生不死草，二要百病永不侵。
三要阎王免使帖，四斩无常剑一根。
若有四件希奇宝，孩儿就可在皇门。
梵王见奏龙颜怒，喝骂无端③小储君。
无始以来有帝主，始开乾坤作人伦。
未见新闻奇怪语，那有逆亲去修行。
那有长生不死草，岂有无病宝和珍。
喝令左右文共武，拿他锁在冷宫门。

---

① 喻：比如。
② 切心：极其恳切。
③ 无端：无知。

梵王将太子锁在冷宫。太子朝天大哭，高叫："十方诸佛，三界龙天，愿我悉达修行，最无退悔，伏望佛天作证。"祷告已毕。惊动三界天神、十方圣众，即令四天王，捧定马匹，按下云头，直到皇宫，迎接太子，引至雪山。

世上万般皆下品，惟有修行第一门。和佛
太子冷宫来祷告，龙天八部①尽皆闻。
佛天便令四天王②，迎接太子便行程。
三鞭跳上银鬃马，四王捧足③出宫门。
白马呼风连声叫，夜间惊动内宫人。
耶输公主亲听得，慌忙扯住太子身。
不顾奴身孤独苦，为何连夜去修行。
一把扯住银鬃马，太子你今最无情。
当初结发长恩爱，山盟海誓百年春。
把奴半路来抛别，又撇父母去修行。
忤逆双亲焉成佛，西方岂容背恩人。

太子被公主一把扯住龙衣，高声大哭："你个无义之汉，抛撇奴家，要去修行，我总总④不肯放你。"太子告言公主："你不可苦苦留我，无常到来何人替得，又道父子上灵山，各人努力修，得生娑婆世⑤，总非容易时，任你牢笼计，终须留不得，我今要往雪山修道，望贤妻放我去罢。"公主听说，痛断肝肠，哭泣悲伤，总不放手。太子又告公主："你就留得我在，到百年之后，总成南柯一梦。一失人身，万劫难复。劝公

---

① 龙天八部：即天龙八部。
② 四天王：佛经称帝释的外将，分别居于须弥山四埵，各护一方，也称护世四天王。东方持国天王（名多罗吒），身白色，持琵琶；南方增长天王（名毗琉璃），身青色，执宝剑；西方广目天王（名毗留博叉），身红色，执罥索；北方多闻天王（名毗沙门），身绿色，执宝叉。民间俗称四大金刚。
③ 捧足：捧托其足，表示敬意。
④ 总总：完全，始终。
⑤ 娑婆世：即娑婆世界，佛教术语。娑婆，梵语的音译，意为"堪忍"。娑婆世界又名"忍土"，为释迦牟尼所教化的三千大千世界的总称。

主休得执意留我，各办前程要紧。"公主又言："奴闻雪山虎豹成群，并无一人来往，况且你今年少，一朝办道，恐后思想下山，懊悔迟了。"

石光电火①难定限，速急修行也是迟。和佛
太子又乃将言说，思量生死好孤恓②。
夫妻本是同林鸟，大限③到来各自飞。
耶输公主多慌怅，哭断肝肠怎抛离。
谁人掌立山河事，那个扶助帝王基。
逆亲修道防堕狱，又恐难得上天梯。
丈夫若往雪山去，小童抱石投江池。
太子见说呵呵笑，耶输公主枉心计。
空把光阴蹉跎过，时将日月暗消移。
性命犹如风前烛，人似蛾虫扑灯飞。
发意④好时行路好，人多寻苦把自欺。
耶输公主啼啼哭，怨骂郎君也无义。
曾记香山射锅日，与奴结发百年妻。
当初赢得奴归国，胜如同胞骨肉齐。
前者把我如珠玉，今日如同粪草泥。
只想夫妻同一处，谁知今日远抛离。
夫君年少心不定，恐后凡心悔是迟。
太子即便回言答，公主你且自修理。
我今不思凡欲事，专心只要证菩提。
修行不怕妖精怪，办道那怕虎狼欺。
苦苦要我回心转，丈六⑤金身方可宜。

---

① 石光电火：应为"电光石火"之误。《五灯会元·雪峰存禅师法嗣·保福从展禅师》："师曰：'瞌睡汉出去！'上堂：'此事如击石火，似闪电光，构得构不得，未免丧身失命。'"后以"电光石火"比喻稍纵即逝或稍纵即逝的事物。
② 孤恓：寂寞凄凉。
③ 大限：寿数，死期。
④ 发意：表现心意。
⑤ 丈六：一丈六尺。指佛的化身的长度。后亦借指佛身。

公主告言太子："你往雪山修行，春夏秋冬衣服谁人看管，三餐茶饭有谁服侍，何不在宫中现成受用些罢。"太子听说，微微冷笑："公主好不聪明，不知因果①受报，只顾眼前快乐，谁知向后难逃。"公主曰："丈夫果要修行，且同奴家相聚几日，生得一男一女，再去修行未迟。"太子答曰："公主不须忧虑无子，我将金鞭指汝你腹，后必怀孕，定生孩儿。"公主见说放声大哭，叫言太子："奴家果然留你不住。丈夫一去，如刀无柄，似树无根。"太子曰："我今嘱付，又与你檀香一炷，汗衫一件，你若急难时候，即忙焚香，遂穿汗衫，便来救你。"

　　太子临行嘱付妻，信香一炷免灾危。和佛
　　我今汗衫交付你，贤妻牢牢记在心。
　　在宫不要搽红粉，从今不可画眉睛。
　　临难之时叫悉达，先来度你上天庭。
　　耶输哽咽千行泪，夫妻分别怎伤心。
　　流泪眼观流泪眼，铁打心肠也痛疼。
　　太子哀别苦悲求，贤妻何必苦留辰。
　　且自殷勤修净孽，可免阎君做仇人。
　　我今学道非为别，恐后无常一时侵。
　　万两黄金带不去，惟有孽债紧随身。
　　三千彩女骷髅骨，八百娇娥鬼怪精。
　　出家人办出家事，不染凡胎②一点尘。
　　饥餐松柏随时过，渴饮山泉过时辰。
　　修行只要成正果，何愁不证紫金身。
　　假若你身为宫主，去后难逃这一门。
　　莫要忧愁无男女，金鞭指腹便怀娠。
　　公主劝夫不肯依，一世夫妻今日分。
　　夫往雪山修行去，何处挨排③问夫君。

---

① 因果：佛教术语，指因缘和果报。
② 凡胎：血肉之躯，指凡人。
③ 挨排：紧密排练。

公主劝夫不转，哭倒睡地不省人事，太子将公主之手轻轻放了，即便上马加鞭，腾空而去。

  此恩若不今朝断，便向何宵断此恩。和佛
  耶输公主气难还，太子忙然往雪山。
  四大天王擎马足，兴云驾雾不停间。
  顷刻到山岩下坐，片时参透祖师关。
  山茂水深龙稳卧，天高地阔凤呈宽①。
  得一日来过一日，一日清闲一日仙。
  有人问我西归意，水在长江月在天。
  日高三丈红尘少，看来名利不如闲。

太子弃了宫主，上马加鞭，四大天王手擎马足，腾空而出皇城，净君天神引路。霎时间飞行万里，忽至雪山。太子下马东望西看，高山碧洞，峰峦接天，云雾腾腾，霞光闪闪。四围翠竹，八面青松。太子叹曰："好个修行之处，胜如皇宫。"

  白云深处猿啼早，碧玉岩前虎起迟。和佛
  我是悉达不染尘，不愿国内做帝君。
  思量幻壳②非长久，及早舍身苦修行。
  不怕狂风并猛雨，那怕虎豹豺狼群。
  冷也过来热也过，饥餐松柏道常存。
  夜听猿猴岩上笑，日观鹦鹉树头鸣。
  世上有荣并有辱，山中无乐也无瞋。
  鱼在水中不见水，人在尘中不见尘。
  识破浮华方慧眼，几多埋却在红尘。
  要晓本来真面目，掀翻苦海澈底清。

---

① 凤呈宽：即凤凰表现出轻松自在的样子。
② 幻壳：与前面的"幻体"同，都指人的肉身。

太子弃了皇宫，雪山修行，都休题起。且说耶输公主，痛哭在地。醒将转来，抬头不见太子，放声大哭，并无人知，自哭自叹，乃作诗一首：

> 好比鲜花一点红，开时遭雨又遭风。和佛
> 提起伤心痛悲切，夫在西来妻在东。
> 含悲两眼纷纷泪，却把鸳鸯两处笼。
> 无限恓惶无限苦，不知何日再相逢。

宫主吟诗已毕，自回宫中，不觉渐渐身怀六甲。光阴似箭，倏忽一年半载，却说国母，摩耶夫人，思量太子，因触父王，囚在冷宫，一载有余，唤彩女宫娥宣御厨，问曰："将太子关在冷宫，时今谁人送饭。"御厨奏曰，说道："娘娘，自从太子囚在冷宫，是小仆送的，每日将酒饭，用绳索一条，秤放①进去。太子接吃，吃毕还出御厨。"皇后听罢，遂去奏闻净梵王知道。

> 笼鸡有食汤锅近，野鹤无粮天地宽。和佛
> 皇后娘娘奏帝君，愿皇宽恕纳奴音。
> 先前太子冒我皇，被皇闭在冷宫门。
> 光阴似箭如梭快，看看②又是一年春。
> 伏望我皇生慈愍③，敕宣太子转朝廷。

皇后奏罢，净梵皇大怯一惊④："寡人只道太子出了冷宫，不想还关在内。"急宣苏由⑤承相将宫门开了，放太子出来。皇后同承相到冷宫前，正欲开门，只见宫主向前去，奏国母道："太子当年，父王将他

---

① 秤放：像秤盘一样吊着放进去。
② 看看：估量时间之词。有渐渐、眼看着、转瞬间等意思。
③ 愍：怜悯。
④ 大怯一惊：即大吃一惊。
⑤ 苏由：依上下文，应作"苏佑"。

囚入冷宫后，到半夜之间，只听得白马嘶声，梦里惊醒，奴到冷宫门首①，看太子正欲上马，被奴扯住衣服，再三劝他。彼言生死大事难违，端②不肯转心在此，奴乃哭倒睡地，多时醒来不见太子，他往雪山修道去了，不在冷宫之内。那夜臣媳，此事不敢奏知，恐父王见罪，只道奴家放走太子，今当实言告奏。"皇后娘娘见奏太子逃了，吓得魂飞魄散，便宣御厨问曰："太子三餐茶饭，何人安排？"御厨奏曰："小仆每往墙上，将索称③下去的，累有接过吃后出还。"皇后又问，曰："此语还是实否？"御厨曰："小仆不敢虚奏，是有冒奏，甘当万死。"皇后遂即开锁，四顾并无太子，连叫数声，绝无应响。只听得空中报言："皇后我乃持国天王，每日送进御饭，是小圣接了替太子吃的。如今太子在雪山修行，不须卦念④。"皇后听半空之言，放声大哭，直至殿前奏与帝知。

半夜岭头风月静，一声高树老猿啼。和佛
皇后哀哀哭断肠，连忙启奏帝王闻。
奴领圣旨开宫锁，冷宫不见小儿身。
耶输奏言经半载，虚空闻话雪山存。
皇不宣回奴自去，速速宣召莫迟行。
自家骨肉心中宝，况且只有一儿身。
梵王见奏魂飞散，放声大哭告无门。
我今别无亲生子，单单只靠小储君。
几时他往雪山去，如今必定伤其身。
后代山河无人掌，急宣太子转家门。

净梵王便宣文武官员，问曰："谁人去宣太子回朝，解朕悲伤。"只见班中，有一位苏佑承相启奏："微臣往雪山去宣太子。"梵王见奏，龙

---

① 门首：门口，门前。
② 端：一定。
③ 称：这里作动词，即前面说的"秤放"。
④ 卦念：即挂念。

颜大悦，即令忙排半副鸾驾①，三千军兵，即刻起程。行至一月有余，方到雪山。只见峻岭万丈，承旨上山，寻访太子，不见踪迹。直至山尖顶上，只见一人身如蜡色，体似枯柴，端坐于盘石之上。承相曰："莫非便是太子，未知真假。"承相近前一看，果然是太子。承相曰："皇宫太子不肯做，却在深山受饥饿。"太子开眼一看，那是苏佑承相，即便答曰：

炼得身上皮肉黄，天上天下惟我强。

承相低头便拜，放声大哭，告言太子："此处比皇宫大不同也，你在皇宫嫔妃捧拥，百味珍羞，因甚到处，受饥受饿，孤独一身，冷落悲伤，不如下山转去，同臣回朝，掌立山河，免父王愁哭。"太子答曰："多劳丞相劝我，吾为生死事大，父母深恩难报，情愿在此苦修成真，带度双亲。"丞相苦苦再三劝喻②，太子只是冷笑，告曰："我在雪山修行，胜如皇宫，强似帝国，悦乐无穷。"丞相奏曰："有何好处？"太子曰："只今红尘不染，凡欲全无，夜听鸿雁鸣，朝闻群鹊噪，妖精拱伏③，狼虎归降，饥餐松柏，渴饮清泉，永无烦恼，受用清闲，故不愿为君，只求安静。"分付丞相："速回本国，我今誓不回朝。"作诗一首：

弃妻买得一身清，最不将身落火坑。
寄语满朝文共武，何言挂念不须争。

丞相听言，又奏太子："你身从何来，只顾自己，不管父母。"太子答曰："父母只生我身，不能生我命。无常到来，何人替得。比如悉达在家，贪花恋酒，多作无端造孽，父母应该管我。如今在此修行办道，父母何用挂念。双亲譬如不生我一般，万望大生慈愍，容小儿在此修行，就是我父母御驾亲来，吾也不转朝门，你可速速回朝奏达。"

---

① 鸾驾：天子的车驾。
② 劝喻：劝告。
③ 拱伏：拱身伏地，表示敬服。

白云只可来青嶂，明月难皎下碧天。和佛
　　寄言奏与父王知，父母宽心免挂疑。
　　智慧只从山内减，聪明便向野林除。
　　得脱是非冤孽海，誓不回宫着鬼迷。
　　人人想做千年调①，个个贪图百岁期。
　　可怜世上心不足，堆金积玉共山齐。
　　只图眼前常快乐，不管日后堕灵机②。
　　我今看破凡情事，专心学道证菩提。
　　有劳承相回朝去，奏与君皇国母知。

　　丞相见说泪如雨下，苦苦告言："太子你曾记七岁上学的事，要三卷天书精熟。十五岁香山射锅，百万精兵降伏。若像今日，怎能得到这个地位。你如今情愿在此受饥受饿，弃却双亲，抛离妻子，忘恩负义。莫说是成佛作祖之人，却是造罪之种子，好似孽重冤多的魔障，岂有此理么。"太子只是冷笑，犹如木头一般任他抵触③，只是不动念头。丞相劝太子不转，心中忿痛，只得下山，带领军兵，回还本国。入朝奏上梵王，梵王不见太子，只见丞相一人伏在金阶独奏：

　　黄雀往还空费舌，鸾凤独宿被人憎。和佛
　　领皇圣旨到山林，宣召东宫太子身。
　　劝他千般不肯转，被臣抵触不生瞋。
　　办道容颜如蜡色，修行身似枯柴形。
　　苦谏再三心不转，闻言召宣如呆人。
　　梵王见奏心发怒，喝骂无知小储君。
　　娘娘闻奏心烦闷，不肯回朝是怎生④。

---

① 千年调：过于长久的计划。王梵志《富者办棺木》："有钱但着用，莫作千年调。"
② 灵机：这里指天意。
③ 抵触：这里是"触犯"的意思。
④ 怎生：怎样，如何。

切切思思①双流泪，不见儿归好伤情。
害成双亲肠哭断，合家眷属泪纷纷。
隔山过岭千条路，何时见得小储君。

梵王心中辗转痛切，仰天大哭，望空指骂无义之子，不孝父母，不顾娇妻。你今不回，害我双亲，寸肠哭断。那梵王又宣文武百官商议："何人再去劝他太子回朝？"只见班中走出一人，却是陈琳丞相，跪奏曰："微臣愿往雪山，宣召太子。带领三千婇女，八百娇娥，半副鸾驾。臣用心机，必定宣召太子回来。"梵王见奏，龙颜大喜，便令宫娥婇女，一齐出朝，同往雪山顶上，观看四面，并无人影。只见盘石上，坐着一人，身似蜡色，体如枯柴，芦芽②穿膝，雀顶成巢。那陈琳向前一认，却是太子，叫言："小主。"太子不答，丞相曰："你父母将要哭死，命我特来召你下山，看视父母之后，再来修行。"连叫几声不答。谁知太子入定③参禅。丞相就把双手连推，推他不动。又丞相令宫娥吹笙作乐，响鼓喧天，太子定中忽然惊醒，观见众人，微微冷笑。

千磨美玉方成器，百炼真金色愈坚。和佛
太子微微笑一声，看他真个好痴心。
吹笙正是妖魔怪，动乐皆作活鬼精。
八百娇娥空忆想，三千婇女枉劳心。
你等用尽牢④中计，吾今只是守山林。
陈琳重又来启奏，因何无福做帝君。
身似饿鬼无精彩⑤，体如骷髅不满盈。
弃国登山违父母，离宫别院去妻身。
如是劝君心不转，铁打心肠也泪淋。

---

① 切切、思思：均指哀怨、忧伤貌。
② 芦芽：芦笋的芽。
③ 入定：指佛教徒闭目静坐，心无杂念，使心定于一处。
④ 牢：牢笼，这里指尘世。
⑤ 精彩：这里指精神。

> 一国山河无人替，却在深山受伶仃。
> 太子回言诉陈琳，非我无端逆双亲。
> 只为深恩难答报，故在深山苦修行。
> 生死到来难替代，父子东西两边分。
> 阎王老子无面目，判官小鬼没人情。
> 愿我修得成正果，带同父母上天庭。
> 同居灵山常快乐，万载千秋永不分。
> 速回鸾驾归宫去，代奏君王国母闻。
> 万里江山也有坏，千年社稷有移更。
> 悉达专心求真果，罚条大愿不为君①。
> 若要我身回本国，丈六金身方回门。

太子告言丞相："世上一切山崖，皆有崩损。一切江湖，也有枯竭。父母恩情，总有分别。你若要我归还本国，待我六丈金身方可回朝。烦你代奏我父王知道。"

> 百年宰相三更梦，万载江山一局棋。和佛
> 劝卿速速转回朝，代奏君皇父母听。
> 千秋社稷多翻改，万世君王也改更。
> 古古今今多改尽，贫贫富富被人憎。
> 悉达心愿求正果，誓不回朝去做君。
> 烦你奏与君王晓，得成正果可供亲②。

太子说罢，陈琳不肯回朝，太子无以使法，只得连叫三声："护法天神。"忽然之间，只见黑风骤雨，飞砂走石，鬼哭神号，三千婇女不见，八百娇娥无形，顷刻杳无踪影，陈琳也在其内，都被天神摄在空中，如同梦里一般，忽然风息雨止，开眼一看，都在皇城之内。

---

① 罚条大愿不为君："罚条"即处罚条例，"大愿"即佛教里普度众生的愿心。此句意为若要成真果，所付出的代价就是要普度众生，不能当君王。

② 供亲：供养亲人。

宁可饿死盘陀石①，不同美女下山林。和佛
可笑丞相老陈琳，痴心要我下山顶。
若还不使神通法，怎退千三鬼怪精。
忽然蓦地狂风起，将身摄在半空临。
嫔妃婇女都困倦，三千兵马不留停。
众人开眼抬头看，原来却在帝王城。
个个吓得魂飞散，我皇太子不凡人。

陈琳与军兵婇女，都被太子摄还本国，俱以大怯一惊，如同梦里醒来一般，且待明日朝晨起奏："臣领圣旨，宣召太子，去到雪山，寻见太子，再三劝他回宫，只是不理我，苦苦多劝几句，太子便使神通，把众人摄在空中，开眼一看，都在皇宫之内，臣请太子不回，该当领罪。再差能人，另去宣召太子。"皇乃闻奏怯了一惊，谁人再去宣召太子，只见班中走出一位王珍大将，奏曰："臣愿往雪山，宣请太子回朝。"

竹密不妨流水过，山高岂碍白云飞。和佛
王珍大将奏君知，我皇不必苦忧虑。
要宣太子还本国，当行兵法敌他须②。
任他使起妖精术，臣有飞剑斩邪狐。
若使放出飞天虎，臣当使起白龙扶③。
太子若斗输于我，接回太子尽欢娱。

王珍大将领旨与兵，夜往日行，将到雪山顶上放起大火，焚烧山林。太子闻知兵到，观见四面火光焰焰，鸟雀飞奔，禽兽逃往，火烨④近身，太子遂将舌尖咬碎，望空一喷，满天红雨，灭息其火。

---

① 盘陀石：表面不平的石头。
② 当行兵法敌他须：应作"当须行兵法敌他"。当须，即必须。这里是为了押韵故意打乱顺序。
③ 扶：应作"伏"。
④ 烨：火貌。

人恶人怕天不怕，人善人欺天不欺。和佛
舌尖咬破唤天神，大难来时可救人。
太子叫天天地动，忽然天地黑沉沉。
飞砂走石狂风雨，乌风红雨如倾盆。
雪山树木无损坏，山林依旧翠青青。
军兵吓得鸦飞散，方知太子不凡人。

王珍大将见他如此神通，吓得魂飞魄散，只得躲在岩洞之中，等血雨落过，出洞寻觅太子，只见一人坐在盘石之上，身似饿鬼，体如枯柴，向前一认，却是太子。王珍告曰太子："你父王圣旨在此，速当跪接，待臣宣读。"太子答曰："我以出家修行，不能孝养父母，时今任凭父王取罪。"王珍大将宣读圣旨，曰："今有东宫悉达太子，弃撇父母，入山修道，是大逆不孝之子，父王昼夜不安，国母朝夕哭泣。今遣王珍大将，宣召太子回来，若不回宫，即当取他手足回来，与我相见，钦哉谢恩。"太子听毕，只是微微冷笑。王珍大将曰："请太子速速下山，若不下山，当斩手足回旨。"太子曰："任你斩我手足，我誓不下山。"王珍大将闻言大怒，即便近前，将太子手足一齐斩下。太子任他斩取手足，全无疼恨之心。王珍见太子无瞋，又曰："你可再为接否？"太子曰："不难，你将手足还我，待吾接上。"王珍大将还他手足。太子果然接好如旧，并无伤痕。

千磨美玉方成器，百炼真金色愈新。和佛
梵王差出王珍将，领旨宣召小储君。
放火烧山下红雨，三场怪异好惊人。
割他手足重接活，还他接上更重新。
王珍遂将心思忖，只是修行第一能。
便往太子求忏悔，愿求也做出家人。
任从太子使唤我，不做将军奉侍臣。
伏望慈悲收留我，愿护如来正法门。
微臣未觉瞋心动，觉后瞋心心不瞋。

看来多少贤愚士，高低上下与穷贫。
有福之人人服侍，无福之人服侍人。
不如放下身心好，好向身心脱苦轮。

太子闻言连称："善哉、善哉，汝当真心向道，切莫假意求真。"王珍将军连忙低头下拜，告言太子："微臣不愿为官护驾，只愿办道修行，伏望太子慈悲，纳受微臣，不愿下山，愿当服侍太子，一同修行。"太子告曰："吾以为汝破说因果，我当未成正觉修行，先欲度你。昔日吾于五百年前，亦曾斩你手足，分你身体，故汝五百年后，我当还你一报，待我成了正果，交你护持，封号为歌利天王，我今先与你归戒授记。"王珍大将得受记已毕，共同太子吞饥受饿，一心办道。不说王珍大将，且说无数军兵还回本国，一一奏上。净梵王闻奏，放声大哭，叫那耶输公主出来，共议此事。公主听圣旨宣召，连忙出宫，三呼二十四拜已毕。净梵天王欲害公主，班中走出苏佑丞相，奏曰："我王停瞋息怒，论起宫中之事，我王不必害他，犹恐外国闻知，不当稳便①，依臣之言，万岁再令皇后与宫娥婇女，文武百官排驾入山，去宣太子，如若太子回宫，万事俱息，如若不肯回宫，待公主分娩或男或女，那时害他不迟。"

特地讨场烦恼事，空费来回数千金。和佛
梵王见说依卿奏，大排鸾驾出朝门。
龙车象辇乘皇后，锦装凤辇载宫人。
婇女嫔妃吹乐器，百官文武出朝门。
远远登山无别事，欲宣太子转为君。

皇后领旨出宫，来到雪山，四月有余，盘桓上山，寻觅太子。只见一人坐在盘石之上，王后近前一认，却是太子，身如蜡色，体如枯柴，皇后抱住太子，大哭一场。

---

① 稳便：恰当，稳妥。

一片白云横谷口，几多归鸟尽还巢。和佛
国母见儿双流泪，我儿因甚要修行。
自从你往雪山后，双亲日夜不安宁。
我儿速速回朝去，真是贤良大孝人。
今日喜得重相见，如同枯木再逢春。

太子正在入定之中，忽闻悲声入耳，太子出走开眼，看见母后，太子连忙起身，合掌跪言："不知母后到山，孩儿迎接不周，伏乞恕罪。"王后曰："我儿你今人不像人，鬼不像鬼，不知何故，来到此山吞饥忍饿，你今快些收拾下山，回还本国，扶持社稷，掌立朝纲，解父母之忧，全自己之德。"太子见说，不敢回言，却是呆子一般，皇后见了如此模样，放声大哭。太子只是呆了痛切，王后愈加悲伤。

大义渡头黄檗母①，老来双眼望儿归。和佛
娘娘思忆小儿身，疼切恓惶两泪淋。
含悲汪汪开言问，我儿太子听缘因。
儿是老娘亲生子，你今何苦要修行。
娘娘哭得伤心处，一声哭死又还魂。
我儿离别有数载，为娘眼泪常纷纷。
几番梦中寻我子，哭声惊动六宫人。
日间不餐夜不睡，忧愁成病没精神。
朝思暮想心悲切，长声短叹自沉吟。
上床下坐无思慕，行住坐卧泪涔涔。
在宫不敢高声哭，父王怒骂便生瞋。
黄昏哭到三更后，四更痛哭到天明。
山河社稷谁人掌，万年事业永埋沈②。

---

① 黄檗母：黄檗，落叶乔木。树皮淡灰色，羽状复叶，小叶卵形或卵状披针形，开黄绿色小花，果实黑色。木材坚硬，可以制造枪托。茎可制黄色染料。树皮可入药，有清热、解毒等功效。黄檗味苦，黄檗母即心中很苦的母亲。

② 埋沈：即沉埋，埋没之义。沈，同沉。

来时千山并万水，今朝才到见儿身。
若言不肯回朝去，母今共子也修行。
太子跪言奏母亲，何须苦哭恋儿身。
儿想修真报深恩，求母宽赦免挂心。
譬如不生儿一个，又如天寿赴阴君。
儿若修得成正果，报答双亲上天庭。
求母且自回朝内，耸①劝父王也宽心。

皇后见太子不肯下山，说："我也不去了。"太子见母后不肯回朝，即时心生一计，诱母下山，跪于母后前，曰："我悉达本不回朝，今因见老母伤心，若再不回朝，真是大逆之子，被人谈论，是何道理，如何成得正果，况今天气寒冬，冷痛难嗷②，至今情愿随母下山，明春再来，王后见说，心中大喜。太子又曰："不是母后到来，任凭使尽良谋，悉达也不回朝。我今遵依母命下山，且看笑事。"

夜静更深鱼不饵，满船空载月明归。和佛
皇后太子登鸾舆，三声炮响尽离山。
宫娥婇女欢天乐，两班文武喜欢肠。
笙箫鼓乐连山振，三千兵马动连山。
正行山下将半岭，一只猛虎出来拦。

皇后宣得太子下山，人人欢喜，个个称扬。不期鸾驾来到半山，只见两个猛虎跳将出来，大吼一声，一个跳上鸾驾，将太子一口咬住拖上山去，一个把众人都赶下山来。娘娘大哭，吓得魂不附体，待等苏醒转来，放声大哭。失去太子，如何再得相见。

不是一番寒澈骨，怎得梅花扑鼻香。和佛

---

① 耸：这里是劝的意思。
② 嗷：同"熬"。

众人虎赶下山林，鸦飞婇女泪纷纷。
娘娘哭得肝肠断，我儿今日好伤情。
若要孩儿重相见，痛哭肝肠没处寻。
啼啼哭哭三个月，方才到得五朝门。
休论娘娘回本国，且听山中护法神。
猛虎却是二菩萨，瞒过凡间俗眼睛。

皇后回朝，啼啼哭哭，奏上梵王，梵王闻奏，哭倒在地，待半个时辰，苏醒转来，俱以大哭一场，何时得见我儿，后代江山何人掌管。那耶输公主虽然有孕，却是乱宫之子，如何掌得江山。转转①加怒，终思欲要害他。忽有苏佑丞相奏曰："我王要害公主，如今可差往雪山寻觅太子，必定被猛虎吃去，可好除灭祸根，免使边邦起论。"王乃依奏，便差公主，独自上山寻觅太子。公主即日起程，往往受了多少辛苦，啼啼哭哭，寻到雪山顶上，只见一人，坐于盘陀石上，容颜憔枯，骨肉干黄。公主近前一看，却是太子。太子便问公主："你今到来何干？"公主听闻，即便抱住太子，放声大哭，昏瞆②在地。

雪后始知松柏操，事难放见丈夫心。和佛
耶输公主泪千行，伤心谤语实难论。
金鞭指腹身怀孕，夫君害我好伤心。
几番欲害奴家命，两班文武劝帝君。
奏闻若杀耶输女，恐防外国不便稳③。
愿王准子微臣奏，速遣耶输往山行。
若还寻得丈夫转，免使刀砧这伤身。
山中若遇豺狼虎，拖去耶输亦安宁。
梵王见奏心中喜，独差奴身上山顶。
丈夫若不回宫去，奴亦难逃一残命。

---

① 转转：渐渐。
② 瞆：晕眩。
③ 便稳：同前文的"稳便"，恰当、稳妥之义。

太子闻宫主，哭劝一番，只是不啾不啋①。又那公主，苦苦再三劝丈夫回朝，太子答曰："千年社稷也有翻覆，大限到来，俱是成空。我今断不回家，劝公主及早速速下山。"宫主听说，放声大哭，举身投岩，跌倒扒②起，扒起跌倒。太子又劝公主："你今不要痛哭，且自回宫，父王若要害你性命，速叫三声悉达，我来救你。"

　　未明有说皆成谤，明后无言亦不容。和佛
　　耶输见说泪如珠，伏望夫君早回程。
　　免使国王取我罪，全奴一个命残生。
　　太子听说将言答，贤妻不必苦忧心。
　　父母逼你遭磨难，先来度你上天庭。
　　公主见说双流泪，如今舍命在山林。
　　死便同夫一处死，再不将身两处分。

太子听说微微冷笑，告言宫主："你若在此修行，正是锦上添花。"公主道："我今不愿回宫，在此愿为徒弟。"太子告曰："公主你既然要在此修行，今要依我之言，你且闭目坐坐禅看。"公主曰："只也不难。"方才闭目，只听得耳边风声急急，开眼一看，却是王宫地上。休说宫主之事，且说梵王差公主上山，多时不见回来，心中忧闷。那梵王遂与文武百官，亲自上山，寻觅太子踪迹。只见太子仍旧端坐在盘石之上，看见父王驾到，即忙立起，合掌跪接，告曰："耶输公主被我摄他回宫，今又何劳父王亲到。"

　　有冤方为真父子，无仇难合假夫妻。和佛
　　合掌叩跪告父亲，伏惟③圣王纳儿因。
　　公主被我摄回去，何劳御驾到山林。
　　儿为无常生死事，真心办道苦修行。

---

① 不啾不啋：同"不瞅不睬"，即不理睬之义。
② 扒：同"爬"。
③ 伏惟：下对上的敬词。多用于奏疏或信函，指念及、想到。

只为双亲恩难报，切心受苦在山顶。
有朝一日成正果，自然来度二双亲。
梵王见奏怒生瞋，喝骂无端小储君。
逆父违亲山高罪，抛妻冤孽海洋深。
如此何得成正果，反堕地狱不超升。
今日若不回朝去，端然①性命决难存。
剑分手足回宫转，免我日夜挂忧心。

净梵王喝令大将，速斩太子手足，急急回朝，免我挂念。大将听令，如虎向前，欲斩太子手足。太子曰："将刀过来，待我自割手足与你。"梵王见说，就叫将刀与他自己斩来。太子接刀在手，双手合掌，望空祷告上苍，将刀把山一画，山分两处，梵王与众臣，却在山之西边，太子自在山之东边。梵王见了太子，如此法术，大怯一惊，朝臣婇女，都看得呆了。又那梵王，不敢再宣太子，只得自回鸾驾，来到朝门，那宫娥婇女，迎接梵王上殿，王问曰："如何不见耶输公主？"婇女奏曰："万岁在上，奴婢启奏，公主产太子，难以朝见。"

谁家截倒梧桐树，自由旁人说短长。
宫娥婇女将言奏，公主今朝难出身。
昨夜三更生太子，龙胎凤貌得身轻。
文武百官观星象，果然添个小储君。
梵王闻奏龙颜怒，如何灭得祸端根。

梵王曰："公主生的那是乱宫之子，如何灭得这场祸根？"那苏佑承相出班奏曰："我王不必忧虑，臣有一计。将御苑之中，结起百尺彩楼②，下埋火缸十余只，引公主上楼游玩，连他孩儿一同上去。却叫武士推于火缸之内，母子二人，俱以烧作灰尘，后患自必除也，未知圣意

---

① 端然：果然。
② 彩楼：用彩色绸帛结扎的棚架，一般用于祝贺节日盛典或喜庆之事。

如何?"梵王闻奏,龙颜大悦,敕令速速高结彩楼,半日之间,俱已端整①。逼令公主,抱子上楼游玩,公主心中也可知道,晓得父王要害我性命。却记了太子临行分付之言,把我汗衫一件,檀香一炷,大难来时,可用解救。遂取尉②斗烧香,如今唤作手炉③。忙把汗衫横披身上,如今人叫作袈裟。公主着衣焚香,望西北大叫三声:"悉达你速速救我。"那时有一大将上楼,把公主一推,推入火坑之内。那时母子二人,驾在空中云端之内,笙箫鼓乐,迎接公主。众文武百官看见,尽皆下拜。

　　耶输公主生天界,祸下临身怎上天。和佛
　　贴肉汗衫香一炷,对天祷告愿来临。
　　高叫三声夫悉达,郎君速速救奴身。
　　佛法若不来灵验,我命无救怎伤心。
　　一声大喊真凄惨,降下慈悲众天神。
　　天仙圣母临宫接,悉达腾空驾紫云。
　　耶输救出云端坐,火缸化作白莲津。
　　大小官员齐下拜,空中音乐远遥闻。
　　莫道修行无好处,合宫④男女尽回心。
　　即忙奏上梵王帝,梵王闻奏卓然惊。
　　谁知我儿修行好,自恨当初错用心。
　　但愿我儿成正果,好来度我出红尘。

太子正在入定之中,只听得空中叫曰:"悉达速来救我。"太子定中,以知公主有难,即便将真性来到宫中,救出公主径往三十三天、焰摩罗天⑤宫内,礼拜然灯古佛,佛乃遂即与他授记,取名日光相佛,又

---

① 端整:准备停当。
② 尉:即熨斗。
③ 手炉:僧人做法事时手里拿的小香炉。
④ 合宫:全宫。
⑤ 三十三天、焰摩罗天:都是佛教中欲界六天(四大王天、三十三天、焰摩罗天、兜率陀天、化乐天、他化自在天)之一。

子名曰宝华佛，又太子度其妻父母亦升天授记，又度父净梵王授记为梵王尊天，度母摩耶夫人授记为帝释尊天，父母二位双双白日升天，此时周穆王间，又于穆王三十六年岁次壬申二月十五，命合族五百贵子出家。

佛法若无如此验，宗风那得到如今。和佛
悉达学道方成果，先度双亲养育恩。
今得慧眼定三界，了明①大道证金身。
六欲四相②无干涉，九幽③八难④永不侵。
性空⑤寂灭⑥三摩地⑦，三摩地上显金身。
佛性灵光个个有，不肯回头真难行。
人自回头真个少，故乡原在雪山林。
鹊巢顶上三年苦，芦芽穿膝六年春。
世人笑我无情子，无情世上独为尊。
此身不向今生度，更向何生度此身。
莫道老来方学道，孤魂尽丧少年人。
光阴如箭催人老，世上难保百年春。
百年光阴一宿客，几多才子赴幽冥。
三途地狱人难免，何不修行脱苦轮。
普劝善男并信女，持斋念佛报双亲。

---

① 了明："了"有清楚之义，了明即明晰。
② 六欲四相：佛教以色欲、形貌欲、威仪姿态欲、言语音声欲、细滑欲、人想欲为"六欲"，以离、合、违、顺为"四相"。
③ 九幽：本义指极幽暗的地方，这里引申为阴间之义。
④ 八难：佛教术语，难，指难于见佛闻法，有八种情况，故名八难，即地狱、饿鬼、畜生、北拘卢洲（亦作郁单越）、长寿天、盲聋喑哑、世智辩聪、佛前佛后八种。地狱、饿鬼、畜生，即佛教的"三恶道"，恶业重，难以见佛；生北拘卢洲有乐无苦，不思修道；生长寿天，指色界及无色界天长寿安乐之处，其逸乐远胜北拘卢洲，更不欲修道；聋、盲、喑、哑于求道皆有障碍；世智辩聪，自恃聪明才辩，不肯信佛；生于佛前佛后，无缘见佛。
⑤ 性空：佛教术语，十八空之一。指一切事物的现象，都是因缘和合而生的，暂生还灭，没有实在的自体。
⑥ 寂灭：即"涅槃"的意译，指超脱生死的境界。
⑦ 三摩地：佛教术语，又译作"三昧"，指屏除杂念，心不散乱，专注一境。

要做世上贤良客，忠孝两全方为人。

若不为善与斋戒，何能报答忠孝恩。

太子在雪山修道，得成正果。先度妻子，次度双亲，又回入山中禅定。忽有文殊普贤二个菩萨，见太子苦志修行，戒律精进，道德钦崇①，白猴献果，百鸟衔花，又能呼风唤雨，降龙伏虎，三宣不转，九召不回，凡心不动，世事无关，此因二位菩萨，前来变化，试太子真心如何。文殊菩萨变一黄雀，普贤菩萨化一饿莺②，饿莺来赶黄雀，黄雀飞至太子身边躲着，只见饿莺立在树上等黄雀，黄雀叫道："救命呀救命。"太子见了，如此叹曰："善哉、善哉，若救黄雀，其饿莺而死，不救黄雀，其命被伤。"太子道，我将自己身上的肉，割下一块于饿莺食之，必然饶了黄雀一命，此二命皆活。太子将腿上的肉，割下喂莺，莺雀二命皆活，俱以飞去，乃留一偈。

修道忘身真个妙，将来宇宙独称尊。和佛

文殊菩萨为黄雀，普贤菩萨化饿莺。

如若救了黄雀命，饿莺必定赴阴君。

要救二命双全活，割了己肉救饿莺。

二位菩萨见太子如此慈悲，乃称："善哉、善哉，果然难得。"文殊菩萨又化作一个饿虎，普贤菩萨变为一个兔儿，兔儿被虎赶出山来，忙投太子身边躲下，太子遂遮兔儿，将言告虎："这兔儿肉少不够你饱，我身愿舍你食之，你今放了兔儿罢。"虎兔闻言，即现真身，化为二菩萨，低头便拜，告言太子："难得慈心不退，将来然灯古佛，就请太子入座，佛当授记。"

左右松风谈妙法，岩前溪水演摩诃③。和佛

---

① 钦崇：崇敬。

② 莺：应作"鹰"。

③ 摩诃：梵语的译音。有大、多、胜三义。

五百年前夙有因，将花献上古然灯。
　　奇花七朵难分晓，谁想当初游四门。
　　佳人卖花贪爱重，郎君买花欲心轻。
　　展转①须臾五百载，雪山修道六年春。
　　道行精进无退悔，如来授记释迦尊。
　　彼间有一迦毗国，尚有莲台②候几春。
　　太子得蒙佛受记，如同暗月拨云明。
　　三明六通③豁然悟，巍巍金相放光盈④。
　　紫金化身千百亿，罗汉诸天拥护身。
　　请入灵山台上坐，普天匝地放光明。
　　四十九年谈妙法，度尽众生无量人。

　　太子得蒙然灯古佛授记，号曰释迦如来。灵山有一莲华⑤宝座，是如来出世的莲座，豫⑥先等候那佛，遂即升座，放开金口，广谈五千四十八万陀典⑦，八十一轴琅函⑧。凡有在旁听者，如聋者得闻、哑者得言、贫者得富、病者得安、老者得少、女者得男。一切众生皆成佛道。又度五百朝臣，今乃天台山五百罗汉是也，别号众圣。在方广寺又度三千婇女、八百娇娥，号曰快乐仙人，尽皆拥护如来佛前。又五千比邱⑨，是憍陈如、额提拔提、十方迦叶、摩男俱利等，又有迦叶弟兄三人，优楼频罗迦叶、伽耶迦叶、那提迦叶，共千二百五十俱。

　　佛在灵鹫山中，有大梵天王，以金色罗花持以献佛。世尊拈华于众，众人天百万悉皆赞指，独有迦叶微笑，世尊曰："吾有正法，眼藏

---

① 展转：即"辗转"。
② 莲台：也作"莲花台"，佛座。
③ 三明六通：佛教术语，"三明"指天眼明、宿命明、漏尽明，六通指神境通、天眼通、天耳通、他心通、宿命通、漏尽通。
④ 盈：满。
⑤ 莲华：即莲花。
⑥ 豫：同"预"。
⑦ 陀典：即佛经。
⑧ 琅函：对书籍的美称。
⑨ 比邱：也作"比丘"，即和尚的俗称。

涅槃妙心。"分付迦叶。

自在自在观自在，如来如来见如来。和佛
证得丈六紫金身，感得六通又三明。
蒙佛授记称释迦，住在灵山说经文。
听法人人皆成道，闻经个个得超升。
法传迦叶阿难受，如来寂灭卧双林①。
六年苦行多受难，万世传名说世尊。
昔年不遇然灯佛，怎得今朝有此因。
如今幸得成正果，可报君亲最重恩。
一报天地常覆载②，二报日月照临恩。
三报皇王并水土，四报父母养育恩。
五报祖师传心印，六报化度护法恩。
七报檀那③多陈供，八报八方施主恩。
九报九祖④生天界，十报三教圣贤恩。
在堂大众增福寿，及早回心去修行。
普劝斋戒勤念佛，又劝戒杀与放生。
念佛能消三恶孽⑤，放生戒杀可延生。
善男信女依我劝，方正贤良孝双亲。
学得温良恭俭让，孝弟忠信上天庭。
节义廉耻天上重，循规蹈矩亦修行。
有益于世真为善，正心修身第一能。
每日行功不行过，诸恶莫作众善行。
人到一点并一画，天上天下独为尊。
在位不论男和女，工夫学到便为真。

---

① 双林：释迦牟尼涅槃的地方，因有两棵娑罗树，故称。后世用来指代寺院。
② 覆载：覆盖与承载。
③ 檀那：梵语音译，即施主。
④ 九祖：泛指历代祖先。
⑤ 三恶孽：即三恶道（地狱道、饿鬼道、畜生道）的罪孽。

不论在家与出家，做得人来便是圣。
苦海滔滔孽自造，劝君何不早回心。
在世若不行善良，枉在浮生做世人。

回向　众持大悲咒念佛步莲

宣卷功德殊胜行，无边胜福皆回向。普愿沉溺①诸众生，速往无量光佛刹②。十方三世一切佛，一切菩萨摩诃萨。摩诃般若波罗密③，皈依佛、皈依法、皈依僧，我今发心，不为自求，人天福报，声闻缘觉，乃知惟承诸菩萨，唯依最上乘，发菩提心，一时同得阿耨多罗④三藐三菩提⑤。

南无如来，应供⑥，正遍知⑦，名行足⑧，善誓⑨，世间解⑩，无上士，调御丈夫⑪，天人师，佛，世尊。

三宝⑫已上来坛内，宣扬雪山宝卷。兹当功⑬。

三皈依　送佛⑭

佛慈广大感应无差，寂光三昧遍河沙，原不离伽耶，降福众等，金地涌莲花。

南无登云路菩萨摩诃萨三称

---

① 沉溺：这里指苦难。
② 无量光佛刹：无量光佛即阿弥陀佛，佛刹即佛寺。
③ 摩诃般若波罗密：梵语音译，大智慧到达彼岸之义。
④ 阿耨多罗：梵语音译，无上之义。
⑤ 三藐三菩提：见前文"正觉"的注释。
⑥ 应供：应当受人天的供养。本段内容为诸佛十号，均为佛的名号。
⑦ 正遍知：又音译作"三藐三佛陀"，指真正遍知一切法。
⑧ 名行足：应作"明行足"，宿命明、天眼明、漏尽明三明，与圣行、梵行、天行、婴儿行、病行等五行悉皆具足。
⑨ 善誓：应作"善逝"，如实去彼岸，不再退没生死海之义。
⑩ 世间解：能了解一切世间的事理。
⑪ 调御丈夫：能调御修正道的大丈夫。
⑫ 三宝：佛教术语，即佛、法、僧三宝。
⑬ 当功：作为功德。宣讲、传抄宝卷均可作为功德。
⑭ 送佛：宣卷结束后，烧纸将佛送走。

愿以此功德，普及于一切。
宣卷化贤良，皆共成佛道。

　　　　　　　　大清同治十三年岁次甲戌　佛圆月敬钞
　　　　　　　　　　　　　　　　　　剡北
　　　　　　大清光绪二年丙子四月佛诞日　敬刊
　　　　　　板存浙省西湖玛瑙明台经房
　　　　　　印造流通住大街粥教坊便是

香山宝卷

香山宝卷序

宋普明禅师①，于崇宁②二年八月十五日，在武林③上天竺，独坐期堂。三月已满，忽见一老僧云："公单修无上乘正真之道，独接上根④，焉能普济⑤？汝当代佛行化，三乘⑥演畅⑦，顿渐⑧齐行，便可广度中下群情，公若如此，方报佛恩。"师问僧曰："将何法可度于人？"僧答云："吾观此土人，与观世音菩萨宿有因缘⑨，就将菩萨行状⑩略说本末，流行于世，供养持念者，福不唐捐⑪。"此僧乃尽宣其由，言已，隐身而去。普明禅师一历览⑫耳，遂即编成此卷，忽然观世音菩萨亲现紫金相，手提净瓶绿柳驾云而现，良久归空，人皆见之，无不敬仰。后人闻已，愈加精进，以此流传天下，承为警鉴云尔。

---

① 普明禅师：宋代高僧，本文托名为其所作，实际应创作于明代。
② 崇宁：宋徽宗赵佶的第二个年号。
③ 武林：杭州的旧称。
④ 上根：佛教术语，上等根器。指对佛法的领悟程度属于上等。
⑤ 普济：普遍济助。
⑥ 三乘：佛教术语，指小乘（声闻乘）、中乘（缘觉乘）和大乘（菩萨乘）。三者均为浅深不同的解脱之道。亦泛指佛法。
⑦ 演畅：阐明，阐发。
⑧ 顿渐：即顿悟和渐悟。
⑨ 因缘：佛教术语，世界上各种事情的变化发展的主要条件为因，辅助条件为缘。
⑩ 行状：事迹。
⑪ 唐捐：落空，虚耗。
⑫ 历览：逐一地看。

重刻观世音菩萨本行经简集卷上

登坛开白①凡任其事,必须斋沐更衣,则敬心当然,以重菩萨。故先举香赞,次开白已,方入正文。

岁次某年二月十九日恭遇。

大悲观世音菩萨降诞良辰。我今登坛,宣演观音宝卷。众等务宜,摄心端坐,齐身恭敬。不可言语笑谈,切忌高声混乱。鸣尺必须谛听,宣扬清净耳闻,从闻思修,圣凡不二。

经云:"观世音菩萨,以何因缘,名观世音,若有众生,受诸苦恼,闻是观世音菩萨,一心称名,观世音菩萨,即时观其音声,皆得解脱。若有持是观世音菩萨名者,设②入大火,火不能烧。乃至若为大水所漂,称其名号,即得浅处等,以是因缘。名观世音。"偈曰:鸣尺③

观音原住古灵台,慈悲念重降世来。
不问④回回并达达⑤,闻声菩萨笑盈腮。

本行经文苦乐哀音,须要相像。

恭闻迦叶佛⑥时,须弥山⑦西,有一世界,国名兴林⑧,年号妙庄。彼土人皇,姓婆名伽,年始二十,众称人尊,祝立为帝,正治封疆,纵广十万八千里。皇城十二门,围绕三千里。宫殿高广,金碧交辉。四相恭奉,三公卫护,九番七十二国,往往来来,万姓俱降,人人叩头,个

---

① 开白:即开场白,宝卷故事开始之前的说明。
② 设:如果,假如。
③ 鸣尺:尺即抚尺,醒木。鸣尺即拍响醒木。
④ 不问:无论,不管。
⑤ 达达:即鞑靼,这里为对北方少数民族的总称。
⑥ 迦叶佛:佛祖的弟子摩诃迦叶波。
⑦ 须弥山:原是印度神话中的山名,后被佛教借用,指一个小世界的中心,帝释天居住在山顶,山腰是四天王居所,四周有七山八海和四大部洲。
⑧ 兴林:传说中的国度,一说在印度,一说在河北省邢台市。

个钦仰。皇乃每好打围，嫔妃同玩，泼天①快乐，希有者也。只愁六宫，不生太子，每祷上苍，乃作一偈：

婆伽婆帝号庄皇，凛凛威风镇万邦。
若得宫中生太子，杀牛宰马谢三光②。

听说国后，其正宫皇后，名号宝德，与帝同寿，面如满月，两耳垂肩，双目清秀，一身体态，百般端正，常生慈善，万事宽弘。忽于妙庄八年，降生一女，父皇喜曰："以年号为第行③，见境而立名。朕因看书而生女者，名曰妙书。"后至妙庄十三年，又生一女，仍前启奏。父皇喜曰："朕在洞天宫中，操琴而生女者，名曰妙音。"自此皇后，每告上苍，愿求生男。至妙庄十八年，夜寝太和宫中，梦见二天女，身长三丈，头戴珠冠，体挂璎珞④，身诸毛孔，放五色光，躬立床前言云："上天玉帝，请国母往三十三天善法堂中见佛闻法。"皇后乃然⑤其言，披乘出宫，天降鸾驾，门首⑥而迎，倏忽来到，三天门下。皇后初见，毫光晃曜⑦，目不能睹，众天人曰："速念弥勒佛三声，便见分明。"即时念佛，果见圣境非凡。无数天宫宝殿，高阔深远，天乐自鸣，花彩重重。大梵天皇，与诸天众，共至善法堂前，听经已毕。乃见三千紫金人、十千天仙女，色相⑧端严⑨，各乘金莲宝座，巍巍腾空齐到善法堂中。皇后见之，询问其由，谈话相契⑩。众仙女曰："送一仙者与皇后。"后乃含笑，礼谢众仙，回宫，忽然觉醒在床。乃作一偈：

---

① 泼天：即满天，指极多或极大。
② 三光：指日、月、星。
③ 第行：即行第，家族内同辈人的排行。
④ 璎珞：也作"缨络"，用珠玉穿成的装饰物，多用作颈饰。
⑤ 然：答应。
⑥ 门首：门口，门前。
⑦ 晃曜：同"晃耀"，闪耀，辉映。
⑧ 色相：佛教术语，指万物的形貌。这里指人的相貌。
⑨ 端严：端庄严谨。
⑩ 相契：相合。

昊天圣境事非常，大罗宝殿放毫光。
十千仙者齐欢喜，与奴一女转宫房。

皇后醒来，仔细思量，是何奇异，至今还如胜景①现前。莫不是天降灾殃，地动烟尘，敢②怕外国撩乱，万姓作反。寤寐不安，坐至天明，亲诣殿上，启奏君王。乃作一偈：

梦中闻法往天堂，大觉金仙③现宝光。
臣妾未知凶吉事，特来启奏向君皇。

帝乃出榜，普召圆梦先生。有一公公，发白面皱，竹冠衲衣，执杖而来，揭榜进朝。庄皇喜曰："公住何处？"答曰："臣住乐邦④。"皇问："何姓？""臣姓弥。"皇又问曰："公年高多少？离家几载？"公曰："臣早丧父母，不知年甲，自幼出家，周游列国，处处圆梦，不计岁数。"皇曰："公梦本⑤今在何处？"答曰："臣圆梦不赍⑥本，说来自有忖。"皇曰："且道昨夜，正宫皇后，梦往升天，善法堂中，听闻佛法。见三千紫金人，十千天仙女，一面如故，送一仙女，与皇后回宫。此梦何如？"公公答曰："臣今详说此梦，皇后升天听法，当兴善事，增加天寿，合作佛母。三千紫金人者，即三世三千佛也。十千仙女者，即一万菩萨也。送一仙女，与国后回宫者，乃改入皇家，为法皇家也。今肉身菩萨，出现降诞宫内，出现于世，弘布圆通，度人无量，只此言矣。"乃作一偈：

君皇问臣住何方，家居原住乐安邦。

---

① 胜景：优美的风景。
② 敢：正，正好。
③ 大觉金仙：宋徽宗时对佛的称谓。《宋史·徽宗纪四》："宣和元年春正月……乙卯，诏：佛改号大觉金仙，余为仙人、大士。"
④ 乐邦：佛教术语，极乐之邦。
⑤ 梦本：解梦之书。
⑥ 赍：带着。

生身百拙无些用，单靠圆梦度时光。

那公公不图陛赏①，时问内使，讨水一瓢，喷水一口，喝着一声，杖从地起，化作金龙，风云雨布，电光闪烁，霹雳轰雷，喧震帝殿，大现金身，驾云而去。庄皇见已，拱手扣牙。乃作一偈：

喝杖成龙顷刻间，云迎雨送转天关。
大现金身升腾去，妙庄皇帝喜容颜。

且说国后，自此身体康泰，常见优钵花围绕，耳常闻天乐动鸣，鼻常闻异香馥郁，身常有光明照曜，喉中常自醍醐涓润。如此祥瑞，十月满足，至妙庄十八年，二月十九日，国后大喜，合宫嫔妃眷属，尽行玩花三日，那御花园内，有八十余所观花柳巷，尽是白玉为街，黄金为阑。再有三十二处赏花亭，上盖青绿琉璃瓦，金梁玉柱，下嵌银砖间七宝②。处处安排筵宴，抚琴歌欢，渐渐游至成天殿后，共登千花楼上，顾瞻四面，太阳当空。日正巳时，乃见天花散彩，地涌异宝，花香喷鼻，熏入楼台，随即降生公主，时乃空中，百鸟唱贺云："菩萨出世间，广度无量众。"合宫闻言，乃作一偈：

赏花游玩到楼台，黄莺啼叫百花开。
二月十九春光好，公主身从降下来。

此时皇后，便令宫娥婇女，把金盆沐浴。合宫人赞言："此公主非凡人也，容颜甚微妙，犹如净满月，手有千轮相，目如摩尼珠，指爪如白玉，玻璃面貌，具三十二相，绿眉翠发，世上无比。"六宫共议，自

---

① 陛赏：皇帝的赏赐。
② 七宝：佛教术语，七种珍宝。佛经中说法不一，如《法华经》以金、银、琉璃、砗磲、玛瑙、真珠、玫瑰为七宝，《无量寿经》以金、银、琉璃、珊瑚、琥珀、砗磲、玛瑙为七宝，《大阿弥陀经》以黄金、白银、水晶、琉璃、珊瑚、琥珀、砗磲为七宝，《恒水经》以白银、黄金、珊瑚、白珠、砗磲、明月珠、摩尼珠为七宝。

合进上。父皇观看一面，便将锦袱包藏金盘盛贮。婇女捧托，宫娥后随，六宫三殿，百乐喧天，登临宝殿。父皇喜曰："此女乃正宫感梦而生，名曰妙善。待明日早朝，与朝臣共议，合应诏告，遍行天下。"乃作一偈：

  织金龙袱锦包藏，金盘捧出见君皇。
  寡人与民同安乐，朕若贫时也不妨。

休说皇帝大喜，且说公主生在宫中，人人爱惜，似宝如珠。渐渐长大，年至十岁，志量①洪阔，高明博厚，自然通晓琴书彩画，织锦成文，百味珍馐，无所不会。体态尊重，清洁义让，谦和忠孝，知廉识耻，慈悲忍辱，不贪不爱，自然斋戒，昼则看经礼诵，夜则入定坐禅，时时如此，勤修不懈。不觉长在宫中，一十九岁，公主每告上苍："愿舍皇宫，出家奉佛，参明师，奉知识，行正道，不退心，离地狱，出火坑②，愿成佛，度众生。"发此愿已，梦往妙高峰顶，参无量寿佛之记，梦中觉醒，心悟了然，乃作偈一首：

  长在宫中十九年，万般快乐我无缘。
  坚固自然心不乱，少曾将胁倒床眠。

公主在宫中，修行学道，宫娥婇女，尽皆笑曰："快活不受，何故如此？"公主曰："吾因生死事大，自性众生誓愿度，自性佛道誓愿成③。"叹："日月如梭，光阴似箭，常愁人身一失，永别千秋。吾今普劝知音者，宫中快乐未为贵，莫若空门做道人。"乃作一偈：

  朝廷富贵实轩昂，六宫三殿胜天堂。

---

① 志量：志向和抱负。
② 火坑：佛教语。六道轮回中，以地狱、饿鬼、畜生三恶道受苦最烈，佛经多比喻为"火坑"。
③ 自性众生誓愿度，自性佛道誓愿成："自性"即本性，此处应为"自性誓愿度众生，自性誓愿成佛道。"

莫道长生无烦恼，临终不免见阎王。

公主在宫中修行，未知终后如何。且说妙庄皇帝，镇掌山河，神惊鬼怕，有功者赏，犯法者不饶，四相九卿恭奉，百万军兵拥护，后宫眷属三千七百，日日九宴，琴乐应天①，少甚金银异宝，思量只少一个太子，乃作一喝②：

帝皇无嗣总由天，流传一段大因缘。
万劫千生难遭遇，端然静息听宣传。

南无观世音菩萨此处和佛号起，但遇菩萨名，则众称念一声，鸣尺一下。

妙庄皇帝登天下，有道君皇治万民。
百亿山河居一统，万家交参贺太平。
休论皇帝多有道，听说宫内正宫人。
名称宝德为皇后，圣贤佛母降凡廷。
天生美貌都端正，仁德心慈世莫论。
三十六宫齐恭奉，七十二院总钦尊③。
虽在后宫为皇后，不生太子小储君。
前后亲生三个女，三个女子告知闻。
大姐妙书为第一，第二名称号妙音。
第三妙善年最小，父娘偏惜掌中珍。

皇帝一朝登殿，龙颜大怒，朝臣失色，帝乃口中不语，心下思想，后宫嫔妃眷属，三千七百，尽是泥塑木雕的死人，并无一个能生子息，朕思山河草木，年年逢春，开花结子。寡人绝嗣，徒劳为国之君。若得宫中生一太子，嗣续朕命，坐掌山河，兴隆帝道，名布他邦，是朕之愿

---

① 应天：震天。
② 喝：此处应作"偈"。
③ 钦尊：尊敬。

也。今日无门可诉，只得宣卿，前来听朕细说衷肠。

有子此事都放下，更无余事和太平。

南无观世音菩萨

皇帝当时开金口，卿等前来听朕因。
堆金积玉成何事，算来异宝未为真。
光阴如箭催人老，国无太子朕无亲。
朕今自恨身躯老，镇掌山河无后人。
若得宫中生殿下，何愁四海不清宁。
眼前满朝朱紫①贵，谁解烦愁一点情。
四相九卿齐便奏，再朝八拜说缘因。
满朝尽是忠臣士，更无违碍不良人。
宫中还有三公主，合招驸马在宫门。
伏望我皇亲电览②，龙颜且喜纳微臣。

皇帝每日五更三点，带月披星，百乐齐鸣，迎上宝殿，振大朝钟，击大朝鼓，静鞭③三下，喧天如雷，文武两班，齐齐整整，执笏舞笏，三祝三呼，二十四拜，言称万岁。忽一日朝罢，当问序班："今日早朝，臣完④否？"序班传奏："臣启陛下，内有左丞相张拱辰，不来朝见。"皇曰："何故不来朝见？"右丞相许智，出班奏曰："臣启万岁，臣闻他家，昨夜为因夫人生一孩儿，以此失朝。伏望我皇，赦罪宽恩。"皇帝见奏，锁定眉头，精神不爽，恨他男子，偏不来寡人宫中托生，他年长大，替朕为君，却不是好。

---

① 朱紫：即"朱衣紫绶"，为高级官员服饰。
② 电览：明察。这里是请人观览的敬辞。
③ 静鞭：一种很大的鞭子，銮驾仪卫之警人用具。朝会时鸣之以发声，以示肃静。也称鸣鞭。
④ 完：完整。

海宝①千般未为贵，先求如意无价珍。

南无观世音菩萨

> 五更三点皇登殿，掌扇②才开见帝君。
> 挂甲将军无万数，两班文武共随身。
> 舞蹈三呼称万岁，二十四拜口称臣。
> 妙庄皇帝开金口，动问左右众朝臣。
> 左右朝臣齐声奏，只有拱辰未来临。
> 未审此人何缘故，不来朝见为何因。
> 许智丞相时便奏，我皇圣耳愿知闻。
> 他因夫人生男子，失来朝见愿宽恩。
> 皇帝见奏心烦恼，恨他男子错安身。
> 托朕官中为太子，金盆沐浴号东宫。
> 文武朝臣齐声奏，国无太子宿何因。
> 三清上帝无分晓，玉叶金枝不布容。

皇帝大朝，面无正色，文武群臣，战战兢兢，合朝跪劝曰："伏望我皇，息怒开怀③。虽然不生太子，臣闻正公娘娘，自有三员公主，青春正当，合招驸马，岂不是嫡亲瓜葛，向后观他，有德行者为尊。臣当万死，直言奏知，任我皇称心，可行则行。"皇帝见奏，龙颜喜曰："劳卿所奏，解朕之愁。"便行敕命宣召后宫："三员公主，即今晚朝，速赴殿前。"

> 不得春风花不绽，花容须感春风力。

南无观世音菩萨

---

① 海宝：佛教术语，大海里的宝藏，这里泛指宝藏。
② 掌扇：古时仪仗的一种，长柄掌形扇。
③ 开怀：放宽胸怀。

父皇有敕宣官内，敕传内苑急如云。
妙书妙音并妙善，共同披乘①出宫门。
青丝细发蟠龙髻，眉如绿柳始逢春。
面如牡丹花正放，绣鞋三寸不沾尘。
容颜花貌如美玉，少年洒落②正逢春。
一似嫦娥离月殿，犹如仙女出仙宫。
未知父皇何圣旨，为何敕下召奴身。
同往成天金殿上，深深八拜谢皇恩。
齐齐近前呼万岁，凤语鸾吟赞父亲。
金轮统御三千界，王历③延鸿④百万春。
父皇开言龙颜喜，女儿今且听缘因。
爷爷年老无所靠，又无太子小储君。
朕今与儿同商议，共招驸马在宫门。
我儿承顺⑤须当⑥说，欲何文武自评论。

皇帝敕下："三人女子，招亲侍奉欲何，文武速急回言。"当⑦有妙书公主，进前启奏："儿顺父命，愿得文士为亲。须先体察，如无刑伤⑧、过犯⑨、技艺⑩、下辈⑪等人。朝门之外，挂传金榜，普召天下，考试贤良秀才，能通万卷诗书，举笔成文，出言成诗，孝义仁信，才貌两全，人相气概，少年洒落，不肥不瘦，不长不短，真才实学，随机应用，方为一国之至宝，万邦之光辉。有这般大公器⑫者，便可成亲。"

---

① 披乘：掀开车上帘子，这里指乘车。
② 洒落：潇洒，洒脱。
③ 王历：王朝的命数。
④ 延鸿：长久昌盛。
⑤ 承顺：遵奉顺从。
⑥ 须当：应当。
⑦ 当：正。
⑧ 刑伤：杀伤，这里指犯过杀人伤人的罪过。
⑨ 过犯：过错。
⑩ 技艺：这里指从事技术工种的人。
⑪ 下辈：地位低下的人。
⑫ 公器：本义为官家的器物，这里比喻为国家的有才能的人。

文能安邦民安乐，武能护国绝干戈。

南无观世音菩萨

妙书公主回言答，儿愿文士纳为亲。
先须体察无过犯，金榜名传第一人。
知书达理人相好，端严洒落少年春。
驸马把笔安天下，兴林一国尽安宁。
黄金殿上封官显，紫袍玉带号忠臣。
若有这般明贤士，须要举保便成亲。

皇曰："大姊顺父招夫，文士为亲。妙音你意下何为？说与我知。"妙音公主躬身便答："姊姊既认招文，奴奴愿招武者。武者须选文武双全，有志感勇，不劳军兵，拱手①降伏，边邦宁静，干戈永息，喝静朝班，山河一统，镇国掌兵，无敌大将，一人之下，万人之上，威风凛凛，人相巍巍②。恐怕烟尘动时，要他护国护民。有此功能者，方可成亲，匹配婚姻，务要的当③。"

千兵易讨寻经论，一将难求教外传。

南无观世音菩萨

妙音公主忙便奏，为愿武者纳为亲。
武者须是名上将，领兵护国镇乾坤。
喝水成冰通军马，如龙八爪护皇城。
神钦鬼奉如天将，威风万里众钦尊。
恐怕边邦烟尘动，要他守护父皇城。

---

① 拱手：指轻易。
② 巍巍：崇高伟大。
③ 的当：恰当，稳妥。

父皇见奏龙颜悦，天生女子孝心人。
次宣妙善前来问，我儿今且听缘因。
姊妹三人儿最小，朕缘偏惜掌中珍。
巍巍堂堂如花貌，端端正正紫金容。
举步如如①身不动，音声朗朗不摇唇。
寡人与你频抬举②，招取一人在宫门。
招取一位忠臣士，万里山河詑③此人。
大姊招文为驸马，二姊愿纳武为亲。
女儿欲要何文武，随心如意道知闻。

皇曰："朕宫中只有三人女子，青春正当，合招驸马，护国护民，代天行化。大姊招文，二姊招武，一能孝二能顺，正是有志不在年高，自然通孝世间大礼。妙善你意下何为？"三公主上前便奏："女孩儿身同心不同，各有所见。伏望爷爷明镜朗鉴。"

一片白云横谷口，几多归鸟尽迷巢。

南无观世音菩萨

妙善当时忙便答，父皇且自请回尊④。
爷爷⑤只忧无太子，奴愁生死别无因。
父皇柱有多金宝，怎免轮回死生门。
奴奴⑥命似风前烛，世间难得百年人。
镇掌山河棋一局，百年世事一梦中。
静思古往今来事，泼天声价总成空。

---

① 如如：恭顺儒雅的样子。
② 抬举：这里是培育的意思。
③ 詑：同"托"。
④ 回尊：意义不详，"尊"疑似为押韵硬凑之字。
⑤ 爷爷：这里指父亲。
⑥ 奴奴：古代女子的自称。

  朝朝扛哄①呼万岁，阎王相请莫知闻。
  苑庵胜住黄金殿，麻衣赛挂锦袍人。
  功名势退汤浇雪，趁时回首可修身。
  三寸气在千般用，一旦无常万事休。
  文官能文徒然事，武官能武亦徒然。
  任汝名题金榜上，锦袍玉带一场空。
  风清月白修行好，老来学道果难成。
  奴奴若是招驸马，沉埋地狱出无门。
  知他二姊招驸马，奴愿今身至佛身。
  文官武官都不愿，一心要做出家人。

  妙善答父皇曰："总有忠臣孝子，志士仁人，岂能代得无常。奴奴切思，地狱之苦，爱命为因，爱欲为果，因果相交，万死万生，改头换面，六道②流浪，无解脱期，才断爱欲，便证佛果，能化现身，接物利生③，同登觉岸④。"

  石火电光⑤难定限，速急修行早是迟。

南无观世音菩萨

  妙善当时回言答，父皇圣耳听知闻。
  富贵难买生死路，莫令轻忽悞⑥前程。
  忽地⑦无常难可测，便应立志习修真。
  爷爷容奴修行好，皇天不昧善心人。

---

① 扛哄：抬扛起哄。
② 六道：佛教术语，指众生轮回的六去处：天道、人道、阿修罗道、畜生道、饿鬼道和地狱道。
③ 利生：利益众生。
④ 觉岸：佛教术语，由迷惘到觉悟的境界。
⑤ 石火电光：也作"电光石火"，见前注。
⑥ 悞：同"误"。
⑦ 忽地：也作"忽的"，忽然。

烦望爷爷生欢喜，容奴学道别酬恩①。
贫富夫妻如春梦②，奴向云林③学古人。
酆都界内无相识，阎王殿上没人情④。
三涂⑤地狱令人怕，誓不将身去嫁人。

皇帝闻言，大怒龙颜，喝骂："泼的子⑥，妖精也来作怪。朕为一国之主，万姓之尊，见识却不如你，一个女孩儿之辈。从古至今，有天地则有阴阳，有男女则成夫妇，男婚女嫁，大礼当然。这厮是何道理？"喝令力士，"拏⑦赴法场斩了。"左右应声如雷，未敢便拏。

万古碧潭空界⑧月，再三劳碌始知音。

南无观世音菩萨

犯上父皇龙颜怒，高声喝骂不非⑨轻。
精灵⑩胆大言无理，妖邪吐气怎生听。
朕为大地山河主，皇天之下独为尊。
百万军兵降伏住，难道降伏你不成。
三十六载登天下，四海闻名万姓⑪钦。
代代国令传天下，古今王法治乾坤。
利剑不斩忠孝子，犯法从来不认亲。
谗君不孝须当斩，剿除鬼怪灭精灵。

---

① 酬恩：报答恩德。
② 春梦：比喻易逝的荣华和无常的世事。
③ 云林：指隐居之所。
④ 人情：这里指情面。
⑤ 三涂：见《雪山宝卷》中的"三途"。
⑥ 的子：即小子。
⑦ 拏：同"拿"。
⑧ 空界：佛教术语，又称"空大"，为"六大"（地大、水大、火大、风大、空大、识大）之一。
⑨ 不非：此处是两个否定词连用，起强调作用，仍然表示"不"的意思。
⑩ 精灵：这里指精怪。
⑪ 万姓：万民。

妙善见父皇大怒，叉手近前曰："腹盆如大海，能纳百川。为小节事，怒气如山。伏望爷爷，大展慈容，望乞慈照。"

水月胸襟尘不染，冰霜戒行道长存。

南无观世音菩萨

> 妙善见父生嗔怒，进前一一奏言文。
> 百岁光阴一宿客，呜呼浮世岂长存。
> 男婚女嫁埋苦本，广种阴司地狱根。
> 若逼奴奴招驸马，父传金榜召医人。
> 医者须是明医士，天下闻名第一人。
> 医天医教①无云障，玉兔金乌不动明②。
> 医地医教无寒暑，大地山河一统平。
> 医人医教无高下，普令快乐胜天真。
> 空王③殿内为眷属，涅槃床上结成亲。
> 但有如此明医士，怎敢推辞背圣恩。

父皇见奏，呵呵大笑："这小的子，果是妖精鬼怪，生在宫中，年方一十九岁，晓得许多般事。不学孝悌忠信，人伦之道。信邪倒见④，听诳惑之言，古今人生人死，有春、有夏、有秋、有冬，死以葬之。春秋祭之，大礼如此。若是平生，有功行者，该载于文籍，使名扬于后世，孝则终矣。有甚天堂地狱鬼神？是何形像？只有读书朝帝阙⑤，那见念佛往西天。这泼的子，元来怕死贪生，若是聪明有见识的女孩儿家，本本分分，不言不语，顺于爷爷，与同二姊，招一驸马，也是一头

---

① 教：使。
② 不动明：意义不详。疑出自"不动明王"。不动明王，梵名摩诃毗卢遮那，佛教密宗菩萨名。佛经中说他奉大日如来教令，做忿怒状，能够降伏一切邪魔。
③ 空王：佛教术语。佛的尊称。佛说世界一切皆空，故称"空王"。
④ 倒见：颠倒显现。
⑤ 帝阙：皇城之门。

了当①，岂不称心。你一点儿年纪，从那里得病？说将来看。"妙善闻已，即时便答：

大家截断梧桐树，自有傍人说短长。

南无观世音菩萨

妙善近前躬身奏，金怀②玉镜照评论。
一愿不老常年少，二愿不死永长春。
三愿肉身成正果，四愿见性识天真③。
五愿三障④皆消灭，六愿恩爱断除根。
七愿智慧超日月，八愿三界⑤释冤亲⑥。
九愿天人皆供奉，十愿说法度群生。
万圣千贤中第一，天上天下众钦尊。
若有这般名医士，莲花会里便成亲。

公主答父皇曰："奴愿医士为亲，须是医得，天下万类无生灭⑦之相，无忧欲之情，无老病之苦，无高下之拘，无贫富之辱，无好恶之患，无你我之心，无能所⑧之傲。变大地人⑨，同心意、同形相、同寿命、同名号、同安乐，万象森罗，同一受用。四生⑩六道，蠢动含灵⑪，

---

① 了当：完毕，停当。
② 金怀：意义不详，疑为"金杯"之误。金杯，指凹形铜镜。《淮南子·天文训》："故阳燧见日则燃为火。"汉高诱注："阳燧，金也。取金杯无缘者，熟摩令热，日中时，以当日下，以艾承之，则燃得火也。"
③ 天真：这里指人的本性。
④ 三障：佛教术语，指烦恼障、业障和报障。这是求解脱的三大障碍。
⑤ 三界：佛教指众生轮回的欲界、色界和无色界。
⑥ 冤亲：仇人和亲人。
⑦ 生灭：佛教术语，依因缘和合而有为"生"，依因缘离散而无为"灭"。
⑧ 能所：佛教术语，"能"与"所"相对，如同主观与客观。
⑨ 大地人：指人间的众生。
⑩ 四生：佛教将世间众生分为胎生、卵生、湿生（昆虫之类）、化生（无所依托，唯借业力而忽然出现者，如诸天与地狱及劫初众生）四类。
⑪ 蠢动含灵：蠢动指动物，含灵指人类。

皆证等觉①，妙觉②尽得，五眼六通③，三身四智④，佛果⑤菩提。有人能医此心病者，不选日时，结成夫妇，同若忍辱铠⑥，共卧无余⑦床，同坐法空⑧座。只此言矣。"父皇闻言，咬牙怒目，声震如雷，左右见之，魂惊胆碎。

不是这番寒彻骨，争得梅花喷鼻香。

南无观世音菩萨

父皇闻言心焦燥，面如土色气如云。
高声喝起教拿下，殿前臣应似雷鸣。
着令左右金甲将，瓜锤⑨打死这妖精。
文武朝臣齐声奏，我皇赦罪纳⑩微臣。
公主年幼无志气，宽恩恕罪且消停。
妙庄皇帝开金口，卿等前来听朕因。
可怪⑪顽泼天大胆，嘴快如刀不辨尊。

---

① 皆证等觉："等觉"即佛的异称，"皆证等觉"即都能成佛。
② 妙觉：佛教术语，指佛果的无上正觉。
③ 五眼六通：佛教术语，"五眼"指肉眼、天眼、慧眼、法眼、佛眼。凡夫所见为肉眼，天人禅定所见为天眼，小乘照见真空之理为慧眼，菩萨照见普度众生的一切法门为法眼，佛陀具种种眼而照见中道实相为佛眼。"六通"见《雪山宝卷》"三明六通"。
④ 三身四智：佛教术语，三身，通常指法身、报身和化身（或应身），乃成佛所证之果；四智，法相宗所立四种如来的智慧，即成所作智、妙观察智、平等性智、大圆境智。成所作智是转有漏的前五识所成，为佛成功所作一切普利众生的智慧；妙观察智是转有漏的第六识所成，为佛观察诸法及一切众生根器而应病予药与凡成圣的智慧；平等性智是转有漏的第七识所成，为佛通达无我平等的道理，而对一切众生起无缘大慈的智慧；大圆境智是转有漏的第八识所成，为佛观照一切事相理性无不明白的智慧，此智慧清净圆明，彻见内外，如大圆境，洞照万物（见陈义孝：《佛学常见词汇》，文津出版社，1984年版）。
⑤ 佛果：佛教认为佛是持久修行所得之果，所以叫"佛果"。
⑥ 同若忍辱铠：若，同"诺"，手持。忍辱铠，佛教认为忍辱能防止一切外难，故将其比作铠甲。
⑦ 无余：佛教术语，指无余涅槃，谓生死的因果泯灭，不再受生于三界。
⑧ 法空：指诸法（物质与精神现象的总和）由因缘而生，并无独立存在的实体。
⑨ 瓜锤：即金瓜锤，前段状似瓜，铜制，呈金色，常由殿前武士所持。
⑩ 纳：采纳，这里指听从。
⑪ 可怪：令人诧异。

一片心肝如铜铁，善化忠言永不听。
犴①滑刁钻非家宝，忘恩负义未为珍。
及早驱除由②是可，年深日久必成精。

妙庄皇帝拍案高声便骂，曰："蜂狂③的精灵，说出无端，话得无理。"喝令女使，剥下锦绣罗衣，御棍打出，禁在后园，待他寒冬饥饿而死，免挂心怀。妙善闻言，微微暗笑，情愿解下衣裳，叩头而去。公主到园中，自叹曰："富贵岂在锦罗衣，有道何在皇宫贵。"且向园中，安然静默，一尘不挂，深入禅定④，思惟佛道。得出宫门，如离火宅⑤，荷谢⑥三光，今日才得，畅心满意修行。

长空云散天一色，大地春回万象新。

南无观世音菩萨

公主径入园中去，欢欢喜喜出宫门。
酒色财气今日断，三涂八难永除根。
锦绣罗衣皮毛债，全身净尽合无为。
出门一步乾坤阔，逍遥自在感天恩。
皇宫不是安身处，故乡元在自心中。
此处园中如仙境，奇花异果四时新。
为因生死无心恋，转心修道别无因。
千般快乐浑不喜，一心愿证道圆通。

---

① 犴：这里应是"奸"之误。
② 由：同"犹"。
③ 蜂狂：即疯狂。
④ 禅定：佛教禅宗修行方法之一。一心审考为禅，息虑凝心为定。佛教修行者以为静坐敛心，专注一境，久之达到身心安稳、观照明净的境地，即为禅定。
⑤ 火宅：佛教术语，比喻充满众苦的尘世。
⑥ 荷谢：感谢。

公主在园中，且喜无忧无虑，幸有明月为伴，白云为侣，又无怨恨，常生欢喜，自叹宿生①庆幸，无诸魔障②，得出宫门，如囚脱枷，似鸟离笼。如龙得水，似虎逢山，逍遥无挂碍，自在更无忧。迅速光阴，已经一月，止有皇后，朝思暮想，日不食，夜不睡，与六宫共议，自合③进上，求免赦罪，众保回宫。

白云乍可来青嶂，明月难教下碧天。

南无观世音菩萨

六宫嫔妃同玉步，黄金殿上说知因。
百乐应天前引路，正宫皇后后随身。
直至殿前呼万岁，二十四拜泪纷纷。
伏望我皇生欢喜，宽恩赦放女儿身。
自家骨肉心中宝，莫将凌辱不成人。
痴顽幼小无志气，未辨春秋④不顺情。
哀告父皇休嗔恨，大展慈容放罪人。
亲生止有三个女，乳哺三年计九春。
妙书妙音多快乐，可怜妙善受艰辛。
父皇心肠如铁石，不思骨肉痛伤情。

父皇见奏，呵呵大笑，曰："父母见识，大意相同。自家女儿，谁不爱惜，只是孝顺的便好。从今教他改过前非，且待明日朝罢，朕自去园中，游赏一回，令那大胆不成人的女子回宫。你们各宫人等，须是同去转劝。"后妃奉旨，即便同往。

---

① 宿生：前生。
② 魔障：佛教术语，指修身的障碍。
③ 合：应该。
④ 春秋：这里指褒贬。

明人不在多多说，响鼓何必重重敲。

南无观世音菩萨

皇帝皇后皇妃子，不排鸾驾入园中。
女使女官前引路，娇娥婇女后随身。
径入后宫花园内，花红柳绿正逢春。
看花女官来迎接，请皇亭内暂安身。
二十四拜呼万岁，圣人何故驾亲临。
皇帝亭中开言说，卿在亭前听朕因。
多因妙善心邪见，痴顽失志不成人。
禁在此园一个月，从拿到此未知因。
女官曾知何消息，知他事体说来因。
当时女官回言奏，圣明天子纳微臣。
未奉我皇亲旨意，至今不敢拜芳容。
皇帝亲去观公主，幽然静坐小亭中。
击门高声呼妙善，颠狂下贱下流人。
快乐风光无福受，自招其祸做囚人。
今朝好好回心转，赦你回宫为好人。
速急回心由是可，仍前逆旨命除根。

父皇去见妙善，口中不说，心内暗想沉吟①，不觉泪流锦袍，亲问曰："我儿可伤，不思在父母身边，六宫之内，吃香馥馥的饮食，穿金黄黄的龙服，住锦片片的楼台，随从的娇娥，伏侍的婇女，日日筵宴，百乐齐鸣，有甚不足之处？今日从顺父命，招取一人。向后独尊汝夫，兴隆帝道，坐掌山河，且受尽世风光。一朝天子，胜做万代诸侯，你心何见，要受凌辱？"妙善闻言，随即便答：

---

① 沉吟：深思。

眼中着楔谁当得，火内生冰道者知。

南无观世音菩萨

公主当时回言答，父皇圣驾且回宫。
无弦琴上知音少，父子弹来调不同。
不贪皇宫多富贵，愿向空门做道人。
不愿招夫为天子，无福做后正官人。
愿搭如来三字衲①，不愿皇宫着锦衣。
儿厌三界如牢狱，决不将身去嫁人。
奴奴若得成正果，普光殿上报亲恩。
奴在园中无报答，劳烦父帝母亲临。
但愿自性心花绽，功成行满转官门。
奴因生死甘遭难，不敢怀怨恼圣君。

皇曰："凡为人子，不遵父训者，天诛地灭。千般抗对，你从那里学来，许多狐言鸟语②？我想那等，为僧道者，乃是民间懒惰鳏寡孤独之流，不能生理的，改妆异扮，托佛为由，一概尽是不忠不孝得死罪的浮徒③。你学这等作为，岂不是败坏国家，谗辱④朝廷。教你招取驸马，成立帝基，如升天富贵，更作么生⑤？"妙善闻言便答："奴观金文玉轴，皎然⑥明载，三世诸佛，今古圣贤，皆舍五欲，行大乘道，成等正觉，普济天上人间。又见梵皇⑦帝释⑧，侍佛左右。十种仙人，随佛化度。九十六种外道，五十种魔王，参随拥护。又有国王大臣，士农工

---

① 三字衲：衲，僧衣。"三字衲"意义不详，大概是一种比喻的手法，"三字"指阿弥陀。
② 狐言鸟语：指蛊惑人心的胡言乱语。
③ 浮徒：游手好闲之徒。
④ 谗辱：谗言侮辱。
⑤ 么生：什么生活。
⑥ 皎然：清晰的样子。
⑦ 梵皇：指佛。
⑧ 帝释：亦称"帝释天"，佛教护法神之一。佛家称其为三十三天（忉利天）之主，居须弥山顶善见城。梵文音译名为释迦提桓因陀罗。

商，老幼男女，皆因出家，俱成圣果。终不然①都是懒惰之流，不能生理的。"父皇闻言，默然不语，无言可答，只得隐忍回宫。问来眷属，俱随驾转。皇帝回宫，彻夜思量，无计可施。再令妙书、妙音二公主，同皇后去劝。

  百舌未休枝上语，凤凰那肯共同栖。

南无观世音菩萨

  皇帝有敕宣皇后，再令去劝女儿心。
  皇后当时蒙帝敕，十步那容五步行。
  曾劝凡情急似火，谁知圣心冷如冰。
  妙书妙音同母劝，直到园中说事因。
  从今我儿于此处，阿娘日夜泪纷纷。
  特劝我儿招驸马，便同二姊共成亲。
  父母养育恩难报，归宫可报父娘恩。
  今朝再不回心转，果然不是孝心人。

  妙善答母亲，曰："承感父母恩深，报答在后。幸有二姐姐招亲，尽可奉终侍老。容奴出家，若得道证圆通②，先度双亲，同生净土。伏望母亲，譬如不生，犹如死了。世人重财色，奴愿安心静，财色乱人心，静见真如性。"皇后闻言，无话可答。

  夜静水寒鱼不食，满船空载月明归。

南无观世音菩萨

---

① 终不然：也作"终不成"，难道，岂能。
② 圆通：佛教术语，圆，不偏倚；通，无障碍。指悟觉法性。

公主当时忙便答，深深下拜说元因。
母亲权且归内苑，譬如死了未曾生。
皇后当时无言答，不言不语没精神。
长江狂风翻波浪，谁知稍公①不开船。
大姊妙书回言劝，聪明贤妹听知闻。
孝义全无何见识，今朝受苦为何因。
姊妹三人贤②最小，父娘偏惜掌中珍。
我等顺父招驸马，你心错见不成人。
今被父皇多磨难，累及③我等痛伤心。
不思宫内多快乐，看看担阁④失精神。
好好回心招驸马，惜汝花容似玉身。
特劝贤妹归宫内，顺父孝母胜修真。

大姊见妙善容颜不退，加增妙相⑤，正是天生奇哉："当受苦的女子，你不趁青春，长就⑥一人，老来方知空自惆怅。不思父皇宫中富贵，只有天在上，更无第二家。住的是万龙宫殿，金梁玉柱，银斗金升；行的是玛瑙、白玉阶道，间七宝，铺锦绣；坐的是摩尼旃檀⑦滴珠，蹲狮睡象，蟠龙绣塾⑧；卧的是沉香楞金⑨，象牙犀角龙床，并八宝天花锦帐；头上顶戴的都是揎龙飞凤，百宝珠璎；身穿的是上妙七宝丽服，织锦鸳鸯，耀日峥光⑩；口吃的是百味珍馐，醍醐⑪上馔。游耍的是千种细乐⑫，出入的是鸾驾随身。日日五宴，赛过八洞神仙。上天

---

① 稍公：同"艄公"。
② 贤：旧时对人的敬称。
③ 累及：连累。
④ 担阁：同"耽搁"，耽误。
⑤ 妙相：佛教术语，庄严的相貌。
⑥ 就：依从。
⑦ 摩尼旃檀：摩尼，宝珠。旃檀，檀香。
⑧ 塾：此处意义不详，疑有误。
⑨ 楞金：带棱的金属物件。
⑩ 峥光：同"精光"，指光辉。
⑪ 醍醐：只从酥酪中提取的油，也常用来代指美酒。
⑫ 细乐：指管弦之乐，相对锣鼓等音响较大的乐器而言。

只闻兜率①好，人间独有父皇家。我和你三人，受这等荣华富贵，更欲縻②生。恰不是你，自作出来，今日受苦自家知。蜂狂的子，见甚么鬼，好好回宫，免教父母忧虑。"公主闻言便答：

竹影扫阶尘不动，月穿潭底水无痕。

南无观世音菩萨

妙善拱手回言答，奴心迷恋在园中。
乐因苦果人皆喜，苦因乐果绝人闻。
天堂有路无人往，地狱无门有人行。
姊姊招亲如尊便，休管蜂狂下贱人。
奴愿清贫成佛果，你贪快乐入红尘。
更招驸马添枷锁，广造三涂罪业深。
造罪之人还自受，阎王殿上没人情。
阴司地狱令人怕，誓不将身伏侍③人。

妙善答大姊，曰："德生于清俭，福生于卑退④。智者信受⑤，了明⑥生死。我与姊姊，身同心不同。你自招夫恋贵，管我蜂狂则甚⑦？奴奴愿离恩割爱，一心行正道。"大姊便骂，曰："愚痴下贱，枉生伶俐。不依忠言劝谏，我知道你，有日要脱无门，受苦在后。"二姊上前，再劝未知如何？

---

① 兜率：指兜率天，佛教把天分为数层，其中第四层叫兜率天。它的内院是弥勒菩萨的净土，外院是天上众生所居之处。
② 縻：束缚。
③ 伏侍：同"服侍"。
④ 卑退：谦让。
⑤ 信受：相信并接受。
⑥ 了明：清楚。
⑦ 则甚：做什么。

春回非干丹青力，自然柳绿与花红。

南无观世音菩萨

妙音开言劝妙善，告言贤妹听知闻。
从出宫门无消息，朝思暮想泪涔涔。
母亲大姊特来劝，依言本分①转宫门。
奉爷孝母如天地，胜做无心真道人。
好好回宫招驸马，同归宫内好安身。
妙善见说心不喜，告言二姊听缘因。
皇宫快乐非常久②，梦中得宝未为真。
一旦无常音信至，此时追悔更向因。
大限到来无可抵，尽遭鬼使见阴君。
奴奴若是招驸马，永沉永堕出无门。
姊姊招夫如尊便，奴趁青春做道人。
天堂有路终须去，无心恋着转宫门。

妙善答二姊曰："蟾蜍无返照之光，玉兔无伴月之意。妹子探尽龙宫海藏③，众义皆诠④。天堂地府两相交，任君欲向那方走。天堂路上是我行，地府牢中是你住。"妙音听得妙善之言，面无正色，既不顺情，与我无干，任从汝便。母子三人，劝他不转，只得隐忍回宫，奏上父皇："妙善心如铁石，实难挽回。他的言语，并无丝毫渗漏，安心如泰山，立志如大海。"父皇曰："必是妖精，无法可治。"遂即登殿，集诸大臣文武两班，选择贤人。先为妙书、妙音二公主招取驸马。朝臣奉旨，便开文武试场，招贤纳士。

---

① 本分：安分守己。
② 常久：同"长久"。
③ 海藏：海里的宝藏，这里指佛法的精妙。
④ 诠：详细解释。

春月秋花无限意，不妨闲听鹧鸪啼。

南无观世音菩萨

　　此时皇帝升金殿，宣传敕下召诸臣。
　　朕因妙善心邪见，不顺招夫做道人。
　　禁在后宫花园内，冷宫亭内做囚人。
　　今为二女招驸马，先招驸马早成亲。
　　朝臣朱紫钦奉旨，高结彩楼一时成。
　　街坊市户排香案，风流子弟往来频。
　　选得才人能文武，绣球抛下配成亲。
　　驸马捧球登金殿，皇亲国戚尽相迎。
　　画烛高堂光曜日，二人公主出宫门。
　　笙箫鼓笛齐相和，铜锣饶钹应天鸣。
　　双双左右躬身立，深深八拜谢皇恩。
　　满朝拜罢归宫内，洞房花烛结成亲。

皇帝一日登殿，传宣正宫皇后。休说妙书妙音，且论第三痴顽的女儿，不觉已经半载，并无音信，未知如何？着令宫娥婇女："汝若劝得他转意回宫，重赏你们。"宫娥奉旨，不敢久停，急去如云①。见三公主，下泪汪汪，公主微微暗笑②，问诸婇女："何缘到此挥泪？"婇女曰："奴等今朝，钦遵帝命，特宣公主，速急回宫，招取驸马。"

白露下田千点雪，黄莺上树一枝金。

南无观世音菩萨

---

① 如云：多的样子。
② 暗笑：偷笑。

宫娥奉旨如云去，飞凤竟往后园中。
慌忙一见三公主，齐齐下拜泪淋淋。
奴等在宫长烦恼，并无音信到宫门。
公主容颜加妙相，如花似锦貌精神。
烦请公主归宫内，奉父皇后见诸亲。
正好回宫招驸马，不须①做甚出家人。

公主曰："吾得证无上正觉，能圆成②百亿化身，具三十二相，八十种好，净土天宫想念随身，能化群品③，得到这般时节，便回宫去。"婇女曰："既然如是，在此修行，不当隐便④。"公主曰："因言告知，吾欲往汝州，龙树县白雀寺。有五百尼僧，精进行道。烦汝等与我启奏父皇皇后。"娇娥领命回奏。父皇曰："待他自去到好。"正是因风吹火，用力不多。先传密旨与那尼僧："好生说化，劝他回来。如若劝他不回，重罪不恕，兵火⑤烧灭。"

虚名万事波上雪，百年幻影露成冰。

南无观世音菩萨

皇帝敕传花园内，园中公主未知闻。
女官宣传皇敕旨，恁⑥从妙善去修行。
公主闻言心欢悦，低头合掌谢神明。
不择日时忙便去，开怀欢喜出园门。
世间黄金何足贵，一身安乐值钱多。
锦绣罗衣都不愿，麻衣素服便登程。

---

① 不须：不用。
② 圆成：成就圆满。
③ 群品：佛教术语，指众生。
④ 隐便：应作"稳便"，方便之义。
⑤ 兵火：战争造成的灾火。
⑥ 恁：同"任"。

合宫眷属齐相送，看看送出大朝门。
公主朝殿深八拜，愿皇万岁坐朝庭。
八拜国后同天寿，四拜二姊奉双亲。
满朝眷属都别罢，转身移步出朝门。

合朝文武官员，送公主出午门外，把绢帛围绕花街①："臣闻古书云'孝行为先，奉亲事大'，背双亲出家，是何道理？修何行？奉何佛？只消②在宫中，孝皇顺后，广读诗书，自然通晓。合招驸马，大理当然。凡为人者，衣食为根本，吃些酒肉有何妨？穿些绫罗锦绣得何罪？古人有不出门而能知天下事者，有一举成名而天下知者，有盖世文章以为帝皇师者，终不然都是出家奉佛者乎？有此忠孝名扬后世，何须出头露面，被人谈笑，防人议论？臣等有罪，愚不谏贤，万望公主，转意回宫。只要言行相扶③，孝义忠信便了。"

好个绝学无为子，掘地无端要觅天。

南无观世音菩萨

合朝朝臣劝公主，且回宫中奉双亲。
不顺父母人伦绝，万世移名忤逆人。
臣等今朝劝不转，辞官纳印出皇城。
公主当时回言答，卿等今且听缘因。
有劳好言来劝谏，梦中说梦了无真。
任君名传于四海，难免轮回生死门。
博学强记聪明士，聪明反被丧身心。
文章盖世成何用，名枷利锁枉徒然。

---

① 此句后疑有遗漏。
② 消：需要。
③ 扶：倚仗。

不出门知天下事，家中性宝①失无寻。
一举成名如花绽，人崩花谢总成空。
虽然名扬于后世，魂灵未必得超升。
世上万般皆下品，唯独禅门学道真。

公主曰："诳人千个易，自行一身难。奴今切思，成必有坏，生必有死。叹日月如梭，光阴能几？时不待人，少壮必衰。万物无常，无计可施。昔古圣人，有超生脱死②之方，有见性成佛之法。三世诸佛，皆是父母所生，个个知文达理。不说在家孝顺，而能成道。万圣千贤，人人离恩割爱，方成法器。古圣尚然如此，何况我乎？凡修心者，一尘不染，如皎月澄虚③，但信自心是佛，当来必定成佛，乃琴棋书画、名利能所、衣紫腰金、高堂大厦、妻子眷属、象马④七珍、酒海肉山、万般快乐，皆是世间之富贵。一旦命终，眼光落地⑤，魂入阴司，精神受苦。死尸甚好，棺椁厚葬，春秋享祭，表阳上孝心而已，与死者无干，重添罪苦，广造三涂业缘。汝等众官，不信罪福轮回果报，皆有死患一节。且道生从何来，死向何去？会縻⑥，既不知此意，尽是梦中之官也。毁⑦汝则嗔，赞汝则喜。重富贵如金玉，轻贫贱如粪土。见人有德则烦恼，见人有过则欢喜。汝好心何在？口平心不平，言清行不清，知书不知礼，非君子之道也。"

大寂⑧定门⑨无肯语，口缝才开落三乘。

---

① 性宝：本性之宝。
② 超生脱死：即超脱生死。
③ 澄虚：明净。
④ 象马：即象和马，这里指坐骑。
⑤ 眼光落地：指人死。宋·洪迈《夷坚支志甲·巴东太守》："盖将亡时精神消散，所谓眼光落地者此欤？"
⑥ 会縻：会，正值。縻，束缚。
⑦ 毁：诽谤。
⑧ 大寂：佛教术语，即涅槃。
⑨ 定门：禅定之法门。"禅定"是佛教禅宗的修行方法之一，一心审考为禅，息虑凝心为定。佛教修行者以为静坐敛心，专注一境，久之达到身心安稳、观照明净的境地，即为禅定。

南无观世音菩萨

公主苦口将言说，卿等今且听缘因。
不知生死轮回事，梦中花哄①度光阴。
今日不知明日事，人争闲气一场空。
世间虽有皇宫贵，那得山童自在眠。
满朝朝官无言答，不言不语没精神。
枉使好言劝公主，任君苦劝不回宫。
朝臣自此相离别，回朝奏上圣明君。
公主竟自登程去，看看离了本京城。
合国亲人皆下泪，满朝骨肉痛伤情。
街坊市户人称赞，难得公主道心人。
逢山遇晚山中歇，遇桥桥畔暂安身。
在路行程都休说，看看来到汝州城。
花街柳巷无心看，一心只顾望前程。
汝州僧尼来迎接，人人尽赞道心人。
国皇嫡亲三公主，发愿修行到本城。
白雀禅寺相将近，躬身举步入三门。
钟鼓楼上鸣钟鼓，钟鸣鼓响应天闻。
迎接公主登圣殿，上香祝赞礼三尊。
一拜紫金②为本相，二拜僧尼五百人。
满寺僧尼皆称赞，道言公主不凡人。
悟性讲理尽通晓，观其动静再来人。
必是圣贤重出世，赛过三门一寺僧。

公主入寺烧香，礼拜而退。次第参礼大众，后乃知客，引公主到方

---

① 花哄：即胡闹。
② 紫金：一种珍贵的矿物。这里指紫金铸成的佛像。

丈①行礼。茶罢，住持开言，问曰："贤②是国家金枝玉叶，荒山尽是庶民。女子为僧，同房共住，不当稳便。"公主答曰："学道在心，岂分贵贱。"住持问云："公主莫不是星辰，反乱心不由己。不顺父皇，假名出家，特来见僧之过縻③。毁佛谤法，正是你这等恶人也。如何不在宫中，招取驸马，且受尽世风光快乐，也不枉过了青春，万事了当，岂不妙哉。老僧这里穿破衲，吃薄粥，寂寞凄凉，冷清清的，有何德处？"公主曰："吃粥心清爽，寂寞瘖痳安。久闻宝山，原有五百尼僧，尽是官宦富贵之家，聪明智慧之女，知因识果，端严洒落，少年娘子出家，老师若能尽教他们还俗嫁人，奴奴也回宫去。"住持见说，无言可答。

  点铁成金变则易，推山压倒是非难。

南无观世音菩萨

  公主当时回言答，住持和尚听缘因。
  入寺指望同修道，今日全无法眷④亲。
  在宫远闻消息好，缘何尽是梦中人。
  问君出家为甚事，虽搭袈裟未是僧。
  奴因生死来此处，不爱皇宫入寺门。
  尼僧此时回言答，不是为僧不志诚。
  奉汝父皇亲密旨，劝令公主转回宫。
  公主回朝僧无罪，若不回宫灭寺门。
  公主自甘遭磨难，累及我等为何因。
  公主闻言微微笑，始识尼僧道未明。
  若是空门真释子⑤，为法何曾惜幻身。

---

① 方丈：指寺院住持的居室。后也用"方丈"指代寺院住持。
② 贤：对对方的尊称。
③ 过縻：过错。
④ 法眷：共同修行的道友。
⑤ 释子：即释门弟子，指僧人。

任从皇帝来烧灭，定数当然宿有因。
生必有死成必坏，有兴有废不由人。
烧灭任皇来烧灭，百岁须当入死门。

住持闻言，面无正色，告言公主："汝之见识，不合天理。终不然为公主一人，累及我等五百尼僧，同你受苦不曾①？老僧住院，三十余年，未尝有半点横事来入山门。公主与父皇斗气，与我山门有甚相干？"公主闻言，微微笑曰："自古道，僧有六和五德②，乃是僧家之道行也。和尚智窄，见识浅薄，身虽出家，心不染道。未知古圣之行，有舍身喂虎者，有割肉饲鹰者，有燃身为炬者，有舍头、目、髓、脑、肢节、手足者，有舍全身求半偈者，但舍身心，证无上道。汝惜身养命，贪恋未除，如此修行，名未成道。若能损己利人，是僧家之本行也。如利己伤人，非释子之礼也。如今未来烧寺，先自恓惶，想你实无达道之心。"住持和尚闻说此言，叹气连声："苦哉，苦哉，祸从天上来，虚空须感应。"遂升法堂，与众僧共议，未知如何。

昙华发焰金心露，风送清香不等闲。

南无观世音菩萨

住持和尚升法座，法堂钟鼓一齐鸣。
两廊众僧临法会，狮子座③上说缘因。
老僧住院三十载，云水相逢胜如亲。
谁想国皇三公主，也来假做出家人。
为此普告诸大众，将何计策可评论。
座下众僧回言答，堂头和尚愿开恩。

---

① 不曾：疑当作"不成"。
② 六和五德：佛教术语，"六和"为身和（共住）、口和（无诤）、意和（同事）、戒和（同修）、见和（同解）、利和（同均），"五德"当指"比丘五德"，即怖魔、乞士、净戒、净明、破恶。
③ 狮子座：本指佛所坐之处，这里指说法的坐席。

好好劝他劝不转，便将辛苦告知闻。
和尚听从呼妙善，聪明公主听缘因。
莫道出家多快乐，住持方知有苦辛。
不问金枝并玉叶，那管皇亲及国亲。
须要舍身如奴婢，低头下拜奉诸僧。
莫怪老僧来驱遣，也无闲饭养闲人。
与我厨中粗作用，每日供斋五百僧。
出门三里挑泉水，担柴十里别无人。
淘米洗碗并择菜，厨中办事要辛勤。
碓坊①磨所无人替，搬汤送水转如云。
懒惰迟延无别话，竹篦禅杖不容情。

若有一点违情处，赶出不许入三门②。

住持和尚曰："莫道出家，清闲自在。老僧门下，不分贵贱，皆当受我这里差使，便去厨中办事，教行则行，教住则住，小心勤紧，运水搬柴、淘米择菜、洗碗汤盏、支菜直果③、烧香换水、打扫铺陈、插花挂彩、鸣钟击鼓、接待云水④，诸般尽是你一身自办。如有一些不中，大的是禅杖，小的是竹篦，一顿打出山门。这等事体，预先告知，任从尊便，可行则行。"公主答曰："甘心自受，尽行不妨。"和尚说此事已，随即下座。

丹凤朝阳梧桐下，宿食终不与鸡同。

南无观世音菩萨

---

① 碓坊：舂米的作坊。
② 三门：指寺院大门。《释氏要览·住处》："凡寺院有开三门者，只有一门亦呼三门者何也？《佛地论》云：'大宫殿，三解脱门为所入处。大宫殿喻法空涅槃也，三解脱门谓空门、无相门、无作门。'今寺院是持戒修道、求至涅槃人居之，故由三门入也。"
③ 支菜直果：即摆放供品。
④ 云水：指云游的僧道。

住持下座乘轿去，现身罗汉福田①僧。
合寺僧尼迎寺主，送归方丈各抽身。
公主独入厨中去，并无推辞怕苦辛。
火头行者来迎接，一瓯茶罢共谈论。
万事交割与公主，小心勤紧莫辞辛。
公主情愿甘心受，伏侍僧尼五百人。
不论晨昏并昼夜，不恨更长滴漏深。
为因②生死甘心受，愿脱根尘苦幻身。
日间造供并踏碓，夜间挨磨③上香灯。
接待往来云水众，一体④相看本寺僧。
在此劳碌多辛苦，全身憔悴不成人。
愿成佛果超三界，任从口内出烟尘。
不怨父母僧尼众，恨自前生作孽深。
到此终无番悔意，常生欢喜不生嗔。

公主入厨中去，粗细作务，尽是一身自办。如此劳碌，身体懈倦，口生烟尘，且无怨恨之心，常生欢喜之意。每告上苍天，须感应施奴法力。舍身于此，供给众僧。若得果证菩提，不负天恩，愿垂证鉴。

　　云在岭头闲不彻，水流涧下太茫生。

南无观世音菩萨

　　上天玉帝遥观见，庄皇女子受艰辛。
　　当时便传天敕旨，天符牒⑤下六丁神。

---

① 福田：佛教术语，佛教认为供养布施，行善修德，能受福报，犹如播种田亩，有秋收之利。
② 为因：即因为。
③ 挨：推。
④ 一体：全体。
⑤ 符牒：符移关牒等公文的统称。

先差东海龙归寺，藏身桶内入厨中。
滴水落地金鳞现，卷作龙潭数丈深。
远井忽然焦枯竭，化作清泉在寺门。
泉水清满清见底，任挑千担总满平。
百兽衔柴来满寺，千禽送菜似烟云。
六丁六甲修斋供，诸般作务是天神。
仙人换水铺荐席，城隍土地上香灯。
天龙八部来供给，圣僧菩萨往来频。
并不干涉公主事，厨中端坐不移身。
此时公主心欢喜，算来①学道不亏人。

公主在厨中，道心坚固，感灶龙神，善奏天庭。上帝闻奏大喜，敕传中界三官五岳，拨差龙神八部，着令六甲六丁，速去白雀寺内，代公主之劳。又差东海老龙，在厨中开井。又令各山走兽，衔柴遍处，飞禽送菜。诸般作务，尽是天神地祇。公主坦然自在，合寺僧尼，尽皆惊讶，不敢隐藏。众僧曰："戒口莫谈他短，戒身莫随恶伴。"机不密，祸先发，人无远虑，必有近忧，恐有累及不便，速急差人，启奏朝廷。

暗去明来风不露，始终不教堕中边②。

南无观世音菩萨

能事老僧差三个，背捷③黄袱便登程。
不分日夜如云去，竟往京都见帝君。
途中跋涉都休说，看看去进大都城。
身披袈裟头顶露，怀香上表进言文。

---

① 算来：推测起来。
② 中边：佛家因以"中边"指中观与边见（包括空、假等）。《四十二章经》："佛所言说，皆应信顺，譬如食蜜，中边皆甜，吾经亦尔。"
③ 捷：用肩膀扛。

自从公主降寺内，任凭苦劝不回宫。
臣僧今当该万死，圣明皇帝赦微臣。
苦劝公主浑不听，罚去厨中伏侍人。
罚他辛苦回心转，谁知妙法动神明。
他在厨中端然坐，天龙八部转如云。
三界神祇如奴俾①，戒神五百总随身。
八洞神仙迎茶果，丙丁②童子上香灯。
洒扫铺排悬旛彩，总是伽蓝土地神。
晨昏钟鼓无人击，暮鼓晨钟自然鸣。
自古本山无井水，龙卷龙潭在寺门。
走兽衔柴来满寺，飞禽送菜似云临。
碓磨尽是幽冥替，修斋悉是六丁神。
臣僧不敢容藏隐，特来启奏我皇闻。
尼僧启奏情已毕，再听庄皇怒生情。

皇帝早朝，乃见尼僧三人进奏，表章一道。序班鸣赞，展开宣读。皇帝闻言，大怒，喝令左右拿问。当时有旨，着他劝息③这厮回宫，今朝反来这等鬼怪妖言，立召统兵："朱叶二侯，火速选军起马，急往汝州白雀禅寺，团团围住，寺门放火，掘地成池，莫存踪迹。"武官奉旨，应声如雷，叩头出朝，擂鼓鸣锣，聚集兵将，撼动乾坤，经往汝州，烧寺灭僧。

任他浮云飞片雪，一轮皎月印千江。

南无观世音菩萨

武官奉旨来烧寺，领兵起马动乾坤。

---

① 俾：同"婢"。
② 丙丁：古代以天干配五行，丙丁属火，所以此处"丙丁"即火。
③ 劝息：劝说阻止。

路上行程都莫说，看看去到汝州城。
汝州百姓来惊讶，满城兵马为何因。
白雀禅寺相将①近，军兵围绕不通风。
武官开宣皇敕旨，火枪火箭急如云。
满寺尼僧并公主，尽皆烧灭不留存。
走透一人无条赦，九簇先诛后灭门。
军兵奉旨加勇猛，呼风放火不容情。
公主此时心烦恼，合寺受苦为奴身。
奴因誓愿为佛子，坚心学道别无因。
今被父皇生恶意，放火焚烧灭寺门。
弟子自合遭王难，可惜尼僧法眷亲。
我佛慈悲开慧眼，施奴法力救僧人。
免得本山兵火难，后来不敢负深恩。

公主一见，火起四方八面，烟布乾坤，满寺僧尼，啼号哭泣，叫苦埋怨。公主当时虔诚祷告，三世诸佛，含悲恳白："灵山教主，四生慈父，万德世尊，累劫修心，六年证道，妙相端严，具足神通，我佛慈恩，过于父母，满大地人，如一子。想弟子是庄皇之女，好乐佛法，乍入山门，随众行道，因父召不回宫，故来烧寺。望赐慈悲，证明祈祷有求皆应，无愿不从。我是庄皇之女，你是轮皇之子。你离玉殿，我厌皇宫。你往雪山修道，我奔白雀出家。你是我家之兄，我是你家之妹。普救世界之苦，不除却小妹之难。"抽下竹钗，口中刺血，含血一口，向空一喷，不知有何感应？

竹密不妨流水过，山高岂碍白云飞。

南无观世音菩萨

---

① 相将：行将。

满寺僧尼哀哀哭,埋冤①叫屈恨声频。
仰面上天天无路,回头入地地无门。
众僧哭倒无魂魄,并无半个有精神。
公主哀诉空中佛,佛须感应救生灵。
含血向空喷一口,即时发起满天红。
青烟化作乌云起,血成红雨落如倾。
佛殿钟楼无损坏,全然不动半分毫。
此时尼僧都欢喜,方知公主不凡人。
军兵见了齐开口,道言公主是妖精。
回兵转马归京去,从头逐一奏朝廷。

皇帝升殿,乃见原差军兵随班共奏。皇帝问曰:"卿等何为返而太速?"武侯随即便奏:"臣启万岁,未审公主有何法术。初下火时,烟布大地,炮声震烈,目不能睹,耳闻棘捆,啼哭之声。忽然天降红雨,火息烟灭,云收雨散,皓日当空,寺无损伤。臣不敢不奏。"皇帝闻言,怒气冲天,挺立龙床,喝骂如雷:"必是妖精,速急多差兵将,枷杻押赴法场,照样凌迟示众,除灭患害,已免后累。"殿前武士奉敕,风火驿传,去拿公主。好是鹰拿燕雀,水底火发。当时正宫皇后闻知此事,心胆消烊,连忙直入殿上,号啼悲泣,越班启奏。

半夜岭头风月静,一声高树老猿啼。

南无观世音菩萨

皇后吓得心胆碎,彷徨叫屈哭声悲。
径入前殿开言奏,我皇息怒听言文。
臣妾自知甘坐罪,母子情深不忌嗔。
妾今擅自登金殿,大赦宽弘恕罪人。

---

① 埋冤:即埋怨。

荣妻荫子传古典，酷刑尽法坏声名。
猛虎虽凶常爱子，圣君岂有不容情。

皇后启奏曰："妾蒙圣恩，平日眷属之厚，今朝托契，不顾身命，径造大殿，乞赐赦罪，所有小女儿，无礼得罪于驾前。臣妾愚撰一计，烦我皇，如有便道之所，立创彩楼，妾同六宫二女，驸马百官，往彼楼上，百般歌乐饮宴。却拏妙善，从彩楼下而过。他见如此富贵，或有转心之意，免见骨肉生离。未知圣意如何？"皇帝准奏，便传圣旨："敕下朝官，速去南城外，高结彩楼三处，排设祭筵六所。"朝臣钦旨，便盖彩楼，霎时圆成。

才知鹤立松梢意，便识鱼游水底天。

南无观世音菩萨

披星带月皇登殿，宣传敕下众朝臣。
速结彩楼南城外，急排祭奠祭生魂。
朝臣钦旨离金殿，竖楼挂彩一时成。
武将催兵如风火，如龙似虎不容情。
捉住公主无别话，剥下衣裙赤体身。
先把长枷枷颈上，又添铁索挂铜铃。
双手反缚双脚镯，全身都挂纸钱银。
枷令插旗书大字，逆父忤母极刑人。
牵行押解如云走，枪刀前后紧随身。
军兵喝声忙赶路，一锣一鼓好惊人。
军兵开言劝公主，顺帝招亲免祸根。
公主当时回言答，先锋今且听缘因。
宁自舍身刀下死，决不将身去嫁人。
看看押来楼下过，合宫齐见痛伤情。
街坊市户烧钱马，千家万户哭声频。

满宫眷属并文武,尽来祭奠送人人。
上汤进食鸣琴乐,焚香下拜动哀声。
三奠酒罢烧钱马,尊魂享鉴听宣文。

香山简集卷上终
同治七年季冬月敬刻

观世音菩萨本行经简集卷下

维众等至此,恭肃站听,首者出位,跪读祭文:

兴林妙庄,三十六年,岁次甲申,七月朔越,十五日乙巳日。国亲臣等,谨以清酌之礼,美馔之仪,敢昭祭于。

妙善公主,痛念公主,泪落汪汪。有量吞空,无心印月,行超今古,功越太虚,星移斗转,物换人飞。为证无生,不顺父命,青春正当,花绽遭风,香然云沉,烛明光隐,强离金阙,逼赴黄泉,命速西光,形同朝露。臣等无以敬别,聊表寸忱,奉送云程,享霑供仪。呜呼哀哉,伏惟尚飨。读已俯伏,叩首称云,大悲观世音菩萨,数声就位伸偈,鸣尺云:

个中不劳悬寂镜,到头天晓自然明。

南无阿弥陀佛

祭奠告圆皆下泪,满城啼哭痛伤情。
公主坦然无忧虑,欢欢喜喜往前行。
公主开言问左右,哭声乐响为何因。
军兵随即回言答,告言公主听知闻。
前面满街排祭奠,尽是朝廷内官人。
乐音祭奠齐相送,烧香化纸哭声频。
可怜公主当年少,法场斩死见阴君。

今日不知明日事，为此安排祭汝魂。

公主被武士擒来，青丝细发，结在枷稍之上。白玉容颜，影在纸钱之里。油墨涂面，赤体无衣，两脚铁镯，双手麻绳。军兵围绕，刀枪纷然，一锣一鼓，解从彩楼下而过。乃见披麻服的人无数，尽来祭奠烧香化纸。公主遂问军兵："前面为什事？如此苦乐之声？"君兵回言："因祭奠送公主，早归泉路，故此动乐举哀。"

静听松风响翠涧，闲观山花似锦开。

南无观世音菩萨

公主见说微微笑，可笑君皇舞弄人。
国令合天天心合，谁敢含冤诉不平。
三千律条通天下，犯法违条不忍亲。
国宾代代传贤士，古今皇法治乾坤。
合天行化明天子，自然万姓众钦尊。
君不重而臣不重，空教四海外传名。
往古来今尝未有，安排祭奠掩生人。
观看世人皆悲泪，奴心安静似水平。

皇后在彩楼上遥见妙善，一声哭死在楼，良久唤醒，娇娥婇女扶下楼台，劝三公主：

黄金殿上珠帘卷，碧玉阶前杜宇啼。

南无观世音菩萨

皇后下楼双泪流，哀哀动哭泪涔涔。
满朝文武齐下泪，合宫眷属哭声频。

皇后含泪开口说，我儿何故做囚人。
今日好好回心转，免伤性命过刀砧。
当初养儿防身老，谁知今日一场空。
十月怀耽徒劳力，三年乳哺不成功。
见儿长大心欢喜，全靠养老送归终。
舍却养育慈悲重，由你千修道不通。
今被父皇多磨难，教娘苦屈诉无门。
见说差兵来拿捉，如刀割腹取心肝。
再不顺情招驸马，青锋剑下见阴君。
依言本分回宫内，留条草命再为人。

皇后哭罢停哀，问妙善曰："我那聪明女儿，不思父母恩心重，怜悯无歇时，起坐心向逐，远近意相随。母年一百岁，常忧八十儿，若知恩爱断，命尽始分离。你在宫中，顺父招夫，有何不可？如今拖枷带锁，出身露体，插旗号令，军兵管押，一锣一鼓，胜如强盗劫贼，惶恐累世，将何面目，来见诸亲？目下再不顺情，你命当归泉路。老身不免讨死，好好回心，面奏父皇，赦你回宫，便招驸马。"

山前马系普光殿，门外牛缆正觉场。

南无观世音菩萨

公主当时将言答，母亲今且听缘因。
不是女儿无忠孝，为因生死逆双亲。
甘舍一番刀下死，高超万劫出苦轮。
不恋皇宫多富贵，情愿要入涅槃门。
凭他刀箭分幻身，本性圆明总难分。
从父千般行严令，一心不愿转宫门。
假饶留得奴残命，见人惶恐怎安身。
母子恩情今日断，他生来世再相逢。

公主答母亲曰："奴闻古经云，有爱则生，爱尽则灭。叹世人个个贪生，人人怕死，一旦无常，魂归地府，鬼王之所，将何释业。生世虚假，如花之上露，水面浮沤，似飞尘倚草。夫妻乃是冤家，儿女犹如业债。奴劝母亲，死苦难免，莫教蹉过，早办前程，总有孝子顺孙，岂能代得无常。若肯舍身行道，必证佛果菩提。奴今不愿归宫，招甚驸马。"妙书、妙音见母亲劝他不醒，二公主齐下楼台，苦劝妹子。

雪里梅花霜夜月，可怜同色不同观。

南无观世音菩萨

二人姊姊哀哀哭，哭声妹子不成人。
手扯罗裙揩珠泪，告言贤妹早回心。
好好回宫招驸马，免得肉体过刀砧。
死后岂能重再活，蜂狂讨死不知因。
命在须臾还不怕，千般巧语答如云。
孝子贤妻名标史，莫学尼僧下贱人。
截断人伦无忠孝，阴阳大礼永理沉。
依言本分招驸马，留条残命奉双亲。

两人姊姊哀哀痛哭，泪流满腮，哽咽开言，问妙善曰："贤妹为因甚事，迷心狂妄，露此一场丑陋，连累我等，羞惭惶恐。目下再不顺情，你命无存。"妙善闻言便答："姊姊各请尊便，何劳挂怀？生死分定，有什么惶恐？世人个个贪生，惟有奴奴愿死。烦姊姊稳便归宫，不必多言苦劝。"

一语当机明万法，蚯蚓钻泥龙上天。

南无观世音菩萨

云腾晴时隐山脚，水流何曾见回头。
二人姊姊劝不转，回朝奏上父皇闻。
妙善舍身甘自死，无心再活转宫门。
处处官员排祭奠，看看延缓到黄昏。
此夜皇后无计较，回宫不语自评论。
殿前敕下如风火，再宣公主问缘因。
军兵奉旨忙便转，送还公主进朝门。
拖枷带锁回内苑，铜铃铁索响惊人。
女官押人归宫内，冷宫里面受孤灯。
皇后嫔妃哀哀哭，六宫眷属痛伤情。

当夜，皇后即令六宫嫔妃、十二院主："你每人须将好的甜言软语，劝那厮回心转意，多重赏你。"人皆奉命，径往后宫劝三公主。

春花秋菊各自香，两条大路任君行。

南无观世音菩萨

嫔妃拜劝三公主，齐声动哭震皇宫。
含珠带泪开言说，牵枷扶锁告知闻。
养儿防老终身时，亲近双亲胜修真。
忆惜那日相离别，朝思暮想痛伤情。
特劝公主招驸马，免将肉体过刀砧。
走兽飞禽皆成对，为人岂可不成亲。
莫学败家贫释子，将身自贱被人轻。
年少修行非奇特，老来学道始闻名。

宫娥去见公主，披头散发，身挂纸钱，长枷锁扭手，碳墨涂面，如像鬼囚，人皆见之，不由人不下泪。哭罢含悲，告言公主："青春十九，如日东升，似花始开，如灯初明，似宝方现。怎把自己美貌花容，贱如粪土。今晚依奴奴等，乘此时节，因祸至福，招取驸马。"

雨过山前花增色，风吹水面波自生。

南无观世音菩萨

好言好语齐相劝，劝三公主早回心。
山青水绿还依旧，怎把新人换旧人。
公主若不招驸马，沉埋忠孝绝人伦。
百岁三万六千日，年少风光有几时。
不愿招亲欺天罪，怀心不善搅朝廷。
苦劝公主回心转，依旧本分做官人。

宫娥劝曰："少年女子，修甚么行？且待七十八岁，耳聋眼花，腰跎背曲，行须挂杖，坐用人扶，万事不能生理，那时奉佛持斋，也未是迟。特劝公主，仍前整顿，旧日銮驾，卧向龙床，簪冠带钗，着锦衣紫，娇娥捧拥，婇女跟随，胜如做个道人也。且在宫中，招亲快乐，又见忠孝两全，愿世和情。如若死后，多做些功德，广排些祭筵，造好坟堂，亲子亲孙，可不奉祀，家庙春秋，远近忌日，岂无祭扫之礼，那见你去成个什么佛道？都是徒然。"

未明有说皆成谤，明了无言亦不容。

南无观世音菩萨

公主当时回言答，高明贤位听知音。
汝说老来堪学道，无常不问少年人。
金银珠翠妆骷骨，锦绣罗衣裹臭脓。
三寸气断如梦去，死后膨胀烂堆虫。
世上功名成何事，眼光落地杳冥冥。

好妻好子同林鸟,九泉路上不相逢。
生前不修空惆怅,死后虚设信难通。
金棺银椁埋青草,春秋祭扫表凡情。
人人要作千年调,个个贪谋百岁龄。
可怜世人心不足,一旦无常万事休。
骷髅内有真佛性,骷髅终不嫁骷髅。
今朝识破骷髅壳,放去收来得自由。

公主曰:"大海可竭,泰山可崩,道心进而不可退也。目今正是为法忘躯时至,岂有贪恋恐惧之心。终不然身不死,永在世间,愿求快死,高超三界,免回六道。凡为人者,天生最灵,迷号众生,悟则成佛,但舍身心,皆成佛果,反招一人,被他拘束,是何见识?汝等皆有死患一节,那时无人可托,无处可隐。须是及早自修自度,方免地狱之苦。"嫔妃闻言,默而不语,恬然而退。

金风才动玉露凉,桂花独占一天香。

南无观世音菩萨

妙善当时将言说,青春正好办前程。
宫中快乐笼中鸟,朝中福贵网中鱼。
世上万般皆似梦,吾愿修行学道真。
娇娥婇女无言答,不言不语转宫门。
经登殿前从实奏,我皇圣耳愿知闻。
公主心坚如铁石,好语忠言耳边风。
父皇闻奏心烦恼,无法可治怎生论。
朕当亲自归内苑,劝令妙善便招人。

父皇曰:"含珠不吐,谁知是宝?如钟鼓在楼,不击不鸣。古书云:父慈子孝,缘父不慈,故子不孝,父子之道,原有反复之礼。朕当亲诣面说，告本宗家庙，愿祖宗阴力，今晚速要令他回心转意，招亲侍奉。"

　　任他野犴吼如雷，窟中狮子睡正浓。

南无观世音菩萨

　　水中捞月空费力，刻舟就剑终成空。
　　此夜皇帝游内苑，入于妙善冷宫中。
　　父皇亲临开金口，嗟①声妙善我儿身。
　　不遵父命当受罪，极刑重罪做囚人。
　　父皇两眼如珠泪，心酸硬咽痛伤情。
　　不因二姊回家说，今朝那得转宫门。
　　少年若不招驸马，蹉过青春错用心。
　　不知夫妇情怀事，枉在人间作甚人。
　　今晚好好回心转，免将性命见阴君。
　　如今强性还不改，一刀两断命归阴。

　　父皇曰："慈母恩如地，严父配于天。不从父严训，何异畜禽兽。你且听姊姊宫中，因顺父招亲，如今百般快乐，少甚么神仙受用？你今晚拖枷带锁，为什么而来？正是快活不肯受，情愿做囚人。你心何见？不遵古训，小的子。"妙善开言便答父皇："爷爷昏迷不觉，邪心炽盛，非是有道君皇。爷爷作万民之皇，一国之主，不能治家，焉能治国？若是天子有道，人皇焉肯半夜三更父入子宫，劝女儿嫁人，四海闻之，是何道理。"

　　马又不成驴不是，当头一着得人憎。

南无观世音菩萨

---

① 嗟：叹词，表示悲痛。

妙善当时忙便答，我皇圣耳愿知闻。
百岁光阴如弹石，区区迷恋为何因。
可信白日迷途客，千呼万唤不回头。
飞禽走兽皆愁死，为人岂可不知机。
草木无情知时节，人将老死替无人。
造善造恶从心造，成贤成圣亦心成。
一棚傀儡观不足，可怜终有散场时。
国正自然天心顺，真明天子有忠臣。
父入子宫何道理，半夜三更劝嫁人。
真实有令行朝典，速差监斩莫容情。
违条犯法甘心死，宣传再转为何因。
奴今愿父刀下死，誓不将身伏侍人。

公主曰："宁可须弥山粉碎，大千世界平沉，教奴招夫，此事莫提。"皇怒曰："不识抬举，教你招夫为帝，诚实向上，绝妙好事。思想你的言语，无空生有，如龟毛兔角，水中之月，镜中之形，都是虚诈。"公主曰："虚的是实，实的是虚，悟者方知。"皇曰："你是春花嫩草，怎耐大雪冰霜？"公主曰："花叶荣枯，根源不昧。"皇曰："论你形容①娇细，焉经百炼钳锤？"公主曰："幻壳非坚，真性不坏。"皇曰："这厮纵然汝身似铁，难当刑法如炉。"公主曰："出矿真金火无伤，神龙入海水不咸。父皇严令既行，诸侯遵道，鸡唱五更，君子拱听。"又云："太阳门下无星月，天子殿前无贫儿。父皇不能治家，焉能治国。恰是大虫裹纸帽，好笑又惊人。女儿身心，各有所见，苦苦威逼招人，着甚来由？"父皇闻言，咬牙反目，叹气如云，怒声似雷，奔登前殿，坐守天明，斩那铁心肝的逆子，言不惧死的精灵。

大鞴炉中翻身净，鬼面人头怎奈何。

---

① 形容：外貌。

南无观世音菩萨

　　父皇闻言心大怒，面如土色气如云。
　　忿怒含嗔归前殿，可怪妖精恼杀人。
　　坐守五更朝马动，斩令敕下急如云。
　　若不早除为患害，停囚长志乱乾坤。
　　今后有人来谏朕，先抄家眷灭诸亲。
　　国令既严无人简，任从公主赴幽冥。
　　三十三天皆震动，龙宫地府尽知闻。
　　佛眼遍观知天下，法身全隐太虚中。
　　舒金色臂人不见，白玉毫光照罪人。
　　刽子将刀提在手，挣眉怒目咬牙嗔。
　　双手着刀挥一剑，顶上毫光绽紫云。
　　只道公主临剑死，谁知自在笑颜容。
　　是军是民皆欢喜，同声同赞不凡人。
　　苍天有眼空中保，俨然不损半毫分。
　　监官刽子心惊怕，果然公主是妖精。
　　立地回朝当殿奏，我皇赦罪听缘因。
　　皇帝见奏龙颜怒，拍案高声便转嗔。
　　刀剑若还除不得，这厮精灵恼杀人。

　　皇帝闻奏，振头抗耳，魂胆消烊，若是刀剑不能治他，果是精灵。当与朝臣共议，设法诛灭，以免后患。公主闻知，祷告虚空："容奴一死，免与父皇斗气，恼乱心肠，天下万姓不安，是奴之过也。"发愿未了，佛天感应，令他不知痛苦，如灯火灭。刽子便把弓弦，绞定咽喉，随即气断命终。当时山崩树倒，禽兽狂奔悲鸣，海干河竭，龙鱼无隐，天昏地暗，日月无光，满空驾雪，万类成霜。海角天涯，本国他邦，闻知公主遭刑而死，个个悲哀，人人恸哭。

　　任使铁轮非干已，定慧圆明乐自然。

南无观世音菩萨

> 庄王绞死三公主，哭动千千万万人。
> 皇后哭得肝肠断，合宫眷属痛伤情。
> 可怜公主当年少，满朝文武泪涔涔。
> 天上天神皆悲泣，地下地祇尽伤心。
> 地动山摇惊人怕，街坊巷陌绝人行。
> 走兽飞禽惆怅苦，猿啼鸟叫哭声频。
> 监官因见公主死，喝令乱箭作泥尘。
> 箭箭须射心肝上，全身皮肉莫留存。
> 道言未了天昏暗，八方起雾漫天云。
> 乌风猛暴天地动，鬼哭神嚎众人惊。
> 见一猛兽花班①虎，过头三跳大惊人。
> 衔拖公主归林去，立地回朝奏九重。

监官回朝，奏上君王："臣钦敕差，绑公主即赴法场绞死，欲令箭射马踏。忽然天昏地暗，见一猛虎，将公主尸灵，拖入逝多林内而去。臣不敢不奏。"皇帝闻言，龙颜大喜："朕心合天心，不忠不孝，合应除灭。"皇问曰："何为逝多林？"臣答云："是一片荒山官地，凡有死尸，无人埋葬者，尽拖于此处，与鸟餐兽食。"皇曰："劳卿神力，解朕宽怀。"

> 凡情脱落圣意真，如金出矿月离云。

南无观世音菩萨

> 休论庄王心大喜，且说公主赴幽冥。
> 灵光透出归阴界，不顾幻体那边存。

---

① 班：同"斑"。

半阴半沉如①梦去，知是何处甚乡村。
是何州县奴不识，思量眼泪落纷纷。
弟子若有修行分，虚空感应指途程。
发愿未了双流泪，哀哀动哭告神明。
忽见童子多容貌，髻挽青螺两垂鬟。
手执幢幡来引路，公主一见问缘因。
童子拱手深深拜，低头软语告知闻。
我是善部青童子，奉王敕命特来迎。
善人须用童子请，恶人贯满夜叉勾。
烦请公主归阴府，冥阳殿上见阴君。

公主见说，不觉失惊："你是阴司之人，来我阳间则甚？"童子曰："此处正是阴司。"公主曰："我因何得到阴司？"童子答曰："公主因不肯招亲，却被父王绞死，故到阴司。久闻公主大慈大悲，道风高超。三司启奏，十王②喜见，普传敕旨，特来迎请。不须惊怕，即便登程。"公主始知命归泉路。

莫道生前无报应，谁知死后有分明。

南无观世音菩萨

公主方知归阴府，恓惶两泪落如倾。
杳杳冥冥知何处，沉沉路远可伤情。
童子持幡来引路，自随童子往前行。
先过鬼门关一座，铁人见此也心酸。
阿鼻狱城高万丈，铁围幽暗绝光明。
三司案前无私曲，十八狱主没人情。

---

① 如：疑为"人"之误。
② 十王：即"十殿阎王"，十个主管地狱的阎王，分别为秦广王、初江王、宋帝王、伍官王、阎罗王、变成王、泰山王、平等王、都市王、五道转轮王。

又见铁床铜柱狱，刀山剑树白如银。
镬汤炉炭惊人怕，寒冰锯解怕杀人。
业镜台前亲照出，丝毫罪犯不容情。
万劫死生谁动念，百年身世独伤神。
男女鬼囚无万数，号啼哭泣如鹅鸣。
思量地狱千般苦，谁人免堕不经临。
又到破钱山下过，枉死城中见尼僧。
埋冤叫屈来扯住，累及我们早亡身。
汝出三界先度我，与君两息别无因。
公主当时开言说，尼僧今且听缘因。
自古有生还有死，只争来早与来迟。
若要不经阎王手，须是真空①大定人。

善部童子引公主过破钱山，枉死城中撞见数个尼僧，一把扯住，高声叫言："我等被你，连累屈死，堕此受苦。"无奈公主曰："我和你昔日无仇，今日无冤，生死限定，数到形崩，善恶果报还自受，于我何干？"尼僧曰："纵然如此，望师慈悲，救度超生。"

迷时冥冥有六趣，悟后空空无去来。

南无观世音菩萨

回头便是西方路，只要当人愿力真。
公主当时频发愿，愿度尼僧出苦轮。
弟子若能成正果，十方诸佛降幽冥。
发弘愿已即感应，红白莲花开满城。
地藏菩萨开言问，善哉公主为何因。
公主礼拜时便答，低头合掌告慈尊。

---

① 真空：佛教术语，超出一切色相意识界限的境界。

多感我师亲降赴，酆都界内现金身。
惟愿尼僧离地狱，逍遥快乐往天廷。

公主发此愿已，忽见光明洞耀，百乐齐鸣，酆都界内，纯是红白莲花，阎王殿上，俱现五色祥光。尔时地藏菩萨，坐摩尼宝座，放大白毫，照破地狱。夜叉拱手，狱卒叩头。公主殷勤作礼，白言："大师，弟子初出家时，所属之寺，名曰白雀。因不顺父命，故来烧灭。惊死数个尼僧，是弟子之过也。望师慈悲，救度放生。"尔时地藏菩萨闻是语已，即时引领尼僧，速归净土。

回头便登菩提岸，不惧阴司铁面郎。

南无观世音菩萨

地藏菩萨升空去，尼僧足下便生云。
此时公主加精进，便随童子往前行。
酆都化作逍遥境，地狱变成快乐宫。
十八狱王齐迎接，三司案典尽相迎。
公主移步登桥上，金钟玉磬一齐鸣。
桥畔孟婆迎茶果，三杯茶后越精神。
桥下罪人声叫苦，是何州县那乡人。
监桥使者躬身答，尽是阳间作业人。
富贵只道长在世，瞒心昧己害良民。
不信阴阳欺天罪，造业如山罪不轻。
生前并无丝毫善，如今受苦悔无门。
死后别无功德力，未能得去见阴君。

公主亲登桥上，观看四面，有时听得悲啼哭泣，有时听得百乐喧天。遂问童子曰："何以哭乐之声？"童子答曰："乐者，十王殿内之乐，

哭者，奈河桥①下之哭。"公主见说，玉手倚栏杆，慈眼观桥下，果见男女鬼囚，千千万万。乃发愿云："度尽鬼囚，方证菩提。"作是念已，忽见五色莲花开满桥下。罪人见已，合掌欢喜，便登彼岸，拜谢而去。

一超直入如来地，天堂地狱总无干。

南无观世音菩萨

此是罪人超生去，奈河②化作宝莲池。
监桥使者飞星奏，幽冥殿上说元因。
阳间有个庄皇女，名称妙善不凡人。
佛部差来游地府，愿力无边莫比论。
亲自游从桥上过，度尽河中孽罪人。
阎王见奏龙颜悦，宣传内苑出来迎。
公主慈光超阴界，铁围幽暗洞然明。
镬汤变成功德水，刀山化作百花林。
全仗公主慈光照，狱中罪人尽超升。
马面夜叉皆欢喜，牛头狱卒尽相迎。
有时听德歌吟者，有时听得乐声频。
未知此处何缘故，问言童子为何因。
童子躬身时便答，告言公主听缘因。
歌吟鬼囚离苦趣，逍遥快乐往天廷。
面前便是阎王殿，阎王殿内乐声频。
公主见说心欢喜，将身经入正阳门。

公主与十王嫔妃同玩酆都？是诸夜叉尽化仙童玉女，一切地狱皆成天堂圣境。十王大喜，请留供养，严洁道场，铺陈法座，闻经受戒，出

---

① 奈河桥：即奈何桥，传说中地府的界河为奈河，故奈何桥也作"奈河桥"。
② 奈河：传说中地府的界河。唐张读《宣室志》卷四："行十余里，至一水，广不数尺，流而西南。观问习，习曰：'此俗所谓奈河，其源出地府。'"

离酆都。公主允请，登临宝座，教诸鬼众，齐赴法坛，清净三业，听受五戒，五戒既受，永为佛子。汝等若能斋戒一日，胜积黄金三两，后受清福一年。再能转劝一人念佛者，胜造七层宝塔，是人命终之后，弥陀亲自接迎，往生极乐，悟无生忍。我今普劝阴宰，总权冥府何日了，廉明治案几时休。平等法中，起自他想，觉性圆明，证无上道。是诸王官，闻法语已，敕下诸司，普放鬼囚，皆来闻法。

    却来端坐阎王殿，有时独立妙高峰。

南无观世音菩萨

    此时公主登法座，闻经受戒得超生。
    公主说法由未了，殿前擂鼓两三通。
    掌判阴官齐来奏，朝王八拜进言文。
    自从公主升法座，救尽酆都众罪人。
    勾来新鬼都放转，善恶沉埋不能分。
    若留公主长在此，闲却三涂地狱门。

公主在酆都界内，登座说法，听者无厌。忽然三涂大臣、十八狱官，共登幽冥殿上，启奏十王曰："自从公主到此，不成阴府。诸般刑具，化作莲花。一切罪鬼，悉放超生。自古有天堂，则有地狱。善恶果报，理合昭然。若无地狱，谁肯修善。臣等不敢不奏，伏望我王，早送公主，速转还魂。"阎王准奏，便传敕旨，牒下诸司，送三公主转还人世。

    阎王点头暗会道，夜叉开口便知机。

南无观世音菩萨

    阎王闻奏龙颜悦，宣召牒下急如云。

诸司曹官登时到，幽冥殿上听缘因。
阎王当时开言说，阴宰鬼判听分明。
阳间有个庄王女，名称妙善不凡人。
发愿特来游地府，救尽三涂众罪人。
十八狱官前来奏，莫留公主在幽冥。
公主在此三七日，尸灵未审那边存。
寡人宣卿别无事，送出公主转还阳。

阎王曰："寡人宣卿，因无别事，将那生死簿来看。"判官随即捧上文册。王乃逐一细看，果见公主名姓已在簿中，年至十九，合游地府。敕差殿前鬼判，速排鸾驾送三公主，各王嫔妃同送公主，遇奈何桥畔，引至尸所，各回宫殿。

无限浮云风卷尽，一轮明月照乾坤。

南无观世音菩萨

宣完公主游地府，再表还阳一段情。
阎王敕差排鸾驾，一时起马便登程。
幢幡宝盖前引路，王妃王眷后随身。
马面牛头齐相送，夜叉狱卒两行迎。
送至奈何桥南岸，拜辞公主各回程。
公主此时归阳界，仙童仙女转幽冥。

公主上过金桥，往至前途。忽闻百鸟声频，又见大砖红门，顶天立地，关锁自开，轰声如雷。即时八魄还魂，犹如半天抛下，顶带弓弦，一时挣断，如梦觉醒。方知自身卧在林树下，仔细沉吟，竟不知是何方所。心中恐怖，意里恓惶，悲泪硬咽，两泪如珠，哀哀恸哭。

死中得活事非常，密用还君别有长。

南无观世音菩萨

> 休说冥府阴司事，且说公主再还魂。
> 公主身卧林树下，转身移步骨酸疼。
> 抬头举目观四面，见皇宫殿见皇城。
> 发愿要出三界路，何期今日再还魂。
> 违条犯法甘心死，教奴那里去安身。
> 无山可居行佛道，无林可隐办前程。
> 太白金星亲观见，星飞如箭下凡来。
> 九霄云内将身化，化作人间一老翁。
> 头戴一顶逍遥帽，身穿一领皂罗袍。
> 手执一条过头杖，胸中怀本百般经。
> 叉手近前开言问，少年娘子为何因。
> 公主将言时便答，先生今且听缘因。

公主还魂，嘘嚯之间，顾瞻四方，乃见父王京城宫殿，如雪上加霜，似苦中添苦。自恨天涧地窄，思量无处安身。心闷惆怅，烦恼悷惶，哽咽忧愁，两泪交流。往至前途，见一座山，方阔平正，欲登山上，忽见有一公公，立于岩畔，开言叫声："娘子何来？"公主对曰："奴欲在此，结庵修道，守过时光。"先生曰："妙哉，妙哉。娘子若在此山居住，小生与娘子，常在于其中，经行及坐卧，同气与连枝，且喜不求而自至，天生一段好姻缘，我今与你，结成夫妇，合配阴阳，同修到老，岂不乐乎？"公主闻言便答："先生言不合理，焉可其语哉。男女有别，草木无双，修行若不断恩爱，淫心未除，纵然得悟，名为淫悟，虽经百千劫，终不成佛道。"先生含笑回言："吾非凡人也，乃是上天帝释。因见公主，至此修行。本山原有恶龙一条，其形长大，臭不可闻，出入惊人，不堪修道。吾今指汝，福德之地，惟有本国，惠州澄心县，山号香山，今古隐仙之所。左边狮子吼，右边象王声，栴檀①峰顶，满

---

① 栴檀：也作"旃檀"，檀香。

目栴檀，紫竹林中，一概紫竹，不误公主，安身养道。"公主见说，躬身下拜，问彼缘由。

独行独步无拘束，得宽怀处且宽怀。

南无观世音菩萨

多感帝释亲降驾，将身出现下凡廷。
果实有个名山所，从头逐一顾须闻。
先生拱手回言答，金枝玉叶听缘因。
州号惠州澄心县，山号香山天下闻。
白云闲处名仙地，百花林内净无尘。
那方万姓更能善，并无半个不良人。
金宝在地无人拾，太平昼夜不关门。
无寒无暑常如此，有花有果永长春。
伏愿公主成正果，三界路上度群生。
公主见说心欢喜，不分昼夜便登程。

公主见说，心地朗然，再问先生："到彼有多少路程？"先生曰："路途非遥，止有三千余里。"公主曰："路程三千犹是可，腹中饥饿实难行。只恐力不自胜，在路延缓。"先生曰："吾有长生休粮丸，可用一服。"公主答言："止愿成道，不愿长生。"先生便向衣袖中取出仙桃一个，大如金瓜，送与公主："此桃非是凡间之桃，是上界欢喜园中之桃，吃者四时无饥，八节不渴，行路身轻，又无寒暑。"公主拜谢，各往云程。

碧天皎皎无云障，清风朗朗月光新。

南无观世音菩萨

先生回宫朝金阙，辞别公主往天廷。
渐渐升空登云去，看看公主也登程。
独行独步无人伴，过一程时又一程。
弓鞋三寸难移步，登山涉水独自行。
日间金乌为奴伴，夜间玉兔伴我身。
仰面看前前途远，回头顾后后无人。
在路行程多辛苦，胝生脚底痛伤心。
玉皇大帝亲观见，便传敕令赴雷霆。
先差九天游奕使，次牒香山土地神。
身变锦绣花斑虎，摇头摆尾出山林。

上天玉帝敕下香山土地、游奕使者，扶侍公主，往至前途。此时公主行路辛苦，身体懈倦，欲坐山下，忽见一猛兽，努目哮吼，惊天动地，仔细看之，乃是虎也，公主近前曰："吾是不孝之女，曾入阴司，再得还魂。如今欲往香山，隐身修道。"自叹："宿缘浅薄，凡有所为皆不称意。今遇汝便将身济汝之饥，任从饱餐。"虎乃闻声，蹲身如猿，便作人言："吾乃香山土地，奉上帝敕差，拥护公主，不须惊怕，任便乘骑。"公主闻言，朝天拜谢，随即坐虎背上，合眼须臾，便到香山悬崖洞中。乃见群虎数千，咬木衔石，遮盖四围。山神土地卫护八方，猿猴献果，百鸟含花，龙象参随，神鬼钦奉，人天交接，两得相见。自此公主逍遥自在，对境心空，闻声悟道。正是青松带露，尽是真如。白云载月，无非般若。往来者，皆是诸佛菩萨。参礼者，悉是罗汉圣僧。鸟飞兔走，不觉已经九载矣。

幻壳脱出如如在，方知不涉死生关。

南无观世音菩萨

公主高隐香山上，洞中春色异人间。
处处草木开花接，山山岩石吐香迎。

无数戒神常拥护，天龙八部尽随参。
仙童仙女从天降，献花献果下云会。
六方六佛为眷属，千贤万圣作四邻。
菩萨圣僧常为伴，云游四海往来亲。
花红柳绿经九载，道风高布十方闻。
白雀寺中消息断，未知何日再相逢。

公主初登香山，静坐岩室中，一尘不挂，深入禅定，不求诸圣，不昧日灵，不以圣凡情解而起分别，不以善恶境界而生爱厌。但屏一心，默默体究，自性相源，念兹在兹，便得全身轻安，睡魔无侵，偶闻猿啼谷鸣，神识自在，廓然顿脱，心法双忘，名曰观世音。始识有相身中无相①身，回光返照证圆通。公主曰："不是白雀寺中之因，焉有今日成正之果。举心动念，天地皆知。"

不是这番轻踏着，沉埋优钵一枝花。

南无观世音菩萨

公主方起心思忖，白雀土地便知闻。
庄皇已曾生恶意，放火焚烧灭寺门。
伽蓝兴云升上界，三天门下进言文。
独奏庄皇前情事，叩头伏地诉缘因。
三界上帝闻说奏，整冠扶带笑声频。
便差值日天使者，传令符命普天闻。
玉皇上帝开言说，满天真宰顾知闻。
凡间有个兴林主，风狂颠倒不知因。
毁佛灭法除僧道，合应监察召天神。

---

① 有相、无相：均为佛教术语。有相，佛教主张万有皆空，心体本寂，称造作之相或虚假之相为"有相"，摆脱世俗之有相认识所得之真如实相为"无相"。

三十三天都发怒,并无一个肯容情。

玉帝符命,普召九天共议:"庄皇无道,削除三宝,犯罪不可轻恕。"敕差瘟部,行病使者,送病与妙庄皇,患生迦魔罗疾,折福现受报。瘟部钦指,不敢久停,风马云车,竟往人间。正是福缘善庆,祸因恶积,天网恢恢,报应甚速。

善恶到头终有报,只争来早与来迟。

南无观世音菩萨

昊天上帝亲纳奏,天曹六部共评论。
可怪庄皇无道理,焚烧寺院灭三尊。
生当坐罪迦魔疾,死后永堕铁围城。
捉住庄王鞭三百,通身乱打莫容情。
先付酸疼寒热病,次将恶疾裹缠身。
速差五瘟归下界,奉天敕命急如云。
乘云驾雾来送病,兴林皇帝未知音。
此时庄皇升金殿,瘟神见了自评论。
庄皇生得非常相,威容挺直势如龙。
晓月残星光未隐,一时转变病临身。
日日带病登金殿,文武朝臣尽吃惊。
通身皮肉流烂落,满宫臭气不堪闻。
往古来今无此恙,任点诸方病转增。
此时瘟神归天界,庄皇病苦永缠身。

庄皇初病来时,浑身寒热,头目沉重,百骨酸疼。后来皮风燥痒,遍身迸裂,脓流血淋,臭气远彻。满宫恐惧,个个呕恶,人人翻吐。嫔妃彩女尽皆推托,不肯侍奉。公主驸马掩鼻远行,怕见近前。正是问卜求神神不灵,祭祖服药药不效。单有皇后,时时不离床枕,有力无用。

皇乃每日带病登殿，看看全身踏烂。未经一月，手拳脚曲，满头生疮，眉须堕落，皮肉生虫，攒溃肉痛，耳塞，鼻踢，眼突，牙蛀，唇露舌大，指节寸断，平天冠引青蝇，衮龙袍花斑烂，宝简玉带染脓浆，云头履鞋盛血。御体看看尪残，病患时时沉重，痒时痒疼骨髓，痛时痛拔肝肠。自此万般不喜，金银宝贝，怪如牢狱，羊羔美酒，怪如粪土，锦绣龙袍，怪如枷锁，百般细乐，怪如啼哭，象牙龙床，怪如刀剑，宫妃彩女，怪如蛇虎，一日一夜，如过千年，狂惶号哭，惊天动地。眼耳鼻口，脓血交流，动转艰难，痛不可忍。方才不能升殿，未知宿何冤业，至受斯恙。观此病症，实可忧惧。传令出榜，遍召天下名医，能医此病者，任意升赏。此时香山公主佛眼观见，脱却幻躯，现真法身，碧罗仙洞驾云而出，观世间音，寻声救苦。

　　特地讨场烦恼道，知恩者少负恩多。

南无观世音菩萨

　　皇帝出榜朝门挂，香山公主便知闻。
　　脱却幻躯将身现，化作人间一老僧。
　　头戴一顶破僧帽，身穿一领衲道袍。
　　满面生疮令人怕，背包挂杖出山林。
　　霎时便到皇城内，揭皇金榜奏缘因。
　　老僧能医天子病，不劳一服病除根。
　　把门官军呵呵笑，好笑颠僧患在身。
　　自脸生疮不能治，有药何不医自身。
　　天下名医无万数，除灭多少有名人。
　　看你不是高妙手，吞天大胆入朝门。
　　好好挂还金榜去，免伤性命见阴君。
　　国法严令无面目，不管僧道及俗人。
　　和尚近前开言说，相公诸位听缘因。
　　四百四病人人有，般般病症有原根。

>有方无药难可治，无方有药可评论。
>贫僧若无如此药，缘何敢入大朝门。
>布袋包珠人不识，锦囊盛糠要赚人。
>且说今时休说古，权与山僧奏圣君。

守门官军呵呵大笑，曰："这厮颠僧，不知在那里撞将来，正是乃不知死活的汉子，朝廷国家不是你玩耍的所在。"道言未了，便叫："长老，你且来。古人云，僧来看佛面，我和你好好说，本国多少翰林学士，高手医官，尚且医皇不效。好笑你自家脸上，烂疮尚不能治，何以救人？我想你是一个泼皮和尚，显见只来讨死。好好挂还金榜，速急便走。等些时节，将军拿住，你命难饶。"僧人笑曰："诸位相公，何故吓人？老僧自幼出家，周游七十二国，但有缠身恶病，及死尸骷髅，不劳灵丹一服，病除根本，骷髅再活。上国爷爷，虽染这些病症，各有来由。莫笑话贫僧面疮，有方无药，君皇染症，有药无方。"上直官军曰："这和尚说得十分有理。"星飞启奏，引见君王。

>水向石边流出冷，风从花里过来香。

南无观世音菩萨

>上直将军归大内，金銮殿上奏明君。
>八拜叩头呼万岁，直言奏上帝皇闻。
>外邦有个禅和子，身长丈六不常人。
>肩陀六环金锡杖，体挂如来福田衣。
>口诵梵音无人识，百般摩尼手内轮。
>杖悬药包葫芦子，馨香扑鼻满皇城。
>头面生疮难猜测，好言好语可中听。
>道言能治诸般病，惯游湖海有名人。
>他在外国来见圣，朝门揭榜进朝廷。
>未敢擅自登金殿，预先启奏我皇闻。

皇帝闻奏龙颜悦，擎拳拱手谢朝臣。
敢是圣僧来救朕，高升大赏不忘恩。

时乃上直将军，请旨定夺，钦取进朝。皇帝一见大喜："请问和尚，受业何处？"答曰："臣僧得业乐邦。""行道几载？""乍入丛林，方得九载。""令师何人？""臣僧本师，号为悉怛多。""汝师何讳？""臣僧贱名，普怛萝。""汝医何人传授？曾见药王药上？"皇又问曰："朕今染病可医治否？""臣僧能医。合应察脉看病行医。"皇乃便赐绣墩。僧人坐下，良久云："察脉便知，不须忧虑。"

四病出体三身显，心花开敷万法明。

南无观世音菩萨

须知苦乐原同体，祸福由来总在人。
皇帝见奏龙颜悦，安排筵宴待僧人。
医得寡人身安健，金银玉钵谢师恩。
山僧躬身时便答，先须察脉便知因。
皇舒龙臂僧诊脉，察此病症不非轻。
我皇若要龙躯健，三般妙药病除根。
君王见奏心大喜，高僧快说我知闻。
和尚当时回言答，我皇圣耳听缘因。
自古药医不死病，从来佛度有缘人。
此药街坊无处买，诸处有铺未曾闻。
须用不嗔人手眼，合和灵丹病除根。
庄王见奏龙颜怒，喝骂如雷左右听。
与你黄金千万两，谁肯将刀割自身。
痛痒一般皆爱惜，除非木石不生嗔。
喝令左右拿斩了，沿街碎剐示众人。
妖言煽惑无条赦，欺君诳国罪非轻。

皇帝见奏，面如铁色，眼如火箭，气似烟云，喝骂如雷："把那颠僧及引进官员，一概与他照样凌迟。从古至今，且如最苦之人，百病缠身、衣不蔽形、食不充口、倒卧街巷下贱乞儿，尚且爱惜身命。问他肯舍手眼，不生嗔恨否？"僧乃含笑奏曰："龙躯少安，万事容耐。臣僧昔受具戒，效古佛行化，一言半句，必有来由。若无如此之人，焉敢启奏朝廷。"皇曰："此人住何州县？姓甚名谁？朕当钦召，殿前问他，肯舍手眼否？如不情愿，怎生是好？"僧乃笑曰："终不然，是个无手眼的人，来见天子。"

解得一些转身力，头头物物本自然。

南无观世音菩萨

山僧躬身时便奏，我皇息怒听缘因。
今有不嗔人现在，香山守道数年春。
此人忍辱无嗔恨，常生欢喜不生嗔。
皇帝见奏龙颜喜，擎拳拱手谢僧人。
朕今若得身安健，黄金殿上报师恩。
此去香山多少路，用何财宝与他人。
山僧拱手时便答，他重修行不重金。
止用栴檀香一盆，庵前礼拜告仙人。

皇曰："果有此人，未可全信。"着令："力士将军，带在门下，谨防左右，听旨定夺。"问他："此去香山，多少路程？"僧曰："此去香山，约有三千余里，不劳铺马，登程便到。彼处州号惠州澄心县，山号香山，自有仙人居山。此人心坚如铁石，世间金银所不欲，不贪名利，永绝尘缘，能舍幻躯，如脱垢衣。伏望我皇，差一官僚，须用敕文一道，宝香一盒，竟往求告，那仙自然喜舍。"皇帝闻奏大悦，便差刘钦星飞而去。

肯信接木便生花，多少聪明未到家。

南无观世音菩萨

皇帝敕差刘钦白，寡人染症不非轻。
幸有僧人来救朕，奇方妙药有处寻。
须用不嗔人手眼，和合灵丹救寡人。
劳卿与朕香山去，专求手眼叩仙人。
刘钦蒙旨如箭急，不敢推辞论苦辛。
叩头退朝星飞去，扬鞭上马便登程。
途中万事都莫说，且话香山紫竹林。
山中百花开似锦，频伽鹦鹉斗声频。
万圣千贤常聚会，谈玄讲教别无因。
刘钦直入庵中去，仙人端坐不移身。
刘钦一见心欢喜，朝袍挂体把香焚。
胡跪高声宣敕旨，大仙今且听缘因。

圣旨："朕闻大仙，久隐幽谷，道风高超，名布乾坤，天人钦仰，凡圣交参，慈愍四生，爱如赤子。病君建立兴林，大国四十五载，天下和平，与民同乐。未知有何冤业，忽染一恙，任点诸方，并无寸效。今遇僧人，拨点药材，合用不嗔人手眼，方能成就。伏望大仙，大喜大舍。朕若病痊，不忘报德。故敕。"

剜割如常秋风至，无意凉人人自凉。

南无观世音菩萨

刘钦开宣皇敕旨，双手高抬向顶门。
伏祈仙人生慈愍，施臣灵丹转朝廷。
仙人闻敕容颜喜，庄皇染病不须忧。

五百世来为忍辱，不生怨恨不生嗔。
任从将军来割去，只愿君皇病离身。
刘钦叩头便下手，拔出青峰白似银。

此时仙人闻言便许，将左边手眼奉献君皇。刘钦蒙许，不免动刀而割。初下手时，鲜血迸流，后乃如割梅檀，寸寸是香。就将手眼金盒盛贮，拜辞仙人，径直回京。

这番声价弗依俙，黄金殿上更有谁。

南无观世音菩萨

刘钦取得仙人药，不劳多日便回京。
登时直入皇官内，君皇一见问来因。
刘钦躬身时便奏，我皇圣耳愿知闻。
臣今取得仙人药，果然欢喜不生嗔。
便请和尚来合药，霎时圆成献明君。
君皇服药经一宿，龙躯半效半缠身。
左边完全如旧日，右边不减半毫分。
皇帝请问高僧曰，缘何朕患不除根。
山僧当时回言答，不是僧人不志诚。
一边手眼一边效，全身手眼效全身。
我皇若要前身效，除非再去叩仙人。
庄皇见说龙颜喜，便传敕旨召刘钦。
刘钦再蒙君皇召，拜辞皇帝出朝门。
快马如飞登程去，山高路远不辞辛。
看看去到香山上，神仙圣境永长春。
隔林遥观相将近，刘钦一见喜精神。
下马捧敕归庵内，焚香明烛表凡情。
八拜叩头开敕旨，高声宣读向仙人。

圣旨:"朕蒙大仙,喜舍左边手眼,左边病效今以。右边不减分毫,朕今负罪,不免再叩,大慈悲念。朕若病痊,处处建兰若,家家立真像,独尊大法,流传于世。本国及他邦,年年进香灯,岁岁供花果。伏望大仙,大喜大舍。故敕。"

有水能含秋夜月,无山不带夕阳云。

南无观世音菩萨

刘钦宣敕方才罢,朝仙八拜告仙人。
愿师慈悲亲悯鉴,我皇终不负师恩。
仙人闻言微微笑,将军不必苦多吟。
全身舍命浑不顾,只愿我皇病除根。

仙人曰:"右边手眼,再献君皇,缠身恶疾,速使消除。上祝皇帝,身如药树,万病无侵,永镇山河,不老长生。"刘钦蒙许,不免动刀而割。便将手眼锦袱包藏,如云势转。

寂照双忘观自在,返本归源证圆通。

南无观世音菩萨

刘钦取得仙人药,叩头百拜出山门。
飞鞭上马如放箭,上山落岭势如龙。
在路风霜都休说,远观相近帝皇城。
马倦人困天色晚,权且官驿暂停身。
坐等五更归宫内,朝袍官带进朝门。
便将手眼亲捧上,双手擎抬说事因。
仙人喜舍传祝赞,愿皇病患永除根。
镇掌乾坤长不老,如天帝释坐龙廷。

皇帝见臣所奏，呵呵大笑，曰："天生这个好人，又见其手眼，擎拳合掌，朝空拜谢。着令光禄寺，茶饭好生看待。"刘钦便宣和尚合药，僧乃就将手眼金盒成贮，捧入内宫，与皇后嫔妃，其观一面，且看如何。

移下一天星斗月，荷风摆动锦山川。

南无观世音菩萨

捧入宫内昭阳殿，叩头献上正宫人。
皇后仔细亲自看，见仙手眼甚分明。
仙人手有千轮相，三十二相罕曾闻。
不见手眼由是可，因见相像痛伤情。
我儿手有千轮相，手眼都来像十分。
妙善未知归何处，除非梦里得相逢。
皇后哭得肝肠断，哭声喧死在宫门。
合宫眷属皆下泪，送仙手眼出宫门。
休说皇后声哭死，且听回来奏明君。
僧人合药亲进上，病源药对便身轻。
皇帝服药经一宿，遍身病患尽除根。
此时皇帝龙躯健，太平金榜挂朝门。
丹墀诏告宣敕喻，寡人得命再还魂。
天赐圣僧来救朕，是朕前生宿世亲。
独宣刘钦加官职，封侯拜将不非轻。
多赏金银并宝贝，锦衣玉带号忠臣。
满朝朝官增俸禄，大赦洪恩放罪人。
敕传天下诸州郡，尽持斋戒诵经文。
拜请医师登金殿，九龙床上礼师尊。
多感国师亲降驾，聊表今朝朕虔诚。

皇帝与朝臣共议:"朕今得命非常,乃是死中再活,似寒灰发焰,如枯木生花。天差天医,感恩非浅,是朕宿世父母也,朕当昭告天下,大赦罪人,权且正殿为讲堂,暂把龙床为法座,铺设道场。敕赐和尚,号曰大宝法王,镇国禅师,皇天之下,一人之上。文武两班,礼为帝师。"和尚曰:"臣僧不愿如此,可念香山仙人,割舍手眼,若有报恩之念,亲诣香山,面谢一回。"和尚言已,升空而去。

莺啼鹤鸣鸾凤舞,个中能有几人知。

南无观世音菩萨

　　和尚飞锡腾空去,空中传语国明君。
　　脱苦身轻休忘苦,得恩恩处要记恩。
　　吾是普门观自在,特来救汝病除根。
　　从此真心行圣道,莫使灵真染色尘。
　　乾坤尚有更变动,浮沤尘世岂长存。
　　修罗方嗔天正乐,鬼神愁苦鸟怀悲。
　　惟有人伦堪作佛,奉劝君王及早修。
　　越圣超凡成正果,清风明月得自由。

妙庄皇帝亲闻此语,望空百拜,叩头转步,随即登殿,宣传敕下,集诸大臣,并诸眷属,普令速持斋戒,清净身心,内外俱洁,各持香花,共乘象驾,即便登程,竟往香山,面谢大仙,报德一回。

心定亲登华藏界,脱魔罗网出沉沦。

南无观世音菩萨

　　皇帝敕传排鸾驾,龙亭象驾百千层。
　　后妃公主并驸马,各宫眷属众皇亲。

四相九卿随圣驾，一时起马便登程。
方出皇城离金殿，敕文早到惠州城。
惠州文武来朝见，朝袍官带出来迎。
庄皇遥观香山近，青松翠竹满山林。
山青水秀无心看，停兵歇驾出龙廷。
举步亲登香山上，低头竟入草庵中。
手捧宝香高承上，躬身百拜祝香文。
叩头跪地称有罪，寡人得命感仙恩。
这番功效非可小，犹如枯木再逢春。
为此合朝来酬谢，愿师鉴纳表愚情。

妙庄皇帝亲临惠州澄心县，乃观香山，二十里之遥，远见紫云锁碧岫，花雨降青天，千峰老岳秀，万嶂不知秋。皇乃扎下鸾驾，与诸宫眷步往登山。只见栴檀峰顶，紫竹林中，果有草庵一所。便令百乐齐鸣，果品珍馐抬至山前，各持香花拜至仙所。皇乃顶金冠、执王简、挂龙袍，到炉前三上香，稽首百拜，跪地曰："朕今先焚宝香，后供清斋，聊表寸忱。愿赐慈悲，伏垂洞鉴。"尔时仙人端坐岩上，寂然无言。

万山不隔今宵月，一片清光分外明。

南无观世音菩萨

皇帝仰观仙人面，仙人端坐不抬身。
手眼舍却形躯别，庄皇难识骨肉亲。
满面血尘无手眼，不言不语实难论。
皇帝当时开金口，告言仙姑听缘因。
朕因自身生病患，可怜仙姑损伤身。
粉身碎骨恩难报，救得残君草命存。
特办香斋来供养，合朝面谢大仙恩。
思量别无酬大德，一炷心香表凡情。

皇曰："朕是山河大地之主，一国万姓之皇。感大仙之德，远来面谢，缘何无声寂然？"皇乃惭颜而退，再令皇后宫眷拜问仙人，且看如何。

凛凛威光混太虚，天上人间总不如。

南无观世音菩萨

皇后便入庵中去，合宫官眷后随身。
点烛光耀照山谷，焚香烟升结云亭。
拜罢近千亲观看，仙人满面血和尘。
两眼乌珠都剜去，又无双手见刀痕。
皇后便使香汤浴，香汤沐浴认虚真。
再三仔细心思忖，如同妙善我儿身。
皇后哭得肝肠断，一声哭死再还魂。
我儿离别经九载，阿娘眼泪未曾干。
几番梦中寻妙善，哭声惊动六宫人。
日间不餐夜不睡，愁忧成病没精神。
在宫不敢高声哭，父皇闻知怒生嗔。
千般快乐浑不喜，一心思忆我儿身。
若是我儿休藏隐，依实说与母亲闻。
此时仙人回言答，告言慈母听知闻。
奴思养育恩难报，出家学道为双亲。
若不是娘亲生女，谁肯将刀割自身。
忍痛受苦都不论，一心要救父皇身。
皇后是奴亲生母，天教与娘再相逢。
欲要捧娘无了手，举目抬头少眼睛。
皇后听得哀哀哭，一声哭死在山中。
合宫满朝齐下泪，哀声高震上天闻。
庄皇见说心胆碎，振头扯耳失精神。

弹指叫屈方懊悔，这场惶恐羞杀人。
自恨当初无先见，有眼何曾识好人。
空掌山河为帝主，枉做君皇号圣人。
朕若早知灯是火，回光返照出苦轮。

皇曰："好个香山境，花开满地锦，山树添翠色，古洞白云深，山境如此，朕未终信。"当与朝臣曰："那时妙善，弓弦绞死，被虎拖去，并无形迹，焉有他在？"朝臣奏曰："善恶无报，乾坤有私。这仙人正是公主。"皇曰："既是妙善，上天感应，令他再生手眼，端严如旧。"

依然不会空惆怅，说尽山云海自清。

南无观世音菩萨

妙庄皇帝亲下拜，叩头拱手诉缘因。
果然自朕亲生女，皇天不负孝心人。
再生手眼如旧日，朕舍声名做道人。
百拜道言由未了，忽然平地起青云。
须臾云开红日现，清光明亮境和春。
仙人端然如花绽，胜前二九貌重新。
骨肉相逢哀哀哭，衷肠诉向父娘闻。
天上有星皆拱北，人间无水不朝东。
万古有天能盖地，当然子孝奉双亲。
奴因生死事最大，抛离父娘去修真。
若不割爱离父母，万劫千生道不成。
无挂无碍平等理，忘人忘法了脱身。

此时仙人身如净琉璃，内现真金像，时乃云收风静，峥光耀日，忽然仙人容貌端严，胜前二九。所谓昭昭乎，天日在上。荡荡乎，佛祖有灵。奉教至者，可不惧乎。

亲证无为观自在，放去收来总自然。

南无观世音菩萨

仙人果证无生道，乾坤草木尽沾恩。
释梵诸天皆欢喜，万圣千贤贺太平。
菩萨掀开龙宫藏，阐扬妙法露真情。
严父婆伽六十八，卯年卯月卯时辰。
慈母正宫名宝德，算来天寿父同春。
奴奴妙善二十八，二月十九巳时辰。
为因宫中无太子，特来报答父娘恩。
普愿回心行正道，无常不怕国皇亲。
今得人身非容易，失却人身何处寻。
千生万劫难遭遇，降驾草庵宿有因。
生死大事非小可，光阴能几莫朦胧。
得到宝山须采宝，莫教空去再来难。

皇后问女儿曰："汝到阴司，再得还魂，地府之事，细说来因。只见人死，千千万万，那有再生，以得还魂者。"仙人闻言，即时便答：

佛法若无如此验，宗风那得到如今。

南无观世音菩萨

奴入阴司如梦去，黄泉路上杳冥冥。
童子持幡前引路，奴随童子往前行。
又见狱卒排鸾驾，牛头马面两行迎。
直入冥阳阎王殿，十王王眷出来迎。
三涂化作逍遥境，五色祥云满幽冥。
旧受罪鬼都放转，新到新魂尽赦宥。

掌判阴司官启奏，便送奴奴转还魂。
回到逝多林树下，山神土地护尸灵。
肉身不坏常坚固，灵明复入旧躯身。
此时还魂如梦醒，弓弦挣断骨酸疼。
记昔开言问二姊，贤哉姊姊听缘因。
称夸孝顺招驸马，如何不舍手眼睛。
难中不报非孝子，辜负双亲养育恩。
世止名为号公主，阴司地府未知闻。
鬼王鬼使无面目，判官判笔没人情。
不问王妃并公主，不识皇亲及国亲。
生前不入莲社会，死后焉得免沉沦。
若人欲免轮回苦，一心只管念佛陀。

仙人曰："自古佛法，付与国皇大臣，普济群生，悟佛知见，代代相承。儿检古典，阐提深入，无如父者，智无洞彻之照，行无高下之节，酷刑尽法，损害无止，但取自乐，不念他苦，下民易虐，上天难欺，患病临身，悔无所补。"父王闻言，两泪如珠，开口吐气，一言闭之。

玉藏楚石谁人识，剖出方能见宝珍。

南无观世音菩萨

仙人当时开言问，父皇圣耳听缘因。
道言龙躯常安健，原来也有病临身。
见儿修心千般难，重行严令斩奴身。
比想那时今何在，焉能与父再相逢。
文才武德称忠孝，恶病临身枉有亲。
驸马代得无常路，帝皇不死永长存。
死患一节无躲避，贫富贵贱赴幽冥。

独行此苦无人代，将何功行免罪轻。
人恶人怕天不怕，人善人欺天不欺。
父皇被问眸看地，两行珠泪落淋淋。
贤哉故事休题起，朕今与汝共修真。
自恨当初无先见，今日方觉悔无门。

妙庄皇帝告白仙曰："朕思那日羞惭之至，情知坐罪，悔无高明远见之亮，如云掩太阳，一旦昏迷。今见大贤，实无隔宿之仇，乃有报恩之德，愿恕罪名，纳父出家，入于此山，思惟佛道，尽显法门浩荡，普度一切众生。"

此身不向今生度，更向何处度此身。

南无观世音菩萨

妙庄皇帝方醒悟，推位让国愿修行。
万荣宫殿齐割舍，千般富贵永埋沉。
宫妃眷属回心转，持净戒行出红尘。
金冠玉带皆归火，滚龙袍简化灰尘。
登坛受戒为佛子，学做香山老道人。
天散迷云三光朗，人证凡心即佛心。
合国朝臣同行道，大圆满觉鉴凡情。
摄受三根归净土，直教万派尽朝宗。

尔时，十方诸佛现宝玉华座，出微妙音，赞言："善哉，善哉。大皇宿福深厚，舍一女出家，九族升天。再能推位让国，降临草庵，现世即人皇帝，当来成佛道。"妙庄皇帝蒙佛授记，心生欢喜，乃作一偈：

和佛至止，鸣尺偈云。
菩萨慈悲降凡廷，皇宫内苑长生身。

普劝佛子依此样，果然学道不亏人。

庄皇说此偈已，隐山修道，二十余年。春秋八十有九，预知时至，告众去世，遂作一偈：

金銮位推入真空，清虚寂寞彻底穷。
止有一具无明壳，散场付与丙丁翁。

休说庄皇归净土，且说现在观世音功成行满，蒙佛授记，遂感大千世界，六种震动，天垂宝盖，地涌金莲，十方诸佛，菩萨圣僧，释梵诸天，龙神八部，尽赴香山。乃作一偈：

大喜大舍大慈悲，打皇宫内没人知。
刹那转凡心成佛，森罗万众放光辉。

香山会上，有一月盖长者，领五百人，俱至于座前，拜跪问曰："云何外道？云何正道？愿师慈悲，开示盲迷。"作是念已，胡跪合掌，目不暂舍，一心渴仰。尔时，仙人告四众言："汝以好心来辨，岂得不说。外道者，心外求佛，观顶着相，眉鼻见光，认空执有于色，身内有甚奇特，修无漏断红白，采阴助养，做作十地工夫，知吉凶神事，暗传妙法，立重誓愿，兀坐守空，自知生死路头，印号合同，位登上品，游好境界，见一切相，不许外人知之，自称得道，自立教门，作法休粮，显异惑众，欺罔贤圣，此乃尽是外道也。譬如猿猴联臂，攀树悬崖，下水捉月，徒劳心力，到底成空。若是正因、正见之人，总不如此。"以偈答曰：

欲达如来真净界，当净身心如虚空。
莫学出神修炼法，始觉从前错用功。

尔时，仙人告诸后贤："吾于过去，无量劫中，宝藏佛时，净音皇

宫，曾作第一太子，出家行道，至今身心不倦，头头救拔，随类化身。今国皇者，乃吾宿世檀越①。妙书、妙音，乃是他生良友。及余眷属群臣，悉是助录信施，前生曾结善缘，以致世世相随。"乃作一偈：

　　无量光中净观音，特来此土度群生。
　　久隐普陀人罕识，唐朝显露始开名。

此时仙人方称观世音菩萨，自然体挂璎珞，头戴珠冠，手提净瓶绿柳，足踏千叶金莲，顶放白毫相光，遍照沙界。是诸大众，齐白佛言："请问世尊，香山仙人，本行因地令诸信乐，云何受持②？"遂答一偈：

　　此卷因缘不依稀，万圣千贤尽受持。
　　抽钉拔楔除云障，一性圆明等太虚。

尔时世尊告四众言："如今谛听，当与汝说，本山仙者，乃古佛正法明如来，于诸佛中，慈悲第一，悯诸众生，出现凡世，假入轮回，化令同事，能舍身心，救拔迷人③，归于净土。舍双眼，今得千眼报。舍双手，今得千手报。号曰：千手千眼，大慈大悲，救苦救难，广大灵感。如来应供，正遍知，明行足，善逝世间解无上士，调御丈夫天人师佛世尊，即观世音菩萨十号也。"而说偈曰：

　　观音慈父受魔冤，流通大教世间传。
　　莫道女身不成就，功成行满证金仙。

南无观世音菩萨此偈八句，和佛收工。

　　此卷因缘说已全，古镜重明照大千。

---

① 檀越：梵语的音译，施主。
② 受持：佛教术语，指领受在心，持久不忘。
③ 迷人：俗世之人。

信得及者成正觉,不成佛果也成仙。
观音慈父本行经,普滋大地众群情。
见闻解义知端的①,此事功圆贺太平。

卷终,诵大悲咒一遍举,后四句击磬朗诵。
大悲观世音菩萨本行经简集卷下

宣卷功德殊胜行,无边胜福皆回向。
普愿沉溺诸众生,速往无量光佛刹。

再能为众心信者,跪诵佛名忏悔文毕,领众念佛一堂

宋天竺普明禅师编集
清梅院后学净宏简行

---

① 端的:始末。

三世修行黄氏宝卷

黄氏女卷原序

余自髫年①已受斋戒,愧愚一介书生,自知本灵半为外诱所汩②,然而身虽在家,颇有出家之行。每以诗书之外最喜读诵经典。究心于此者二十余载,凡讲真经之典,苦多浑穆③处,语类浩繁。他若高头④讲说,蒙存浅达⑤之类,各执所见,言人人殊,徒令阅者目眩心迷,无可折衷,以语传语,大都纸上钻研,未从实地参悟而得耳。汝不知经卷者,乃诸佛之心法,众生之性源。佛本无经,经本无说,因一切有情⑥,汩⑦于外诱,昧其本灵,颠倒昏迷,轮回苦海,极可悲伤感痛。是以诸佛作此真空无相之说,不过为此众生解粘释缚⑧,还起本来面目。何啻⑨暗室明灯,冥空杲日⑩,若能领悟立证菩提,今穷乡委巷⑪,

---

① 髫年:幼年。
② 汩:淹没,湮灭。
③ 浑穆:纯粹,这里指词句古奥。
④ 高头:高处。
⑤ 蒙存浅达:蒙即蒙学,这里指把深奥的道理用浅显的语言表达出来。
⑥ 有情:佛教术语,指众生。
⑦ 汩:沉没,湮没。
⑧ 解粘释缚:也作"解粘去缚",解除黏着和束缚。
⑨ 啻:只。
⑩ 冥空杲日:苍茫的天空中明亮的太阳。
⑪ 委巷:委有曲折义,这里指曲折僻陋的小巷。

但有善信之人皆知诵读经文，叩^①其义理，云何^②懵然不解其谓？虽有学者曾听各师所讲之论，常览诸家之所注之书，或属言繁，或成义杂，徒令阅者是非可否茫然不知。学道自有次序，自浅至深，自深至奥。故诵黄氏宝卷，言虽浅近，大益身心，始终如一，欲修其身，先正其心之要也。余自摄经虽浅，必观常览无垢子、石成金^③与诸家之注合而为一，尽法^④如来精微，标明宗旨，着语无多，又且脉络贯通，从此而大注之，浑穆者语类之说之，浩繁者阅之，无不头头是道。夫说以简而易，明理所显而善，入执此以为开道之序，岂非为修行之一助乎？凡此卷者建度人之舟航^⑤，开劝世之觉路，广黄氏受苦之真修，大启众生之智慧，出生死之彼岸，灭无量之罪愆，获人天之福果。享无穷之极乐。信是经所说，悉是佛祖最上之密旨，而愚之所言真实不虚也。此经不过为人指引迷途之路，令行者不致错入崎岖迂回之境，愿诸善信，早悟菩提虚灵^⑥不昧，同归西方极乐，上去不负黄氏垂示^⑦之盛心，下不负愚一点指引之微念，诚大快也。

三世修道黄氏宝卷上集

先设香坛，开卷举赞

炉香乍爇，法界蒙熏，诸佛海会悉遥闻，随处结祥云，诚意方殷，诸佛现全身。

---

① 叩：探求。
② 云何：为何。
③ 无垢子、石成金：都是注解佛经之人。
④ 法：效法。
⑤ 舟航：船只。"此卷"前疑脱"抄"或"录"字。
⑥ 虚灵：空灵。
⑦ 垂示：流传以示后人。

南无香云盖菩萨摩诃萨三称，下念开经偈，与拜八佛①头

黄氏宝卷初展开，诸佛菩萨降临来。

南无历代祖师菩萨下同

天留甘露佛留经，人留儿女草留根。
天留甘露生万物，佛留经卷度众生。
人留儿女防身老，草留根来又逢春。
草生草死根还在，可怜人死不回程。
闲居静坐思今古，多少英雄武共文。
皆因贪名并图利，都被光阴送了人。
山海也有枯崩裂，为人能有几年春。
不论贫富前生定，无常二字最均平。
阎王出帖来勾取，无常一到没人情。
想起无常生死苦，为人心正早修行。

昔日宋朝有个黄俊达，家住曹州云和县杏花村，家私富有巨万，田园广多，呼奴唤婢，世称员外。同妻高氏亦称院君②。积祖好善，不作一毫之恶。夫妻同庚③四十，如鱼水之欢，惜无后嗣。夫妻商议，我今家中积玉堆金，只少一后嗣掌管家财。如何④院君听说，若欲求子，如今发愿各处修桥铺路，拜佛烧香，建塔造庙，装佛贴金，赒济⑤困苦，念佛看经，广斋僧道，布施修行，男奉三纲五常，女遵三从四德。那天

---

① 八佛：出自《八佛名号经》，指东方的八个佛，东方难降伏世界之善说称功德如来、东方无障碍世界之因陀罗幢星王如来、东方爱乐世界之普光明功德庄严如来、东方普入世界之善斗战难降伏超越如来、东方净聚世界之普功德明庄严如来、东方无毒主世界之无碍药树功德称如来、东方侧塞香满世界方步宝莲华如来、妙音明世界之宝莲华善住沙罗树王如来。
② 院君：本为对有封号的女子的称呼，后富户的妻子都可称院君。
③ 同庚：年纪相同。
④ 如何：这里是表转折。
⑤ 赒济：接济、救济。

夫妻说话之间，忽闻本城有个泗州寺，寺内一位长老，道号德全禅师。此僧七岁看经，正心学道，日间虔念金刚，夜则参禅打坐。寿年七十余岁，功德广大，后必得成佛道。俊达夫妇商议同到泗州寺中布施斋僧，念经礼忏①，求得一男半女，掌管家门，平生之愿足矣。

听宣看经黄氏身，三世修行世罕闻。
家住曹州云和县，杏花村内长生身。
爹爹百万黄俊达，母亲高氏称院君。
堆金积玉财无数，未得后嗣掌家门。
三库金银无人管，钥鍉②常带在自身。
夫妇恩爱如鱼水，不生男女靠何人。
夫妻商议行善事，要求贤郎管家门。
选定吉日去设斋，布施结缘广斋僧。
城中有个泗州寺，俊达夫妇把香焚。
选定正月初三日，泗州寺内去斋僧。
喜舍白米数百担，布施金银带随身。
大船数号装满载，来到寺中广斋僧。
俊达夫妇来上岸，寺内众僧出来迎。
夫妻二人来礼拜，焚香点烛礼世尊。
佛前许下求子愿，后到禅堂见老僧。
便问德全多年纪，师答七十有余春。
七岁看经无间断，口念金刚不绝声。
日夜礼拜如来佛，参禅打坐到如今。
员外见说称难得，我今斋供你们身。
院君上前重又问，愿求子女广斋僧。
德全见说回言答，员外今且听原因。
前生修积③投托你，必生男女好儿身。

---

① 忏：佛教中忏悔时念的一种经。
② 钥鍉：即钥匙。
③ 修积：修善积德。

院君听说心欢喜，我愿供养你师尊。
一月一担斋粮米，供你归终①不出门。
禅师见说忙下拜，恭谢百万施主恩。
但愿早生贵子女，掌管家财得官身。
百万当殿来拜佛，拜别贤圣欲回程。
德全即便开言说，说与员外院君听。
七月十五兰盆会②，谈经说法劝世人。
劝得各方人心善，心正必定要修身。
夫妻听说言善哉，拜别长老及众僧。
德全送出山门外，员外下船别老僧。
开船一路无担搁③，看看来到自家门。
安僮使女来迎接，接进员外与院君。
来到堂前忙参拜，回拜香火坐前厅。
夫妻二人多行善，打开银库结良因。
拔困济贫行仁义，修桥铺路广斋僧。

　　黄俊达夫妻因为无子，各处修桥铺路拜佛烧香，赒济贫穷急难，可怜（怜悯）鳏寡孤独，一切佃户、债户概以宽赦，为求生男女，故而广结良缘。忽那将交春分时景，日暖风和，万卉争春，人民乐业。高氏院君微微得孕，员外喜之不胜。上巳④方过，禁烟扫墓，春尽夏交，烈炎榴红，荷萼传香。倏忽之间，七夕初临，那德全禅师傅贴各方单纸⑤：七月十五日，泗州寺内，讲经说法，普劝愚迷，改恶向善，驱邪归正，化度有缘，忽然已到十五之期。四维上下，十方善信，无论远近都来听经说法。西方达磨师祖，亦来听法；上界文昌帝君，也来听法；三教圣人，及终南山纯阳祖师同徒柳树真人，下届地藏菩萨，带同十殿阎君，

---

① 归终：同"终归"。
② 兰盆会：即盂兰盆会。
③ 担搁：即耽搁。
④ 上巳：即上巳节，汉代之前三月上旬巳日为上巳节，魏晋之后定三月三日为上巳节，是一个春游踏青的节日。
⑤ 单纸：单层的纸张。

都来听法。尔时德全道人登坛坐定，合掌告诸大众听法之人，休讲闲话，不可多思妄想，仔细谛听我，今将如何正法。讲与尔等听者，为人在世，万物之中最上，惟人之灵最贵，故孔圣云："欲修其身者，先正其心。"释云万法归一，道云识得一万事毕，总曰制其心养其性，心若不正，焉能修身？人分三品，上品之人，不教而善，知因识果，自然能知善恶报应不堕恶道；下品之人教亦不善，不信而笑之，永堕恶道，佛也难度；中品之人教而后善，必要求师指引，参道学礼，只因生死事大，轮回难逃，六道难免，所有要遵三皈五戒，十善为根，改恶向善，驱邪归正。三皈者，皈依佛，皈依法，皈依僧；五戒者，一戒不杀生害命，二戒不偷盗财物，三戒不邪淫外色，四戒不嫉妒背非①，五戒不饮酒食肉。又言皈依佛觉也觉悟自性。心空朗寂，是心是佛，自心作佛，于心无心，寂然不动，头头②显露，物物周圆③，觉照如如④，万境消忘，心灯朗彻，拂却镜上尘，便见本来人。一道圆光⑤即性空佛，名归依⑥佛也，偈曰：

　　自性觉悟本心明，心是佛来佛是心。
　　步步头头皆是道，寂然不动显金身。

归法依者，正也。如法受持，平心而得，非礼弗为。如如自然，外不着于有，内不着于无。人法皆空，观身无有，观法亦然，内外明彻，非法非有，悟入常寂⑦光中。三昧圆融⑧，六度⑨齐修，万行⑩具足，名归依法也。偈曰：

---

① 背非：此词难以理解，按照佛教五戒，应是指搬弄是非。
② 头头：每桩，每件。
③ 周圆：圆满。
④ 觉照如如：觉照，用觉悟的心来观照一切；如如，指永恒存在的真如。
⑤ 圆光：指佛和菩萨头顶上的圆轮金光。
⑥ 归依：同"皈依"。
⑦ 常寂：无生灭叫"常"，无烦恼叫"寂"。
⑧ 圆融：圆满通融。
⑨ 六度：又译作"六到彼岸"，指使人由生死之此岸度到涅槃之彼岸的六种法门，即布施、持戒、忍辱、精进、精虑（禅定）、智慧（般若）。
⑩ 万行：一切的行为或修行。

自心明正法本无，只因迷昧堕三途。

若能人法皆俱忘，有无不住入天都。

皈依僧者净也，六根清净，一尘不染，意无罣碍①。四相俱忘，五蕴皆空，万行圆满，清静明彻，名皈依僧也。偈曰：

自性本来清净僧，皆因六根起贪瞋。

驱除万境无罣碍，体露堂堂独为尊。

又偈人人有个佛法僧，非三非一古镜明。

有能明彻②真三宝，人法双忘显真身。

又言无戒者，一不杀生，仁也。见共生不忍见其死，闻其声不忍食其肉。圣人有恻隐之心，上帝有好生之德，佛行慈愍之愿，皆先天一气③发生，只因沉迷色境，六道托生，故随孽报，蠢动合灵④，各有太极，皆是父母皮肉，疼痛相同，若识众生苦痛与人无别，不识众生痛苦即与众生无别，仁者戒之。偈曰：

劝人切莫杀生灵，父母皮肉一般疼。

与你黄金千万两，谁肯将刀割自身。

二不偷盗者，义也。譬喻一枯黄菜，一根烂柴，且夫天地之间，物各有主，不可见物生心，因便⑤取物，其物虽少，盗字总同。不可暗地起不良，静中动非心，明有王法相继，幽有鬼神相随。佛开济世之门，圣贤有分金之义，如江之清风，似山之明月，冰清玉洁，上士之行，义者戒之。偈曰：

---

① 罣碍：即挂碍。
② 明彻：清楚，明晰。
③ 先天一气：即产生世间万物的混沌之气。
④ 合灵：与神灵相合。
⑤ 因便：顺便。

劝人莫起偷盗心，非礼不动义中行。

贫穷富贵前生定，今生苦乐是前因。

三不邪淫者，礼也。天以地配，以立乾坤，阴与阳配，润物萌芽，发生万物。日与月配，升降运行，往来普照，男与女配，生男育女，接续宗枝，此乃天地之中，正礼相配，人伦正道，不可见他人之美貌而动非心。三畏①常存，四知②当念，守关君③之节操，效鲁氏之清规④，行五常以立人伦，损人伦者灭人道也，礼者戒之。偈曰：

天地日月阳与阴，劝君不可乱人伦。

关君节操宜守学，鲁氏清规效古闻。

四不诳语⑤者，智也。诳语即异语也，非礼而言，巧言损德，不良之辈，面是背非，十恶者口分四恶，奇语谝⑥惑，捏怪哄人，或以误信起凶心，或以听谗而结冤。传异语、不依经文，此违条犯法之人，如是之类，永堕三途，莫言九族望超升，先累双亲落地狱，死后怕为双角兽⑦，生前莫作两头蛇⑧，智者戒之。偈曰：

巧言令色少仁心，真实不虚是非明。

---

① 三畏：儒家指畏天命、畏大人、畏圣人之言。
② 四知：指天知、神知、你知、我知。
③ 关君：即关羽。
④ 效鲁氏之清规：《诗经·小雅·巷伯》："哆兮侈兮，成是南箕。"毛传："鲁人有男子独处于室，邻之厘妇又独处于室。夜，暴风雨至而室坏，妇人趋而托之，男子闭户而不纳。妇人自牖与之言曰：'子何为不纳我乎？'男子曰：'吾闻之也，男子不六十不闲居。今子幼，吾亦幼，不可以纳子！'妇人曰：'子何不若柳下惠然？妪不逮门之女，国人不称其乱。'男子曰：'柳下惠固可，吾固不可。吾将以吾不可，学柳下惠之可。'"这里用的是鲁男子的典故，指不近女色之人。
⑤ 诳语：谎话。
⑥ 谝：同"骗"。
⑦ 双角兽：这里指畜类。
⑧ 两头蛇：汉·贾谊《新书·春秋》："孙叔敖之为婴儿也，出游而还，忧而不食。其母问其故，泣而对曰：'今日吾见两头蛇，恐去死无日矣。'其母曰：'今蛇安在？'曰：'吾闻见两头蛇者死，吾恐他人又见，吾已埋之也。'其母曰：'无忧，汝不死。吾闻之：有阴德者，天报之以福。'"这里指害人之人。

夫子常欲无言语，守口如瓶智方生。

五不饮酒食肉者，信也。酒乃昏神乱性邪淫，乃损德伤身，经云："五百大戒酒为尊。修道之人不可闻，指头蘸酒冲三界，伽蓝依旧转山门。"人本受命于天，性与虚空同体，命禀天地同生，只因逐妄迷真①，清浊不分，昏迷天性。故有沉沦色境，四生投托，轮回串恋②，迷昧天性根源。须戒其口腹，清其身心。人能常清净，天地悉皆归，上士闻而深信，酒能乱性，惹愆非③，戒定修持，须宜切记，信者戒之。偈曰：

当初神禹恶杜康④，酒能乱性是迷方⑤。
桀纣失国皆坐⑥此，学道修行不可尝。

外持戒律，内心不妄，是为真戒。一真一切真，万行自如如⑦。既修梵行，当宜志诚，坚持戒律，免堕恶趣⑧下偷金丝草鞋一事，要参悟者可知。

若要修身心先正，诚心修真见世尊。和佛
春暖百花正清明，各家祭祖上丘坟。
烧香拜佛家家喜，游春玩景看新文⑨。
俊达各处多行善，高氏有孕在其身。
夫妇合意心欢悦，春季方终夏亦临。
员外分付安僮听，装载白米又取银。

---

① 逐妄迷真：追逐虚妄的事物，迷失了真性。
② 串恋：错误地恋上。
③ 愆非：过失。
④ 当初神禹恶杜康：《战国策·魏策二》："昔者，帝女令仪狄作酒而美，进之禹，禹饮而甘之，遂疏仪狄，绝旨酒，曰：'后世必有以酒亡其国者。'"
⑤ 迷方：佛教术语，令人迷惑的境界。
⑥ 坐：因为。
⑦ 如如：佛教术语，指诸法皆平等不二的法性理体。
⑧ 恶趣：佛教术语，同"恶道"，指六道中的地狱、饿鬼、畜生三道。
⑨ 新文：同新闻。

安僮忙备银和米，泗州寺内去斋僧。
开船一路将近寺，寺内众僧出来迎。
接进员外入殿门，装香点烛拜尊神。
参拜殿上诸贤圣，回拜寺内众僧人。
德全念经礼拜佛，说起当初古世尊。
谈经三百余数会，说法四十九载春。
大众听我真实语，无得无说是真经。
西来真实心印诀，除却印证无别真。
佛祖西来讲真经，化度世间善信人。
三皈五戒①宜清正，十善②一心是修行。
修成一心成正觉，心正修身别无真。
人人有条出身路，透出灵光耀古今。
达磨祖师降凡尘，上界文昌也来听。
纯阳吕祖来听法，带一能徒柳树精。
达磨听到经妙处，金丝草履脱下存。
忽然入定无生悟，不摇不动证金身。
柳精一见金丝履，此鞋妙宝最难得。
如若能得只③妙宝，我身原以证莲心。
柳精见爱起邪念，偷得金鞋去躲身。
离州二百余里路，忽见白石一山林。
寻见一洞如仙景，好比终南入洞门。
入洞来时细观看，此处藏修可长生。
老祖入定省觉悟，不见金履脚下存。
达磨心血来潮想，柳精盗去躲洞门。
白石山中有深洞，外石堆好内藏身。

---

① 三皈五戒：三皈，指皈依佛法僧三宝，以佛为师，以法为药，以僧为友；五戒，佛教在家信徒必须遵守的五种戒律，即不杀生、不偷盗、不邪淫、不妄语、不饮酒。

② 十善：佛教以杀生、偷盗、邪淫、妄语、两舌、恶口、绮语、贪欲、瞋恚、邪见为十恶，不犯十恶即是十善。

③ 只：同"这"。

要想无生无灭处，好比西天一帝京。
老祖透出灵光性，去见上界玉帝尊。
众位天君齐来到，恭迎西天达磨僧。
玉帝同议天君论，必与追还老祖尊。
就差七条滚水龙，七县灾劫在数临。
此地孽重人多恶，该遭此劫不能轻。
七县田苗多烫死，百虫走兽悉无存。
路上行人有多少，一千五百零三人。
土地城隍奏天朝，此灾最惨实伤心。
玉帝同议天君论，曹州久远孽是深。
再宣俊达黄百万，夫妻同庚①四十春。
家无子女传香火，要求男女掌家门。
舍施金银并白米，泗州寺内齐老僧。
法号德全年七五，七岁诵经直到今。
俊达想他功非小，诚心祈子必有应。
德全喜答黄员外，必生子女有福人。
有福修来投托你，定然贤良做官身。

话说众天君议论，奏上玉皇大帝与众臣等。查得德全有七世前的宿孽未清，应当受罪，故今世向②系十分贪爱③，多受俊达米粮财宝若干。时今④虽那柳树精造出无端⑤，难为他头次私行，又现在吕祖下三千功满，八百行足，功可赎罪，今罪归于德全身上，即赐热病在身，临终死入阴司永受苦报。偈曰：

谈玄说妙最难明，贪心不除因果临。

---

① 同庚：岁数相同。
② 向：从来，向来。
③ 贪爱：迷恋。
④ 时今：现在，眼下。
⑤ 无端：即无端之祸，无故肆虐为害。

当初云光贪口腹，虽谈经典堕牛耕。

忽有东岳大帝闻知此事，速驾祥云，顷刻之间进了天门，上奏玉皇大帝："虽是德全道人贪爱孽重，念头差见①，难为他七岁诵经，到了七十五岁，原有六十八年之功何在？如若将他永受苦报，岂恐挡住后学②，要生退悔之心。今依微臣愚奏，那黄俊达诚心行善，广施财米，因为求子。他应有半子，何不将德全道人罚落五百劫，投托黄俊达为女，后得六岁母亡，受官之难？如若善心不退，再修功上加功；若有退悔之心，然后与其永堕地狱。那玉皇大帝准奏，就将道人罚为男转女身，又言那德全道人，说法已到八月将初，才得圆满，俊达夫妻回到家中，诚心修身。正是：

贪爱不断枉修行，凡心不灭死生临。和佛
七月十五讲经起，八月初中始圆成。
夫妻二人回家转，加意③行善济贫人。
不讲道人说法圆，高氏院君孕渐增。
身怀六甲足月临，十月满足要临盆。
院君房内腹中疼，急忙去唤稳婆④们。
唤得坐婆归房内，忽然生下女儿身。
百万便把时来看，八月十五子时辰。
戊辰之年来生长，虚空满室香甚清。
稳婆当时忙洗浴，相貌好像古观音。
员外院君心欢喜，就取乳名桂香身。
一夜五更休提说，重谢稳婆转家门。
三朝满月容易过，欢天喜地谢神明。
员外还愿入寺林，丛林众僧出来迎。

---

① 见：用在动词后，表示动作的持续。
② 后学：后进的学者。
③ 加意：特别注意。
④ 稳婆：接生婆。后文"坐婆"同。

接进员外寺内行，焚香虔拜谢佛神。
员外即问德全事，何方化度去修真。
众僧见问回言答，经圆即后脱凡尘。
员外见说心欢喜，果有异女到我门。
回家捻指光阴快，看看女孩一岁零。
一周二岁娘怀抱，三周四岁在房门。
五周六岁娘亲死，七岁念佛看经文。
桂香七岁知孝道，诵经礼拜报娘恩。

次复宣诵①，桂香六岁丧母，七岁重发孝心，虔诚持斋念佛，紧守闺门，报母养育之恩，现有母亲棺木停镇②在堂，桂香就在母亲灵柩傍首③陪伴三年，侍奉饮食共桌，祭供献肴茶汤，时时不失，如母在日一般寸步不离。

黄氏七岁看经文，日念金刚不绝声。
日间堂前来陪母，夜睡灵傍不离身。
日供三餐香茶饭，洗脸水盆及手巾。
古道养儿防身老，积谷防饿古传文④。
无可报答生身母，念经超度我娘亲。
看看孝服三年满，不觉十岁到来临。
俊达请僧来出殡，西山岭上建新坟。
选定良辰并吉日，殡葬先室⑤老院君。
桂香送母安葬毕，父女回转自家门。
日夜思想亲娘亲，晨昏眼泪不曾停。
只因前生修不到，今生母女两离分。

---

① 次复宣诵：次复，然后。这里表示故事继续进行。
② 停镇：停放。
③ 傍首：也作"旁首""旁手"，即旁边。
④ 传文：同"传闻"。
⑤ 先室：已故的妻子。

我今持斋多行善，虔心修出苦沉沦。
我今念佛住何处，西厅改作诵经厅。
一心修善行好事，思念来世证金身。
香花灯烛来供佛，焚香礼拜念经文。
不讲桂香勤修善，听宣员外有钱人。
俊达在家多烦恼，烦烦恼恼少精神。
世事缠身心散乱，只因内里少人行。
自从院君身死后，少个当家着意①人。
小女桂香年十岁，无人照管自修行。
一来我身年纪老，惜无内助我家门。
欲娶续弦当家务，又恐不像高氏能。
爷娘生我人两个，同胞贤妹是嫡亲。
贤妹名叫妙珍女，嫁与李姓妹丈身。
便请胞妹来商议，说与贤妹听原因。
自从你嫂身亡故，撇下你兄与女身。
桂香无人来顾管，少个当家立计人。
妙珍见兄诉衷肠，将言说与我哥听。
西村有个侯于氏，年当三十正青春。
他今能管家中事，又能言语极聪明。
因他前夫死得早，生得孩儿一个人。
兄若娶来真相配，叫伊带子到家门。
他儿年登十五岁，到家替得你们身。
可惜我兄家百万，他们自个贫妇人。
包兄②听说言称可，你去问他若何能。
君子不择贫和富，但得贤能可联姻。
妙珍见说回身转，径③往侯家去说亲。
见了西村侯大嫂，特来与你做媒人。

---

① 着意：中意。
② 包兄：同"胞兄"。
③ 径：直接。

我今与你做姑嫂，我哥娶你做妻身。
　　你的孩儿同随去，他无儿子当亲生。
　　只有一个花花女①，取名叫做桂香身。
　　年登十岁看经卷，念经拜佛不出门。
　　嫁得我兄你有福，我兄不是少姓名。
　　过门就把院君叫，我家积祖有名声。
　　家私钜万②田园广，三库金银家内存。
　　百万家私你掌管，现今落得做院君。

　　话说妙珍来到侯家说亲，那侯于氏听说，十分欢喜，回言说与李大嫂，你若说的亲成，日后我当重重酬谢。我想黄百万，只有父女两个，我是娘儿一双，不如配成老小夫妇，也可做得，如同天地无错。正好并成一家。妙珍见说，遂别了于氏出门，自心暗想："此那泼贱之妇，我若此言说与我兄知道，如何还肯娶得此妇为妻。我且回到兄家，将言隐瞒便了。"

　　不是姻缘婚不成，本是冤家对头人。和佛
　　妙珍说亲转回程，将言说与我哥听。
　　定得嫂嫂人一个，是个聪明智慧人。
　　员外见说心欢喜，贤妹今且听缘因。
　　你的侄女在西厅，诚心至意看经文。
　　你去问他方可娶，我女不允事难成。
　　妙珍见兄来分付③，西厅去见侄女身。
　　桂香一见姑娘④到，抽身接进拜殷勤。
　　拜罢姑娘忙请坐，姑娘开口说原因。
　　我今有一大事情，说与侄女可知闻。

---

① 花花女：女儿。
② 钜万：形容数量极多。
③ 分付：同"吩咐"。
④ 姑娘：这里指姑姑。

你娘亡故年三载，你爹老弱没亲人。
只有你身年纪小，况是持斋念经文。
房内无人来服侍，无人看管你们身。
我今要去为媒主，与你寻个继母亲。
桂香见说心中苦，说与姑娘慈悲听。
望你慈悲怜悯我，可念侄女苦命人。
寻得母亲当家务，又要看管我们身。
但求一个贤德母，服侍爹爹老年人。
万贯家财他掌管，又恐一母两条心。
我今年幼十余岁，不知他心是何因。
立不出门常念佛，西厅里面看经文。
若要娶得亲娘母，豫先①说与我知闻。
莫怪我身看经卷，弗责奴奴不听顺。
莫做晚娘②来见怪，如同亲母看女身。
姑娘听得这等说，铁打心肠也觉疼。
妙珍即便抽身起，来见哥哥说事因。
你的女儿真难得，开言说话就聪明。
你女儿说如此语，任你娶个母亲身。
娶得母亲当家主，更可看管③我殷勤④。
员外见说心思忖，选定吉日便成亲。
就选本月初三日，传其财礼到家门。
初三送礼初七娶，迎娶亲人到家庭。
八美八果猪一口，搬进他家宅内门。
妙珍见了侯大嫂，分宾坐定说原因。
择得七月初七日，迎娶嫂嫂到兄门。
于氏见说忙不住，款待姑娘一个人。

---

① 豫先：同"预先"。
② 晚娘：即继母。
③ 看管：照顾。
④ 殷勤：热情周到。

二十余杯筵席散，姑娘谢宴就起身。
别了于氏侯大嫂，一径来到我哥门。
参见亲兄人一个，分宾坐下讲婚姻。
定得嫂嫂聪明妇，真是当家内助人。
不长不短生得好，不肥不瘦有精神。
身上衣衫随分着，绣鞋三寸不沾尘。
不说贤嫂多容貌，更有智慧美佳人。
一来管得家中事，二来照顾桂香身。
员外见说心欢喜，你去说知我女听。
姑娘径到西厅上，看见侄女念经文。
将言说与侄女听，我儿今且听原因。
定得母亲人一个，又带一子到门庭。
此儿今年十五岁，正好与你管家门。
姑娘说与侄女晓，初七早早接娘亲。
桂香见说双流泪，话不虚言果是真。
未知娶来贤和歹，未知爱恤①若何能②。
我今细把前后想，今番必定见虚真。
含悲说与姑娘道，此番稳便娶母亲。
姑娘听说如此话，别了侄女转家门。
却说桂香来见父，双膝跪在地埃尘。
女今哽咽难言答，为父见了痛伤心。
员外又乃来分付，桂香听我说原因。
你娘死过三载后，我守空房独自行。
如今若不来娶母，谁人看管我女身。
桂香见说来娶母，爹爹你且放宽心。
多谢父亲慈主意，西村去娶母亲身。
父是天来母是地，新填地基不均平。

---

① 爱恤：爱护怜惜。
② 若何能：即"能若何"，能怎么样。

爹爹要看亲娘面，着意看管我女身。
他来一身还犹可，又有一子带来临。
成家之子知礼义，败家子孙理不明。
虽然不分亲和疏，知人知面不知心。
亲娘晚母多休说，只求贤德是家珍。
员外见女含悲泪，铁打心肠也酸疼。
只因女儿年纪小，娶娘看管我女身。
一来家业无人管，内事无人乱纷纷。
他身虽有亲儿子，只作当行使佣人。
三库金银与你管，钥匙交付我女身。
桂香见说回言答，伏望爹爹听事因。
父在家中爹为主，父出门时母为尊。
桂香说罢回身转，西厅拜佛念经文。
我今换着新衣服，脱白穿青接母亲。
俊达当时喜筵排，明日早早娶新人。
一夜五更天已晓，厅堂鼓乐闹盈盈。
正顿①轿马侯家去，迎娶于氏一佳人。
娶得新人归堂上，百万夫妻结做亲。
一二三日排筵席，聚集新亲共友邻。
光阴如箭催人老，日月似梭晓夜行。
娶过院君经三载，此人管得我家门。
员外当时开言说，院君今且听原因。
你儿侯七身长大，赌钱饮酒不成人。
我今收帐要出外，照顾娇儿女子身。
我的债负放得远，金银钱米放乡村。
春间放帐冬天讨，常常讨帐我亲行。
多在外时少在内，家筵俱要你支宾②。

---

① 顿：牵引。
② 支宾：接待客人。

话说百万娶了于氏到门，带来一子，名叫侯七，三载已后，日日在外赌钱吃酒，不肯成人，只有桂香在家，日夜看经念佛不管事务，皆是于氏掌管家园钱米。当时员外要出外收帐，分付院君说："我女桂香，他今年轻幼小，原自看经念佛。只有你母亲可朝晚顾管，便是你十分好意。"院君回言："家中事务都是我管，不负员外美托，不必挂念，夫君放心前去。"

圣在凡人心做成，甜向苦内后必生。和佛
花红柳绿无心看，花开又值别家门。
俊达当时来收拾，收拾帐簿与票文①。
别了院君人一个，又别西厅桂香身。
我女日夜看经卷，爹去收帐你放心。
出外之时犹如可②，难舍女儿一个人。
朝晚到房问安母，不比亲娘在日存。
娘若来时身便起，朝晚小心看经文。
我今出外无期准，快时两月便回程。
桂香听说心中苦，爹爹出外保重身。
女儿在家倚门望，待等爹回才放心。
员外别女忙行路，闷闷不乐奔前行。
不说员外他方去，回文再宣院君身。
终日在外端端坐，说与亲儿听事因。
嫁得百万真难得，家中富贵有金银。
牛羊马匹成群走，任儿使用称心行。
他今只有桂香女，我儿一个管他们。
三库③虽有金和宝，钥锶未知藏何人。
百万隐藏不与我，想他女儿必然闻。
侯七听说回言答，母亲何不问妹明。

---

① 票文：票据文书。
② 犹如可：尚可。
③ 三库：钱库，粮库，布库。

院君即便抽身起，来到西厅看事因。
便叫我儿桂香女，你今念佛减精神。
桂香忽见继母到，深深下拜母亲身。
女儿年小不知事，恕罪奴家一个人。
院君即便开言问，我女今且听原因。
有些小事来问你，莫要推辞说别情①。
你身虽然非我养，我待女儿胜嫡亲。
问你三库何人管，钥匙藏在那边存。
三库钥匙间你管，缘何不与我娘亲。
除却你爹就是我，还有何人看你身。
快把钥匙来付我，要开三库藏金银。
桂香见说回言答，钥匙藏于父亲身。
我今看经诚念佛，不知父亲藏何存。
院君见说心中恼，就变面皮怒气生。
便骂贱人不识好，好言好语不肯听。
就把经文来扯碎，付火焚烧一卷经。
定要你身来依我，罚你磨房受苦辛。
日间山中挑泉水，夜间磨麦与人吞。
八斗小麦磨三次，来朝就要面来秤②。
桂香见母心惊怕，双膝跪在地埃尘。
若是奴奴藏钥匙，定然交与我娘亲。
奴今幼小看经卷，不管家中事务因。
院君见说何会信，逼他挑水作粗人。
我今不要你真说，脱你新衣换旧襟。
桂香遵母将衣脱，破衣旧鞋换在身。
心中苦楚双流泪，含悲忍苦自评论。
爹娘养我如珍宝，何会乱步出厅门。

---

① 别情：另外的因由。
② 秤：同"称"。

不识涧泉在何处，山路难行是苦辛。
桂香终日来挑水，金莲三寸步难行。
三里去时三里转，六里转回才到门。
日间挑水犹如可，夜来挨磨①苦难禁。
父在犹如珍和宝，父去不是犯法人。

且说桂香被晚娘敲逼②，日间挑水，夜来挨麦，身倦打睡③，又恐小麦不磨完成，晚娘又要敲打。桂香心中痛切④，两泪浇流，想起前生孽重，难以解究⑤。未知何日灾消，可得安修了。

前生孽重今受陵⑥，冤孽难消受苦辛。和佛
白日里，担泉水，转回六里。
到黄昏，罚磨房，受苦难禁。
金乌坠，玉兔升⑦，苦痛伤心。
到黄昏，忙收拾，慢慢消停。
把明灯，高挂起，行时隐便。
一更里，把小麦，搬上磨墩。
忙移步，精神爽，心头才定。
二更里，忙用功，快移心勤。
转千遭，出白面，细细挌⑧过。
听三更，交半夜，斗转星移。
想娘亲，不见面，灾魔受尽。
交四更，心着急，挨磨如飞。

---

① 挨磨：即磨磨。
② 敲逼：逼迫得厉害。
③ 打睡：打瞌睡。
④ 痛切：悲痛哀切。
⑤ 解究：完全解放。
⑥ 陵：同"凌"，欺侮。
⑦ 金乌、玉兔：指太阳和月亮。
⑧ 挌：击打。

我爹爹，娶晚母，奴受苦楚。
想娘亲，早归阴，我苦难伸。
五更里，鸡报晓，功成难满。
脚酸疼，身又倦，两泪纷纷。
想娘亲，早归阴，守灵三载。
七岁上，诵金刚，吃素看经。
晚娘亲，抽身起，磨房来看。
手拿秤，叫连声，失去三魂。
叫娘亲，来保佑，虚空来护。
小女儿，心苦切，胆颤心惊。
继母到，颤惊惊，双膝跪下。
叫娘亲，看爹面，暂恕女身。
年纪小，念佛经，不知前后。
脚酸疼，推不转，剩在磐①心。
告母亲，发慈悲，饶奴一次。
若怠慢，是懒惰，随意施行。

且说于氏天明来到磨房，看望桂香如何，便问贱人："面已未曾磨尽。"桂香一见继母来问，双膝跪下："望慈母恕容小女无力不能，只推得一半。"于氏见说，心中大怒。

诚心念佛护法灵，城隍土地得知闻。和佛
桂香挨磨多辛苦，两眼如珠泪淋淋。
弓鞋②脚小难移步，日夜不睡倦难禁。
哀告母亲发怜悯，饶恕女儿一个人。
凡事不周看爹面，望乞宽我小女身。
于氏便乃开言骂，便骂懒惰小贱人。

---

① 磐：同"盘"，这里指磨盘。
② 弓鞋：过去缠足妇女穿的鞋子。

明代故事类宝卷 选注

你今昨夜何处去，缘何不磨面完成。
便拿一根黄荆杖，三十黄荆受凶刑。
上下剥得衣衫尽，满身打得鲜血淋。
桂香被打难嗷①忍，霎时殒②倒地中心。
于氏看见慌张了，便叫使女水来喷。
桂香被水来喷转，悠悠苏醒转还魂。
于氏便骂奸猾女，装其假死吓我们。
高高吊起廊檐柱，待等黄昏放你身。
桂香被吊心中苦，两眼珠泪落纷纷。
前世不修今受苦，今生受苦是前因。
我欲今生修善果，只因孽重受灾星。
这般痛苦难嗷忍，不如一命赴阎君。
桂香怒气冲天地，惊动山头土地神。

且说桂香被晚母吊打，怒气冲天，惊动东山土地，忙传判官："今有黄氏女看经，功成浩大，今被晚母苦逼挑水挨磨，被他魔灭③，今夜时分他必要往母坟前缢死，后必上帝知道④，不当稳便，你可速差猿虎二将，带领睡魔神，与其睡熟⑤，待他父回交付与他，使他命不归阴，吾今托梦与黄俊达知道，待他回来救女。"

善恶未报神显圣，报与员外得知闻。和佛
桂香打得伤心苦，知心觉意少人闻。
院君来放善心女，放下贱人磨房行。
黄氏十分⑥遭母难，泪落珠流哭沉吟。
只因前世冤孽重，撞着冤家实伤心。

---

① 嗷：同"熬"。
② 殒：死。
③ 魔灭：应为"磨灭"，折磨。
④ "上帝"前脱一字，疑为"被"之类。
⑤ 与其睡熟：即让他睡熟。
⑥ 十分：充分。

继母当时来观看，叫他又入磨房门。
好把钥锶来交我，饶你家中受苦辛。
桂香见闻无言答，默默无言不作声。
肚内思量千行泪，泪落肠中屈怎呻①。
若把钥锶交继母，恐怕失去宝和珍。
仍把奴奴来受苦，钥锶还等父回程。
心内思量千百遍，回言答与母亲听。
三库金银爹爹管，打死奴奴枉费心。
院君见说回身转，桂香仍入磨房门。
前门后门俱关上，院君自归绣房存②。
桂香磨房多辛苦，孤单独自苦悲心。
两腿脚酸难挨麦，发寒发热步难行。
若还留得亲娘在，今朝不受许多刑。
我今在世多受苦，不如寻死赴幽冥。
等到更后人静极，抽身独出磨房门。
来到园中观瞻看，半开半掩好行程。
不出门时犹且可，出了园门苦杀人。
不宣③桂香来行走，听讲百万梦中因。

复说黄俊达讨帐，离家三月，不知家中之事如何。一日之夜，睡到三更，忽然得其一梦，言称本境土地说道你家桂香有难，急回家去救命，若还延迟，命必归阴，父女不得相见。

俊达睡熟见神论，忽然惊醒梦中人。和佛
桂香出门忙忙走，手执麻绳入树林。
来到亲娘坟林上，四跪八拜告娘亲。
因为我娘身先死，撇了孤女好痛心。

---

① 呻：同"伸"。
② 存：停留。
③ 不宣：这里表示转换了叙述视角。

我爹娶得一晚母，被他魔难①不成人。
罚我挑水并挨磨，陵逼打骂苦难禁。
挑水挨磨犹如可，还加吊打受惨刑。
不如早归黄泉路，免得娘亲打我身。
我爹乡村去讨帐，到今三月未回程。
我今特地来缢死，同娘一处去安身。
桂香欲想归阴去，山中土地显神灵。
睡神管住黄氏女，桂香倦去不知因。
不宣黄氏山神护，且说于氏梦中惊。
耳听磨房内不响，抽身便去看虚真。
磨房里面观仔细，只见灯火不见人。
便叫孩儿侯七到，看其贱女那边存。
前厅后厅都寻到，花园里面亦无人。
侯七说与娘亲道，桂香走出后园门。
母子等待天命晓，天明出外去追寻。
寻了一日天将晚，不知何处去藏身。
不见桂香犹如可，又恐员外转家门。
母子二人来商议，生其巧计哄夫君。
只说有人来领去，跟人逃走不知因。

且说百万得了一梦，抽身便起，忙叫安僮②备马，独自先回，在路一日，来到先妻坟前径过，忽闻坟旁有人啼哭，声像女音，员外即便下马入坟，去看明白，不知谁家女子在此啼哭。

天地乾坤一光临，免教人在暗中行。和佛
员外闻哭女声音，坟前立定看虚真。
哭声原像桂香女，忽想梦中土地神。

---

① 魔难：即"磨难"。
② 安僮：也作"安童"，即童仆。

员外下马进坟看，原是亲生女儿人。
看见女儿怯一惊①，抱住桂香问事因。
为何身穿破衲袄，因何头发乱鬔②纷。
为何两腿流血出，因何来到母茔③坟。
桂香听说心哽咽，心中哽咽不能膺④。
伏在坟前哀哀哭，凄凉痛哭好伤心。
连问女儿不回说，我女今且听缘因。
父子坟前悲伤哭，哭罢了时问事情。
莫非家中失了盗，莫是撞了不良人。
一一从头说我听，为父与女伸冤情。
桂香含泪将言说，叫声爹爹苦杀人。
自从爹去三个月，我在西厅念经文。
侯七终朝来赌博，常常赌博往外行。
家中金银多转尽，要开三库取金银。
母亲终把钥锃讨，女儿回说在爹身。
不信我言多发怒，便叫使女剥衣襟。
即时换穿破衲袄，一只水桶付奴身。
日间要奴挑泉水，夜来挨磨到天明。
每餐只与小碗饭，那有气力做工人。
八斗小麦磨三遍，明朝便要秤来称。
若是磨得俱完备，不打不骂在奴身。
挑水磨面力须尽，无力挨得麦完成。
当时母亲来秤面，看见麦剩在磐心。
不由分说高声骂，便叫使女剥衣襟。
不用使女来捉我，要奴自伏地中心。
不许我言不许动，随娘自在打黄荆。

---

① 怯一惊：即吃一惊。
② 鬔：头发蓬松。现在一般写作"蓬"。
③ 茔：坟。
④ 膺：承受，接受。

左腿打过打右腿,数十黄荆两膀疼。
痛死难嗷殒倒地,使女喷水又还魂。
母亲道奴装假死,又叫使女吊女身。
吊在厅堂廊柱上,朝晨吊到夜黄昏。
却叫使女来放我,依然放进磨房门。
两膀脚痛难挨磨,只得逃生到母坟。
不该奴死爹撞见,迟时一命赴阴君。
员外听到伤心苦,号啕大哭泪雨倾。
二人伤悲来上马,一马双骑两个人。
抱住女儿双流泪,心中想起怨妻身。
二人上马忙忙走,看看来到后园门。
员外当时来下马,便叫女儿后园存。
进了冷房来坐定,我今依旧进前门。
我要试他何言语,他将胡言哄我听。
依直①说来犹如可,若说胡言打断筋。
俊达依先来上马,来到前门看事情。
墙门僮仆忙通报,立刻报与院君听。
今日员外回府转,安僮大小出来迎。
接进堂前身坐定,院君随即说良音②。
丈夫讨帐多辛苦,更其路上受风冷。
我夫出门桃花面,回来因甚面皮青。
员外见说回言答,院君今且听原因。
风霜辛苦俱闲事,感承妻子挂念情。
谢你家中来看管,又劳看管女儿身。
数次回家女迎我,因何今日不来迎。
院君见问心慌急,想成一计哄夫君。
若说女儿我桂香,希奇一事不堪闻。

---

① 依直:照直,不隐。
② 良音:好话。

只道西厅常念佛，作一丑事在家门。
员外见说将言问，何等丑事原知闻。
院君见问回言答，望夫听我说原因。
员外请坐，于氏言扬，从头说起。
幼女桂香，生长闺门，花正盛旺。
理无半点，步步轻狂，假在西厅。
看念金刚，二十日夜，造出端详。
手拿钥鎚，开笼倒箱，取了金宝。
暗出磨房，后门出去，等到天亮。
四路搜寻，无影无响，要问端的。
何处身藏，有人传说，见人一双。
青春年少，一个君郎，肩背包袱。
径往前行，有一女子，随后跟郎。
登路如飞，一对鸳鸯，欣然而去。
我心常惶①，若人知道，便出银赏。

且说员外听了，怒从心上起，气向胆边生，忙叫安僮拿大棍过来，拿住恶妇剥去上身衣服。自家动手，连打数十棍。那院君被打如雷，惊动桂香，听得父亲诒诔②，慌忙去救，走往前厅，匐③在母亲身上求告："爹爹宁可打死女儿。"

恶人自有恶报应，善人到处善心行。和佛
桂香见父心发怒，径到厅前救母亲。
匐在娘身告父听，宁打女儿一个人。
爹打母亲娘打女，雪上加霜那消停。
今日女儿来劝解，放了娘亲好安身。
员外送女归房去，忙叫使女看儿勤。

---

① 常惶：同"彷徨"，心神不宁。
② 诒诔：吵闹。
③ 匐：同"伏"。

丫鬟张灯归房内，百万亦进自房门。
不说员外进房去，且谈侯七骂娘亲。
只凭媒人来说合，不问孩儿自嫁人。
嫁个好人犹如可，错配凶徒老贼精。
被他打得面皮破，这场打骂羞杀人。
他今自到房中去，不来采①你半毫分。
于氏见说儿羞辱，说与孩儿一人听。
我今被打心惺悟②，究竟③诓夫罪非轻。
打过之后还自悔，说过前言不计论④。
我今也到房中去，陪笑夫君我过分。
鼓敲三更交半夜，妻叫夫君两三声。
员外梦中来惊醒，一脚蹬下踏版存。
便骂无端恶贱妇，还来这里做妖精。
于氏被骂无言答，踏版上面睡安身。
侯七进房观仔细，看其母亲那边存。
只道娘亲床上睡，原来踏版卧安身。
侯七见了心中恼，恨杀继父打娘亲。
出了房门思量起，心中要害继父身。
走到厨房来摸着，拿起钢刀手内存。
侯七正起不良意，定教一命赴阴君。
百万当时抽身起，起来方便落床行。
院君见夫来方便，便进床上卧其身。
员外见他床上睡，手携灯火出房门。
再宣侯七心生恶，手持钢刀进房行。
积善之人天保佑，作恶之人受杀身。
三步移来两步走，一刀两段赴阎君。

---

① 采：同"睬"。
② 惺悟：即"醒悟"。
③ 究竟：毕竟。
④ 计论：计较。

出了房门心欢喜，万贯家财归我们。
欲把桂香配与我，三库金银任我行。
侯七依然来安眠，宽心安眠不知因。
五更鸡叫天明起，百万独自在书厅。
侯七捷早①抽身起，谁知晚父书厅存。
书屋外面来行过，员外坐定看书经。
口中不说心思忖，莫非错杀我娘身。
来到房中观仔细，原来杀死我娘亲。
遂生巧计来哄父，快去看我母娘亲。

且说侯七忙到房中，看见娘亲杀死，身首各分两处。不觉慌张，口中不语，心下思想，我要杀了继父，谁知错杀娘亲？遂心生一计，哄骗晚父过来看母，却不是好？那时叫屈，他必然惊怕，那老贼定是即将金银买我口安了。

前生孽重难免因，冤孽相逢定受刑。和佛
侯七当时来通报，说与继父听原因。
我娘床上昏昏睡，如何睡去不苏醒。
员外听说侯七话，忙同义子看虚真。
看见房中有鲜血，吓得员外心颤惊。
侯七放声号啕哭，叫屈连天不绝声。
口中便骂黄百万，因何杀死我娘亲。
昨日把我娘来打，如何又杀我娘身。
快把娘亲来还我，还我娘亲放你行。
员外被他来扯住，心下慌张没理论。
桂香听得房中谎，来到房内问事情。
父亲面前深深拜，母亲因甚血淋林。
员外说与女儿听，不知房内出强人。

---

① 捷早：即"及早"，趁早。

今被侯七高声叫，犹恐官司累及身。
便叫侯七休要恼，多把金银与你们。
你今休对人前说，我今安葬你娘亲。
侯七见说心欢喜，便叫爹爹且放心。
你把金银来与我，不去衙门把状论。
员外见说心中喜，就把金银付凶人。
侯七得了金银钞，欢欢喜喜出门行。
不使眼前谋人计，那得金银到我们。

且说侯七自杀娘亲，反来高声叫屈。那俊达连将金银买他。那侯七得了银子心中欢欣，不管母亲一切之事，径到街坊三朋四友，不分昼夜，饮酒嫖赌，图乐横行，放宕①去了。

官清难断家事情，灾满自有救星临。和佛
侯七得银心欢喜，走到街坊赌输赢。
嫖赌吃着无昼夜，终朝快乐过光阴。
员外请僧来礼忏②，殡葬继室于氏身。
送到山中来安葬，葬在前妻右边存。
殡葬已毕回家转，说与亲生女儿听。
只怕侯七银用尽，又来取讨母亲身。
父女商量言未了，忽闻前厅喊连声。
你今不把银交我，快快还我母亲身。
员外听了心中怒，那有金银与你们。
便把侯七来拿住，一顿大棒打在身。
侯七被打心恨恼，走到城中把状论。
告到本州云和县，近前便叫老爷听。
知县看状高声问，便问侯七假和真。

---

① 放宕：同"放荡"。
② 礼忏：佛教术语，礼拜菩萨，诵念经文，以忏悔所犯罪恶。

156

人命关天非小可①，谎报状纸自当身。
若然谎告身有罪，便叫押住姓侯人。
即叫该房忙不住，杏花村里捉凶身。
速拿杀妻黄俊达，桂香父女一双人。
公差来到黄家宅，径入厅堂说事因。
百万见了将言问，公差开口告知闻。
有一侯七来告你，杀死他家母亲身。
你有一个桂香女，二人齐要到衙门。
俊达见说心慌乱，安排酒筵待公人。
取出白银四五两，递与公差两人身。
二人接银请登路②，便将俊达上麻绳。
一人栓了黄员外，一人锁了桂香身。
父女二人来上路，眼中流泪落纷纷。
桂香说与爹爹道，侯七真是黑良心。
他今只想来杀父，谁知错杀母亲身。
这场官司非小可，犹如天打被雷惊。
来到县前忙入内，上前参见老爷们。
县主便问黄俊达，又问黄氏桂香身。
你今犯了违天罪，侯七告你父女人。

且说黄员外，被侯七诬告，那云和县差人拘拿那父女到堂，见了县主李老爷，一前跪下。那李老爷先叫黄氏女上堂，细细逐一审问。

正堂上面无疏亲，大宋律例不饶人。和佛
李知县，将言问，黄氏女子。
你知道，犯了法，早早自认。
黄氏女，回言答，上前三步。

---

① 小可：轻微，小事。
② 登路：上路。

我不曾，偷盗宝，犯法违令。
奴不做，虚心①事，细禀老爷。
年纪小，修善果，不出闺门。
老爷说，桂香女，谋人性命。
有罪的，无罪的，你杀娘亲。
虽不是，亲生女，恩比嫡母。
依法律，处斩你，碎剐分身。
黄氏女，听爷说，心惊胆颤。
西厅上，诵金刚，不晓前因。
叫他父，俊达近，从实拱文②。
你是个，年高人，不知法度。
为何因，起不良，杀死妻身。
你实拱，招认了，从轻发落。
你若是，说差了，重罪当身。
那侯七，上前告，双膝跪下。
是他们，父共女，杀我娘亲。
白日里，将娘骂，行凶敲打。
到黄昏，不采母，自进房中。
二更过，半夜里，忽起不良。
手拿刀，杀我娘，屈死难伸。

且说李知县登堂，审问黄俊达杀妻一案，又与女桂香同谋，父女二人不肯拱招如何。我且收下监内，再作处决，即唤牢子分付，上起刑具，虎牌③上写明黄俊达桂香二名下监。且待明日取出细审发落，毋不违令。牢头说晓得。

　　衙役行人虎狼心，莫教君子犯法刑。和佛

---

① 虚心：这里指心虚。
② 拱文：即"供文"，招供的文书。这里指写下招供文书。
③ 虎牌：监狱登记犯人姓名的牌子。

李爷提犯堂上问，忙叫牢子取犯人。
到堂取了刑具跪，王法治你杀妻身。
父女二人心惧怕，就如地狱一般形。
俊达父女双流泪，两眼如珠不作声。
老爷当下将言说，该房书吏禀知音。
敲打二人不肯认，不曾招取罪和名。
太爷发落仍监住，来日定要敲①招成。
父女二人来收禁，脚镣手扭②进牢门。
双脚捆在匣床③内，一块木版在心存。
头发挽在将军柱，两手吊起半空心。
初更上匣犹如可，二更身痛骨酸疼。
三更身上虱子咬，四更蚊虫又来叮。
鼓打五更痛难忍，一夜不睡苦无呻。
员外说与桂香道，看来今番罪招成。
万贯家财女去管，三库金银要小心。
自家骨肉心中苦，怎生割舍我女身。
千死万死终须死，我女不必苦忧心。
桂香听说哀哀哭，我今替代老父亲。
父母生身恩难报，愿替爹爹苦患身。
再生儿女从来有，殁了爹爹最难寻。
这个死罪奴去认，宁杀女儿一个人。
爹爹切莫来想我，爹去再娶母亲身。
娶得母亲生下弟，莫绝黄家后代孙。
不说员外心中苦，知县老爷又升厅。
便差牢子忙不住，火速牢中取罪人。
牢头狱卒持虎牌，押出犯法两人身。

---

① 敲：殴打。
② 脚镣手扭：即"脚镣手杻"，手杻即手铐。
③ 匣床：旧时牢狱中使用的一种刑具，形如木床，命囚犯仰卧其上，将手脚紧紧夹住，全身不能转动，痛苦异常。

李爷高声问俊达，快快招了罪和名。
你的家中深广大，何人进得你家门。
不是你杀何人杀，还在厅前拱何人。
老爷便叫来敲打，三敲六问要招成。
俊达受刑慌张了，只得厅前认罪名。
是夜三更是我杀，亲身杀死我妻身。
我女年登十五岁，不曾乱步出闺门。
不涉我女违条事，望乞饶了我儿身。
桂香见父来招认，上前三步诉原因。
伏望太爷生慈悯，高台明鉴断奴身。
不干我父分毫事，是奴亲杀母娘亲。
死罪该奴来招认，恳容饶恕老父身。
知县便叫该房吏，案中提出俊达名。
便把桂香来问罪，拱招只是女人身。
哀求青天放父转，桂香招状写分明。
桂香拱招罪案成，员外珠泪落纷纷。
提出我身犹如可，可怜女儿屈罪成。
招状写得分明白，桂香杀母有人闻。
便把长枷来枷住，脚镣手扭进牢门。
翻身踢进牢中去，秋后解住法场刑。
员外见说心中苦，回家忙取宝和珍。
收拾金银数百两，一半金来一半银。
上马带银进城去，要买女儿活命生。
来到县前忙进内，皂隶报与老爷闻。
来一杀妻黄百万，来到厅前见大人。
手拿诉状当堂跪，口内哀哀叫屈声。
老爷见了心发怒，喝令赶出公县门。
员外听说双流泪，跪上堂来大放声。

李爷见恸心慈悯，叫人私衙①共计行。
员外进衙从实说，老爷听我诉原因。
取出金银二百两，免叫我女受重刑。
李爷见银心中喜，与你女见减罪轻。
我今便叫文书转，俊达你今且宽心。
详文判段②身绞死，免斩头落轻几分。
员外见说忙下拜，拜谢县主李姓人。
别了老爷心痛戚，桂香牢内受苦辛。
只有一夜在阳世，来朝绞死法场刑。
一夜五更天又晓，桂香解往法场行。
监斩官是随后走，刽子提刀押犯人。
桂香头上插旗号，绞旗一道甚分明。
杀死母亲黄氏女，游街示众做罪人。
监斩官人忙不在，便叫刽子绞其身。
再宣百万来祭女，活祭桂香苦万分。
刽子口中忙视告，奉官差绞黄氏身。
黄氏绑住将军柱，眼中珠泪落纷纷。
刽子手执白罗索，黄氏缉死法场刑。
监官看绞黄氏女，回身打道转衙门。
不宣黄氏来缉死，员外收殓女儿身。
衣衾棺椁盛殓好，叫人抬到母坟存。
一路行走哭不住，屈死我儿孝女身。
上卷黄氏遭屈死，下卷重宣再还魂。
奉劝世人齐向善，同到灵山拜世尊。

黄氏宝卷上集终

---

① 私衙：私宅。
② 判段：即"判断"。

三世修行黄氏宝卷下集

次复再宣,桂香代父绞死,人人悲伤,孝感动天。那玉皇大帝闻知桂香屈死,阳寿未满,速差太白金星下凡救还阳,赐他金丹一粒。那金星来到曹州,知黄氏女七岁看经,因他前世是本州泗州寺道人,七岁修行,日诵金刚,夜来坐禅,因贪爱心重,受了黄俊达财米,刑害本州七县田苗生灵。故有数世宿孽深重。今被侯七屈害,替父绞死。吾当①亲降救他,等其父亲黄俊达祭奠之时,取出灵丹,放在桂香口中,使他即便②还阳,父女和会。

前生冤重受报应,天赐灵丹又还魂。和佛
员外来祭黄氏女,来到坟边祭女灵。
便把祭礼来铺设,安排蔬果祭灵魂。
低头祝告天和地,泪如雨下诉原因。
叹我只生桂香女,平生积善众皆闻。
我原不该娶于氏,侯七杀娘陷别人。
只为李爷不辩理,屈死女儿一人身。
惟愿上苍来报应,桂香即便再还魂。
俊达祝告神赐药,黄氏银魂受丹香。
太白金星回天府,俊达祭文表阴灵。

维于大宋仁宗皇帝庆历二年,岁次壬午九月十五,致祭故女黄桂香,生于仁宗天圣六年,戊辰八月十五子时建生,存年一十五岁。今被继母之子侯七屈死,于庆历二年九月初七午时受刑,愿女灵早登极乐,伏惟上飨③。

---

① 吾当:我。
② 即便:立即。
③ 伏惟上飨:常用作祭文的结束语。伏惟,敬辞,想到,念及。上飨,应为"尚飨",希望死者来享用祭品。

其中玄妙谁知因，到头天晓自然明。和佛员外祭了亲生女，祭文一道哭声颦①。
不说员外来啼哭，桂香喊声又还魂。
棺椁里面人声叫，员外听得女儿声。
打开棺木来观看，我女果然又还魂。
黄氏抬头见爹爹，两眼珠泪落纷纷。
员外一见心中喜，扶起女儿一人身。
屈死女儿还魂转，皇天不负善心人。
苦内生甜多欢喜，谢天谢地谢神明。
桂香开言告爹晓，亏②了公公一个神。
赐我一粒灵丹药，又得还魂见父亲。
父女二人忙回转，桂香依旧住西厅。
亲邻百舍俱来看，都来贺喜姓黄人。
桂香依然来念佛，原在西厅诵真经。
来到堂前参诸眷，拜谢邻舍及众亲。
诸亲拜别回身转，各自归家不谈论。
劝君莫作亏心事，半夜敲门不怯惊。
前世孽重今受苦，但遭王法是前因。
行善作恶总有报，只等迟早见分明。
冤屈受灾天报应，官清断审不差分。
曹州太守新到任，官清民安姓包人。
太守包拯无私曲，曹州诸事理论清。
城隍社庙先礼拜，装香点烛敬神明。
主持道人来迎接，接进包公到内厅。
待茶谈说终常事，城隍速差睡魔神。
包公坐定身倦睡，眼观神鬼面前存。
手执虎牌包公看，侯七杀娘看分明。

---

① 颦：同"颦"，皱眉。
② 亏：多亏。

包公明看无差伪，睡中惊醒问道人。
本州侯七有也无，前官断罪误判成。
包公回衙就放告①，冤枉曲事断分明。
不讲包公放告事，又宣黄氏念经文。
六岁丧母黄氏女，七岁看经荐母亲。
我今年登十五岁，遭刑绞死又还魂。
在家终日看经卷，一场祸事又来临。
今日侯七回家转，见了父女两人身。
可奈②二人无道理，又得还家必害人。
即往本州清官处，升堂放告进衙门。
进了衙门高声叫，叫屈连天不绝声。
杀死我母非小可，桂香依旧住家庭。
只道犯法遭刑死，谁知道将钱买活得安宁。
大人接了侯七状，一一从头看事因。
人命再覆③非小可，诬投词状自当身。
便叫书吏火④签敕，去拿父女姓黄人。
两个公差忙不住，杏花村里提凶身⑤。
来到黄家墙门首，员外见了怯一惊。
公差当时开言说，员外今且听原因。
新来本府包公到，有一侯七告你们。
大人要拿杀妻犯，又提假死桂香身。
员外见说慌张了，这场祸事怎当承。
分付安僮排筵待，取银递与二公人。
遂锁员外桂香走，看看来到府前存。
一头走时一头哭，父女双双泪珠淋。

---

① 放告：官府每月定期坐衙受理案件。
② 可奈：怎奈。
③ 覆：同"复"，复活。
④ 火：快速。
⑤ 凶身：凶手。

员外说与女儿道，听我从头说原因。
今日本府包公审，未知吉凶若何能。
千死万死终须死，今朝死得不分明。
桂香见说哀哀哭，爹爹今且听原因。
这个死罪奴去认，留了爹爹年老身。
二人走进衙门内，跪到堂上见大人。
差人缴票①交二犯，大人堂上问缘因。
俊达你犯违天罪，我今断你父女人。
大人又问黄氏女，如何杀死晚娘身。
黄氏低头将言告，低头纳拜诉原因。
日月虽高容易见，奴奴难得见天真。
今日得见青天面，犹如古镜照分明。
无弦琴上知音少，父子弹来调不匀。
五湖四海知深浅，日照山河月不明。
画龙画虎难画骨，知人知面不知心。
杀死晚娘皆是我，不干我爹半毫分。
杀死继母罪原重，只求快死见阴君。

且说包舍心名拯，官至龙图阁，当时未到曹州任上，先来各处地方私行察访。闻前任妄断许多冤屈事情，已尽访实，又有一案，现今在社朝中城隍托梦于我，观见侯七杀母四字，甚疑此情必有冤枉受屈。我看黄氏女是善面慈眸，况他前罪绞死七日，神救还阳，又看侯七不是善良之辈，吾且问他，必然应梦。"侯七，你可晓得王法无情自古至今，利刀不斩恩孝子，犯法违条不顺情，依我本府看来，你是自杀娘亲，反来诬告别人！"那侯七惊禀，道："大人呀，小人怎敢杀母之理，委实是继父杀的。"包公道："令黄桂香带在旁边，叫黄俊达过来。有黄俊达，你从实细细供来，可免三推六问。"

---

① 缴票：上缴押票，押票即过去收押犯人时的凭证。

善恶到头有报应，要看迟早见分明。
本府便问黄俊达，一一从头说事因。
说得实情饶赦你，巧言胡说问罪名。
员外见问将言说，大人听我诉原因。
前妻亡故三载后，只因家内少主人。
故娶侯家于氏妇，带得一子到我门。
他是终日去赌博，朝朝赌钱讨金银。
家中浮财都输尽，要开三库宝和珍。
便问女儿钥鍉讨，我女不肯付他们。
侯七便要把我杀，谁想错杀母娘亲。
问成死罪女儿替，我女招认死罪名。
幸得清官怜女孝，免了斩首绞女身。
绞死七日并七夜，又得还魂转家门。
包公见说心解究，朝中得梦是真情。
喝令皂隶并禁子，取过刑具敲原人[①]。
捉住侯七来敲打，脑箍夹棍加重刑。
侯七难嗷依直说，飞蛾投火自烧身。
杀死娘亲原自我，不干他事半毫分。
欲杀继父黄百万，谁知错杀我娘亲。
包公见他来招认，脚缭手扭进牢门。
不说侯七来认罪，再宣百万转家庭。
员外回家齐贺喜，尽来恭喜姓黄门。
诸亲百眷都来贺，尽感清官包大人。
诸亲贺罢回家转，都骂侯七黑良心。
百万堂前焚香拜，祝告祖宗谢神明。
感得神灵来护佑，救我父女一双人。
黄氏依然来念佛，手执檀香炉内焚。
我念金刚多感应，果然金刚救我身。

---

① 原人：原告。

只道父女常离别，谁知枯木又逢春。
我今年登十五岁，前生孽重受灾星。
不宣百万黄氏女，又说侯七受罪刑。
本府便叫公差到，快往牢中吊犯人。
当时便把侯七绑，法场去斩黑良心。
侯七杀母斩条①插，游街示众斩犯人。
西街市上来绑起，敲枷开锁绑住身。
四面刀枪围捆定，法场围得不通行。
监斩老爷忙传命，便叫刽子斩罪人。
刽子低头来祝告，我今剐你杀娘亲。
刽子就把侯七割，碎割分身鲜血淋。
侯七苦痛难嗷忍，一时剐死赴阴君。
监斩老爷见他死，便叫公差两个人。
扛他尸首抛坑内，忽然雷震起乌云。
心还未绝微微动，霹雳震打侯七心。
今劝世人休作恶，举头三尺有神明。
不信但看那侯七，悔得当初错用心。
莫说侯七天来报，又宣员外桂香身。
感谢上苍来明证，黄天不负善心人。
桂香净心诚念佛，焚香顶礼念真经。
百万独坐前厅上，忽见张妈来说亲。
来见员外开言说，我来与你做媒人。
前村有个王大嫂，也是看经苦修行。
一来管得家中事，二则服侍员外身。
他今年纪四十岁，又无男女靠何人。
员外见说心欢喜，即去问卜娶妻身。
便选良时并吉日，娶来家内作院君。
员外说与院君道，你与女儿同念经。

---

① 斩条：斩首时插在背后的木板或竹板。

桂香同母来念佛，如同亲母一般形。
母爱桂香似亲养，女儿敬母如嫡亲。
黄氏腹内心思忖，好比高氏嫡母身。
敢①是我娘重出世，又来看顾②女儿们。
百万院君同商议，要与女儿去攀亲。
便叫陆妈来分付，与我女儿作伐人③。
陆妈妈当时开言说，说与员外院君听。
青平镇上赵百万，他生一子有名人。
名叫令方年十八，未成联姻配妻身。
相貌堂堂文才广，不肥不瘦俊俏人。
若他相合鸳鸯舞，门当户对好为亲。
员外见说心欢喜，写了年庚付媒人。
陵妈妈领了庚帖④走，来到赵宅说婚姻。
杏花村里黄员外，有一女子貌超群。
年登十六心和善，从幼持斋好修行。
赵员外听说心欢喜，多承妈妈作伐人。
媒婆当下将言说，说与赵家员外听。
女家年庚请在此，说得成来便作亲。
员外见说心欢喜，便选吉日好良辰。
傅下吉日定六礼，迎娶过门结成亲。
令方夫妇如鱼水，家开肉铺是营生。

且说赵员外拣选吉日，与令方成亲，娶了黄氏女过门，那夫妇如鱼得水之欢，和黄氏仍以一心为善，戒杀放生，心常怀德怀仁。惟丈夫开张肉铺，每日劝他改业。令方不肯依。从那黄氏一十九岁所生一女，取

---

① 敢：莫非。
② 看顾：照顾。
③ 伐人："伐柯人"的简称，即媒人。典出《诗经·豳风·伐柯》："伐柯如何？匪斧不克。娶妻如何？匪媒不得。"
④ 庚帖：写着生辰八字的字条。

168

名娇姑,三朝满月,可喜聪明。亦过三年,又生一女,名叫伴姑。黄氏劝夫道:"我到你家传宗接代,继续香烟,现生二女并未生男,因今杀生害命,罪孽太重。我劝丈夫听奴改业。后胎必然生男,可以继续宗枝①,亦消前罪。那令方被妻劝惺,即便改业。黄氏夫妻和顺,敬重公婆,和睦乡邻,斋僧布施,广济贫穷,亦过三年,生怀满足,产下麒麟,取名张寿,美貌聪明,合家如得明珠一般。

令方不信行善人,不知地狱与天庭。
黄氏每日劝夫君,劝得夫君改营生。
烧得冷汤煎煎滚,推泡鸟猪变自身。
白刀戳进红刀出,看猪死得好伤心。
杀得猪来别人吃,造下罪孽自当承②。
别样买卖皆可做,及早回头念真经。
令方见说何曾信,我妻说话不通情。
自古有生必有死,有何地狱与天庭。
黄氏见说回言答,丈夫听我说原因。
当初释迦皇太子,不愿为皇去修行。
雪山修道成正觉,至今成佛做世尊。
观音菩萨庄王女,不愿招夫要修行。
香山九载修佛道,现今南海观世音。
多少古佛皆修道,多少圣贤好生灵。
惟有我夫造杀罪,自堕沉沦少子孙。
我死七日并七夜,报应受苦尽知闻。
黄氏苦苦将夫劝,我夫急急好回心。
令方转意回言答,只好改业慢修行。
我今若还修行去,儿女幼小靠何人。
我若年等六七年,同妻一路去修行。

---

① 宗枝:宗族的支派。
② 当承:承担。

黄氏又乃将言劝，丈夫今且听原因。
　　莫道老来方学道，无常不管少年人。
　　少年死了枯木树，劝夫及早把善行。
　　万般行事早向善，莫待死后悔无门。
　　阴司不用金和宝，自身造孽自当承。
　　地狱门前三条路，修条好路见阎君。

且说黄氏苦劝哀告丈夫，奴奴自小看经为善，父母将我嫁你，已经十年，生下一男二女，恐后堕落火坑，临时难救我。今早修善道，必要个出身之路。令方道："如今儿女幼小，无人照顾，若要修行，男婚女嫁已毕，方不为迟。"黄氏曰："夫呵，大限到来，无人可替。"令方道："妻呀，你要修行，须各分床铺。"黄氏道："丈夫呀，你若真言，我即到佛前焚香祷告，发下大愿。"那令方见妻如此，呵呵大笑，说道："我妻情愿独守空房么？"黄氏道："夫呀，你若肯听我之言，免受轮回地狱，不堕三途苦报，听我道来。"

　　黄氏久远劝夫身，回心各念《金刚经》。和佛
　　伏愿我夫心和愿，各自铺床不同寝。
　　令方见说不应允，欲想同房做伴人。
　　你今自要看经卷，如何叫我守孤衾。
　　我今年纪三十正，你也年少正青春。
　　此话我妻休提起，各自分房不依遵。
　　黄氏见说回言答，吟诗四句劝夫君。
　　夫是英雄男子汉，奴是红妆女流人。
　　若贪容貌不修善，必堕三涂地狱门。
　　令方听了无言答，黄氏重又劝夫君。
　　夫妻恩爱前生定，一男二女夙世①因。
　　人如花卉花不久，无生无灭月长存。

---

① 夙世：前世。

令方此时来醒悟，我妻真心要修行。
若得修行成正果，情愿两处各床存。
令方依了妻善愿，我今也要学修行。
若得贤妻生极乐，我今同往上天庭。
黄氏见夫心意转，四拜夫君各修行。
黄氏是日分别后，香汤沐浴换衣襟。
香油不搽绸不着，满身布服道姑形。
将身就入经堂内，虔供净水把香焚。
朝朝日日焚香拜，清清静静诵真经。
昼夜虔诵金刚诀，南无合掌拜世尊。
开经便念四菩萨，复念无字金刚炼金身。
黄氏常把金刚诵，无声朗朗透天庭。
一发真心天地动，龙宫地府放光明。

　　黄氏日诵金刚真经，念至第十九分，感动八大金刚诸佛菩萨、护法天神都来听经。那经中光明出现，照破阎浮世界①，又照得那阎王起居不安，便召判官问曰："不知何佛出世，莫不如皇后生下太子。你去查问明白，仔细察访，火速回报。"分付已毕，阎王即将众狱鬼犯细细审问，恐有冤枉，又那罪人中，或有子孙向善修道者，那宗祖父母也得超升。

诚心念佛现光明，照破幽冥地府刑。和佛
阎王开口传法旨，敕令文武看虚真。
判官火速来回报，我王今日听原因。
不是金刚佛出世，亦非如来降凡尘。
有一善人黄氏女，年登七岁看经文。
七岁持斋年十八，嫁与令方赵姓人。

---

① 阎浮世界：阎浮是佛经中一种树的名称，阎浮世界又称"阎浮提"，即佛教中的南赡部洲，洲上多阎浮树。多用来指代人世间。

夫妻二人如鱼水，终日劝夫就回心。
二人同心俱行善，功成浩大动天地。
阎王闻奏心欢喜，速差金童玉女迎。
去请看经黄氏女，急到冥府切莫停。
童子领了阎王帖，来到黄氏经堂临。

且说金童玉女来到黄氏经堂。那黄氏正在诵经未完，童女只在门外等候，待他诵完之时，将身方入经堂。黄氏一见便问："谁家女童，因何到此？"童女答曰："我神非是凡人，那是阴间十王殿上值日童子，因你看经至诚，毫光①投入阴司，惊动十王，因此相请玉步②，上殿对念。"黄氏见说吓得魂飞天外，魄散九霄，一身冷汗淋漓，便言童子请坐奉茶，答曰："非奴贪生怕死，只因我儿女幼小，无人顾管，伏望童女怜念，替奴转达冥王，发大慈悲再宽限我数年。"童女说道："娘子你这等推辞，若不玉步，叫我如何回奏，不过请你去谈经一次，何必推辞。"黄氏再三哀告，童女只是催促，只为

儿女幼小难抛零③，非奴贪生怕死人。和佛
若还宽我几年寿，多把金银谢你们。
童子见说将言答，善心娘子听原因。
若得金银好买命，富贵人家不死人。
黄氏再三前来告，童女今且听原因。
我将金银来谢你，叩禀阎王宽奴身。
待我儿女好放手，自来酬谢大王恩。
童女当时将言说，善心娘子听原因。
将④贴来请推不得，阎王大限在三更。

---

① 毫光：像毫毛一样四射的光线。
② 玉步：女子的行步。
③ 抛零：抛弃。
④ 将：拿。

如若过了时刻限，四十铁棒不非轻①。
黄氏见说心中苦，眼泪珠泪落纷纷。
千死万死总一死，容奴分付一番情。
黄氏当即抽身起，来到房中告夫君。
丈夫听得忙动问，我妻因甚不欢欣。
还如公婆嗔怒你，莫非儿女不依听。
黄氏被问将言答，丈夫今且听原因。
不是公婆恼怒我，不是儿女累我身。
奴到你门十余年，夫妇从不怒相争。
今日佛前求忏悔，忽见童女两个人。
他将凭票②来勾我，要我阴司去诵经。
三更要我归阴去，特来告夫得知闻。
令方见说怯一惊，一身冷汗透淋淋。
便叫贤妻如何好，你今怎去见阴君。
我说莫要看经卷，看经念佛寿不增。
黄氏叫言丈夫道，我夫切莫挂在心。
不是奴家来撇你，半路修行是前因。
奴死夫君必再娶，闻奴告知丈夫听。
晚妻虽然看儿女，生男育女两条心。
自己若有亲生子，前妻后妇定分论。
好食亲儿亲女吃，残菜冷饭我儿吞。
夏天只顾亲儿女，冬天孤子没衣襟。
令方听到伤心处，眼中流泪说原因。
你今若还归阴去，为夫永不续娶亲。
一马一鞍从古有，义夫节妇广传名。
黄氏分别丈夫后，大女娇姑听事因。
为娘今日要归阴，听我分付记在心。

---

① 不非轻：即不轻。
② 凭票：凭证。

娘死一身犹如可，我儿随父过光阴。
姊弟三人多欢乐，父娶晚母行孝心。
黄氏想到晚母事，我受磨难苦悲疼。
使我挨磨并挑水，打我死去又还魂。
自古好人多磨难，不磨不难不成人。
长大成人须婚嫁，嫁夫莫与外人争。
孝顺公婆敬伯叔，切须学好线和针。
夫君出市须装束，衣衫不整被人轻。
宾客来时茶先泡，莫生怒容逆夫情。
若还不依娘言语，母在黄泉路上也伤心。
分付娇姑方才了，伴姑今且听原因。
为娘今日来抛你，后要你小心伏侍继母身。
倘有事情不知道，可问父祖商议论。
晚娘使你陪笑脸，欢心随意过光阴。
娘若在时还有罪，娶了晚母两条心。
伴姑听娘分付了，长寿孩儿叫娘亲。
黄氏见了哀哀哭，抱住孩儿哭几声。
三岁孩儿难割舍，铁打心肠也痛疼。
知饥知饱娘知晓，儿寒儿热你娘亲。
儿若饥来娘煮饭，未冷娘先办衣襟。
今日吃娘一顿乳，明日何处叫娘亲。
我儿长大成家计①，敬重晚母孝父身。
分付三个亲子女，同身拜嘱公婆二大人。
我生子女三个人，着意看管我儿身。
分别丈夫号啕哭，望空拜别亲与邻。
虚空再拜爹娘与翁姑②，拜别公婆嘱原因。
奴死一身犹如可，孩儿怜你莫生嗔。

---

① 家计：家庭事务。
② 翁姑：公婆。

孤子幼女无人管，看他年少无娘亲。
邻房上下哀哀哭，铁打肝肠也伤心。
好个善心黄氏女，今朝不免赴幽冥。
千人见了千人哭，万人见了叹万人。
告别大众方才了，又来拜别丈夫身。
丈夫呀你若爱惜小儿与幼女，阴司有事我当承。
若还把我儿轻贱，阎王殿上告夫君。
重重嘱付娇女道，管弟长寿紧①当心。
朝起夜眠你看管，切莫河边弄水冰。
黄氏哽咽分付了，抱儿跪拜告神明。
终日晨昏来供养，如今我去见阎君。
一要拜别如来诸佛祖，慈悲度我往西行。
二别描金香盒子，终日檀香净手焚。
三拜佛前明灯照，常照如来佛世尊。
四别水盏并桌椅，日日揩抹换水净。
五别净瓶并柳枝，净茶供献佛贤圣。
六拜幢幡空中挂，只见幢幡不见人。
七别香炉并坐位，佛位常伴奴奴身。
八拜金刚一卷经，高台合掌谢神明。
九别丈夫男和女，奴今一去不还魂。
十要拜别公婆并父母，不能侍奉众大人。
公婆大人须保重，一一分辞②痛伤心。
拜别了时归房内，童女勾魂没人情。
黄氏此时昏天黑，呜呼一命赴阴君。
令方见妻身死苦，长寿孩儿叫娘亲。
娇伴二姑号啕哭，见娘哽咽不开声。
三魂渐渐归阴路，七魄窈窈③入幽冥。

---

① 紧：表程度，很，非常。
② 分辞：分别，辞别。
③ 窈窈：幽暗的样子。

黄氏此时归地府，只留身体绣房存。
令方苦戚纷纷泪，广请僧道荐妻灵。
七日七夜道场满，安排收敛殡家停。
莫说世间多闹热，再宣地府苦伤心。
金童玉女前引路，黄氏随后步难行。
二寸金莲难移步，抬头忽见一关门。
黄氏即便将言问，童女便答善心人。
此是鬼门关一座，魂灵到处不回程。
过了此关前行路，恶狗村中好惊奔。
两眼如燎身似虎，四足如勾咬恶人。
人人到此心惊怕，吓得众魂胆颤惊。
善人散手扬扬①过，作恶之人不敢过。
过了恶狗村一座，前面又有一山林。
黄氏又乃将言问，童女便答念经人。
就是阴间烧钱纸，未曾烧过莫挑倾②。
碎钱阴司无处用，尽积破钱山上存。
望乡台前来径往，登台望家披麻身。
过了望乡台一座，前面又有一凉亭。
黄氏又乃将言问，童女便答念经人。
此处孟婆神庄地，人人到此吃茶茗。
有罪之人吃一盏，皮风燥痒乱颠疼。
无罪之人来吞吃，孟婆使与好香茗。
黄氏金刚常拥护，孟婆亭上放光明。
婆婆一见称善哉，果然好个念经人。
过了此庄忙忙走，前面奈何桥来临。
此桥高有万余丈，阔得七寸步难行。
河中男女多叫苦，黄氏便乃念经文。

---

① 扬扬：神情自若的样子。
② 挑倾：倾倒。

诵到通化①十九分，血湖池内尽超升。
众魂顶礼齐合掌，低头礼拜谢师恩。
监桥使者心忿怒，口中便骂念经人。
若有二个黄氏女，不用阎王地狱门。
黄氏不听鬼使语，口中只是念经文。

且说黄氏看经修道，感动冥府，十王殿上大放毫光，即差金童玉女去请来讲经，游遍地狱，那见诸般狱中，十分苦楚，此等都是阳间作恶的人，故受极恶苦报。在地狱伤心之痛切，若为善之人，总得好报，以可享福荣身也。

先游地府后讲经，女转男身出苦轮。和佛
黄氏在路多辛苦，两个童子紧相迎。
过了奈何桥一座，前头又有一山林。
黄氏不免将言问，金童便答善人听。
此山名为刀山狱，尖刀密密好惊人。
在生宰杀猪羊卖，杀生害命伤众生。
与你黄金千万两，谁肯将刀割自身。
过了此山重又走，前面又有一牢门。
碓②捣地狱粉粉碎，骨头搡③得不堪闻。
俱是阴间女流辈，抛践五谷作灰尘。
过了此狱重又走，前面又有一牢门。
罪人绑住将军柱，铁钳插入口中吞。
满口鲜血流淋淋，苦痛难言拔舌根。
黄氏又乃将言问，玉女便答善人听。
此人在世能夸口，言清行浊损他人。
过了拔舌苦地狱，前面又有一牢门。

---

① 通化：开导教化。
② 碓：捣米用的器具。
③ 搡：顶撞，这里应指捣。

头发挽住高粱上，一块压石重千斤。
黄氏又乃将言问，二童便答念经人。
此是毁骂①公婆妇，落在此狱不翻身。
过了此狱重又走，前面又见一狱门。
只见夜叉将锯解，满身解得血淋淋。
黄氏又乃将言问，童子便答念经人。
此人在世行恶汉，破人斋戒不良心。
过了此狱忙忙走，前面又有一牢门。
看见铁钉钉手足，皮肉臭烂不堪闻。
黄氏又乃将言问，玉女便答念经人。
此人不是忠孝汉，不孝爹娘忤逆亲。
过了此狱重又走，前面又见一狱门。
罪人押在铁床上，原来俱是女人身。
黄氏不免将言问，金童便答念经人。
此人在世贪淫妇，暗欺毁骂丈夫身。
过了此狱重又走，前面设立一牢门。
只见罪人声叫苦，冤家相撞尽来临。
黄氏不免重又问，二童便答念经人。
此是阳间生婴孩，水淹男女损堕娠。
过了此狱重又走，前面设立一狱门。
只见牛头将刀砍，滚汤泼煎罪人身。
黄氏便乃将言问，女童便答念经人。
此是阴间屠牛汉，杀牛宰犬戮生灵。
过了此狱滔滔②走，来到地府围铁城。
城头高有千万丈，铁枷铁锁响铃铃。
但有亡灵来到此，打入此城不超升。
重重地狱多游到，阴司真个苦伤心。

---

① 毁骂：辱骂。
② 滔滔：连续不断。

过了十八重地狱，前面就是十王庭。
阎罗天子堂殿坐，二童交票禀告因。
赏善判官忙启奏，相请黄氏见阎君。
黄氏上殿跪丹墀①，二十四拜称微魂。
阎王便问黄氏女，请你今朝说事因。
你今一一从头说，连枝带叶说分明。
你在几岁持斋戒，几岁看经到如今。
黄氏上前从头禀，大王今且听原因。
六岁母亡持斋戒，七岁看经直到今。
年交十八来出嫁，夫名令方赵姓人。
嫁与赵郎有十载，生下一男二女身。
劝得丈夫看经卷，大王勾我急来临。
阎王见说心欢喜，便请黄氏讲真经。
何字起头何字止，那个二字在中心。
经中几千几百字，内有几数在天庭。
黄氏上前重又告，从始至终讲经文。
如字起头行字止，荷担二字在心中②。
经中原有五十四百二十六个字，八万四千余数在天庭。
慈王听讲心欢喜，经中对得甚分明。
速差仙童送回转，急送还阳本乡行。

且说黄氏诵经有感，十王殿上毫光出现，便差金童玉女请来谈经。黄氏来到地府，拜见慈王。王问黄氏经中始终字数，中央天堂若何。黄氏对讲，逐一细说，并无差伪。阎王即令仙童送转还阳。黄氏就将游过的诸般地狱重重细说，遗作经文，普劝世人向善修行。

---

① 丹墀：宫殿的赤色台阶或赤色地面。
② 如字起头行字止，荷担二字在心中：《金刚经》首句为"如是我闻"，末句为"信受奉行"，中间的位置有"则为荷担如来阿耨多罗三藐三菩提"一句。

引①为人个个有无常，难免无常见阎王。

唱无常一唤十分凶，不论皇亲与国公。

　　求神无感通，服药毫无功。

　　病证难医治，一梦永无踪。

又千样声闻②归乌有③，百般万事总成空。

无常二呼善人稀，不怕皇后及贵妃。

　　阎王发票提，不顾少年妻。

　　口中无了气，老小叹无依。

魂魄渺渺归阴府，悔不当初参祖机④。

无常三呼急如梭，不恤美女与宫娥。

　　铁面牛头魔，凶狠马面拖。

　　有钱难买命，好比捉猪鹅。

窈窈冥冥归地府，阎王发落受灾磨。

无常四呼最堪伤，不怕韩信与霸王。

　　三魂缈茫茫，七魄长荡荡。

　　阎王逐一敲，还敢逞恃强。

刀山剑树难躲避，碓捣锯解惨恓惶。

无常五呼实难当，不怕能言会精详⑤。

　　牛头如虎狼，马面无商量。

　　家私⑥俱无用，一命往牢房。

满匮黄金拿不去，一双空手见阎王。

无常六呼不转移，早晨不过暮日西。

　　在世一局棋，夫妻难别离。

　　儿女啼啼哭，相见永无期。

早知酆都遭诸苦，来到阴司悔当迟。

---

① 引：宣卷的形式之一，这是为后面的"唱"领头。
② 声闻：名声。
③ 乌有：虚幻，不存在。
④ 祖机：佛祖的机妙。
⑤ 精详：精细周详。
⑥ 家私：家财，家产。

无常七呼名不虚，只怕阴司讨债齐。
　　孤身难分祛，孽债怎划除。
　　无人来解劝，悔不向善居。
地狱轮回无量苦，何不当初念佛提①。
无常八呼最可怜，阎王算帐罪难宽。
　　儿女泪涟涟，妻子哭连天。
　　在生不顾死，阴司受熬煎。
铁围城头万丈高，不怕阴间英雄严。
无常九唤便心煎，梦里黄泉路迢遥。
　　横恶诸般造，富贵不曾饶。
　　十王来敲问，痛苦实难熬。
孽海滔滔风浪急，难过这条奈何桥。
无常十唤心最寒，阎王只怕主人贤。
　　三更出朱签，一梦赴黄泉。
　　生前多作孽，阴司有谁怜。
谁知地府无私曲，世人何不早修炼。
再宣黄氏怀故乡，阎罗天子放还阳。和佛
两个童女前面走，黄氏不免后随往。
来到棺木还魂转，棺木里面叫夫郎。
赵郎听得棺内叫，忽然吓得胆恐惶。
你今死去做了鬼，休来惊吓你夫郎。
你的儿女多康健，不曾陵贱②儿女伤。
你今休要来吓我，我不再娶晚妻房。
黄氏听说无可奈，想你好个硬心肠。
不开灵柩犹如可，要管孩儿女一双。
分付了时回阴界，又入阴司见阎王。
阎王便问黄氏女，如何又转到我堂。

---

① 佛提：即是菩提，这里指代佛经。
② 陵贱：同"凌贱"，凌辱糟蹋。

黄氏见问将言答，我王今且听端详。
可奈我夫心惊怕，不开棺木怎还阳。
阎王见奏如此语，容我今且又酌量。
判你阳间为男子，积善人家去登堂。
黄氏见说心中喜，金阶殿上奏冥王。
若放奴投为男子，五种人家不愿郎。
一不屠户人家去，才年长大杀猪羊。
二不染坊人家去，五色相牵落火坑。
三不忤逆人家去，才年长大骂爹娘。
四不打铁人家去，才年长大打刀枪。
五不酒坊人家去，糯米作塌①水和浆。
阎王见奏心欢喜，依了看经黄氏娘。
掌薄判官来启奏，我王殿上把事详。

且说掌簿判官禀上我王，若判黄氏女转男身，将他左肋下，题书为记，以传阳世，可劝后人信善修行。那阎王准禀，把黄氏左胁肋题书。

此是看经黄桂香，得为男子再转阳。和佛
善恶判官忙启禀，托生黄氏善门往。
河南丰县张福全，积租行善万贯藏。
员外四十无男女，只求儿女贤孝郎。
阎王殿上依卿奏，托他张宅做联芳②。
张宅院君得一梦，身怀有孕腹中藏。
十月满足腹疼痛，生产之时满室香。
半夜子时生一子，眉清目秀五色光。
爹娘见了心欢喜，取名叫做梦喜郎。
便叫乳母来看养，殷勤服侍小儿康。

① 作塌：糟蹋。
② 联芳：共同发生喜事。

爹娘抱到厅堂看，左胁题诗字两行。
幼小看经黄氏女，托生张宅转男郎。
一周二岁娘怀抱，三周四岁在娘房。
不觉长成年七岁，员外院君与商量。
子大须把经书读，打扫西厅做学堂。
请个饱学先生训，西席进馆训贤良。
员外送儿进书亭，参拜先生问端详。
先生当时将言说，便与梦喜取名芳①。
取名进达将书教，四书五经三纲常。
七岁读书年十八，满腹文章无敌当。
聪明智睿真才子，诗书策论腹中藏。
遂选贤良朱门女，迎娶婚姻续后光。
忽闻圣朝开大比②，广招天下有才郎。
但有贡生并举人，尽到皇都赴考场。

且说张进达，闻说京城开选考场，广招天下贤才。心中十分欢喜，选定八月初一进京殿试。当今大宋仁宗度宁五年，岁次壬子，钦赐恩科③，广取贤士，那进达遂请父母出来，敬酒一席，说道："孩儿闻今岁大开恩科，欲求爹爹母亲开恩，容儿上京求取功名，未知亲意如何。员外院君说道："我儿要去求官，须要路上小心，早去速回，免我父母挂念。"员外即便分付安僮，快备盘费、行李、船只，伺候与相公同去。那进达就在厅上拜别父母，即便去了。

十年窗下无人论，一举成名天下闻。和佛
进达别了亲父母，一心要去往行程。
行一程来又一程，路迷安僮去问行。

---

① 名芳：即芳名。
② 大比：指科举考试。
③ 恩科：宋时科举，承五代后晋之制，凡士子于乡试合格后，礼部试或廷试多次未录者，遇皇帝亲试时，可别立名册呈奏，特许附试，称为特奏名，一般皆能得中，故称"恩科"。

路上行走多辛苦，看看来到帝皇城。
船泊马头来上岸，时逢丹桂正秋临。
主仆走入王城内，满城秀士乱纷纷。
拣选良辰开场考，择得三千有才文。
千中选百百选数，三十卷子文最俊。
荐卷献上君皇看，当今一一看分明。
将卷放在金瓶内，焚香祝告上苍神。
皇帝御手将来看，取得进达是头名。
万岁一见龙心悦，便点状元姓张人。
进达便入朝廷内，直至金阶见圣君。
万岁即便封官职，曹州知府管万民。
进达受封心中喜，二十四拜谢圣恩。
谢了皇恩回朝转，身骑白马转家门。
奉旨祭祖事已毕，拜别爹娘去上任。
衙役开道前引路，前呼后拥响铁①鸣。
在路行程经数日，前面望见一孤坟。
碑牌上刻赵黄氏，状元便问马前人。
左右启禀赵家墓，看经黄氏一座坟。
进达听得心欢喜，是我前生葬处身。
来到曹州忙上任，一时论教万民欣。
一日太守升堂坐，便叫左右两个人。
差你去请赵家主，请他来府会我身。
两个公差忙不住，急忙就到赵家门。
新来本府张太爷，特差贱役请你们。
令方闻请忙到府，来到丹墀见大人。
进达当时将言说，便叫请坐说原因。
我今请你非别事，前世我是你妻身。
昔日我身死了去，阎王放我转还魂。

---

① 响铁：这里指锣钹之类的铁制的打击乐器。

彼时不肯开棺木，重回地府见阎君。
拖投张宅为男子，十年窗下苦辛勤。
今岁君主开科选，一举登科状元名。
封我曹州为太守，特来问你事和因。
赵郎见说全不信，半个时辰不作声。
我妻死去十八岁，如何又得转男身。
太守听说回言答，赵郎今请看分明。
不信脱下衣裳看，左肋下边题诗文。
令方见诗心欢喜，话不虚言果是真。
一十八载相离别，犹如枯木又逢春。
太守又乃将言说，令方一一听原因。
娇姑伴姑在何处，长寿孤儿那边存。
令方见文将言答，一一从头说与听。
娇姑出嫁张家去，伴姑嫁与曹家门。
长寿孩儿廿一岁，他在坟前守母灵。
太守听说心欢喜，急忙去请儿女身。
又叫杏花村中去，叩请前生老父亲。
生身父亲黄百万，为因晚母受灾星。
赵家公婆齐请到，俱来相会前世亲。
知府即便将言说，我是看经黄氏女。
三家相会多欢喜，孤儿见说泪淋淋。
三世为人离隔别，谁知今日又相亲。
诉说因由方已毕，各安轿马转回程。
骨肉恩情仍分散，一径来到各家门。
进达待等长任满，亦往赵家拜别亲。
知府走进赵家去，再世为人又相认。
即往坟前观景致，青松绿柳四边分。
有一草堂丈余高，长寿孩儿守母坟。
日夜草庵看经卷，报答爹娘养育恩。
太守当时传均旨，掘开坟墓看分明。

曾见经中妙意好，果是金刚不坏身。
太守即便忙分付，遍请名山道德僧。
二十四位看经卷，焚烧棺木化尸灵。
烧化前生黄氏女，我今要去奏明君。
进达本来多慈善，弃官纳印要修行。
即登幰轿①回衙转，一径就往帝皇城。
五更三点皇登殿，二十四拜谢皇恩。
臣今不愿为官职，交印入山去修行。
思量老病难服药，富贵功名不久停。
一心只愿修行好，不受皇恩去修真。

且说张进达思量前世若不修行，今生焉得转为男子，因乃前世修来，非通容易。我今如不早悟菩提，恐后再失，难复人身。仔细思量，弃官纳印，入山修行，欲求出世之路。今即奏上，万岁皇以准，奏乃知府别驾出京。遂往河南丰县，拜别双亲。以有一子传后，托妻侍奉父母，即拜辞合家，往外便游名山寻师访友。忽遇喜禅老祖，谈经说妙。那太守就拜为师。喜禅道："凡人要修到不坏金身，其中难以进道。进道者，成道不难矣。进达问师曰："何谓进道？"喜禅曰："进道者，先正其心，后修其身，若不正心，焉能修身。若要修金身不坏，先要修心清净，阳精不使散乱。如不散乱者，精满则意定，意定则化气，气是则化神，神光具足可以结成大丹，丹有五种，金银铜锡铁也。金者，天仙也；银者，地仙也；铜者，神仙也。然能护国佑民，为国尽忠而死，魂归天界朝上。玉帝位列仙班，投胎入道，易结金丹，后成上界天仙。锡者人仙也，那周身修通，善能先知过去未来，现在三界之事。铁者鬼仙也，若有助人之德，报答之恩，后有上升之位。故天仙有降魔伏怪之功，地仙有护国佑民施医之德，神仙有救民之灵。人仙有济民之急，鬼仙有消民之灾。功圆者性透鼎门②，自知生从何来死从何往。到后不堕

---

① 幰轿：车轿。
② 鼎门：疑为"顶门"之误。道教中元神往往从头顶出来。

四生六道。"① 太守听罢，遵师受道，已知三归五戒。心静坐深山，修成正觉，后参药山禅师傅，受最上一乘之大道，得成大罗天仙，与佛无二。那九玄七祖，尽得升天。正所谓：

一子成道九族升，一女修真度三门。和佛
太守别驾又别亲，寻师访道入山林。
得遇喜禅大师传妙法，授付天道性奉行。
依修精气神丹结，运透三关②出鼎门。
出了玄关朝玉关，回来定性亦数春。
入定惺悟重又访，得遇药山③祖师尊。
药山广度慈悲主，传付胎养最上乘。
九九终劫皇极④会，一法圆明得长生。
此那儒道真口诀，奉劝男女拜真僧。
状元闻悟通三界，永得金身大罗尊。
人人有条出身路，寻着出世证金身。
不宣状元升仙界，再讲赵黄两家门。
黄府员外多行善，夜则坐禅昼看经。
数年勤修功行满，赵府合家一般行。
两家同修无退悔，俱到灵山见世尊。
惟有张门不修道，进达孝子度他们。
善得善报从古有，恶人恶报世间闻。
善恶到头总有报，只等迟早见分明。
奉劝世人当进步，急速行善信修行。
先积功行存忍耐，慈悲忠孝节义存。
诸恶莫作行众善，损己利他益世人。

---

① 这段文字实是道教内丹修炼之说，《黄氏宝卷》的创作受民间宗教影响颇多。
② 三关：又称夹脊三关，指命门穴、夹脊穴、尾闾穴，这是道教内丹修炼很关键的三个穴位。
③ 药山：佛教禅宗名山，位于湖南省津市市。
④ 皇极：疑指皇极教。

万般功能俱行足，玄关①直指上天庭。
听过宝卷若不将心善，死后难免地狱门。
三世宝卷宣圆成，地涌金莲道场兴。
天花乱坠纷纷落，顽石点头尽欢欣。
在位大众增福寿，过去宗亲早超升。
信受奉行天堂路，不信永劫堕沉沦。
善信男女听周圆，天地神明降吉星。
若有造版来刻印，普传流通度凡人。
财施三千大千满天下，不如施法一毫分。
财施大千还有坏，布施妙法永留行。
三世修行黄氏卷，善门留传劝世人。
诸上佛祖留经卷，劝化世间行善心。
劝得善恶同修道，风调雨顺国太平。

今已宝卷全演，普愿大众及早回心，归行正道。修心悟性，脱却红尘，信心归家，早登极乐。开卷已周，皆大欢喜，信受奉行，作礼而退。

一报天地盖载恩，二报日月照临恩。
三报玉皇水土恩，四报父母养育恩。
五报祖师亲传法，六报空门化度恩。
七报檀那多陈供，八报八方施主恩。
九报九祖生净土，十报三教圣贤恩。
在堂大众增福寿，天地三界尽安宁。

赞：拈花悟旨，祖道初兴，绵延四七演真乘，六代远传灯，叶叶相承，正法永昌明。

南无度人师菩萨摩诃萨三称　　大众念佛一堂回向

---

① 玄关：佛教中指入道的法门。

版存杭州弼教坊玛瑙经房印造计钱一百三十八文
孙兴德公室喻氏愿祈国泰民安
大清光绪五年　重刊

五祖黄梅宝卷上下集二卷

五祖黄梅宝卷上集

皇帝万岁万万岁

敦孝悌以重人伦，笃宗亲以昭雍睦①。
和乡党②以息争论，重农桑以足衣食。
尚节俭以惜财用，隆③学校以端士习④。
黜异端以崇正学，讲律法以儆愚顽。
明礼让以厚风俗，务本业以定民志。
训子弟以禁非为，息诬告以人善良。
诫窃逃以免株连，完钱粮以省催科。
联保甲以弭盗贼，解仇忿以重身命。

五祖黄梅宝卷上集
先摆香案　开卷举赞

五祖宝卷才展开，诸佛菩萨降临来。

---

① 雍睦：和睦。
② 乡党：即乡亲。
③ 隆：兴盛。
④ 士习：读书人的习气。

大众虔诚齐念佛，能消八难免三灾。

却说湖广黄州府黄梅县有一座名山，名唤黄梅山。山上有一禅院，名曰黄梅寺。原是佛祖出世之地，开坛说法之所。始，以一祖传二祖，二祖传三祖，三祖传于四祖，今那四祖神通广大，佛法无边。参透天地阴阳，能通过去未来，已知三才①变化，四方八面俱称他为活佛。一日，四祖出灵，观见五祖出世。在黄梅县抱渡村居住，姓张名怀，混在红尘之中，不思看经念佛。若不去指点他们，恐他失了人身。就令二僧下山指引修行，以成真果。

慧眼遥观天下境，逍风高布十方闻。南无阿弥陀佛。众和

  黄梅县内黄梅寺，祖师原来是佛胎。
  能知日月阴阳事，参透天文地理才。
  世人尽称为活佛，大众钦尊坐莲台。
  观见岭南抱渡村，有一富豪张怀辈。
  年方七十有五岁，终日笙箫畅饮杯。
  不思修行家巨富，不曾念佛诵经垒②。
  恐堕沉沦难以救，指点修行上山来。
  就差二僧去点化，修行脱壳转仙胎。
  化作仙桃投入腹，千金小姐即怀胎。
  两个僧人奉师命，抱渡村中张家来。

却说黄梅县抱渡村有一富翁，姓张名怀，年有七十五岁，家中富足。金银满库，米谷陈仓，绸缎籯③箱，南庄北舍，田产广多。共娶妻妾八人，院君周氏所生二子——长子张忠，次子张孝，俱入黉门④，各

---

① 三才：指天、地、人。
② 诵经垒：应为"诵经垒忏"，忏是佛教和道教的一种经文，"垒忏"即礼忏，这里应为了对应字数和押韵故意去掉了"忏"字。
③ 籯：竹笼子。
④ 黉门：学校的门，这里指学校。

已完娶。二子殷勤①,都在书房攻书。二房媳妇,尽皆孝顺。终朝快乐,每日安闲,笙箫歌唱,情意风光。并不思起念佛看经,修行学道。一日,在厅上饮酒,见二个僧人入门,口称员外。张怀即忙施礼,分宾而坐。张怀问道:"长老何来?"两僧曰:"贫僧乃黄梅寺和尚,祖师昨日坐七宝莲台,慧眼观见员外仙风道骨,气语不凡,为何不修真果?祖师特差小僧前来指引员外,脱离红尘之地,速登清净之门。"张怀道:"长老此言差矣。我有妻妾儿女,岂可出家修行?"两僧曰:"古人云:'成必有坏,兴必有败,少必有老,生必有死。'恁你衣珍腰金,高堂大屋,娇妻美妾,田园产业,酒海肉山,一切快乐,皆是在世的孽债。一日命终,魂入阴司受苦,无人可替。圣人有超生不死之方,有成佛作祖之法,有得生梵景②之路,有不堕地狱之门。"

    宿有善根今得度,道缘深重向佛路。和佛
    告禀员外听我言,要求佛道弃荣华。
    夙有善根今又种,福田依旧长根芽。
    天堂地狱门相对,两条大路恁君跨。
    家财产业混③如梦,娇妻美妾镜中花。
    穿绸着缎皮毛债,贪图口腹结冤家。
    满堂儿女成何用,算来都是眼前花。
    看破世情皆虚假,求生净土坐莲华④。

  却说张怀原是夙有善根,听得两个僧人说了一番劝话,唗时⑤回心,就叫厨房安排素斋接待二僧。

    万般快乐随时梦,一闻法言就看空。和佛

---

① 殷勤:勤奋。
② 梵景:清净之地。
③ 混:应为"浑",全。
④ 莲华:即莲花,这里指佛门的妙法。
⑤ 唗时:即霎时。

张怀当时将言答，僧人说话有来因。
听你言语无差错，犹如唤醒梦中人。
顷刻间心就向善，发心布施愿斋僧。
香茶一盏方已毕，素菜素饭待僧人。
今请二老先回寺，容吾三日就来临。
改日到山来拜纳，喜持袈裟愿修行。

却说张怀送二僧出门之后，每日思想修行，行住坐卧，朝夕踌躇。一日，在门前闲步，只见众人推了数车香烛柴米油盐，往前而过，张员外开言问道："老叔，你们这些东西推到何处去的？"众人说："吾等要往黄梅寺中见活佛供僧去的。"张怀心中想道："众人皆有向善之心，我张怀岂无修真之念？况且活佛差人前来指引，岂可错过！"随即回到内厅，对院君孩儿媳妇们说道："我明日要到黄梅山寺中出家修行去了，将财产分为两处，一半留在家中用度，一半我要装到黄梅寺中供佛斋僧修行去了。"那周氏院君听见员外要去修行二字，吓得魂不附体，面如土色，说道："员外你每日在家快乐，有甚不悦之处？干[①]是二个孩儿不孝，要去修行！"张怀说："非吾心中不悦，听我道来"。

寿命好如风前烛，貌如霜花不须欲。和佛
张怀即便将言说，院君你且听缘因。
人生在世如春梦，劳劳碌碌过光阴。
青山绿水年年在，人死何曾再还魂。
我今年纪七十五，并无少年再青春。
恁你万般多快乐，阎君相请不留停。
三寸气在千般用，一旦无常万世倾。
穿绸着缎多罪孽，饮酒食肉罪非轻。
这个罪孽如山重，怎生死去见阎君。

---

① 干：应即"敢"。

若不回心勤念佛，沉埋狱地①出无门。
我今要把弥陀念，不怕阎君问罪名。
若不回头重遭罪，来生一定没人身。
蒙师差人来指点，唤醒南柯梦里人。
今朝得遇明师教，提出天罗地网刑。
若得修行成真果，一家俱得好超生。

院君听得员外说了一遍，无言可对。那张忠张孝吓得魂胆焇烊②，泪如雨下，双膝跪下，说道："慈母恩如地，严父配于天。德重如山，恩深似海。劬劳③未报，养育未酬，父亲出家，儿心何忍？母心何安？阿呀，爹爹呀，你何故要去修行？"

一心只愿修佛圣，万语千言总不听。和佛
阿呀可怜我张忠张孝泪盈盈，禀告爹爹老父亲。
养我儿等非容易，爱恤如同掌上珍。
德重如山难报答，恩如罔极④海洋深。
碎骨分身恩难报，空养孩儿枉为人。
爹爹在家儿心乐，撇得母亲无栖身。
八位娘子齐相劝，叫我怎不痛伤心。
养儿待老从古说，谁知今日两离分。
孩儿有朝成名日，光宗耀祖显门庭。
你父也有荣华受，胜如修行去诵经。

张怀道："朝廷富贵实显昂⑤，朝欢暮乐胜天堂。福尽自然灾祸到，披枷戴锁见阎王。"那张忠张孝听了父亲之言，无语可对，只有泪如雨

---

① 狱地：即地狱。
② 焇烊：即"销烊"，金属熔化。
③ 劬劳：劳苦。
④ 罔极：无穷尽，这里特指儿女对父母的思念。
⑤ 显昂：显扬崇高。

下。又那两个媳妇上前说道："公公容媳妇们禀告一番——"

  念息悟通天堂路，心定自然可参悟。和佛
  公公在上听缘因，媳妇有言禀知闻。
  公公言语应该听，只是媳妇不为人①。
  员外若去修佛道，抛撒婆婆也伤心。
  八位婆婆谁为主，谁人主张在门庭。
  员外若还出门去，两个孩儿靠何人。
  儿媳年幼知识浅，还望教训在家门。
  还望员外来照顾，天能盖地开洪恩。

  两个媳妇跪在尘埃苦劝一番，员外又道："起来，你们不必在此多多苦劝，我自有主意。"说罢了时，遂见八位娘子走到面前，又来苦劝，说道："员外你到黄梅山修道，春夏秋冬四季衣服谁来照管？三餐茶饭那个与你安排？你在家中，进有妾身服侍，出有安童②跟随，况且员外年过七十五岁，何故起此念头去受如此辛苦？啊呀，员外呀！"

  恁奴说尽千般语，立志坚心自定数。和佛
  八位娘子将言告，员外缘何要修行。
  一家看待如宾客，大娘和爱过光阴。
  况且媳妇多孝顺，妾等怎敢乱胡行。
  相公有朝身发达，胜如天堂一仙人。
  只要一生人正直，何须念佛去看经。
  若说修道山中去，奴等举目看何人。
  既要修道休出外，家中也好诵经文。
  常言处处弥陀佛，自古家家观世音。
  员外在家来修道，也好照顾我们身。

---

① 为人：体面。
② 安童：童仆。

员外启口将言答，众位安人①听缘因。
吾今年有七十五，再无七十五年存。
杀身害命多造罪，难免阎君受罪刑。
一生荣华多奢华，故耳罪孽重千斤。
我已今朝主意定，要脱冤孽去修行。
八位安人回言答，员外洪福是前根。
你若罪有千斤重，八人替挑八百斤。
又有二百余数罪，让与儿媳去当认②。
张怀听说微微笑，口中不语自评论。
不宣众人来苦劝，员外心中巧计生。

张怀心中想道："那一家人都来如此苦劝，我却心生一计，假作连夜将金银看好分派，自己私把灯火吹灭，推与别人，试看他们心意如何。"

一生善事今朝定，半刻之间巧计生。和佛
此刻张怀生妙计，试他心意若何能。
就将金银灯下看，假与银两八人分。
自把油灯私吹灭，且试裙钗③八个人。
说道私想偷金银，那个冤家吹灭灯。
快快说了我知道，少刻迟延不容情。
八位娘子齐来到，个个道言我不曾。
张怀当时心发怒，咬牙切齿怒生嗔。
些须④小事皆推脱，大事谁来怎当认。
我说罪有千斤重，个个替我挑百斤。
原来言语都哄我，你们俱是假哄人。

---

① 安人：富贵人家对妻子的尊称。
② 当认：承认。
③ 裙钗：古时女子穿裙戴钗，故裙钗指代女子。
④ 些须：少许，一点点。

我今一心要行走，大众不许阻我身。
譬如我身今日死，那个前来看你们。

张怀对八位娘子道："我今一心已定，天明就要起身，吾就与他拜别便了。说你们不必惆怅于我。"说罢，就要去收什①行李。一家大小人等听见员外就要起身，吓得男女人等魂不附体，胆颤心惊，泪如雨下，放声大哭。张怀道："不必伤悲，听吾分付②。"

百年富贵如春梦，一日安闲如仙翁。和佛
张怀即便开言说，嘱付你等听吾言。
休贪名利家园事，识破皮囊不值钱。
债务账目需宽恕③，莫听闲非④小人言。
宽待穷人自修福，让他算盘子孙延。
母慈子孝心从善，朝晚念佛在心田。
世上万般皆是假，花哄光阴也枉然。
恻隐之心常存念，见人贫苦舍银钱。
戒杀放生为第一，减口⑤斋僧种福田。
败惜字纸敬五谷，布施茶汤送蚊烟。
兰盆焰口孤魂济，施舍绵被送衣寒。
第一要学仁心好，最忌世上是非言。
不详坏话休答嘴，见谈闺门劝为先。
万般要与人有益，诸恶莫作众行善。
我今只为生死事，出家修行免过愆⑥。
坚心修到无挂碍，不怕无常手段严。

---

① 收什：同"收拾"。
② 分付：即"吩咐"。
③ 宽恕：这里指宽大仁恕。
④ 闲非：无端生起的是非事。
⑤ 减口：减少人口。
⑥ 过愆：过失，错误。

院君听说,哀哀痛哭,哽咽难言,合家流泪满腮。又那张忠含泪说道:"爹爹待孩儿替父修行便了。"员外说:"古人云,公修公得,婆修婆得。你去修行,与我无干。倘若无常到来,你可替得我来么?"又那八位娘子含珠带泪也来说道:"员外呀,你是个顶天立地的男子,莫说我家金银满库,儿媳贤孝,就是孤苦贫穷之人,也不肯出家修行,你竟抛妻撇子,一旦飘零。嗳,员外呀,你心何忍,奴心何安!"张孝道:"父亲劬劳,德重如天,恩深如海,我见羔羊有跪乳之报,慈乌有反哺之酬,儿愿替父修行。"张怀道:"儿呀,孝不如顺,你们不必苦留我,有数句言语,你们听我道来。姻缘身后孽,儿女眼前冤,房屋量人斗,娇妻送上船,人生如鱼跃,跳出是神仙。"

远离家乡尘不染,近在佛前悟道缘。和佛
一宵晚景容易过,来朝次日又天明。
员外正要行程去,院君扯住哭声频。
昔日恩爱如珠玉,今朝弃却如灰尘。
日间愁你无人伴,夜来独自抱孤衾①。
生死愿夫同一处,怎那撇却两离分。
手扯罗衣揩珠泪,痛断肝肠裂碎心。
忠孝兄弟俱悲戚,捶胸蹬足泪淋淋。
二人哭到伤心处,悠悠死去再还魂。
生死离别真凄惨,人人流泪落纷纷。
众人苦劝劝不转,男啼女哭痛伤心。
员外不肯来留恋,欢欢喜喜就起身。
众人哭得真凄惨,笑杀员外说痴人。
你们不肯心向善,反想拖害②老年身。
我今一心要出苦,不辞辛苦往前行。
安人媳妇齐来送,两儿同送上山林。

---

① 孤衾:一床被子,这里指独睡。
② 拖害:拖累贻害。

逢山不观山中景，遇水不看水中情。
花街柳巷无心看，一心只愿向前程。
在路行程无耽搁，来到黄梅寺院门。
张怀此时多欢喜，安排斋供进门庭。
忙向佛前勤礼拜，烧香点烛甚殷勤。
先办清斋供诸佛，后请迦蓝护法神。
合寺烧香并点烛，叩头礼拜诸佛圣。
一众僧人都见礼，并无失落一僧人。

那张怀来到黄梅寺中，焚香点烛、叩拜诸佛菩萨，并合寺众僧一齐见过那知宾①和尚，问了名姓，引到法堂。只见四祖在法堂讲经说法，张怀就在众人之内听法。四祖道："请众位善人听着，你看现在享福的，皆是前世修好，又要来生享福，务要今世修好。故言今世祸福，皆是前因。"又言："万事不由人计较，一生俱是命按排②。所以，为人端宜修整身心，贵重三宝，男奉三纲五常，女遵三从四德；又宜敬重天地，虚空礼拜，奉祀祖先，孝养双亲，严守王法，重惧③师尊，爱敬兄弟，和睦相邻，夫妇和别④，慈训子孙，救难济急，恤孤怜贫，修桥铺路，盖造凉亭，造渡舍茶，施药放生，敬惜字谷，吃素念经，舍材施食，好话劝人，印造善书，装佛贴金，此那俱是洪福之报。若欲求仙求佛，务要明师指教，先养心广体胖，多看丹书口诀，睹破名利世界，须学仁义忠信，要求形容饱满，可以养气存神，最宜紧守六贼⑤，以壮精神气血，饮食四时清淡，穿脱随时增减，勿贪好床好席，须宜任坐任卧，勿思美食美饮，切忌太渴太饥，一生自知调和，求师指点清明，炼到无心无形，才是仙佛根基，此乃仙佛之道。"四祖又说："凡为人在世，总耳言之，是修养成佛，贪爱亡身，为善福至，作恶苦报，道法生安静，患难

---

① 知宾：又称"知客"，佛寺里接待宾客的僧人。
② 按排：安排。
③ 重惧：尊重畏惧。
④ 夫妻和别：这里是"夫妻和"与"夫妻别"的合称，即夫妻关系和睦，各自分工，完成自己分内的事。
⑤ 六贼：佛教指眼、耳、鼻、舌、身、意。

生多欲，忠孝兴家国，奸邪落地狱。又还有一等恶人兴旺，此乃是前生修功最大，上代余德最多，要等功完德尽，可受苦报。又有善人消灭，此乃是前生孽障最多，上代余殃未尽，要等殃尽孽完，可以发迹。又有贪吃好杀反以长寿强健，此乃前世好生之报。又有好生戒杀反以疾病妖亡，此乃前世不恤物命之报。又有善人恶死，恶人善死，此是前注死后注生，乃是前世注定。故言，前生不修今生苦，劝君何不早修行。你看，使心用心，总害自身，种兰得香，种粟得粮，为善降祥，为恶降殃。依我老僧看来，善恶报应，分毫不差，吾再将修行之法，请众位善人一听。"

> 普劝大众男女听，先修忠孝一点心。和佛
> 男立三纲并五常，女遵三从四德行。
> 虚空敬重天和地，香在心头莫远巡。
> 孝养双亲奉祖考①，还比修行高十分。
> 尊敬师长重王法，朝北礼拜谢君恩。
> 邻舍和睦兄弟好，原是家道必有兴。
> 夫妇和别训子媳，此为伦常古礼遵。
> 救济急难敬孤寡，来生团圆富贵人。
> 修桥铺路造凉亭，出入轿马享皇恩。
> 舍药施茶救饥寒，锦衣馐饭好医生。
> 敬惜字谷放生物，智睿聪明寿延增。
> 施食舍材孤魂济，高厅大屋富子孙。
> 吃素念佛劝人善，来生富贵有缘分。
> 印送善书刊经忏②，受福无量仙佛根。
> 再欲仙佛访名师，务求口诀要灵清③。
> 世上都修有为法④，谁得长生真修行。

---

① 祖考：祖先。
② 经忏：即佛教经文和忏文。
③ 灵清：清楚。
④ 有为法：佛教术语，指因缘所生、无常变幻的现象世界。

有为要尽必有坏，无为参悟永遐龄①。

四祖又道："《金刚经》云：'一切有为法，如梦幻泡影，如露亦如电，应作如是观。'又云：'若以色见我，以音声求我，是人行邪道，不能见如来。'从此看来，如修有为者，少有好处，亦常偏道。所论凡有声音诵念，又有色相看见，俱是有为。故劝修人要求明师指点，以修虚灵不昧②，可得长生正果。"

> 普劝众善修无为，提携凡俗免三灾③。和佛
> 佛在灵山塔上修，世人那个肯回头。
> 人人有条天堂路，为何贪谋不去求。
> 求师点开通天目，一灵真性赴瀛洲。
> 富贵之人正好修，隐居家门性理④求。
> 生生要把阴功⑤积，福禄康宁永不休。
> 中等之人正好修，少贪名利做骷髅。
> 心平意定随时过，不生劳碌缓攸攸⑥。
> 下等之人正好修，肩挑觅食过春秋。
> 三餐茶饭能餇济，安分守己乐心头。
> 年老之人正好修，训教儿孙劝街头。
> 闲时常把弥陀念，阴司地府不忧愁。
> 年少之人正好修，精血壮旺气刚柔。
> 退尽色欲斩六贼，西方佛国任遨游。
> 童男童女正好修，自小修行早出头。
> 善才龙女年幼小，古时成佛永无休。
> 年少夫妻正好修，有子传后别风流。

---

① 遐龄：长寿。
② 不昧：不泯灭。
③ 三灾：佛教术语，刀兵、疫疠、饥馑为小三灾，火、风、水为大三灾。
④ 性理：生命的原理、规律。
⑤ 阴功：指在人世间所做的在阴间可以记功的好事。
⑥ 攸攸：同"悠悠"。

各修身心断欲念，早分床席保长久。
出家之人更要修，爹娘撇得冷飕飕。
坚心修到功成满，超度爹娘乐上游。
无男无女正好修，看经念佛舍灯油。
命犯孤星宜避静①，好是念佛过春秋。
多男多女正好修，勿必②撇却善根由。
少管儿女自安闲，穿吃道粮少忧愁。
有病有痛正好修，一身犹如浪中舟。
想到前生孽根重，快快吃素保病尤。
劝你修是不肯修，光阴虚度去难留。
有日去到阴司里，悔煞阳间早不修。
今劝众善勤念佛，莫将谋时过春秋。
今生作者来生受，要修来生福攸③由。
荣华富贵三春梦，夫妻犹如水上沤④。
生老病死谁人替，人生那个不忧愁。
生如螃蟹来落锅，死如活牛剥皮抽。
修到涅槃无生死，天里天外任我游。
凡间富贵皇后福，不及西方半刻留。
斗大明珠当空照，七珍八宝⑤为彩球。
璎珞⑥幢幡满地挂，异鸟奇花四方周。
无边奇妙说不尽，总言极乐万古攸。
你看世上何为实，莫恋红尘在阎浮。
田也空来地也空，争田夺地有何留。

---

① 避静：避闹取静。
② 勿必：应为"务必"。
③ 福攸：长久的福气。
④ 沤：水泡。
⑤ 七珍八宝：七珍，各种说法不一，《法华经》的说法是金、银、琉璃、砗磲、玛瑙、真珠、玫瑰；八宝，出自藏传佛教，也称吉祥八宝，即宝伞、金鱼、宝瓶、莲花、白海螺、吉祥结、胜利幢、金法轮。这里泛指珍贵之物。
⑥ 璎珞：用珠玉穿成的装饰物。

富买进来贫卖出，换了多少主翁①谋。
金也空来银也空，死后何曾手中留。
万两黄金拿不去，一双空手也罢休。
男也空来女也空，大限到来不相救。
死后要见难得见，梦里相逢是虚浮。
生也空来死也空，生死受苦在心头。
生时合家多欢喜，死时哭煞众人忧。
奉劝世人虔斋戒，诚心念佛过春秋。
大众男女咸稽首，四祖下座往内游。
男女众人都走散，各人回家也勤修。
张怀听得心欢喜，知宾引进往内求。

　　四祖讲完经典，退入禅房。那张怀上前叩见，说道："弟子张怀蒙师指点，今日特来出家修行，望老师收纳。"四祖道："你夙有善根，正该修行，我故差二僧前来指点与你。尔今日也不用落发，又不必取了法名，你可到寺后山中替老僧栽松木数千余株。午前参禅，午后挑水浇松，夜来搡米②供众，你受得起六年苦楚，便是好处。今要一言已定，毋得后悔。"你晓得四祖何以不取他的法名，又不剃了他的头发，却为何也？那是四祖豫先③晓得张怀出身根基，他还有前身衣粮斋食未还，又还有佛母未出，故而还要投入仙胎，所以法名不取，发也不与他落了。

念佛之人天下有，道心坚固少难求。和佛
四祖当时来分付，就对张怀说知闻。
莫道出家多快乐，到此方知受苦辛。
日间挑水栽松木，夜来搡米念经文。
懒惰迟延无别语，竹板禅杖不容情。

---

① 主翁：主人。
② 搡米："搡"有推义，搡米即把米饭推到客人面前，这里泛指招待信众吃饭。
③ 豫先：预先。

张怀一一来从命，情愿甘心做道人。
拜别四祖身出外，和尚引道入山林。

四祖命张怀到梅山栽松揉米，张怀甘心自受，但做不妨。和尚领到山前，那张怀一看只见高山巍巍，紫竹茂林，祥云秀雾，峰岩耸飘①，百草含珠，果花放馨，龙潜洞底，虎伏崖前，鸾鸟如诉语，麋鹿近行人，白鹤伴云栖，丹凤向阳鸣。张怀看罢，十分欢喜，此处正好修行。

紫燕穿岭蹁跹②舞，麋鹿行游共道途。和佛
张怀观看山中景，此处正好办前程。
山间野草能吐秀，翠竹枫松碧水清。
风清朗月如仙境，仙草圣花满地生。
山中野鸟山中叫，林内鹊噪林内鸣。
近水楼台先得月，向阳草木早逢春。
栽了松木来担水，挑水来浇树松根。
前后上下都栽到，松木栽得黑沉沉。
刻刻挑水心念佛，时时揉米口诵经。
日间金乌来作伴，夜来玉兔伴栖身。
酒色财气今日断，常念清静无字经。
越思越想修行好，一心只顾念经文。
山高峻岭无宿歇，磐陀石上暂安身。
饥餐松柏柴根叶，渴饮清泉也称心。

却说张忠自从父亲出门之后，日夜悲哀啼哭，染成一病，十分沉重，百般调治才得还原。又那张孝说道："母亲，爹爹出门不觉半载有余，未去探望。今日哥哥病好，待孩儿前去拜望父亲。"院君道："正该如此。我也要同去，有恐劝得回来未可见得。与我收拾起来，即刻动身

---

① 耸飘：应为"耸峭"，即高耸陡峭。
② 蹁跹：旋转的舞姿。

而去。"却说四祖在云端观见他母子二人前来，要劝张怀回去，不免差护法神前去保护他们。"护法神何在？""来也。"

  七世修来护法门，三洲①感应②号天尊。
  身配锁子黄金甲，手执降魔杵一根。

"俺护法韦陀是也。忽听祖师传唤，须速上前，祖师在上。"韦陀稽首，四祖道："免礼。"韦陀说："不知祖师呼唤，有何法旨？"四祖道："吾那云头观见张怀妻儿两人，前来劝他回去，命你去到山中保护。又命你去请雷公电母、风伯雨师，将他妻儿两人摄回家中，不得有误。""领佛法旨。"

  日月如梭难定久，光阴迅速再难留。和佛
  母子二人将门出，探望员外道心人。
  不择日时即便行，粗布衣服就登程。
  花街柳巷无心看，一心只顾往前行。
  在路行程多心急，十步并做五步勤。
  行一里来又一里，过一村来又一村。
  弓鞋三寸难行路，不顾高低路难行。
  看看来到黄梅寺，母子二人进山门。
  一见僧人就动问，张怀是我父亲名。
  到你宝刹来修道，烦劳说与我知闻。
  和尚当时回言答，令尊不在寺中存。
  他在寺后梅山上，栽松揉米好修行。

  那张孝遂即别了和尚，母子二人来到山中四处观看，并无房屋，只见一带青松，母子二人泪如雨下，好不凄惊人也。

---

① 三洲：指蓬莱、方丈、瀛洲三座仙山。
② 感应：指神明对人事的反响。

碧水青山无伴邻，落花啼鸟最伤心。和佛
母子二人来观看，只见青松不见人。
高山峻岭无觅处，溪水滔滔心内惊。
日光影照山清静，风打松声好怕人。
山中偏处都寻到，不见员外泪盈盈①。
母子二人含珠泪，一边哭时一边寻。
寻到山边岩石上，忽听叨叨念佛声。
近前仔细观容颜，好像骷髅一般形。

且说院君见员外坐在磐陀石②上，抱头大哭："阿呀，夫呀！此处比家中何如？看你冷冷清清，孤身独自，经霜冒雪，风雨交侵，日间并无食饭，夜来何处栖身？"张怀道："不劳院君挂念，吾在此处，明月清风为伴，金乌玉兔为邻，日听鸟鹊鸣噪，夜间孤雁吟声，尘埃不染，凡欲全无，如此清闲，烦恼断除，好不洒乐③。"院君道："看你容颜好如骷髅，身体好似饿鬼，发如茅草，手似柴根，破衣百结，出脚头蓬，阿呀，夫呀！你若再不回去，性命难保了。阿呀，夫呀！"

明月空照白雪多，秋风吹动落杨花。和佛
院君一见心悲戚，胜似刚刀刺我心。
抱住亲夫号啕哭，两行珠泪落纷纷。
自从夫君分别后，奴家日夜泪淋淋。
想你在家多快乐，怎做栽松舂米人。
两边白发如茅草，饿得体容似鬼形。
世间富贵无祸受，为何出家做呆人。
抛妻撇子心肠狠，要成真果万不能。
如此劝君劝不转，铁打肝肠也伤心。
张孝痛哭开言说，伏望爹爹纳此情。

---

① 盈盈：清澈晶莹的样子。
② 磐陀石：不平的石头。
③ 洒乐：洒脱飘逸。

忆父那日来离别，儿心日夜不安宁。
每日朝夜不思食，朝思暮想父回程。
儿媳在家享富贵，父在深山受伶丁①，
叫我意中心何忍，生吾孩儿枉费心。
只望养儿能待老，谁知今日两离分。
世上万物皆惜命，偏是我父不惜身。
辗转思量千般苦，时时忆念痛伤心。
喉中气咽声哭哑，捶胸蹬足好悲疼。
爹爹若不回家转，儿把残身赴幽冥。
哭死山中无怨恨，转世又报父亲恩。
母子二人多恓惶，苦戚悲伤痛断魂。

张怀道："妻儿呀，何必如此痛哭！你若肯修行，也有个团圆之日。现在那夫妻是冤家，儿女是孽债②，总有孝子贤孙，岂能代得无常？光阴如箭，日月如梭，一失人身，万劫难复。你们静心宽坐，听我道来——"

坚心悟道得成真，立志修行上天庭。和佛
张怀当时将言道，妻儿今且听缘因。
家中快乐非长久，梦中得宝未为真。
不知生死轮回事，尽遭鬼使见阎君。
一朝寿尽归地府，沉埋地狱出无门。
生前富贵难长受，惟有孽债紧在身。
任你千姣并百美，死后何曾有半人。
三寸气断如梦去，人争闲气枉费心。
任你堆金并积玉，难买无常不死门。
劝你连把弥陀念，西方路上再相亲。

---

① 伶丁：即"伶仃"，孤独的样子。
② 孽债：造孽的罪责，过去认为是报应，必须偿还。

譬如我身今朝死，要我回家万不能。
双膝脆在尘埃地，对天立誓告神明。
弟子若有修行分，佛来感应护修真。

院君将张怀衣裳扯住，恓惶大哭，那张怀被妻儿两人缠扰不过，只得虚空暗告菩萨："弟子若有修行之分，佛来感应与我。"当有护法神奉了四祖之命，会同雷公、电母、风伯、雨神在云端内久候，只等张怀开口。霎时兴云布雨，遍地风雷。将周氏母子二人摄到家中，顷刻云收雨散。母子二人如梦一般，开眼看时，却在自己门首①。

只说修行无显应，谁知今日见分明。和佛
院君即便将言说，佛力广大显神灵。
霎时风云来际会，母子摄到在家庭。
只望劝夫回家转，涉水登山枉费心。
从前修行我不信，今朝看来果然真。
善人自有神明护，恶人报应不差分。
我今也把弥陀念，忏悔从前罪孽根。

却说周氏院君见佛法如此显灵，又见员外只等苦修，我也不管家延②，情愿修行。那合家男女人等，尽皆说道："我们也要一同持斋念佛、看经为善，忏悔先前罪孽，若能得西方好与员外见面。"周氏院君听得十分欢喜，说道："我们的住屋改作大悲庵便了。"就将金银米谷散与贫穷孤苦之人，那些债务一应不要还了，将借票一一发还。家中丫环使女，尽皆打发出去，各人都给十两银子一个。余多作为庵中灯油之费。一家诸人俱以在庵日日殷勤修行，表过不提。

一切恩爱如梦中，世间万物总成空。和佛

---

① 门首：门前，门口。
② 家延：疑为"家庭"之误。

院君当时就回心，合家同愿宜修行。
看来万般皆是假，惟有念佛是真情。
家私①什物②都不管，布施贫穷孤苦人。
厅堂改作大悲殿，厢廊罗汉两边分。
大殿当中供佛座，雕装圣象贴金身。
往日积下钱和钞，赒济鳏寡命穷人。
修桥铺路来布施，穷苦相逢胜如亲。
逢庵遇庙多修整，佛相装得簇簇③新。
一家都道修行好，个个斋戒喜欢心。
院君素珠④胸前挂，朝朝暮暮诵经文。
儿媳在傍同修道，七个姨娘也修行。
后来合家成真果，西方路上闹盈盈⑤。
不宣合家都修道，再宣张怀道德成。

却说张怀自从风雷摄去妻子二人之后，心中愈加十分殷勤⑥，方知佛法无边，道心更坚。

清风常伴扫心前，皓月当中不夜天。和佛
张怀此时加进精，方知学道不亏人。
佛法如此多显应⑦，朝夕虔诚把香焚。
一炷心香告上苍，愿祈国家保安宁。
当今万岁天长寿，与民同乐太平春。
二炷心香点佛前，保佑四祖法高能。
早登菩提成佛道，普度众生上天庭。

---

① 家私：家产。
② 什物：日常生活用品。
③ 簇簇：衣衫鲜明整洁的样子。
④ 素珠：佛珠。
⑤ 闹盈盈：人多热闹的样子。
⑥ 殷勤：恳切。
⑦ 显应：即显灵。

明代故事类宝卷选注

三炷心香拜佛尊，愿我弟子出红尘。
保佑各家心向善，同到西方坐莲心。
又祈处处田禾熟，但愿人人寿长生。
祝禶①八方无灾难，再祈世人早修行。
祝禶已毕时易过，栽松学道有六春。
如此修行无懈怠，混身焦碎要换新。
外体劳碌多辛苦，内保精神一身存。
面貌形容骷髅样，万物齐归于方寸。

却说张怀日夜修行有六年之期，不辞辛苦，身体懈倦。一日打坐在岩石之上，有七日七夜不曾饮食。今有护法神王伽蓝圣众、天龙八部卫护两旁，又那四祖早已知道，就命引进和尚："叫栽松道人前来见我。"和尚领命，去到寺后梅山，叫了栽松道人来到方丈。张怀上前叩见，说道："弟子不知师父呼唤到来有何分付？"四祖道："你六年苦行已满，我今付你盂钵一个、法衣一件、禅杖一根，命你往西南方而去，自有好处。吾有偈言四句，你且听着。"

祝家庄上遇裙钗②，法衣禅杖挂山怀。
钵化仙桃投入腹，浊河赴水脱尸骸。

四祖分付已毕："你可小心前去。"张怀说道："弟子此去全杖师父佛力扶持，今请师父在上，就此拜别。又辞了合寺众僧出了山门，竟往西南而去。

泥牛耕破莲花盛，铁马踏穿紫竹新。和佛
张怀当时忙拜别，拜谢三宝佛法僧。
法衣禅杖传宗宝，盂钵一个手中擎。

---

① 祝禶：祭祀。
② 裙钗：指代女子。

遥望西南坤地①走，犹如风筝一般能。
如鱼得水心欢喜，如鸟离笼喜欢心。
才见一块磐陀石，磐陀石上暂留停。
石上打坐身清净，声音朗朗念经文。
坐来不觉多时候，鸡鸣三更天渐明。
张怀即便抽身起，又往西南路上行。
修道自有神明护，戒神三百总随身。
圹野②山湾路曲折，山遥路远少人行。
也无邪魅来侵犯，并无野兽虎狼惊。
登山涉水多辛苦，忽然脚痛路难行。
不宣张怀行在路，另宣祝家一千金。

且说祝家庄上有一员外，姓祝名亭在，为人数恶不善。院君赵氏，慈心宽洪③，所生二子——长子祝龙，为人行善尽孝；次子祝虎，为人凶恶不堪。有一小姐，名唤凤姐。年登二八，从幼持斋，不喜吞鱼食肉，更能孝顺双亲。院君爱惜如珍如宝。那凤姐一日闲游，走到嫂嫂房中。那大嫂说道："姑娘，我叫云香到后门外浊河中去洗了衣服。我又闻得后门外有桂花开得茂盛，我与你去看看桂花何如？"凤姐道："小姑奉陪。"那姑嫂二人来到后门外，只见桂花开得茂盛，心中十分欢喜。却说那张怀行到对岸山下，忽然脚酸腰软，欲要歇宿，又是荒山草地，看见隔岸有三个妇人，就开言问道："大娘借问一声，此处叫何地名？"云香回言道："前面是排庄，后面是周村，这里是祝家庄。"张怀又问道："此河叫什么河名？"云香答道："只名是浊河。"张怀又说："大娘，老道行到此地，忽然脚酸腰痛，难以行走，欲要借大娘房屋歇宿，未知可使得否？"云香回禀大娘，大娘道："我家房屋虽多，还有公婆在堂，奴家如何做得主来。"云香将大娘之言回复道人。那小姐心多慈悲，意欲留他歇宿，见嫂嫂不允，不好相留。张怀心中暗知小姐允借，又想那

---

① 坤地：八卦中西南方向为坤，故西南方向为坤地。
② 圹野：即"旷野"。
③ 宽洪：也作"宽宏"，慷慨，不吝啬。

四祖偈言，俱已应在此地，就将法衣禅杖插在山中，身赴浊河，顷刻自亡。那时护法神王将张怀一灵真性投在钵内，化成仙桃一个浮在水上漂来。那云香不知张怀所化，遂即捞在手中，递与大娘，大娘随手送与小姐。待丫环衣服洗完，各自归房。再说那四祖早差和尚前来将张怀尸首捞起，葬过不提。且说小姐回家，将桃放在桌上，那桃渐时红熟，小姐拿与手中，闻得喷鼻馨香，把桃子吃了，不觉就有身孕。却说凤小姐前生是个过门守节的闺女，隐家坚心苦修。那张怀前生是个真修和尚，因前生衣食斋粮都是凤小姐供给他的，那二人修行十分深重，应该成其真果。所以转世脱化凤小姐身中，使作佛母，已报前生供给之恩。

> 修种善果成佛位，脱壳凡胎入圣胎。和佛
> 说前生一段因，凤姐是个善心人。
> 过门守节闺房女，烧香点烛广斋僧。
> 持斋把素勤念佛，坚心修道别无因。
> 张怀前世是苦修，今生应该出红尘。
> 只为口食衣粮债，投入腹内去酬恩。
> 一报原要还一报，吃他那好不还清。
> 世人只道偷骗好，谁知孽债紧随身。
> 今生吃他八两肉，下世还他重半斤。
> 修善是有修善报，作恶还须恶报应。
> 今生那晓前世事，吃了仙桃有孕身。
> 一日至三三至七，看看半月有余零。
> 小姐心内来思忖，吃了桃子不安宁。
> 自从吃了仙桃后，有如嫌疑病①缠身。
> 日日身体多懒倦，面皮黄瘦不像人。
> 嫌茶嫌饭心不乐，谁知成胎一月零。
> 闷闷昏昏房内坐，终日忧愁闷沉沉。

---

① 嫌疑病：不知病因的病。

不说小姐心内苦，且说怀耽①十月临。
一月怀胎如甘露，不知不觉在其身。
二月怀胎如朦胧，如无如有好疑心。
三月怀胎成血块，这场祸事怎区分②。
四月怀胎分四肢，不思茶饭泪纷纷。
五月怀胎生五脏，忧忧郁郁过光阴。
六月怀胎常转动，遍身满腹骨酸疼。
七月怀胎生七窍，为娘面上少精神。
八月怀胎娘辛苦，终朝茶饭不沾唇。
九月怀胎将要满，千思万想待怎生。
十月胎圆来满足，愁死小姐不分明。
不觉已经十一月，要脱生来度世人。
只为腹大难布摆，终朝不肯出房门。
如今害母吃尽苦，后来度母上天庭。

却说小姐身粗腹大，只在房中针黹③不肯出来。一日那祝员外对院君说道："明日是个三月初三，乃时清明佳节，合家同去上坟，你可对女儿说知打扮同去，恐后许了人家，不能如我父母跟前快乐，难得出外祭扫。"院君答道："晓得。"遂即走到房中，对女儿说："明日合家要去上坟，父亲叫你一同前去。"那小姐听得母亲之言，吓得满面通红，汗流全身，双膝脆下说道："母亲呀！"

舟船满载宝和珍，大海遇风反受惊。
高山失足身遭险，平地风波受艰辛。和佛
凤小姐，双膝脆，泪流满面。
告娘亲，有一事，诉说难言。
是去年，中秋节，与嫂同行。

---

① 怀耽：即"怀担"，怀孕。
② 区分：处理，处置。
③ 针黹：做针线活。

去到了，浊河边，看花玩景。
见一位，老年人，身着衲衣。
他说道，有房子，暂借歇宿。
住一宵，无担搁，明日便行。
我嫂嫂，不允他，绝口回复。
那老人，心着急，跳入河中。
吓得儿，心胆颤，欲归家中。
嫂回头，又去看，生死如何？
见一个，仙桃子，水上浮来。
云香女，来捞起，递与嫂身。
我嫂嫂，转递奴，我就吃下。
吃了桃，我身中，就像有孕。
女孩儿，为此事，心中愁闷。
所以道，难见人，不出房门。
今日里，我父亲，叫奴同去。
我如合，身粗大，难见父亲。
求娘亲，替孩儿，说个方便。
说女儿，身有病，难去上坟。
娘听说，便怒骂，妖精泼贱。
你今年，十八岁，含花之女。
好比那，玉瓶儿，不保其身。
何胆大，不小心，做了丑事。
你今朝，成废物，玷辱我门。
叫为娘，替你身，隐情难瞒。
雪地里，埋尸首，日久分明。
爹久后，来知道，性命难存。
总然是，难遮掩，累我娘亲。
到此时，叫娘亲，如何是好。
到不如，同了我，去见父亲。
若还是，看不出，再作商量。

院君道:"这件事情,你要我瞒过父亲,想这样丑事,如何瞒得?倘若你爹爹日后知道,反要害我受气受累,不但你的性命难保,连我也不能活了。不若今日同去见了爹爹,如若看你不出,再作计较。倘若看出,只得直说前由。"那院君扯了小姐就走,小姐无奈,只得随母来到后堂去见父亲。小姐上前说道:"父亲万福。"员外抬头一看,见女儿气短身粗,怯了一惊,就问院君。院君将小姐吃桃之事细细说了一遍,员外开言就骂:"院君你不将女儿照管谨慎,如今做出这样丑急①,亏你还说吃了仙桃之过,世上之人,那有吃桃受胎之理!"那员外怒气醄醄②,看见堂前门旁有一把直丝扫帚,拿在手中,将小姐头发一把拖扯过来,举手就打。

父子上墙身遭难,巨海沉舟体受殃。和佛
总有湘江一派水,今日如何洗得清?
员外大发雷霆怒,喝骂如雷好惊人。
一把头发来揪住,遍身乱打不容情。
年纪只得十八岁,泼天大胆是妖精。
古今以来从没有,那有吃桃受胎妊。
只个③新闻我未见,一口胡言骗何人!
你同那个做狗党④,私通野汉败我门。
快快说出真情话,取他一死称我心。
再若迟延多胡说,活活打死贱人身。
我家虽非真乡宦,祝家庄上有名声。
一族门风被你败,羞煞我家面皮们。
这场丑事都知道,叫我如何做得人。
如今将你来取死,打死贱人放我心。
大骂一番重又击,衣裙打得碎纷纷。

---

① 丑急:丑事坏事。
② 怒气醄醄(hōng):即"怒气哄哄"。
③ 只个:同"这个"。
④ 狗党:应为"勾当"。

小姐痛死尘埃地，披头散发血淋淋。
可怜冤屈无人晓，有口难言说不清。
院君见打如刀割，暗流眼泪落纷纷。
愁眉假作容颜笑，轻言细语劝夫君。
自己女儿长好打①，慢慢商量再理论。
员外即便开言骂，回言就骂老贱人。
亏你教训不严禁，反来多言要讲情。
不肖女儿母之过，少停一刻打你身。
云香一见如飞去，就报大娘得知闻。
大娘闻报忙来到，双膝脆在地埃尘。
媳妇一言来告禀，公公明鉴纳此情。
姑娘稳重多端正，不是轻狂下贱人。
倘若吃了些毒物，恐怕鼓胀屈他们。
姑娘若有不端事，家丑不出外扬门。
如此痛打多狼狈，外人见了也知闻。
还望公公来饶恕，天能盖地饶小人。
大娘苦苦来求恩，两行珠泪落纷纷。
员外将身来走出，婆媳扶他进房门。

却说祝员外听了大娘之劝，放了小姐走出厅来。见祝龙在侧厅读书，员外走进书房，说道："你妹子闺门不禁，妇道不守，与外人私通，已经成了胎孕。我今打他一顿，本要取他一死，时今被你妻子解劝，放了贱人。如此被他玷辱门风，气死我也。祝龙听父说来，面如土色，胆颤心惊，说道："爹爹，孩儿想是妹子为人十分稳重，不出闺门，况且我家墙门高大，并无闲人进出，或者妹子吃了毒物，也未可知。待孩儿去问过母亲妻子便了。"那祝龙说罢，遂时拜别父亲，即便就走。

---

① 长好打：意义不详，疑为"怎好打"之误。

祝龙进内问母因，諨①害贤妹一人身。和佛

那祝龙，忙进内，来问娘亲。
我妹子，身有孕，何处来因。
想我家，门户紧，四围②高大。
有何人，来走动，与妹通情。
儿闻知，只不信，特问娘亲。
院君听，祝龙言，将言细说。
叫孩儿，听娘亲，说个来因。
去年时，中秋节，同你妻子。
到后门，看桂花，对岸香闻。
浊河边，三个人，同洗衣襟。
见河中，有桃子，水面浮来。
云香女，来捞起，递与你妻。
你的妻，将桃子，转递尔妹。
你妹子，桃吃下，就成胎孕。
每日里，在房中，不出闺门。
到今日，你父亲，对娘说道。
明日是，清明节，同去上坟。
为娘的，到房中，去见你妹。
你妹子，身粗大，难见双亲。
今日是，你父亲，见妹身大。
要妹子，寻死路，痛打伤心。
可怜他，吃仙桃，成胎是实。
并没有，闲杂人，与妹通情。
若不信，问你妻，是真是假。
望我儿，劝父亲，不可听信。

---

① 諨：此处同"屈"。
② 四围：四周。

那祝龙听得母亲细说一遍，去到房中问了妻子，说来言语，与母亲一样的，又走到父亲面前，细说一遍。员外道："这些言语都是胡言！"愈加发怒。又那祝虎从外面进来，说道："孩儿讨帐回来了，将帐簿银两交还父亲。"那员外满面怒气也不答应，祝虎就问父亲为何面带忧容，员外将凤姐吃桃成孕之事说了一遍。祝虎就骂："泼贱丫头，门风被你玷辱，这还了得！"祝龙见祝虎出言不好，遂即将身闪在屏风背后窃听。祝虎道："爹爹，这等贱人，为何不取他一死？倘被外人知道，岂非一世与人嗤笑①，就是后代，也难做得人来！"员外道："怎样取他死法？"祝虎道："如今别人还不知道，将今夜三更时分，把他一刀分为两段，将尸首丢在后门外浊河中顺水流去，以可免得外人嗤笑，岂不干净！"员外道："此法便好，只为自己骨肉，何以忍得过去？"祝虎道："爹爹若念骨肉之情，终被外人知道，岂非遗丑万年？"员外道："如此不要与你母亲哥哥得知。"祝虎道："这个自然，不需分付。"那祝龙在屏风后面听得明明白白，即忙报与母亲妹子妻子知道。

    梅雪两般皆白匀，谁知同胞不同心。和佛
    祝龙听得多明白，说与三人得知闻。
    只为父亲多严命，诳死妹子一个人。
    小姐听说魂飞散，急杀院君老娘亲。
    为娘爱你心头肉，诳死我儿痛伤心。
    咬牙切齿来骂他，怎把女儿一命倾。
    我儿若有差迟②处，老身做个对头人。
    院君开言骂祝虎，不念同胞共母生。
    你今要把妹子害，为娘怎肯放你身。
    小姐含泪回言劝，母亲休怒怨别人。
    只因女儿闺不守，不该行走后园门。
    今日害了娘亲苦，几时能报我娘亲。

---

① 嗤笑：讥笑。
② 差迟：意外。

今朝諨死难分说，除非转世再报恩。
父要子死端①难活，儿思报亲万不能。
娘女哭到伤心处，大娘移步出房门。

却说大娘煎了一碗参汤与小姐来吃，那院君即忙对大娘道："你公公要将汝姑娘今夜三更时分活活取死，你快快生出计策，来救汝姑娘性命要紧。"大娘闻言，魂飞天外，魄散九霄。连参汤也丢在地下。小姐道："这是女孩儿命该如此，又是前生孽重，今生应该諨死。但我双亲年老，不能侍奉，养我劬劳，洪恩未报，又有哥嫂恩情未酬，如何是好！嗳唷，母亲呀！"

撇却双亲真悲疼，别离骨肉痛伤心。和佛
小姐泪流纷纷落，哽咽难言道不清。
女儿真有差迟处，死在黄泉也甘心。
今朝有口难分说，跳在黄河洗不清。
想必前生冤孽重，该当身首两段分。
娘亲为儿多辛苦，三年乳哺枉费心。
不能侍奉生身母，转生来世报母恩。
越思越想越悲戚，想起双亲痛断魂。
回言就把长兄叫，养老终身靠你们。
但愿双亲身康健，只愿哥嫂孝双亲。
父母倘有灾和病，殷勤侍奉要当心。
转言又对嫂嫂说，难得贤嫂情义深。
一向同你如姊妹，胜如同胞共母生。
只是小姑不成器，连累嫂嫂费心情。
几时能够来报答，酬谢哥嫂大洪恩。
大娘即便回言道，姑娘且自放宽心。
奴家有个主意在，今且躲避去逃生。

---

① 端：一定。

大娘说:"奴家有个表婶,此去不远,不过数里之遥,在中村华严庵修行。奴家写信一封与姑娘去到庵中,我家婶婶见书必然收留,姑娘就可安身,待等公公回心转意,接你回家便了。"院君道:"犹恐祝虎追赶,如何是好?"大娘说:"奴家自有道理,自然不去追了。"那小姐听说,泪如雨下,说道:"女儿今日别后,万望双亲切不可悲疼。这是女儿前世冤孽,应当自受。但女儿又恐母亲挂念,奴有绣鞋一双,一只留与母亲身边,见鞋如见苦命女儿一般。又一只是女儿带在身边,见绣鞋是见双亲一般。母亲在家,切不可思念女儿,保养自己身体要紧。倘日后有相会之期,绣鞋再得成双,母女亦可团圆。又有一言奉告,奴与嫂嫂,相伴十年,并无一言半语,如此屈情,只有嫂嫂知道。奴今去后,未知终身死于何处!"嫂嫂道:"姑娘放心,吉人是有天相助,且免伤悲一场。"

　　清浊未分如混源,　水清方见两团圆。和佛
　　小姐放声号啕哭,　两行珠泪落纷纷。
　　不肖女儿带害母,　累娘啕气①费心情。
　　苦命孩儿修不透,　骨肉分离好伤心。
　　劝母不必心悲苦,　譬如幼年丧奴身。
　　院君含泪忙嘱付,　叫娘如何放得心。
　　从幼不出闺门惯,　怎做离乡背井人。
　　今夜女儿分别去,　为娘日夜挂心情。
　　娇儿今日分别后,　不知何日转家门。
　　亲娘难舍千金女,　女儿难舍母娘亲。
　　母女分离情最苦,　眼泪汪汪苦十分。
　　又那祝龙在旁听,　也得哀号泪纷纷。
　　遂取纹银五十两,　付②与妹子过光阴。
　　我兄不忍来分别,　两眼汪汪哭不淳。

---

① 啕气:生闲气。
② 付:给。

嫂嫂也在旁边哭，一边写来一边忖。
就把书信来封好，递与姑娘藏在身。
又送碎银三十两，在庵零用好栖身。
在路行程须仔细，切莫胡行乱问人。
小姐道言奴晓得，大娘只是哭声嗽。
手扯罗裙揩眼泪，可惜姑娘命苦人。
怎能姑嫂重相会，花又重开月再明。
小姐此刻如刀割，女抱娘亲泪纷纷。
四人哭得肝肠断，铁石人闻也泪淋。
小姐即忙来拜别，拜谢爹娘养育恩。
回身又拜兄和嫂，拜谢哥嫂情义深。
今朝多亏哥嫂救，异日相逢报大恩。
小姐礼罢抽身起，娘送女儿泪满倾。
生离死别真苦切，一边哭时一边行。
三人后门来分别，小姐独自往前程。
双眼流泪回头望，思想双亲最难分。
院君站立门前看，看望小姐路途行。
望得女儿远无见，院君含悲进家门。
不宣小姐行在路，且宣大娘巧计生。

　　话分两处。说大娘去到厨房杀鸡一只，就将七年陈的老酒开了一坛，多热几壶好酒，就叫云香送夜膳出去与相公吃了。那云香送到书房，说道："请二相公用饭。"说罢，放在桌上进内去了。又那大娘先到小姐床中，将被枕假作卧人样式，装好出去。却说祝虎爱吃鸡肉，又贪的是陈酒，暗暗心中想道："我在此多饮几杯，候等母亲哥嫂睡着，好去行事。"谁知院君送别小姐出门，后在内房暗等祝虎到来。那祝虎将酒吃得大醉，此刻想是众人睡熟，那妹子的房屋与母亲房儿是对面的，恐母得知，不敢点了灯亮，只得轻轻暗走到小姐房中，说道："今日贱人该死的门也不闩。"摸到床前，把罗帐掀起，一摸，如像有人卧于被下，只道小姐安睡，即用力一刀。大娘先叫云香躲在床后，假装小姐声

音,"啊唷"喊了一声,将生鸡血倒在床上。那祝虎恐怕母亲听见,慌忙出了房门。刚刚撞见母亲,将祝虎一把扯住,那大娘连忙点烛而来。院君道:"你在此地作何狗党?"就叫云香:"你快到小姐房中去看个明白。"云香走到小姐房中,将鸡血衣裳捧他出来,说道:"不好了,小姐被二相公杀死了,现有衣裳都是鲜血!"院君听说,吓得魂不附体,快叫祝龙拿绳索过来绑了他们。那祝虎要想逃走,被院君扯住,绑在翻轩①柱上,骂道:"你这畜生!兄妹那是一母所生,你今悖逆天性,生虽同胞,情如吴越②,身虽在世,心丧九泉。你个嫡亲妹子,亏你下此毒手!"院君将刀提在手中,"把这等畜生,我将你的心肝取他与我看了一看!"那祝虎吓得魂胆犄烊,说道:"不是孩儿之过,只是父亲叫我来杀的!"院君道:"你父叫你杀妹子,你就来杀了,如今我叫祝龙杀你!"院君将刀递与祝龙。那祝虎吓得魂不附体,只求母亲饶命。祝龙走到院君面前,说道:"父母所生兄妹三人,妹子已死,不能复生,况此事不是二弟之过,望母亲饶恕。"说罢,跪在母亲面前,只是哀求。院君见祝龙再三哀求,又想小姐到底③设放逃走的,那院君房门首拿了一根门担④,举手就打。

计就月中擒玉兔,谋成日里捉金乌。和佛
院君开言骂祝虎,不念同胞共母生。
今朝你将妹子害,为娘怎肯放你身。
院君气得颤兢兢⑤,恼得喉中如火焚。
世间那有只般事,畜生恶毒丧良心。
理该送到当官去,要与当官问罪命。
平地杀人非小可,加刑治罪灭祸根。
越思越想心越气,提起门担不容情。

---

① 翻轩:屋宇前檐突起向上翻的部分。
② 吴越:春秋时期吴国和越国为仇敌关系,故"吴越"即仇敌。
③ 到底:毕竟。
④ 门担:门闩。
⑤ 颤兢兢:同"战兢兢"。

不论头上并脚下，混身打得如乌青。
祝虎被打无躲避，叫痛连天不住停。
只望有人来解劝，求我老母放罪人。
大娘移步上前诉，婆婆面前解劝情。
又那祝龙来求恳，院君怒气略消平。
今朝饶你畜生去，自后改过做好人。

却说祝虎被院君打得皮开肉绽，鲜血浇流，只求母亲饶命。今那祝龙讨情，将祝虎放下，已今①不能行走。祝龙将他扶进房中安歇，慢慢将息②，那院君才得略略出得一口气儿。祝龙来到书房报知员外，员外也有一忍之心，说道："你妹已死，不能复生，劝你母亲不必悲伤。你去买棺木盛殓③，我往庄上讨帐去了。"表过不提。再说小姐出得门来，不知南北东西，不顾路途高低，好似无林之鸟，漏网之鱼，天昏地暗，急急忙忙。约行得七八里路途，听得鸡鸣唱晓，天色已明。小姐上前一问，原来就是中村地坊。问到华严庵前，那住的尼僧是三月前亡故，并无徒弟，如今檀越相公请了和尚住的。小姐只望到庵中躲避，谁知无处栖身。那小姐哭之不尽，脚痛腰疼，不能行走，心中想道："千死万死总是一死，不如就在杨柳树下寻个短见是了。"

晓夜行来日升东，行船又遇打头风。和佛
小姐坐定哀哀哭，奴奴命苦为何因。
只望到来安身处，谁知今朝无栖身。
两足酸疼难行路，腰痛气急步难行。
若还不死往前走，叫奴何处去安身。
不如一命归阴路，忽地思量老母亲。
哥嫂设计将奴放，只望此地躲灾星。
又望日后来相会，谁知中村把命倾。

---

① 已今：应为"已经"。
② 将息：休养，休息。
③ 盛殓：尸体装入棺材。

若要女儿重相会，除非梦里见我魂。
小姐想到心悲戚，两行珠泪落纷纷。
哀哀痛苦高擎手，扯下柳枝系上绳。
含泪手挽骷髅结，就将一命赴归阴。

却说小姐自缢，原有神明护佑，不能身亡，遂有太白金星在云头观见小姐有难，无处安身。金星即便下凡化作老人，手中提杖，怀内藏书。煞时①来到树下，将绳截断。那小姐渐渐醒来，金星问道："小娘子家住何处？姓甚名谁？为何寻此短见？"小姐道："奴是祝家庄人氏，父亲祝停在，只因我吃桃成孕，逃奔到此，前来投靠尼师②，不想那师父亡故，无处栖身，故而自缢。今蒙公公相救，感恩不浅。"金星说："既然如此，我老汉有小舟一只，要你同到四洲③而去，随我同往便了。又吾有三本劝善文书，你可习学劝化世人，日后自有好处。"小姐心中暗想："看只位老公公，不像哄骗之人，况且我又无安身之处，且同他而去，再作道理。"为何金星叫小姐到四洲去的？因小姐前生斋僧广多，那些僧人转世都在四洲为富翁，故叫小姐去受他恩惠，再作劝化，已了前因。

善人是有天报应，遇难呈祥吉兆临。和佛
五祖腹内有灾星，惊动多罗④太白星。
九霄云内将身化，化作凡间一老人。
头带一顶逍遥帽，身穿皂色紫海青。
腰系绲龙⑤丝套带，手执过头杖一根。
怀内包藏书三本，劝化凡间世上人。
小姐展开来观看，果是人间劝世文。

---

① 煞时：同"霎时"。
② 尼师：对尼姑的敬称。
③ 四洲：应作"泗州"。后文"泗洲"同。
④ 多罗：莽撞。
⑤ 绲龙：边缘绣着龙。

劝人为善能修道，坚心修行出红尘。
修福行善天堂路，作恶行凶地狱门。
恶人个个落地狱，善人个个上天庭。
世人若说无天理，后来报应甚分明。
小姐观书多明白，一一从头记在心。
从此加意心向善，持斋念佛更修行。
金星驾舟来得快，早到泗洲一座城。

却说金星驾了小舟一只，同凤小姐来到泗洲地方，地名叫做神仙庄。金星就叫小姐住在土地庙中安歇，普劝世人。又付与衲衣数件，可扮做贫婆度日。说罢，那金星作别而去。小姐道："多蒙公公救命，又蒙指教，此恩何日得报！"金星道："后会有期，请了请了。"

布袋藏珠人不持，石中隐玉有谁知。和佛
小姐将银来藏过，藏在土地庙内存。
又那扮作贫婆样，沿街劝化世间人。
日间沿街来劝化，夜来古庙去安身。
善人听了修佛道，恶人听得也回心。
心中思亲哀哀哭，眼中流泪落纷纷。
在家如此多富贵，今朝反做求吃人。
手执黄砂碗一个，又拿青竹棒一根。
听得狗叫心惊怕，讨来茶饭冷如冰。
善人见讨多布施，恶人见讨怒生嗔。
今日受苦前生事，奴奴恨命要修行。
不怨父亲并兄长，原是前世冤孽深。
不宣小姐来劝化①，再宣祝龙望妹身。

却说小姐别了金星之后，在沿街求吃，劝化世人，夜来古庙安身，

---

① 劝化：劝人施舍财物。

忽有半月。且说院君自从小姐出门之后,朝夜挂念,杳无音信。又那祝龙道:"待孩儿瞒过父亲,去到中村望望妹子。"院君道:"我有碎银数两,你带去妹子使用。"祝龙即忙来到中村华严庵内,不见尼僧,只见和尚。便问僧人,和尚回言道:"前住师太是三月之前亡故,并无徒弟留下。故而贫僧住持,在此半月前,自有一位姑娘到来,问及贫僧。他见不住师太,就出庵门去了。"祝龙闻妹子不在庵中,竟无着落,心中十分不悦,一路愁闷回来,报与院君知道。院君听说,心如刀割,两眼如雨,哭道:"阿呀,儿呀!"

踏破铁鞋无觅处,金星救护有谁知。和佛
院君听报心悲戚,悠悠①痛哭好伤情。
只道儿在庵中住,为娘到底略放心。
如今身无着落处,叫娘何处去查寻。
口口声声多怨恨,只是怨恨小畜生。
害我女儿无着落,老身情愿丧贱身。
思想姣儿心中苦,犹如钢刀刺我心。
莫非我儿寻短见,也该托梦我知闻。
要想我儿重见面,除非梦里见儿魂。
祝龙各处来寻访,并无消息得知闻。
日日啼哭亲妹子,夜夜哭到二三更。
越思越想心着急,到处问卜去求神。
终朝茶饭无心吃,时时想起泪纷纷。
大娘含泪多相劝,解劝婆婆且放心。
婆婆年老须保重,莫要忧愁恐伤身。
回身又把大爷劝,相公你且放宽心。
吉人是有天保佑,遇难呈祥自古闻。
相公不必心悲戚,总有消息转回门。
还望转劝婆婆喜,为子须要孝当心。

① 悠悠:忧愁的样子。

姑娘是有团圆日，皇天不负善心人。

不宣大娘来解劝，再宣佛祖要临盆。

上卷听说已周圆①，略停下卷再听明。

附刊寒山试问石得②语一篇："山曰：'世人谤我、欺我、辱我、笑我、贱我、恶我、骗我，如何治之？'石得对曰：'只是忍他、让他、由他、避他、耐他、敬他、不要理他，只管自己衲衣暖淡饭饱。如若有人来骂我，吾反说其好；有人来打我，吾便就跪倒；有人吐我，面随他自干了；有人推着我，混身③就扑倒。不想争人强，不想做好汉，吾也省气力，他也无烦恼。两朝都平安，此法便是宝。'"

五祖黄梅宝卷下集

宝卷重开，接续香案

重开宝卷接续烟，弟子虔诚再重宣。

大众寂静重又听，细思细想记良言。

迷人笑我带发修，我是真僧在家贤。

二六时④中常夫妇，赛过沙门出家安。

却说院君不知小姐着落，心中时常挂念，按下不提。再说小姐在泗洲土地庙中春去又是秋来，正当八月十五子时，忽然小姐腹中疼痛，胁内皮开，临盆有庆，坐草⑤无虑。只见红光万道，紫雾冲天，那土地娘娘前来收生，产下婴儿。小姐醒来，儿那趷⑥膝打坐，小姐骂道："我

---

① 周圆：圆满。
② 石得：一般写作"拾得"，与寒山均为唐代著名僧人。
③ 混身：全身。
④ 二六时：十二个时辰，即一整天之义。
⑤ 坐草：分娩。
⑥ 趷：屈足，盘腿坐。

为你个冤家受尽千般之苦。"

　　西天圣母庙中停，圣间佛祖降凡尘。和佛
　　小姐坐在庙内存，心中腹痛好惊人。
　　怀胎满月将分娩，五祖活佛出来临。
　　八月十五子时夜，祥光万道瑞气生。
　　此时产下真奇异，石上磐膝去安身。
　　小姐见了心中苦，冤家连骂两三声。
　　与你有甚冤孽债，累及我身受屈情。
　　抱起手中丢在地，端然不动半毫分。
　　小姐见了真奇怪，缘何不死为何因。
　　莫非讨债未曾满，后来还要害我身。
　　无奈只得来抚养，求讨度日过光阴。
　　日间沿街来求吃，夜来庙内暂安身。
　　一日行到大街上，见一高墙大宅门。
　　小姐走到大门内，口唱佛曲念经文。

　　却说泗洲地坊，有一富翁，姓王名百万，家中十分富足，故而人人称他百万。他与院君十分和爱①，年将五旬，并无儿女。忽一日，小姐进来求吃，那百万说道："小娘子，你求吃的人为何唱戏文？"小姐回言道："奴家唱的不是戏文，乃是劝人修行的劝世文。"百万夫妻道："为人要修，有何好处？"小姐道："世人若不修行念佛，一身多有罪孽。忽地阎王相请，到孽镜台②前照出那生前罪过，丝毫点滴不肯饶赦，又那恩爱财物尽皆抛撒③，为人到得受苦时节，晓得当初错用心机，总有妻妾儿女不能替得，自作原要自受。"那百万说道："有何凭据？"小姐道："有佛曲为证：唱'你看浮生顷刻终，诸般作事尽无用。朝也耕来暮也种，常对青山，换了白头翁。倏而生，忽而死，四季光阴夕。逢冬父送

---

① 和爱：和善亲爱。
② 孽镜台：传说在地府秦广王处的镜子，上写"孽镜台前无好人"。
③ 抛撒：抛开、丢弃。

子子送公，无常一到万事空。夕阳西坠转复东，人死人生一梦中。'"

一日风流一日债，多用心机性多坏。和佛
日落西山一点红，劝君行善莫行凶。
人生枉用千般计，一日无常万转空。
为官不清多孽债，光宗耀祖称威风。
官贪必险灾祸至，禄尽身亡受牢笼。
富贪不善更有罪，开当放债逼贫穷。
堆金积玉成何用，死去何曾在手中。
中等作恶最难消，劳劳碌碌起谋凶。
今日南来明日北，无常一到受狱中。
下等偷盗堕无间，日往西来夜往东。
身上寒冷无衣着，饿死街前害祖宗。
如此看来人要好，命中排定心莫凶。
心好之人也吃饭，恶人必过又添穷。
有等眼前虽不报，牢狱不匹①孝弟②翁。
吃素修道人虽谤，那有谤道上天宫。
灵山佛祖皆吃素，佛何不来拜荤童。
劝人总要行善好，恶比鲜花善比松。
有朝一日严霜下，不见鲜花只见松。
人生又比与花同，年少花开正色红。
老人可比秋风到，人崩花谢一场空。
为人可比霜与雪，晓露春霜不经镕。
忽然日出春光现，雪化霜消一场空。
人生可比一轮月，缺东补西难圆功。
有朝十五团圆日，又到三十晦无踪。
为人可比一破舟，日撑夜行往西东。

---

① 不匹：不如。
② 弟：同"悌"。

忽时大海狂风起，沉在江心遭灾凶。
人生可比浅水鱼，不到深洋往滩冲。
谁知天旱遭毒手，大小性命一时终。
为人可比扑灯虫，不知死路望向红。
那知红尘多险难，火烧油煎自投凶。
劝君作恶皆如此，不如行善上天宫。
生前枉用千般计，人死如同一梦中。
梦里得宝皆是假，醒来依旧一场空。
人间死路俱奸巧①，惟见修行如懵懂。
皆为人心学不到，俱被贪爱②受牢笼。
今劝大众贪爱断，早免轮回六道中。

那王百万道：“我夫妻二人听小娘子说来，一世为人皆是空，劳请问小娘子，如何免得六道轮回？又有何等为实？”小姐道：“再请听来。”

男女都有长生途，谁肯修心向道路。和佛
我劝你，老员外，早学长生。
求明师，去指点，无为修行。
十字佛，在南阎③，演法度人。
你何须，往别处，求己为真。
求指点，访口诀，皆成佛圣。
劝上人，修仙佛，忠孝贤良。
劝中人，行善果，勤俭仁义。
劝下人，积阴功，原要良心。
劝耕读，勤纺织，坚守本业。
劝善男，做好人，孝弟忠信。
劝信女，守闺门，三从四德。

---

① 奸巧：奸诈。
② 贪爱：贪恋。
③ 南阎：即南阎浮提，佛教中四大洲之一，也称"南赡部洲"。

劝老人，吃长素，念佛看经。
劝少人，学恭敬，万事和平。
劝正人，求明师，早脱凡尘。
劝邪人，归正道，免做旁生①。
众罪人，到临危，遭难受刑。
躲不过，阎王手，叹杀人心。
十王案，那怕你，天子门生。
命尽时，发牌票②，不留人情。
那怕你，历代是，将相朝臣。
有朝郎，共驸马，那怕王孙。
躲不过，轮回苦，阴司受刑。
也与他，庶民同，一样苦禁。
想前朝，有几个，得道明人。
早明心，求见性，才过明人。
张子房，怕轮回，辞朝修行。
孙武子，怕四生，入山修真。
梵王子，奔雪山，早得长生。
宝生佛③，十二岁，弃舍皇宫。
徐盛翁④，拜钟离，参求大道。
曹国舅，入终南，修做真人。
庞居士⑤，弃家缘，也得成真。
刘伯温，别圣驾，正性归宫。
叹现在，少明人，难及古圣。
尽都是，惹孽障，谁得善心。
只有那，多奸巧，少有修行。

---

① 旁生：佛教里指畜生。
② 牌票：官方为某具体目的而填发的固定格式的书面命令。
③ 宝生佛：佛教密宗五方佛之一，又称"宝幢佛"或"宝相佛"。
④ 徐盛翁：意义不详，不知何许人也。
⑤ 庞居士：庞蕴，唐朝人，禅门居士，被誉为达摩东来开立禅宗之后"白衣居士第一人"，有"东土维摩"之称。

一见那，贪爱事，心热难禁。

又见那，财色中，不管性命。

所以道，天上空，地上满盈。

又见那，畜生多，虫物更多。

还有那，地狱中，堆积惶恓①。

都是个，贪爱人，受苦伤心。

又是个，财色徒，碎磨分性。

必过是，几年福，受苦无尽。

害得个，好灵性，永失人身。

苦一劫，又一劫，万劫沉沦。

你要想，求出生，万万不能。

故劝你，大众人，吃素修行。

去众恶，行众善，存点好心。

吃一口，平心饭，做个好人。

不管非，多管真，守了本分。

吃菜饭，穿衲衣，和平修行。

贫得乐，紧得缓，自修其身。

弃旧污，增新彩，日又日新②。

养身壮，修心空，无我无人。

吃也静，穿也静，常求圣灵。

此修法，都可做，不论财文。

不要名，不要利，岂论贵贫。

自天子，也如此，至于庶人。

只叫你，除贪爱，一是③修身。

又叹那，世间上，英雄猛烈。

躲不过，阎君手，不算能人。

有周秦，和汉代，唐宋到今。

---

① 惶恓：同"恓惶"，悲伤的样子。
② 日又日新：化用自《礼记·大学》："苟日新，日日新，又日新。"这里指不断地更新。
③ 一是：一概。

古帝皇，和英雄，难免阎君。
故劝你，世间人，访道为真。
怕生死，自去救，求拜明师。
躲阎君，了生死，成佛做祖。
往灵山，弃东土，永享遐龄①。
你为何，不知音，忘了家乡。
倘若还，失了足，永堕沉沦。
万万劫，不出世，苦得伤心。
非是我，苦劝你，多言多语。
只为那，灵山上，一母同生。

却说百万夫妇二人原是前世多有善根，听得小姐说了一番，即便回心向善，念佛修行，要留小姐在家中安歇。那小姐不允，辞谢出门。回到庙中，只见来了一个光棍②醉汉，姓王，排行十二，绰号叫做天勿容③，狠毒不堪，常在街坊赌盗度日，说道："我土地庙中，那个在此？"小姐回言："奴家是求吃之人，在此借住歇宿。"天弗容道："你有几个队伙④在此？"小姐说："只有母子两人。"弗容道："你为何轻轻年纪，暂歇古庙，沿街求吃，不成家业，不守妇道？依我看来，你到不如从我的好。况且我那是村中王百万的阿侄，又看你自寡女，我是孤男，到不如同我十二相公往家中成亲，与你一世穿吃受用。你若不允，我要叫人来强抢了。"那小姐听他言语不好，吓得满面通红，遂即双膝中跪在地下，叩求土地神明显灵。天弗容道："土地爷爷，那是泥塑木雕，不来多管闲事，谁知人间私语？"天闻若雷，神明不灵，香火何来？煞时，那天弗容口吐鲜血，待等气转，连声叫喊。

人恶人怕天不怕，善人天佑恶人魔。和佛

---

① 遐龄：长寿。
② 光棍：地痞流氓。
③ 天勿容：依下文，应即"天弗容"。
④ 队伙：朋友。

小姐当时忙拜谢，拜谢庙中土地神。
若无神明来显报，母子二人也命倾。
手抱孩儿哀哀哭，冤家害我被人轻①。
等你何日身长大，又知何日转家门。
昔在家中人尊重，今朝出门被人轻。
娘抱孩儿心悲戚，我娘受苦为你身。
小姐想起纷纷泪，时时刻刻痛伤心。
不宣小姐心悲戚，再宣庙中土地神。
莫道神明无灵感，举头三尺有神明。
土地正神施法力，去见城隍说此情。
城隍听说忙不住，即时写表奏天庭。
玉皇准奏来降旨，就命城隍作主行。

却说玉皇准奏，就命城隍差雷公电母去到泗洲神仙庄上，将天弗容打死，把他魂灵打入酆都地狱，永不超升。城隍三呼已毕，接了圣旨，口宣玉旨②曰："雷公电母何在？"两神曰："暗室亏心，神目如电，人有善愿，吾必从之。我那雷公电母是也。"忽听城隍呼唤，此系向前，"城隍在上！"雷公电母稽首。城隍道："免礼。"两神说："有何令差？"城隍道："俺奉玉帝敕命，叫你二神去到泗洲神仙庄，将天弗容打死。又将他魂灵打入酆都，不得有违。"那二神领旨，煞时黑云四起，雷声一响，将天弗容打死在街心。众人都来观看，说道："为人在世，只道没有天地神明，如今皇天开眼，将他恶人打死，我们大家回心向善。"不说众人闲话，再说小姐每日在庙中十分伤心，更以劝化修身。

五祖开言择良辰，得度佛母上天庭。和佛
寒来暑往光阴快，日月飞梭如箭行。
一周二岁娘怀抱，三周四岁离娘身。

---

① 轻：轻薄。
② 玉旨：帝王的旨意。

孩儿年长六七岁，不言不语自聪明。
也不叫人也不话，也不将身出庙门。
九月九日重阳节，忽然开口叫娘亲。
此处不是长久住，同到梅山听讲经。

却说小姐自从分娩之后，要将孩儿取他一死，是有神明护佑，不能身亡，渐渐长成开悟，年至八岁，不言不语。今是黄道良辰九月九日，忽然开口说道："母亲，孩儿就是浊河隔岸的老道，修成正果化了仙桃，投入娘身腹内。该与遭磨遭难，因我娘亲是前生差口出言，害他陈家邻居家眷不和，故有此灾。今母亲苦灾已满，同孩儿到黄梅县黄梅山寺中隐修，以成圣母，可报大恩。"小姐道："此去路途遥远，闻有五千余里，如何去得？"孩儿曰："母亲放心，儿有腾云驾雾之法。"小姐见他仙风道骨，气语不凡，心中十分欢喜，量他言语却是真的，即忙拜谢本庙土地神明，遂登程而去。

片石孤云色相清，澄池皓月照禅心。和佛
小姐听说心中喜，听他言语不凡人。
母子当时来拜谢，拜谢庙中土地神。
儿童领母前头走，小姐慢慢后面行。
二人定住玄妙法，飞腾行走遍身轻。
来到娑婆无影树①，七宝莲台站停身。
磐陀石上娘先坐，便叫娘亲听缘因。
我有法衣并盂钵，又有禅门杖一根。
祖师付我三件宝，留在浊河山边存。
母亲在此等一刻，取宝回来一同行。
小姐听说儿言语，孩儿说话欠聪明。
你今年纪方八岁，不晓世事有何能。
此去路途非小可，怎叫为娘等你们。

---

① 娑婆无影树：这里指的是菩提树。

儿叫娘亲不妨事，儿有神通为驾云。
腾云径到黄梅县，浊河岸上面前存。
顷刻取了三件宝，不肖①半日转回程。
此时小姐心欢喜，看来佛法果然真。
昔日父兄俱不信，今朝始得见分明。

小姐见孩儿半日之间，就到黄梅县浊河中取了三件法宝回来，"果是当初对岸的老人投胎转世是实，今有神通变化，不是凡人。我从前吃了仙桃成孕，父兄俱已不信，到今还未分明。"童儿说："母亲受屈之事，待孩儿到黄梅山寺中治世之日，自然明白了。又与他一家相会，共成菩提。"

优昙花②开五色鲜，欢喜园中放金莲。和佛
孩儿即便叫娘亲，同到梅山去讲经。
顷刻脚下祥云现，仙风飘飘去如云。
母子双双登法座，祥云霭霭似箭行。
一程行过中村地，泪欲流时忍在心。
昔日欲要自寻缢，亏得公公救奴身。
若无公公来相救，焉能今日转回程。
远观祝家庄相近，小姐流泪落纷纷。
思想爹娘心中苦，未知生死若何能。
孩儿即便回言答，母亲不必挂心情。
祝公不久生疮毒，他是前来见我们。
使他总有团圆日，不必流泪苦伤心。
顷刻来到山脚下，停住云端要步行。
不宣五祖行在路，再宣四祖上天庭。

---

① 不肖：应作"不消"。
② 优昙花：即优钵罗花。

却说黄梅寺中四祖活佛名曰道信，一日聚集众僧，说道："我已功成行满，就要升天，往结果园中去了。"众僧曰："若祖师归天，何人可以治世？"四祖曰："昔日在山中栽松的道人，时今脱壳凡胎，神通广大，可为五祖，法名弘忍。分付你等众僧前去迎接上山，登坛说法，普度众人。"那合寺僧人即忙鸣钟击鼓，拈香等候。四祖往西，又有无数男女人等都来看活佛升天。人人念佛，个个诵经。待日正午时，只见香烟飘缈，仙乐齐鸣，幢幡宝盖①，地涌金莲，接引四祖，道信登乘莲座，祥云霭霭②，往西方而去。那合寺众僧并男女人等，人人稽首，个个瞻礼。众僧道："我们送师归西已毕，又要去迎接五祖登山治世。凡有一切男女人等，俱各手执信香，一同前去迎接。"

功成行满已归天，脱壳凡胎了俗缘。和佛
四祖白日升天界，功成行满往西行。
飘缈祥云来接引，幢幡宝盖下来迎。
合寺众僧心欢喜，念佛修行果然真。
送祖归天今已毕，又迎五祖进山门。
一齐众僧前行走，善男信女后面跟。
执香拿炉人无数，俱往西南路上行。
要请五祖归山寺，治世劝化度众僧。
遥望有一贫婆子，一个童儿向前行。
众僧暗思心头想，莫非就是五祖身。
内有僧人将言说，贫婆之子有何能。
男女众僧齐来问，便问贫婆母子身。
何曾见有活佛往，五祖开言答众僧。
你等众僧无眼力，枉居山上苦修行。
五祖活佛原是我，三件法宝在我身。
那是法衣并盂钵，又有禅门杖一根。

---

① 幢幡宝盖：幢幡，即"幢幡"，佛教、道教所用的旌旗；宝盖，仪仗用的伞盖。
② 霭霭：云雾密布的样子。

四祖亲传授于我，继宗①法号是弘忍。
众人听说心内想，口不言来自评论。
看他年纪七八岁，有何法力治众僧。
五祖谁知众不伏，腹中机关②早知因。
即把神通来一显，香风紫雾阵阵生。
微微法雨空中降，洗净娘娘身上尘。
祥云五色团团绕，罩定娘亲佛母身。
仙衣法服通身挂，凤辇龙车稳坐行。
香烟袅袅四空转，幢幡宝盖两边分。
又是言语多通晓，未卜先知件件能。
吓得众僧忙下拜，一众人等愕然惊。
即忙迎接归山寺，另住逍遥宝殿门。
先送佛母往内去，安置娘娘后殿存。
后迎五祖归大殿，焚香点烛拜观音。
五祖拜罢归方丈，大众一齐听讲经。
众见五祖神通大，经卷佛法讲得明。
虽然年少众钦伏③，不敢多言半句文。

却说五祖登山先送佛母到殿安置，然后五祖进了山门，焚香点烛，礼拜三宝，诸佛菩萨、圣僧罗汉团团拜罢已毕，次与阖寺众僧稽首。那众僧合掌说道："今看你小小年纪，何作众僧之保障？"五祖曰："我自有大大法力，能掌阖寺之权衡。"众僧道："可惜四祖以④去归仙境。"五祖曰："幸有五祖修来护法门。"众僧道："西天宗风永振于学地。"五祖曰："东土祖印重光于禅林。"那众僧见他出口成章，人人敬服，个个钦尊，迎归方丈，听五祖讲经说法。五祖道："有心无相，相随心灭，可见身相好不如心相好。一日行善，福虽不见，祸远不至。善者如春园

---

① 继宗：继承宗派。
② 机关：计谋。
③ 钦伏：敬服。
④ 以：同"已"。

之草，不见其长，日有所增；恶者如磨刀之石，不见其损，日有所亏。昔日文殊菩萨问佛曰：'少年造孽，老来修行，得成佛否？'佛言：'苦海无边，回头是岸。善无大小，见之即行；恶无大小，遂可弃之。'我今普劝众人修行为先，念佛第一，又将叹世遭难的说话讲与众人听者。"

  五祖才坐开金言，叹尽阎浮不隐便。和佛
  叹富贵，险险然①，不知生死在眼前。
  叹贫贱，少吃穿，只因前世不修炼。
  到如今，末劫年，贫穷富贵丧黄泉。
  刀兵起，疾病缠，休在人间闹喧喧。
  叹富豪，如梦中，不知世界管不管。
  叹贫贱，真可怜，死尸满地在路边。
  叹富家，多有钱，如汤泼雪在目前。
  叹官员，占民财，荣华富贵难久远。
  叹仕宦，行势财，欺压贫民冤报冤。
  叹农夫，心不平，妻离子散顷刻间。
  叹工务②，良心丧，无路吃饭叫黄天。
  叹商贾，多瞒掩，天理盘帐命难延。
  到只时，叫黄天，黄天那肯保强汉。
  我看他，此等辈，恶孽作尽应遭愆③。
  或忤逆，或奸邪，碎骨分身不枉然。
  或多杀，或广吃，千刀万剐堕无间。
  或忘恩，或负义，死来也难见黄泉。
  或骂兄，或欺姊，分他手足与两边。
  或偷盗，或淫色，切剉碎磨炙肠肝。
  或怨天，或恨君，炮火伤身与刀箭。
  或药鱼，或溺女，投河奔井死可怜。

---

① 险险然：疑为生造词，大概是危险之义。
② 工务：管理工程的官署。
③ 愆：罪过。

或咒骂，或是非，刀枪刺入在口边。
或谋财，或强抢，一刀分为二三段。
我看他，末劫苦，皆为世人杀无边。
我劝你，皆行善，免得灾难种福田。
为善的，佛有缘，吃素行善到佛前。
作恶的，强要钱，天诛地灭叫黄天。
劝世人，莫谤言，持斋念佛为何干。
必过是，求平安，风调雨顺万万年。
谤道的，罪如山，六道轮回来往串。
吃素的，要修炼，有朝一日上青天。
劝众人，早上船，腾云驾雾往生莲。
龙华会①，在目前，诸佛诸祖重相见。
自逍遥，真快乐，永享清福万万年。
我今又把世人劝，劝弗杀生造恶孽。
今生恨命杀他吃，来生受苦多磨折。
终朝杀生来害命，想保身躯有神色。
他命养你十恶人，你心如何来忍得？
为人若生有疾病，也起杀生多罪孽。
你保身体要安康，他命何不留一刻。
爹娘爱惜娇儿女，多将生灵来损折。
你要寿命保长生，他命为何刻遭劫。
父母降辰叫生日，宰杀猪羊共鱼鳖。
你想长命保长寿，岂有他命是该灭。
飞禽鸡鹅走兽物，四生六道并一切。
世上只有人心狠，箭射网打断拦截。
胎卵湿化昆虫辈，并不害人人害物。
人人惜命都贪生，草木丛林要根叶。
何苦将他杀来吃，你有滋味他痛戚。

---

① 龙华会：庙会名，四月八日弥勒诞生日。

你说买吃无罪过，与你黄金谁肯把自割。
你吃他时你有味，他吃你来你痛得。
奉劝智慧善心人，将心比心就是佛。
普劝男女牢记听，只是藏经真古迹。
今日听得不回头，直到阴司悔不及。
山珍海味虽然美，一落肠肚臭秽物。
持斋念佛归家路，不与四生冤仇结。
千言万语说不尽，智慧男女细参拨①。
灵山一气无你我，流落东土认不得。
为此人人想快乐，那知个个寻苦戚。
缘何我说许多话，翻来覆去无休歇。
非我只等苦苦劝，总想你们行功德。
听不听来但凭你，你我原是一母出。
改换乾坤人不晓，末劫世界又不识。
为此多言并多语，快快吃素并念佛。

五祖念完劝世人的说话，遂念回向文一遍，下座而退，那些男女人等，各各回心，尽皆散去。又那众僧各归禅房，静坐不提。再表那祝亭在，凶恶不堪，欺压良善，又有次子祝虎，更为凶恶不堪。今有值日功曹奏闻玉帝，玉帝准奏，即命和瘟道士②，又差劝免大师③二神下界，将祝亭在即生人面恶疮④，七七四十九日，化为浓血，以除人面兽心之恶报。又那先将祝虎引入山北，打落酆都活受地狱。

福缘善庆报未生，祸因恶积到来临。和佛
值日功曹将言奏，三天门下奏天庭。

---

① 参拨：研究。
② 和瘟道士：散布瘟疫的神仙，古籍中少有记载，疑是出自《封神演义》。
③ 劝免大师：不知何许人也。
④ 人面恶疮：即人面疮，一种怪病，生于肘部或膝部，疮状如人的面目，有耳眼鼻口，迷信认为这是作孽的果报，弃恶从善可以治疗。现在一般认为是一种寄生胎，指一具完整的胎体内寄生了其他的胎体，可通过手术去除。

独呈祝家心狠毒，诸般行事不公平。
仁义道德全不晓，欺压良善逼穷人。
玉皇上帝闻言表，便使恶疾到他门。
亭在使他生恶毒，四十九日丧残生。
祝虎打往北山去，活落地狱不超升。
此时亭在还不晓，年当七十庆寿旬。
诸亲百眷来拜寿，按排寿酒待诸宾。
厅堂唱戏悬灯彩，人人拜寿饮杯酩。
正厅做戏多闹热，内堂女眷闹盈盈。
做戏三日方已毕，忽然腹内痛难禁。

却说亭在年当七十，诸亲百眷都来拜贺，各饮杯酩而散。又到三日之后，那和瘟道士将毒付与员外身上，忽然头痛身热，那腹内生疮，十分红肿，好如人面一般。眼耳鼻舌俱备，痒出骨髓，痛入心肝。早晨作痒非常，午中要开口吃食，夜时疼痛难禁，如此苦头，难以分说。又那大小便中秽物，俱以从此出入，臭不可闻。寻访各处名医，不能识得此症，无方可治，将有半月，看看越医越重。那院君与大娘、祝龙祝虎合家人等左思右想，想道不如到黄梅寺去求活佛仙方。祝龙对父亲说知，员外一闻此言，即命祝龙速去速回。

死生情义有迟先，祸福机关总在天。和佛
亭在见说忙不住，即命祝龙便登程。
祝龙奉命来行走，不敢迟延半刻辰。
长街柳巷无心看，十步当做五步行。
一路行来无担搁，早到黄梅寺院门。
将身进了黄梅寺，倒身拜见活世尊。
祝龙拜叩开言说，我父腹内有疮疼。
到处名医都不晓，不识此毒是何名。
诸般调治全无验，看看身体失精神。
特地前来求活佛，求取仙丹救父亲。

伏望活佛行方便，大发慈悲度众生。
五祖即便开金口，孝哉连说二三声。
你父作恶心不善，故生此毒丧残生。
你今速速归家去，叫父自来见我身。

却说祝龙到了梅山寺求药，那祖师不肯付他，遂即回到家中，对父亲说知："那祖师要父亲自上山去，方可医治。"又被那祝虎听见，就骂："泼胆妖僧，我父叫兄上山求药，那是须些①小事，要我父亲自去求他，待我赶到寺中去打骂他一顿，不怕他不来医治。"说罢，即便就走。谁知祝虎恶贯已满②，不想那暗中有劝免大师，将他祝虎暗倾到北山冈酆都地虎阱③内，受冻受饿，吃苦而死，罚入地狱。

天不损人人自损，祸不寻人人自寻。和佛
祝虎向已心胆恶，一闻此言大怒嗔。
无人可劝容时刻，泼胆横行不留情。
要到山中黄梅寺，去骂五祖又打僧。
谁知上天早有令，劝免大师把旨行。
引了祝虎昏憒④去，使他阴山落虎阱。
陷在坑中无人见，两眼圆圆实伤心。
七日饿死归阴去，打入酆都不超升。
不宣祝虎落地狱，又听亭在毒疮疼。

且说亭在疮毒疼痛难禁，呼天叫地彷惶大哭，又不见祝虎回来，员外又叫祝龙再到寺中，一来求药，二来打听兄弟消息。祝龙不敢迟延，来到寺中，进了方丈，拜见祖师，说道："弟子再求活佛仙方，望祖师大发慈悲，乞赐弟子仙丹，救父一命，自当后报。"祖师曰："你今日到

---

① 须些：少许。
② 恶贯已满：同"恶贯满盈"，指作恶极多。
③ 虎阱：捕虎的陷阱。
④ 昏憒：心思迷乱。

来，非特①来求药，还是问你兄弟消息来的，日后自有着落。我有小包一个，你带回家去，与你母亲观看，是有好处。"祖龙拜辞祖师，回到家中，对母亲说道："孩儿求问祖师，说我兄弟自有着落。又付我小包一个，叫我与母亲观看。"院君将布包打开一看，却是一只绣鞋，院君两泪浇流，说道："此物，我当初女儿分别之时，各留一只，若说绣鞋成对，母女还有团圆。那年叫你中村寻访妹子不着，今有八年，杳无音信。此物缘何落在和尚之手，莫非女儿有些差迟？"那大娘在旁说道："婆婆，我们都到寺中亲去看得，一来与公公求药，二来打听叔叔消息，三来去问个绣鞋明白。"院君就叫祝龙雇了三乘小车，请员外上车同去。

只道玉兔坠西沉，谁知金乌往东升。和佛
祝龙此时忙不住，就叫车儿往前行。
员外坐在车儿上，忍痛含声不住停。
记念祝虎身何在，缘何半月不回程。
你身落在何方地，为父担忧到如今。
院君流泪纷纷苦，思想娇女苦十分。
临行之时亲口说，缘何见物不见人。
想儿想得肝肠断，望儿望得眼睛穿。
大娘含泪开言说，姑娘何处暂安身。
孤单独自归何处，八年不见杳无音。
绣鞋成对人不见，叫奴怎不痛伤心。
不宣婆媳心中苦，再说车夫紧紧行。
一路行来无担搁，早到黄梅寺院门。
担烛搬箱纷纷去，下车各自进门庭。
男女去到方丈上，叩拜祖师问分明。

却说祝家一切男女人等来到黄梅寺中，焚香点烛，拜了菩萨已毕。进了方丈，那员外见祖师说道："望祖师慈悲，救弟子性命。"祖师曰：

---

① 非特：不只。

"此疮乃是人面恶毒。昔日梁武帝年间,普济寺有一僧人,是人面兽心,那是坏法和尚,就生此疮,后是释迦佛祖医治,到今还未有人生过此毒。若说此患非同小可,因你凶恶不堪,故生此毒还报。后要吃你心肝肚肺,待七七四十九日,贪足而死。"那亭在听说,两泪浇流,一家老幼,俱以悲啼,都求祖师救命。五祖曰:"要我医治,却也不难,必须去寻个无夫自孕之女的乳来,调和药味,就可痊愈。"亭在听罢,说道:"自古有天地则有阴阳,有夫妇方成胎孕,世间上那有无夫自孕之乳?"五祖曰:"一言半句,必言来因。世间若无自孕之女,今我祖师,焉能出世?"那亭在听闻,心思良久。忽然想起昔日女儿是吃仙桃受孕,可惜将他屈死,到今懊悔无门。又旁有院君说道:"请问活佛,那绣鞋从何处得来?"五祖曰:"是贫僧母亲的。"院君道:"不瞒祖师说得,当初我女有绣鞋一双,临别之时,各留一只,说道'此物成对,母女相逢'。今日只见此物,不见女儿,故而动问活佛。"五祖听闻,说道:"我母亲圣身未知,是否一同前去相认?"那五祖下座,同到安乐宫中。

  白云载月般若迟,青松带露尽真如。和佛
  五祖亲自来引路,宫中相会女千金。
  院君行走心欢喜,大娘心中喜十分。
  一路青松共翠竹,山山岩石吐香迎。
  水清碧波如夜月,幽闲寂静少人行。
  四时不绝常常彩,八节时时总生春。
  胡蝶花前胡蝶舞,杜鹃枝上杜鹃吟。
  风青月白真胜境,嫩柳红花色更新。
  世上少有难比赛,飘飘香风下凡尘。
  五祖引到宫门首,云版[①]三响开了门。
  佛母接进亲娘面,一家相会诉衷情。

---

  ① 云版:一种两端作云头形的铁质(或木质)响器。旧时官府、富贵人家和寺院用作报事、报时或集众的信号。

却说五祖引祝家众人来到安乐宫门首,云版三响,那内使开了宫门相接。又小姐看见父母哥嫂,含泪说道:"昔日若无母亲哥嫂设计相救,焉能今日重逢!"员外又道:"旧话休提。"

如鱼得水复回鲜,古镜重亮月再圆。和佛
骨肉分离有数春,今日相逢泪纷纷。
一家相见哀哀哭,抱头大哭痛伤心。
自从我儿分别后,为娘眼泪不干淳①。
几番梦中寻见面,醒来依旧一人存。
日间不餐夜不睡,忧愁成病少精神。
今朝得见娇儿面,为娘胜得宝和珍。
大娘含泪旁又说,奴奴日夜挂忧心。
忆昔那日相离别,朝思暮想泪珠淋。
暗流眼泪无人晓,痛哭不敢放高声。
今日姑娘重相会,犹如枯木再逢春。
小姐当时回言答,承蒙嫂嫂挂心情。
感你费心真难得,嫂嫂恩情如海深。
祝龙含泪又将问,妹子身孕怎样能。
又问妹子何处住,一一从头说我闻。
小姐见问回言答,父母兄嫂听缘因。
当初女儿分别去,行到中村庵内存。
不想师太身亡故,女儿无处可栖身。
进退两难无计使,柳枝高吊命归阴。
太白金星来相救,泗洲地界暂安身。
古庙堂中来歇宿,沿街求吃劝世人。
八月十五中秋节,子时生下小儿身。
产下孩儿真奇异,不言不语不出声。
也不将身来行走,又不将身出庙门。

---

① 淳:应为"停"之讹。

到了八岁重阳日，忽然叫娘便开声。
他说四祖西天去，身腾云雾到寺门。
如今现在登法座，高登方丈治众僧。
佛祖差他来转世，投儿腹内报洪恩。
过去未来皆通晓，阴阳变化件件能。
不论远近称活佛，仙丹妙药救群生。
蒙嫂赠银五十两，如今奉还嫂嫂身。
小姐一一从头诉，昔日冤情尽诉明。
员外忍痛开言说，我儿不可记旧情。
因我性急无远见，一时刻毒①女儿身。
今朝听说心懊悔，这场惶恐羞杀人。
万事原来我不是，莫记当初旧日情。
要求我女来救命，须看合家面上情。
再若迟延痛一刻，必然我命要归阴。
还望女儿开金口，救我残生老年人。
千金对父回言答，嚅②声说与父母闻。
爹爹生此无名毒，理该叫儿救父亲。
我女犯了千斤罪，不奉双亲罪千斤。
因我小女前生孽，害我合家痛伤心。
今朝有日重相见，该报一家大洪恩。
万般旧话休多讲，求儿救父快快行。

那一家相会已毕，小姐上前说道："儿呀，你可看为娘面上，与外祖医治才是。"五祖说道："孩儿遵命。母亲就取仙丹妙药敷在外祖疮上，煞时恶毒消散，顷刻痊愈。"各人欢天喜地。又那员外不见祝虎，便问祖师。五祖曰："祝虎为人狠毒不堪，玉帝敕旨，将他引入于虎坑冻饿而死，魂灵落在酆都地狱受苦。"那一家听说尽皆失惊，大哭流泪。

---

① 刻毒：刻薄狠毒。这里作动词。
② 嚅：小声说话。

五祖曰："昔日杀我母亲，多犯重罪，如今应该在地狱中受苦。"祝龙道："君子不念旧恶，望祖师大发慈悲救度。"五祖曰："今看你洪恩面上，昔日救我母亲之情，就取灵符一道，法水①一钟，差僧人一个，到虎阱边去焚符洒净。"煞时，陷坑变作平地，地狱化为圣境。那祝虎尸骸依然重活，忽然惊醒，好如大梦一场。来到寺中，一家人等见了欢喜不胜，方知活佛神通广大，佛法无边，感谢不尽，一家男女人等尽皆说道：

  佛法灵丹妙无边，起死回生顷刻间。和佛
  亭在骨肉团圆会，全仗女儿一般因。
  难得祖师多怜愍，仙丹妙药度众生。
  骷骨②能生重再活，佛法无边到处闻。
  若无佛法来相救，永堕地狱不超升。

五祖曰："我母亲前世是一个过门守节的闺女，从幼持斋念佛，心信修行。我的前前世是一个苦修行的和尚，即转生为张怀，年以七十有余，红尘不断。多蒙四祖指点，在黄梅寺修行六载，要脱凡胎，只因前世吃了供给衣粮③，故此化来投入母腹，以报供给之恩。亏你听了二舅恶语，行出不良之心，要来杀我母亲，若无舅母设计逃生，今日焉有重会？你二人何能可救！"那亭在祝虎两人听得面上羞惭，惶恐难言，又见那佛法如此灵验，就思向善回心，投拜弘忍为师，那一家之人都在黄梅寺中修行，念佛忏悔先前罪孽。

五祖道：

  造恶造善原从心，成佛成仙亦心成。和佛
  五祖开言说事因，大众须当仔细听。
  我身不是凡胎骨，佛祖差来救后人。

---

① 法水：能驱邪的水。
② 骷骨：同"枯骨"。
③ 供给衣粮：指信众供奉的衣食。

西天活佛超东土，转世为人抱渡村。
修行念佛看经卷，栽松搊米六年春。
传宗妙诀化仙桃，指引投胎脱凡身。
一灵真性成胎孕，在母腹中周年生。
奉佛修来称活佛，掌管千僧度众人。
当初不信母亲话，只说吃桃是假情。
若无亲娘产生我，那有灵丹救你身。
你若回心修善道，改过前非做好人。
若还隐恶来扬善，心不明来枉点灯。
你若口善心不善，意不公平莫诵经。
慈悲忍辱学不到，枉在寺中做贫僧。
妙药难医冤孽病，及早回心诵大乘。
生事事生汝莫怨，害人人害你休嗔。
欺心①拆尽平生福，死后永堕地狱门。
身在家门心要修，休贪名利害他人。
身不修来心不空，枉作魔样哄人心。
心不出家身是假，受人斋粮堕幽冥。
劝人早修身心口，三件宝贝要修真。
倘有一点来差错，如人失足落虎阱。
船到江心牢把舵，箭按弦上要留心。
为人若不心向善，念尽弥陀也虚文。

却说五祖写成表章一道，身入禅定，奏上天去。玉帝敕旨诏曰："祖师三世修行，道心深重，广度众生，敕名法界藏身王佛②。他的生母祝氏千金，前世多有善根，得生活佛，敕封育婴圣母元君③。即命仙娥媒女，幢幡宝盖，白日飞升，迎归天界。其父祝亭在，为人不善，本

---

① 欺心：起坏心思。
② 宝卷此处并不严谨，首先由道教的玉皇大帝敕封佛教祖师不合理；其次弘忍只是禅宗祖师，未达到成佛境界；另外不符合佛教教义，要通过修行才可成佛，并不能通过敕封直接成佛。
③ 元君：道教中女子成仙称元君。

该疮毒身亡，今因亲女为佛母，赦其愆尤，延他寿。一纪待与回心向善修行，日后再论。其母赵氏，慈心宽宏，转世为人，享状元之荣，再修升天。祝龙兄嫂，本该享宰相之福，待等修行圆满，论其功德，再转清福。祝虎为人凶恶，本该堕落地狱，永不超升。今乃五祖救度，因他佛母，念他手足之情，赦免于罪孽，待他改过前非，转世得贫穷下贱。读诏已毕。"那祖三呼。

红莲白藕青荷叶，原来三教莫分说。和佛
五祖写本奏天庭，玉皇上帝愿知闻。
臣本自身该坐罪，微臣赦度许多人。
伏望玉帝开怜悯，大开洪恩赦罪命。
玉皇上帝闻言奏，祖师慈悲救众生。
赵氏祝龙并妻室，三人同享洪福门。
如今再把苦志修，来生一定上天庭。
亭在祝虎存凡世，二人贫苦命穷人。
若还回心心向善，再修几世上天庭。
如若仍旧心不改，堕落三涂地狱门。
五祖东土来治世，救度凡人修善心。
佛母白日升天去，逍遥宫内去安身。
煞时瑞气从天降，紫雾祥云地上升。
媒女宫娥来迎接，幢幡宝盖下来迎。
龙车凤辇金莲坐，细乐①吹打闹盈盈。
小姐当时忙拜别，拜别生身父母恩。
又拜祝龙兄和嫂，谢你昔日救奴身。
再拜祝虎人一个，不记当年旧日情。
此时伤心难分别，小姐哭得好伤心。
想望爹娘同行走，谁知今日我先行。
望了团圆无多日，不想几日又离分。

---

① 细乐：指管弦乐，与锣鼓相对，音色较细。

父母在日难抛撇，叫我如何起得程。
今朝拜别如刀割，犹如乱箭射胸心。
越思越想越伤悲，如何撇得一家恩。
三番两次怎无奈，佛有定则难改更。
只得深深多叩拜，拜别双亲一家人。
五祖叩母来分说，异日西天见母亲。
请母登临金莲坐，祥云霭霭上天庭。
昔日害母吃尽苦，今日度母往西升。
两廊众僧都聚集，焚香点烛诵经文。
亭在一家也欢喜，个个回头养善心。
黄梅寺中来忏悔，忏悔从前罪孽深。
五祖投胎超母卷，从头宣毕圣贤文。
万事只宣行善好，莫行恶事坏良心。
不信但听黄梅卷，修善白日上天庭。
本该亭在落地狱，永堕地狱不超升。
祝虎为人多凶恶，阎王罚他变畜生。
多亏五祖来救度，转世为人苦十分。
张怀妻妾能修道，三人同志苦修行。
张忠张孝也勤参，双双夫妇发善心。
张家七人成佛道，同到西方见世尊。
祝龙夫妇又成真，也到西方见佛圣。
祝母转了贵男子，再修几年上天庭。
其余修到洪福天，都在凡间享遐龄。
祝家四人天府会，连了祖师五个人。
西方佛祖亲引接①，善哉连赞两三声。
二家团圆俱成佛，卷也圆来月也明。
须知善恶天自报，点化浮屠世上人。
得生中华酬恩德，念佛行善存好心。

---

① 引接：引见接待。

孝悌忠信兼斋戒，节义廉耻守家门。
男重三纲并五常，女遵三从四德行。
诸恶莫作行众善，但愿君民共吉庆。
报答四恩并三宥，又超九岁七祖升。
一报天地来盖载，二报日月照临恩。
三报皇天并水土，四报父母养育恩。
五报祖师亲传法，六报空门化度恩。
七报檀那多诚供，八报八方施主恩。
九报九祖生净土，十报三教圣贤恩。
现在眷属增福寿，在位大众早修行。
黄梅宝卷宣圆全，古镜重磨万年明。
善男信女能修道，尽成菩萨做仙神。
诸佛菩萨凡人做，只怕凡人不坚心。
佛母泗洲多用苦，千言万语劝世人。
劝人行善能得福，言人作恶祸临身。
世人若还劝不转，阴司受苦不超生。
此卷原是圣母传，句句言语说得真。
男人听得黄梅卷，一年四季赚黄金。
女人听了黄梅卷，福也增来寿也增。
官官听了黄梅卷，鳌头独占中头名。
姑娘听得黄梅卷，配与状元做夫人。
各人听了黄梅卷，回心行善孝双亲。
拜叩众贤牢牢记，听过宝卷做好人。
今朝宣了黄梅卷，四方各村永安宁。
五谷丰登年岁熟，日月调和风雨顺。
天子朝臣俱安乐，家家户户尽欢欣。

黄梅宝卷已全周①，回向②四恩并三宥③，宣卷众等增福寿，愿将法水洗愆尤④。提多迦尊佛⑤，惟愿哀纳授⑥。南无提多迦尊佛，惟愿哀纳授。

大众念佛一堂，回向经咒奉送：

> 愿以此功德，普及于一切。
> 宣卷化贤良，皆共成佛道。

版存里西湖玛瑙寺南房，今移至城南内大街教坊，坐西朝东石库门内便是。

大清光绪元年岁在乙亥大吕望日重刊，愿国大民安。

二太纸计钱　　　　文

黄梅宝卷下卷终

---

① 全周：全面。
② 回向：佛教术语，指回转自己的功德，趋向众生和佛果。
③ 四恩、三宥：四恩，指君主恩、父母恩、师长恩、施主恩；三宥，应为"三有"之误，佛教里欲有、色有和无色有，指欲界、色界、无色界三界的生死。
④ 愆尤：罪过。
⑤ 提多迦尊佛：也称提多迦尊者，西天禅宗二十八祖的第五祖，而本篇中弘忍即东土禅宗第五祖。
⑥ 纳授：应作"纳受"，接受。

销释孟姜忠烈贞节贤良宝卷上下二卷

销释孟姜忠烈贞节贤良宝卷上

举香赞

孟姜宝卷法界来临，文殊普贤下天宫，随处化贤人，只为众生投胎出窍脱沉沦

香云盖菩萨摩诃萨三声

南无尽虚空遍法界过现未来佛法僧三宝

无上[1]甚深少人知，白毫[2]宛转[3]绕须弥。
一年四季谁来往，孟姜昼夜送寒衣。

慈愍[4]故，慈愍故，大慈愍故，信礼常住[5]三宝，归命十方一切佛法僧，法轮常转[6]度众生。

文殊普贤放光辉，暑往寒来昼夜催。

---

① 无上：即至高无上。
② 白毫：白色的光芒。
③ 宛转：蜿蜒曲折。
④ 慈愍：也作"慈悯"，仁慈怜悯。
⑤ 常住：佛教术语，指法无生灭变迁。
⑥ 法轮常转：法轮，指佛教的语言。佛说法圆通无碍，运转不息，并能摧毁众生的烦恼。

只为儿女不认母，脱壳①千里送寒衣。

盖闻此一部根源单说古人贤孝，有贞有烈名扬四海贯满②十方，超生了死法门。盖古人有志，故说流传，权巧方便，借假修真。今古相同，轩辕皇帝访修行迷了真源③心性，参拜七十二空门，临后得遇广成子④印证，先指在天垂相，后点开方寸⑤圆明。有一洞宾与黄龙⑥，却指龙天⑦养性。黄龙至理一言，洞宾点铁成金。东晋远公⑧结社，方寸上立命安身，华亭堂前弄影，双林下提柳筛金⑨。佛印禅师共苏东坡，开口通凡达圣，三教一体同观，单说三昧禅定。湘子床头坐三春，才是无为清静。子午卯酉按时行，坎离⑩调和性命。婴儿姹女眷成婚，两意相合配定。妙善不招驸马，化现大悲观音峪泉山下⑪。有关公却被师罗提醒，感动菩萨示现，降龙伏虎神通，与佛同行同伴，不离菩萨金身。马祖⑫江西了道，步步理念无宗。丘刘谭马郝王孙⑬，各人修真养性。听说悟明禅师⑭，四句安身立命，半句呼吸有谁明。先天一气为证，今时人说今时人，不会修真养性，迷人不知东西，谁是本来性命？有个混元

---

① 脱壳：灵魂脱离躯壳。
② 贯满：充满。
③ 真源：本源，本性。
④ 广成子：相传上古崆峒山上的仙人，《神仙传》中记载黄帝曾向他访道。因其是黄帝的老师，所以也被认为是道教的始祖之一。
⑤ 方寸：指心。下文"方寸上立命安身"的"方寸"指面积小。
⑥ 洞宾与黄龙：道教传说"吕洞宾飞剑斩黄龙"。云栖袾宏《正讹集》："道流谓洞宾以飞剑伏黄龙禅师，此讹也。师一日升座，洞宾杂稠人中，师以天眼烛之，遂云'会中有窃法者'，宾出众，自称'云水道人'，师云：'云尽水干时如何？'宾不能对，师代云：'黄龙出现。'宾怒，夜飞剑胁师，师指剑插地不得去。明至，拔剑不起，问答数语，脱然有省，因嗣黄龙。此载《传灯》，与俗传异，识者鉴之。"
⑦ 龙天：即天龙八部。
⑧ 远公：东晋时的名僧慧远（334—416），净土宗的初祖。
⑨ 提柳筛金：提柳，应为"堤柳"。筛金，这里指日光从树叶的空隙中透过。
⑩ 坎离：原是《周易》中的两卦，道教内丹家指体内的阴精和阳气。
⑪ "妙善"句：见《香山宝卷》。
⑫ 马祖：唐代江西的道一禅师，俗家姓马，为洪州宗祖师，故称马祖。
⑬ 丘刘谭马郝王孙：即全真教王重阳的七个徒弟，丘处机、刘处玄、谭处端、马钰、郝大通、王处一、孙不二。
⑭ 悟明禅师：宋代临济宗高僧，号晦翁，称真懒子，福建福州人。

老祖①,无影树下安身,来时无影去无踪。与人做了些媒证。愚痴人说我是外道②,胜与他垫了些舌根③,一时无我弄不成,吃穿何人栽种。我去了虚空粹碎,来时节贯满乾坤。恰便似提偶弄影断了线,手脚西东。穿山透海体玲珑,无不显现有应。说不尽葛藤言语④,语中话有凡有圣。宝剑非举,斩断词章,看取下文提纲,何处了手。凡圣有应,春有应萌芽出土,夏有应火焰生生,秋有应黄叶落地,冬有应滴水成冰。四季分五常有应,谁人搬弄死何生。

说长城宝卷,大众各发虔诚敬礼,观想念佛,高声举赞,宏名⑤念念,愁云卷散,声声弥陀随跟,青霄云外照乾坤,朗朗金鸡化凤。正是玄关⑥一窍,感动佛祖临身。

此卷无天无地,混沌初分。老祖治下乾坤,留下金木水火,传与后代儿孙。分定五行八卦,寒暑昼夜交宫⑦,又分二十四气。运转十二宫辰⑧,按分四季八节,七十二位凶神。众生若还不信,吃穿依靠何人。说寒暑菩萨亲舍身命,救度众生,时时相对,不错毫分。在天垂像,在地成形。千千万转,脱化贤人男女同伴,大小不分。人生在世,水火为根。

夫闻,人生天地性命,根源是古佛菩萨分身之根。吃穿二字,祸福临身,皆从天地降下。一切僧尼道俗四众人等,都要访学前辈古人,古人即是今人,今人原是古人。历代帝王吕⑨说贤孝,有贞有烈便是上乘,混元之根,自从历劫⑩,直至如今,红尘埋没,不醒⑪分文。菩萨

---

① 混元老祖:即太上老君。
② 外道:佛教徒称本教以外的宗教和思想。
③ 垫了些舌根:垫舌根,即在背后说人坏话。
④ 葛藤言语:啰嗦的话语。
⑤ 宏名:大名。
⑥ 玄关:佛教术语,指入道的法门。
⑦ 交宫:原指太阳和黄道十二宫相交的位置,这里是交替的意思。
⑧ 十二宫辰:即黄道十二宫,太阳行动轨迹上经过的十二个星座。
⑨ 吕:通"屡"。
⑩ 历劫:佛教术语,宇宙一成一毁叫作"劫",经历宇宙的成毁即历劫。后也泛指经历各种灾难。
⑪ 不醒:不记得。

转下，借窍①出身，留下四季寒衣②，只是实情。众生自知烧送寒衣，不知寒来暑往何日立世。有人供养寒暑菩萨③，时时烧香，礼拜龙天，就是自己本源家乡。休要偷盗邪行，只要常斋戒酒，休吃性命之食，五戒精严爱老怜贫，千人说好，万人念佛，再休退心。就是长城之功，再也不入轮回，只有天龙八部循环降福。你若不听苦劝指点，定有报应。大众听说：昔日有一段因果，有一蛤蚌在于沙滩，采取先天灵气，然后有一鹞鹰，看见蚌肉，当食嗛④之。蛤蚌疼痛难忍，翻身一收，就把鹰头夹住。两命相亏，归入地府。偈曰：

大众听说昔日因，今是古来古是今
普劝道场众人参，听说蛤蚌采先天。
你要不信贪下债，一失人身万劫难。
开口不知合口意，进头容易出头难。
终须一命还一命，敌手相亏莫怨天。

说孟姜贞烈，劝化众生。人人无常，古佛观见众生，乱世如麻，无人整理。轮转古佛⑤下界，在于南阎浮提，降生皇宫，帝号始皇，掌管中华，普度天下有缘之人。男女醒悟，赴命归根⑥，安胎造相⑦，统理乾坤。

话说始皇在朝，夜晚间得一梦，忙宣文武圆梦。文武曰："王得何梦？"王曰："此梦不祥。我见四众⑧人等，扯住君王救命。"主公言罢，闪出一员阴阳官⑨，叩头奏曰："主公得知，自从我主登基，天下太平，

---

① 窍：通"壳"。
② 寒衣：御寒的衣服。农历十月初一，民俗中人们习惯在这天烧纸质的冥衣，也称为寒衣。
③ 有人供养寒暑菩萨：疑应为"有人寒暑供养菩萨"之误。
④ 嗛：同"衔"。
⑤ 转轮古佛：应即转轮圣王，传说他出现的时候便会天下太平。
⑥ 归根：归于本源。
⑦ 安胎造相：即繁衍人口。
⑧ 四众：也称"四部众"，指比丘（和尚）、比丘尼（尼姑）、优婆塞（男居士）、优婆夷（女居士）。
⑨ 阴阳官：占卜师。

八方无事。天下人民托我王洪福齐天，家家堆金积玉，户户米麦成仓。朝欢暮乐，宰杀猪羊，锣鼓喧天，祭赛鬼神。不信正法，杀害众生，龙天照鉴①。天意不顺，贼兵反乱，六国来侵，自杀自伤，大地男女无处超生，可不扯住君王救命？"王曰："这事怎了？"阴阳官奏主得知："若要安宁，我王出一金榜，招聚天下军民人等，尽情招来，南修五岭，北筑长城，东填大海，西建阿房。挡住四方六国，风火不侵，我主才得无事。"王说："依卿准奏。"即便开诏，行遍天下知会。

  阴阳官奏主人公②，开诏天下诏黎民。
  金榜行遍天下知，休推睡梦不肯依。
  大地乾坤谁人掌，穿衣吃饭是谁的。
  君王金榜一例行，无刹不现③照分明。
  不论大小和贫富，丁丁④着役修长城。
  若是不依君王令，三灾失脚⑤命难存。

君王金榜单昭黎民：大小依主行，丁丁着役和主同行。若还违背不改前因，大小夫散，休怨主人公。

  君王金榜行，天下尽知闻。
  不论贫和富，大小都上工。

君王金榜行遍天下修城分第一【上小楼】

  这长城人人好修，劝大众加工就成，十二时中，忙里偷闲，各人来做。子午前卯酉后，分明下手。我劝你大众们把长城修就。

---

① 照鉴：明察。
② 主人公：即主人。这里指皇帝。
③ 无刹不现：没有一处不出现。
④ 丁丁：人人。
⑤ 失脚：脚步慌乱。

这长城寒暑不侵，要侵时水火不均。先天一气生下阴阳，在凡八两，入圣半斤。铅投汞①，水火平，方能成圣。劝大众，休空过，助上一工。

说君王金榜行遍天下修城，人人皆知，不敢不信，尽归王命。有一蒙恬将军亲临奏主，得知："长城无个边界，天下人夫乱世如麻，在那里下手着工？"君王听说："谁人知道四至②？"将军便说："还得阴阳官，他才知道四至。"君王听说，忙宣阴阳官，就安罗经③，安下水平④，定立九宫八卦。又安五方五地，五斗⑤分明。东至甲乙王，南至离阳县，西至金铃府，北至壬癸庙⑥。长城四至周围十万八千由旬，中有中方戊己土，把定南针安在中宫。

阴阳分下水火风，起手何日得成功。
阴阳官，画图样，修筑长城。
你看我，按五方，定立乾坤。
按天宫，三十六，周天十二。
按一年，三百六，十二宫辰。
先安下，宝瓶宫，一合相理。
后定立，磨蝎⑦宫，二阳发生。
三定下，人马宫，鸿蒙开放。
四定下，天蝎宫，催攒⑧众生。
五分下，天秤宫，辰龙戏木。

---

① 铅投汞："铅汞"与前文的"坎离"一样，也是内丹修炼中表示阴精与阳气的词。铅投汞指阴阳融合。
② 四至：四方的界限。
③ 罗经：罗盘。
④ 水平：测定水平面的器具。
⑤ 五斗：即金木水火土五星。
⑥ "东至"句：东方属木，天干中甲乙对应木；南方属火，离在八卦中也对应火；西方属金；北方属水，天干中壬癸对应水。下文"中方戊己土"同理。
⑦ 磨蝎：即摩羯。
⑧ 催攒：催促。

六分下，双女宫，解道金绳。

七分下，狮子宫，定南针对。

八分下，巨蟹①宫，渭水河中。

九分下，阴阳宫②，夕阳西坠。

十分下，金牛宫，落在林中。

十一宫，白羊寺，金灯灭了。

十二宫，双鱼池，过度交宫。

阴阳细分，十二宫辰，三百六十门，罗经安在无极③中宫，君王圣旨晓谕群臣，群臣安下罗经定南针，好修城。

主公命令行，普劝大地人。

阴阳定南针，照他样子行。

君王观阴阳官图样分第二【上小楼】

这长城人人助忙，天差下有道君王。混沌初分，安下世界。定立乾坤，多亏阴阳。好先生能调治，画成图样。我劝你着力修合成一样。

这长城人人紧修，阴阳生周天火候，十二时分，三万六千。五行颠倒，坎离交媾。玉线投金针辫，九宫④串透。我劝你早早修周天火候⑤。

说君王准阴阳分，开长城大势工程，天下人夫来到长城，下手着工不提。却说华州华阴县有一范员外，所生一子，年方一十六岁，在学攻书。君王派夫，免了秀才夫，不免员外夫。员外待要自当夫去，无力难行，待要顾人，又无空闲余丁。父子商议，这事怎了。秀才便说："我

---

① 巨蟹：即巨蟹。
② 阴阳宫：即现在的处女宫，也即室女座。
③ 无极：参考前文，疑为"戊己"之误。
④ 九宫：术数家指九个方位，即乾、坎、艮、震、巽、离、坤、兑，再加上中央宫。
⑤ 火候：这里指炼丹的功候。

替父亲当夫,尽忠报孝,何不是好?"父母听说,儿有孝心。收拾盘费,即便送行上路。

> 父母听说儿报效,玄中玄来妙中妙。
> 父母说,我的儿,去修长城。
> 替父亲,当夫去,全忠全孝。
> 千万里,去当夫,无人管你。
> 莫吃酒,迷了性,你就①邪行。
> 五百戒,酒为头,偏能坏身。
> 一点酒,破了戒,劳儿无功。
> 酒色财,能伤命,生来死去。
> 无义财,休要贪,落个清名②。
> 尽让人,休生恼,柔和善顺。
> 忍一口,元阳③气,修养身心。
> 范喜郎,叫父母,听见说话。
> 娘言语,儿不信,我怎成人。
> 母在家,休想我,少要忧虑。
> 儿去了,亏杀你,休怨朝廷。
> 主人公,现就是,活佛掌教。
> 普天下,人吃穿,倚靠何人。

朝廷有道,修理长城,华州华县中,忠孝双全。出一贤人,百万夫中有个儿童,替父当夫,不敢怨朝廷。

> 华州华阴县,出个孝儿郎。
> 替父当夫去,万刦④有名扬。

---

① 就:靠近。
② 清名:清美的声誉。
③ 元阳:人体阳气的根本。
④ 刦:同"劫"。

父母送儿去修长城分第三【浪淘沙】

父母送儿行,听我言情。长城有你姑舅亲,蒙恬将军人一个,他是亲人。

范郎告爷听,你得知闻,千里投人总是空。一言两句差错了,便有非心。

说父母送范郎出门上路去了。秀才饥餐渴饮,昼夜登程。来到长城六罗山头官,见了蒙恬将军。将军言说:"你是秀才,如何当夫?"范郎说:"我替父亲来当夫。"将军听说:"你是个大孝贤人,我领你进朝去奏君王,减你夫役,升你一官半职,改换门庭,光显父母。你有忠孝之心,使后人好投贤进步。"

将军领定范喜郎,二人朝内奏君王。
蒙将军,领范郎,亲见朝廷。
金阶下,朝圣主,答拜明君。
主人公,一见了,就问贤士。
有何事,来见主,命奏朝廷。
蒙将军,听的说,亲临奏主。
这是臣,亲姑舅,祖母同生。
南南①学,拜圣人,生员廪膳②。
他父亲,有君王,派上夫丁。
年纪老,身无力,难来着役。
儿替父,行大孝,见主修城。
秦始皇,听的说,全忠少有。
主人公,若无道,怎出贤人。
有君王,宣吏部,天官③知道。

---

① 南南:通"喃喃",象声词,这里指读书声。
② 廪膳:古时公家给生员的膳食补贴。
③ 天官:这里指吏部尚书。

升范郎，给事中①，代管长城。
　　蒙将军，奏君王，臣管何事？
　　你且在，六罗山，教演三乘。

将军听说，怨恨朝廷："君王最不明，迎新弃旧，恼杀人心。把我送在六罗山中，到②升范郎，代管给事中。"

　　范郎行大孝，感动始皇心。长城你都管，昼夜给事中。

王升范郎给事中在朝谢恩分第四【书眉序】

　　丹墀③内谢皇恩，脱却凡胎入圣中。喜的是名标天榜，步月登云。王升我代管长城，十二时把功程④记定，紧行⑤。把人夫催攒动，按子午卯酉行功⑥，行功。
　　今日得公卿孝心，有感进皇门。喜的是君王赠职，送上头官。王升我代管长城，昼夜把人夫催攒动，紧行。时时的来报应，劝大众着力修城，修城。

说君王把范郎升给事中，代管长城。把蒙恬将军着在六罗山习文演武。将军说："我到领他进朝，到着他代管。"暗想君王弃旧迎新。将军便说："我传一道假旨，行到各关口上巡检得知。若有官吏人等，问他，就要通关牒文。若无，拦住休放。我把范郎知赚⑦回家，我只说他私自回家，赶到关上一顿打死，还是我代管长城。此计为妙。"将军进的头

---

① 给事中：官名。
② 到：通"倒"。
③ 丹墀：宫殿里的赤色台阶或地面。
④ 功程：任务。
⑤ 紧行：快走。
⑥ 行功：论功。
⑦ 知赚：哄骗。下文"智赚"同。

宫，就叫兄弟："你今回家探望父母，就当夸官，与我稍①一封家书，有何不好？"范郎说："你可休说。我私自回家，你与我稍书，我怎肯说你？"言罢二人修书，送出山去。

将军送出范喜郎，奏王说他私还乡。
蒙将军，不等宣，闯入金门。
说范郎，背了主，私计回程。
秦始皇，听的说，孝子回去。
开金口，问将军，他为何因？
蒙将军，听王说，我不知道。
这样人，背了主，不想前想②。
君王说，范郎去，你也知道。
亲姑舅，你不说，他怎回程？
蒙将军，听王说，言语不顺。
巧舌头，妙消息，诉与王听。
这样人，来不知，去又不见。
来无踪，去无影，无相无形。
主人公，听的说，无形无相。
慈悲主，念不尽，好个贤人。
千万里，替亲耶③，尽忠尽孝。
背主人，回家去，劳儿无功。
你回家，你还来，奏王知道。
我与你，合同④去，好过关津⑤。
主人公，无给与⑥，通关引路。
到关上，盘问你，何处安身？

---

① 稍：通"捎"。
② 前想：疑为"前恩"之误。
③ 耶：通"爷"。
④ 合同：作为凭证的契约。
⑤ 关津：水陆要道的关卡。
⑥ 给与：同"给予"。

你既有，孝心肠，有终有始。
功不成，名不就，有始无终。

君王便宣蒙恬将军，即便发令行，普天匝地①，挨次②查情，来时由主，去时由宾。范郎归家，闪③下主人公。

君王发令行，忙差二使臣。
金榜排门挂，挨查忠孝人。

君王差一使臣去取范郎分第五【傍妆台】

主公公④，赞叹⑤范郎好无情，背主忘恩，受父母两处不着，落顽空⑥。争名利事不成，万般由命不由人。

说君王差二人去取范郎，二人领定法令出朝。蒙将军使银百两，买求二人不语。二人昼夜速行，来到华州华阴县，四门挂了榜文：有人隐藏逃夫在家，全家该斩。四邻不举，一例同罪。范员外上前看罢多时，却是我儿名字。老员外把榜文请到家中，焚香礼拜，大放悲声。

二人坐在前厅上，高叫员外得知闻。
二使臣，在前厅，细说分明。
叫一声，老员外，听诉言情。
你家儿，长城里，无个音信。
懒做工，私回家，外出长城。
老员外，听的说，心惊胆战。

---

① 普天匝地：犹漫天遍地。
② 挨次：挨着次序。
③ 闪：抛。
④ 主公公：即主人公。
⑤ 赞叹：这里是感叹之义。
⑥ 顽空：佛教术语，指一种无知无觉、无思无为的虚无境界。

我的儿，何处去，那里安身？
脱下逃，又不知，在也不在。
有榜文，来家取，着落①双亲。
又不知，在那里，迷了真性。
去的路，不明白，来时难寻。
自从你，离父母，抛家失业。
全不想，还源②路，父母恩情。
耶蓬头，娘丫髻，你在何处？
母怀胎，未生前，你是何人？
有父母，混元了，在凡八两。
生下草③，圣半斤，囮④的一声。
你今日，认声色，那里欢乐。
全不想，生前路，混沌初分。
二人叫，老人家，你休烦恼。
俺等他，一个月，你放宽心。
员外说，儿不来，等我就去。
二人说，老人家，无力难行。

二人便说员外知闻榜文有字名，单单只要范郎正身。君王见他全孝全忠，好人缺少，沙里埋（澄）黄金。

范郎行大孝，全是蒙将军。
智赚何方去，榜文送上门。

二人来取范郎员外烦恼分第六【皇罗袍】

---

① 着落：责成。
② 还源：返回本源。
③ 生下草：犹出生。
④ 囮：音 huò，拟声词，这里指婴儿哭的声音。

有父母终朝思念，盼娇儿几时回还，儿行千里母不安，昼夜想儿情不断。怀耽①十月，乳哺三年，眠迟起早，睡湿就干。我儿几时重相见？

说员外同婆婆二人哭罢多时，二人言说："俺有公事，昼夜速行。你儿不曾起引②，只怕关上不放，俺等个月不妨。"二人等范郎不提。却说弘州弘水县，有一许员外，所生一女，名唤许孟姜，胎中吃素，心慈好善，看经念佛，年方一十五岁。小姐见父母无子，不肯嫁配出去。对天发愿，招个贤人，发送父母，不强如嫁配出去闪下耶娘，何处安身？父母听说："我儿有这等孝心。"就叫四郎请小姐，前所商议。

耶娘前厅叫孟姜，你来子母共商量。
许孟姜，在佛堂，正念经文。
忽然间，听父母，叫我一声。
摘金钩，放玉帘，珍珠璎珞③。
红罗帐，展放开，罩佛金身。
大藏经④，请入在，佛龛里面。
手掐⑤着，菩提子，扣上佛门。
搭一把，三簧锁⑥，无人敢进。
闪一阵，香风动，来到中宫。
口不动，舌不动，弥陀自转。
也不言，也不语，体用⑦双行。
未曾去，见耶娘，先拜天地。
一炷香，分九宫，礼谢天恩。

---

① 怀耽：怀孕。
② 引：通行证。
③ 珍珠璎珞：珍珠，同"珍珠"。璎珞，用珠玉穿成的颈部装饰物。
④ 大藏经：佛教经典的总称。
⑤ 掐：同"掐"。
⑥ 三簧锁：同"三簧锁"，古代一种内部有三个簧片的锁。
⑦ 体用：本体和作用。

拜东方，阿閦佛①，海潮老母。
拜西方，阿弥陀，九莲观音。
拜北方，成就佛②，镇海老母。
金光耶，圆老母，普受香轮③。
拜南方，保生佛④，文殊普贤。
拜慈悲，寻声母，救苦观音。
拜中方，无极祖，中央老母⑤。
拜织女，共牛郎，昼夜看经。
拜周天，十二宫，二十八宿。
七十二，二十四，万寿为尊。
拜五岳，和四渎⑥，九宫八卦。
拜西天，大圣主，普谢三乘。
拜罢了，诸佛祖，进母房内。
见父母，深下拜，有何缘因。

才⑦右佛堂，正念经文，父母叫儿身，那方使用。我就依从，父母便说："我儿知闻，两个媒氏来与保门亲。"

孟姜走上前，媒人听我言。
父母因无子，发愿我招贤。

孟姜拜天地媒人去了分第七【耍孩儿】

拜天地，福不轻，用意参，最上乘。三归五戒言而信，忙里偷

---

① 阿閦佛：东方佛名，义译为无动、不动、无瞋恚。
② 成就佛：北方佛名，即不空成就佛。
③ 香轮：香木做的车轮，这里是车的美称。
④ 保生佛：即宝生佛，南方佛名。
⑤ 中央老母：应是无生老母，本宝卷为龙天教宝卷，无生老母是主要信仰对象。
⑥ 四渎：长江、黄河、淮河、济水的合称。
⑦ 才：疑为"在"之误。

闲寻下落。实为生死放小心。粗心大意，大胆天追命，告龙天无灾无祸，望老母度我超生。

说父母见儿有孝心，拜天拜地，打发媒人去了。母子商议，你去四州堂还愿一遭，姜女听说："就叫四郎先去打扫洁净，排设供养，我去降香一遭。"

孟姜今日去降香，四郎先去摆坛场。
许孟姜，叫一声，家兄①四郎。
你先去，四州堂，摆供坛场。
孟姜女，入绣房，梳妆打扮。
挽青丝，盘龙髻，两鬓夗央②。
珎珠环，嵌八宝，金铃飘带。
穿一件，混元袄，丹凤朝阳。
珊瑚裙，十二幅，九宫八卦。
打扮了，到佛前，焚上明香。
孟姜女，举信香③，先朝三界。
满宅中，香烟起，紫雾毫光。
发虔心，惊动了，昊天上帝。
有玉皇，差金星，你到下方。
二菩萨，转凡身，投胎入窍。
他两个，思凡景，不得成双。
你今日，到下方，受他香火。
送范郎，与孟姜，配对成双。
李金星，驾云端，来在庙里。
孟姜女，行的紧，也到庙堂。
田四郎，开了门，姜女进庙。

---

① 家兄：这里应是男仆之义。
② 夗央：应为"鸳鸯"，这里指鸳鸯饰物。
③ 信香：佛教称香为信心之使，虔诚烧香，能让神佛知晓愿望，所以称香为信香。

抬头看，四州堂，一片金光。
东廊下，彩画着，红罗宫院。
宫门前，无影树，上有鸡王。
鸡王叫，惊动了，二十八宿。
一个月，三十日，四七轮当①。
西画着，白羊宫，娑罗宝殿。
那殿里，有老母，玉兔焚香。
有金童，执宝幡，看经诵咒。
有玉女，捧香花，祝赞②法王③。

孟姜祝赞教主法王，慈悲许孟姜。一双父母缺少儿郎，万贯家财无有下场④。招个孝士，发送⑤我耶娘。

贤良许孟姜，普告众神王。
招个贤孝子，发送我耶娘。

孟姜在四州堂祝赞分第八【金字经】

姜女在庙堂降明香，普告一切众神王，受明香，女孩儿泪汪汪，忧父母万贯家财无下场。

说孟姜手举明香祝赞，南无过去未来现在诸佛诸大菩萨、罗汉圣僧历代祖师、天王护法、金刚伽蓝、太上三清⑥、玉皇上帝、北极大帝⑦、

---

① 四七：二十八，这里指二十八宿轮值。
② 祝赞：祷告于神，祈求福佑。
③ 法王：佛教指释迦牟尼。
④ 下场：结果。
⑤ 发送：即送终，办理丧事。
⑥ 三清：道教对玉清境洞真教主元始天尊、上清境洞玄教主灵宝天尊、太清境洞神教主道德天尊的合称。
⑦ 北极大帝：即中天紫微北极太皇大帝，道教四御之一。

注生大帝①、子孙娘娘②、送生娘娘③、眼光娘娘④、天妃娘娘⑤、顶上娘娘⑥、满天星斗、森罗万象、各庙神祇、城隍土地、三界十方、万灵真宰，同垂加护⑦："众大慈悲，弟子孟姜妙玄，招个贤人才是我孝顺儿女，我将庙宇番盖⑧，妆塑金身，四季享赛⑨。惟愿圣聪⑩，速垂报照。"祝赞已毕，回家不提。

说金星把范郎送在柳池塘双林树上，安身立命。孟姜到家多时，问父母我去花园游玩一遭，圆我心愿。

孟姜就叫田四郎，跟我去看柳池塘。
许孟姜，叫一声，家兄四郎。
你先去，双林树，打扫池塘。
孟姜女，入绣房，梳妆打扮。
两鬓梳，盘龙髻⑪，口吐麝香。
码磘⑫冠，白玉妆，珊瑚宝贝。
穿一套，十样锦⑬，彩色金妆。
打扮了，到佛前，焚香礼拜。
告佛祖，保佑我，对对双双。
开了门，闭了户，搭上金锁。
收拾了，把钥匙，递与亲娘。

---

① 注生大帝：道教中保佑福禄双全人丁兴旺之神。
② 子孙娘娘：保佑多子多福的神仙。
③ 送生娘娘：保佑女子顺利生产的神仙。
④ 眼光娘娘：负责治疗民众眼疾的神仙。
⑤ 天妃娘娘：即现在称的妈祖。
⑥ 顶上娘娘：管理生育的神。
⑦ 加护：保护保佑。
⑧ 番盖：即"翻盖"，重新建造。
⑨ 享赛：祭祀。
⑩ 圣聪：指神明明察。
⑪ 盘龙髻：妇女梳的盘绕卷曲的头发。
⑫ 码磘：现在一般写作"玛瑙"。
⑬ 十样锦：指十种锦缎。元·戚辅之《佩轩楚客谈》："（后蜀）孟氏在蜀时制十样锦，名长安竹、天下乐、雕团、宜男、宝界地、方胜、狮团、象眼、八搭韵、铁梗衰荷。"后来也可以指其中的某一种。

八宝花，香风动，青枝绿叶。
绣带飘，金铃响，前后叮当。
心中想，念父母，堪堪年老。
好姻缘，到何日，才得成双？
刹那间，早来到，池塘里面。
高声叫，田四郎，你在何方？

进的池塘，高叫四郎，取件好衣裳。四郎回家，我进池塘观看景致，草色花香，忽然低头，人影在树上。

孟姜入池塘，更换好衣裳。
不曾抬头看，人影在树上。

孟姜叫四郎请秀才下树分第九【驻云飞】

两意相投，今世相逢多劫修，你说不能勾①，自有龙天辏②，佛知因人要埋头，此一个消息人人参不透，端坐池塘正好修，好修。

说孟姜同四郎在池塘玩③景，忽听一声念佛，只听得音声，不见其人。低下头只见池中有人影。孟姜动问一声，树上念佛的却是何人，范郎回言："我是管修长城的给事中，回家探望父母。"姜女说："因何不走，躲在双林？"范郎说："我不知东南西北，迷在林中。"孟姜说："我这双林千人不知，万人难寻。你今到此，定是前因。请君下树，与我配偶。"范郎说："若是君王来取，闪下你俩不成功。"姜女说："若是君王

---

① 能勾：同"能够"。
② 辏：通"凑"。
③ 玩：观赏。

来取,打发你先去,等我随后而行。"孟姜又问:"你乡贯①住坐②,名姓远近?"范郎听说,从头细诉一遍。

　　范郎从头诉家乡,孟姜听说是贤良。
　　范喜郎,叫贤人,听诉言情。
　　耶姓范,娘姓蒙,生下书生。
　　家住在,华阴县,谁不知道。
　　我离城,十里地,独户一门。
　　生下我,又无有,三兄四弟。
　　有朝廷,修长城,派父夫丁。
　　老人家,身无力,难来见主。
　　儿替父,行大孝,见主修城。
　　蒙将军,他叫我,回家稍信。
　　忽然间,想父母,也要回程。
　　孟姜说,你回家,如何不走?
　　你因何,不行程,躲在双林?
　　范郎说,争奈我,无人指路。
　　不知明,不知暗,迷在双林。
　　孟姜说,谁叫你,回家稍信?
　　你就问,那个人,去路来踪。
　　范郎说,我不知,关口难过。
　　孟姜说,你不该,背了朝廷。
　　这双林,无始来,谁人知道。
　　你今日,到这里,也是前因。
　　这姻缘,天生就,千里来配。
　　须弥山,滚芥子,迳来投针③。

---

①　乡贯:籍贯。
②　住坐:居住,这里指居住地。
③　须弥山,滚芥子,迳来投针:从须弥山上滚下一颗小小的芥子,正好掉进针眼里,形容天命注定,缘分相投。

范喜郎，听的说，不敢情受①。
恩情断，不长远，有始无终。
孟姜说，你与我，做个夫主。
对龙天，发下愿，永不离分。
咱二人，指双林，为媒作证。
指池塘，八功水，配对成亲。
八功水，池干了，恩情有断。
双林树，枯烂了，我才不亲。
孟姜女，发弘誓，范郎情愿。
我范郎，抛闪你，死堕幽冥。

二人发愿，实是真情，历劫有恩情，当当②相遇，处处相逢。百劫姻缘，直到如今，番来覆去，入窍逶投针。

孟姜立愿深，天平针对针③。
系毫④阻隔处，两家不得成。

姜女招范郎见父母分第十【罗江怨】

同行到家阑⑤，同去拜尊年⑥，同在佛前发弘愿，同修结良缘，同去上法船⑦，同来同去同相见；同开九叶莲，同去过玄关，同缘一会同方便，同将意马⑧拴。同修下结果缘，同心共胆无间断，间断。

---

① 情受：承受。
② 当当：正好，恰好。
③ 针对针：形容非常吻合。
④ 系毫：疑为"丝毫"之误。
⑤ 家阑：家门。阑，门前的栅栏。
⑥ 尊年：高龄，这里指父母。
⑦ 法船：佛教术语，即佛法。佛经中认为佛法像船一样可以拯救众生渡过苦海。
⑧ 意马：难以控制的心神。

说孟姜同范郎,来到家中拜见父母,心中欢喜,父母便说:"看一个双黄道日①,与儿成家。"却说街坊知道:孟姜招了个贤人,却是长城外夫,又无个亲人,恰似个无根树子一般。不多时传遍天下人知,二令人②也得知道,当日就起身,星夜来到许家,捉住范郎催攒,即忙起身。父母听说始皇来宣,就叫孟姜即便收拾盘费,打发秀才去修长城,回来成家也不迟,说罢送出门外长行去了。

孟姜嘱咐范喜郎,修起长城早还乡。
许孟姜,哭一声,送出范郎。
我招你,才三日,不曾圆房。
谁人想,我和你,缘法少欠。
天生就,孤寡命,不得成双。
范喜郎,叫贤妻,听我嘱咐。
休忘了,发的愿,赛过东洋③。
孟姜说,我和你,恩情不断。
叫夫主,你听我,诉你情肠。
上等人,孝父母,胜如天地。
贤妻儿,敬夫主,胜似耶娘。
范喜郎,又哀告,贤妻知道。
有信来,你与我,做件衣裳。
孟姜说,我夫主,放心稳便。
十月一,我与你,送件衣裳。
到十月,初一日,酉时等我。
初二日,到卯时,去见君王。
说君王,福齐天,万民拥护。
我父母,半个儿,无福承当④。

---

① 双黄道日:比黄道吉日还好的日子,这一天可以百无禁忌。
② 令人:传令之人。
③ 东洋:东方的海洋。
④ 承当:承担,担当。

范秀才，和孟姜，说罢一会。
有二人，催的紧，就出门旁。
孟姜女，把行李，交与夫主。
与你把，清凉伞，遮雨遮凉。
范喜郎，叫贤妻，你回家去。
十月一，你好歹，去送衣裳。

范郎说与妻儿，孟姜十月送衣裳，无人管你，休要张狂。旁人齿笑①，夫主耶娘，青春年少，不必弄风光。

孟姜送范郎，夫妇不成双。
你今离门去，何日得还乡？

孟姜送范郎出门去了分第十一【傍妆台】

告妻言，听我从头诉根源。一来也是我灵根浅，那些儿不周冒犯天。再三遇不着一合相，如意金钩不知那一年，寻思起泪连连，哭只哭叶落归秋在何方。

说父母同孟姜送范郎出门去了不提，说一人紧催范郎来到铁桥关，正见子平②先生在此。范郎向前说先生与我算上一卦，今日出门凶吉如何？先生听说取你四柱③我看，范郎说戊戌年，癸亥月，庚子日，丙子时。先生听说四柱下数，细看三万六千数，只有一顷④大限临身。

---

① 齿笑：即耻笑。
② 子平：相传宋代徐子平精通星命之学，后世术士以其为宗。一说子平名居易，曾与麻衣道者陈图南在华山隐居。后用"子平"代指星命之学，即根据星象或生辰八字推算人命运的占卜术。
③ 四柱：指出生的年、月、日、时。
④ 一顷：片刻。

先生说与范喜郎，六爻①数短主你亡。

子平说，范喜郎，听我细算。

奇门中，少了数，遁甲②难行。

取六爻，三万数，只有一顷。

那六年，有朱雀，吊客③缠身。

戊戌年，有太岁④，丧门⑤占了。

癸亥月，有朱雀，忧害其人。

庚子日，白虎神⑥，当头拦路。

丙子时，你出行，撞见耗神⑦。

有勾角，和玄武，破败打搅。

犯重丧，和五鬼，大小耗神。

五行中，无有数，散了水火。

有财神，和贵神，不在爻中。

丙丁火，失散了，戊己⑧有坏。

有大运，和小运，大限临身。

你今年，又犯着，罗睺星⑨临。

本命人，又撞着，丙火烧身。

---

① 六爻：《周易》中的卦上每一画都称为"爻"，每卦六画，所以叫"六爻"。爻分阴阳，"—"为阳爻，称九；"— —"为阴爻，称六。每卦六爻，自下而上数：阳爻称初九、九二、九三、九四、九五、上九；阴爻称初六、六二、六三、六四、六五、上六。

② 奇门、遁甲：旧时术数的一种，以天干中的"乙、丙、丁"为"三奇"，以八卦的变相"休、生、伤、杜、景、死、惊、开"为"八门"，故名"奇门"；天干中"甲"最尊贵而不显露，"六甲"常隐藏于"戊、己、庚、辛、壬、癸"所谓"六仪"之内，三奇、六仪分布九宫，而"甲"不独占一宫，故名"遁甲"。旧时迷信之人据此推算吉凶。

③ 吊客：凶神，主有疾病哀泣之事。

④ 太岁：这里指太岁神，凶神。

⑤ 丧门：星命家以为一岁十二辰都随着善神和凶煞，叫丛辰。丧门是凶煞之一。

⑥ 白虎神：传说中的凶神。

⑦ 耗神：凶神，能让家庭贫困。

⑧ 戊己：天干对应五方，戊己属中央，五行属土，故用"戊己"代指土。

⑨ 罗睺：印度占星术名词。印度天文学把黄道和白道的降交点叫作罗睺，升交点叫作计都。同日、月和水、火、木、金、土五星合称九曜。因日月蚀现象发生在黄白二道的交点附近，故又把罗睺当作食（蚀）神。印度占星术认为罗睺与人间祸福吉凶有关。

戊己门前，无你星辰。这一去活不成，二人来取，就见阎君，你便去了，撇下双亲，闪下妻子，枷锁自缠身。

子平说范郎，你命不反常。
三万六千数，一顷就身亡。

范郎在铁桥关算命分第十二【皂罗袍】

先生说：范郎你知道，我算你生死难逃，本命遇着丙火烧。今年又是罗睺照，四柱无倚，日干①去了，时犯五鬼，破败打搅，戊己中那得吉星照。

说范郎在铁桥馆，算命生死难展，将中指咬破，写封血书，稍②与孟姜知道。十月初一日与我送寒衣来，也是夫妻双林有愿，百劫恩情，把书封了，递与顺人③。若是不信，有清凉伞一把，稍去为证，稍书人去了不提。却说二人催范郎来到长城六罗山头宫，有蒙恬将军出一道假旨，帖④在头宫，若有外夫官员吏典，不许见朝，打在九宫，罚他修城九九八十一日方才来说事。把范郎打在九宫不提，却说阴府三曹对案，查出范郎闪下孟姜，依愿所行，便差鬼使把范郎取到柱死城中。后有孟姜送寒衣，着范郎托梦与妻，寻他骨衬⑤，休要失落了他这点灵光⑥。

范郎打在第九宫，阎王取他寄幽冥。
蒙将军，把范郎，打在长城。
全不想，你姑娘⑦，养你成人。

---

① 日干：即十天干。
② 稍：同"捎"。
③ 顺人：顺路之人。
④ 帖：同"贴"。
⑤ 骨衬：尸体。
⑥ 灵光：佛教中指人良善的本性。
⑦ 姑娘：姑姑。

自小儿，无父母，姑娘恩你。
有姑娘，使金银，干做将军。
把弟兄，反要害，恩将仇报。
使奸心，把范郎，打在长城。
范秀才，进九宫，魂飞天外。
抬起头，睁开眼，去了真魂。
范喜郎，冤屈气，充天不散。
二鬼使，领牒文，来到长城。
到长城，把范郎，上了枷锁。
范郎叫，二鬼王，将就①众生。
不争你，二鬼王，勾将我去。
我妻儿，送寒衣，投奔何人。
闪的他，年纪小，纳②无着落。
千万里，来寻我，亏了人心。
二鬼王，叫众生，听说实话。
只为你，抛妻子，依愿而行。
不由说，把范郎，勾入地府。
寒参参③，冷飕飕，别是乾坤。
早来到，望乡台④，回头观看。
见妻儿，看血书，跌脚捶胸。
奈何⑤边，流血水，番波浪滚。
铜蛇吞，铁狗咬，虩⑥了人魂。
范喜郎，一见了，心惊胆战。
告狱主，和鬼王，怜悯众生。
有狱主，叫鬼使，打了枷锁。

---

① 将就：迁就。
② 纳：娶妻。
③ 参参：同"森森"。
④ 望乡台：迷信说法称阴间有望乡台，鬼魂可以在此看到人间情况。
⑤ 奈何：指奈何桥。
⑥ 虩：同"吓"。

着范郎，上金桥，去见阎君。
　　这步功，若不是，妻儿修下。
　　你怎得，金桥下，自在为人。

孟姜有志，感动幽冥。范郎自在行，妻儿修下这步功程。鬼王便说："范郎知闻，多亏孟姜修行有至诚。"

　　范郎到幽冥，奈河不敢行。
　　多亏孟姜女，修行拜河神。

范郎在幽冥过金桥分第十三【浪淘沙】

　　金桥正当阳①，亮亮堂堂，玲珑体透照十方，这座金桥，通三界，径到四方。
　　来到枉死城，战战惊惊，奈河千尺起洪津，铜蛇铁狗来往走，吞噉②众生。

说二鬼把范郎勾在阎王面前，阎王便说范郎你且在枉死城中，随后有孟姜与你送寒衣来。在凉山庙相见，你托梦与他，把你枷锁解开，你才得往天。我如今不敢开你枷锁，上有玉皇敕令封皮，因你闪君王、抛父母、撇妻子，三件恩爱为重。你若不信，我叫判官查文簿你看。

　　十王殿上说范郎，判官检簿论短长。
　　十阎王，叫判官，作检文簿。
　　着范郎，从头看，你有何功。
　　打为头，替亲耶，尽忠报效。
　　把君王，丢闪下，说你无情。

---

① 当阳：朝向太阳。
② 噉：啖的异体字，吃，嚼。

第二件，信别人，回家见母。
半路里，不见母，两处无功。
第三件，与孟姜，招为夫主。
你把他，年纪小，闪在途中。
你着他，送寒衣，投奔那个。
闪别人，无归落①，你也无功。
你的罪，重如山，谁人替你。
有妻儿，一至②心，扫去无踪。
范喜郎，听十王，说罢一会。
见众人，枷锁响，血水流津。
母抛儿，儿抛母，剜心摘胆。
父闪子，子闪父，刮骨抽筋。
夫闪妻，妻闪夫，冤债不了。
恩爱重，还不了，枷锁缠身。

范郎看了胆战心惊，就问二金童："冤家债主怎得脱身？"金童便说："范郎知闻，恩爱债主，今生不了转来生。"

范郎到幽冥，看见众鬼魂。
妻问夫讨债，子欠母恩情。

范郎在狱三曹对案分第十四【浪淘沙】

范郎到幽冥，胆战心惊，看见屈死魍魉魂，妻问夫主来讨债，两面无情。

恩爱重如山，不得归源，一来一往冤报冤，恩爱不断来往转，

---

① 归落：安身。
② 一至：忠诚耿直。

重如泰山。

说十王把范郎送在还报司,等孟姜不提,说顺人稍血书到许家,见了员外,说我在铁桥关见一秀才姓范,他与我血书一封,不知甚意,怕你不信,有清凉伞为证,只说休要误了他的衣裳,再无别言,千千万万拜上。

顺人稍书送上门,员外递与女钗裙①。
许孟姜,接了书,伤情感叹。
手拿着,清凉伞,叹杀钗裙。
我只说,你去了,把我不念。
谁想你,一念上,不断恩情。
我要知,丈夫心,主中有念。
怎着你,修长城,去下迷功。
好夫主,不忘言,家书来到。
把家书,拆开看,血染通红。
咬破了,一个指,透骨彻髓。
十个指,都咬破,十指连心。
你为我,稍血书,十指咬破。
那一个,知疼痛,谁是亲人。
到那里,一点血,还你十点。
若伤了,一根指,还你十根。
血书上,七宝池②,说你誓愿。
你若还,不信口,滚芥投针。
上写着,指双林,为媒作证。
下坠着,今世里,一面相逢。
看血书,生死话,不敢怠慢。

---

① 钗裙:代指女子。
② 七宝池:佛教中西方净土由七宝组成的莲花池,往生之人在池中化生。

前厅上，见父母，哭痛伤情。
见父母，双屈膝，跪在就地。
可怜见，无耶娘，远乡儿童。
你放我，上长城，寻我夫主。
他无个，耶合娘，倚靠何人。

父母听说，你怎胡云①，来去亦无踪，千山万水那里跟寻。养你十五无出大门，去寻夫主，老母怎放心。

范郎稍书到，孟姜哭啼啼。
收拾长城去，父母不肯依。

孟姜看书去送寒衣分第十五【步步娇】

范郎一去无消耗，闪的我奴无归落，痛哭有谁晓？痛哭有谁晓？
离乡在外受尽煎熬，泪淘淘，几时得团圆了。

说父母劝孟姜："你不要去，他和那无根树子一般，一条路出去有千万岔道，何处跟寻？"姜女便说："朝阳大路，径到长安，有何岔道？"父母又说："他和你三日夫妻，未曾有服②，不要你去。范郎若是一年半载不来，我与你配个员外之子，不强如步岭登山，去寻那外夫，有人说你是非？孩儿休去。"

父母留住许孟姜，休去长城寻范郎。
有父母，叫孩儿，小许孟姜。

---

① 胡云：胡说。
② 有服：指宗族关系在五服之内。

不要去，长城里，惹祸招殃。
等一年，若不见，范郎来到。
我与你，配夫主，比他还强。
寻一家，有财宝，为官受禄。
穿绫锦，住画堂，满倦①牛羊。
孟姜说，有钱财，牛羊无数。
空养家，千百口，谁替无常。
穿绫锦，假装严②，虚花一梦。
十阎王，来取你，不显风光。
断了气，一把火，烧成灰土。
阴司里，那得个，风流儿郎。
来时节，一片光，丝毫不挂。
去时节，亦不用，绫锦千箱。
父母叫，孟姜女，听我说话。
为夫主，不打紧，闪下耶娘。
孟姜说，和范郎，发的愿重。
就今生，还了他，再不思量。
娘怀你，十个月，三年乳哺。
到不如，范喜郎，三日恩长。
我父母，有年德，不会说话。
十个女，当不的，一个儿郎。
有本领，生个儿，发送你老。
不强如，留着我，招下范郎。
女孩儿，就今朝，一刀两段。
各自人，寻出路，好躲无常。
今世里，发下愿，再等来世。
到来世，再脱生③，落在何方。

---

① 倦：通"圈"。
② 装严：装束整齐。
③ 脱生：应为"托生"。

再为人，转投胎，改名换姓。

谁是男，谁是女，谁叫谁娘。

孟姜便说：“父母耶娘，留我不相当，不要我去寻个无常，两不成用，你也遭殃，我府魂灵寻范郎。”

父母劝孟姜，死不顺耶娘。

既要长城去，收拾做衣裳。

销释孟姜忠烈贞节贤良宝卷上终

销释孟姜忠烈贞节贤良宝卷下

孟姜女做衣裳分第十六【侧郎儿】

做衣裳做衣裳，我夫长城冷难当，千辛万苦受恓惶，两泪汪汪。我的天呵！天下人谁似我恓惶。

织寒衣织寒衣，紧急催攒莫延迟，数九冷天那个知，昼夜登①机。我的天呵！寒来暑往兔走乌飞。

说孟姜听的去送寒衣，即便收拾机柱②线丝，提花织锦，过径交丝锦绣花纹。先与始皇天子织一领赭黄袍。随后织范郎四季寒衣，进到朝中，君王见了黄袍说：“我二人，全忠全孝，留名在世。”

孟姜长城寻范郎，千里把伞送衣裳。

许孟姜，上长城，去寻范郎。

先织领，赭黄袍，进与君王。

---

① 登：同"蹬"。
② 机柱：应为"机杼"之误。

按天宫，三十六，织上五斗①。
四角上，先织下，四位金刚。
大襟上，织九龙，捧出八宝。
小襟上，织白虎，玉兔毫光。
领头上，织王母，蟠桃赴会。
织八仙，来庆寿，五岳神王。
织三界，都帅王，昊天上帝。
织兜率，天宫景，花果仙庄。
前心上，织一对，阴阳二气。
后背上，织龙母，八卦朝阳。
绕身上，织一遭，周天缠度②。
织天罡，七十二，领袖神王。
正中间，织一条，天河流水。
河两边，织一对，织女牛郎。
织文殊，共普贤，掌定寒暑。
织一尊，未来祖，利市③法王。
织罢了，赭黄袍，天宫一样。
才织我，范喜郎，四件寒衣。

孟姜手巧，织罢衣裳，四季有温凉，寒来暑往，不错时光。这领黄袍，进入朝纲，君王赞念，千载姓名香。

孟姜织黄袍，三百六十爻。
因为范喜郎，一年织一遭。

孟姜识了黄袍并四件衣裳分第十七【皂罗袍】

---

① 五斗：即五星。
② 缠度：即"躔度"，日月星辰运行的度数。古人把周天分为三百六十度，用于辨别星辰方位。
③ 利市：吉利。

这黄袍天宫一样，按四季白黑青黄，周天缠度在身上，二十四气提花①样。天河一道，织女牛郎，九宫八卦，五岳神王，中间不动混元相。

说孟姜织了黄袍一领，并四件寒衣，收拾包裹了，就问父母讨些盘费，今日就行，父母说："你真个要去？我劝你把父母发送，黄金入柜②。你出门去，里外无有挂碍之心，才是好处。我如今年纪高大，堪堪至死，谁人看顾？"孟姜说："你今就死，我也难替，大限来临，不管老少子母恩情重如泰山，也要离别。"父母听说又劝孟姜："你看个黄道日出行，也要吉利。"孟姜说："人行好事，莫问前程。"

母叫孩儿许孟姜，听娘从头说短长。
我今养你十五岁，恩爱不如范喜郎。
父母说，我的儿，你不贤良。
你怎磨③，真个去，丢下耶娘？
母怀胎，十个月，三年乳哺。
娘的恩，道不如，三日夫郎。
想当初，母怀胎，受的饥饿。
两个月，拆挫④的，不相模样。
十个月，临产时，性命不保。
生下来，娘看见，才放心肠。
半个月，缚上车，昼夜哭叫。
解下来，娘抱着，去做衣裳。
养的你，整三年，离娘会走。
娘看见，心欢喜，只怕不长。

---

① 提花：纺织物上经纬交错形成的凹凸花纹。
② 黄金入柜：指下葬。
③ 怎磨：怎么。
④ 拆挫：应为"折挫"，折磨。

但有些，好和歹，就许香愿①。
半夜里，降夜香②，祝赞神王。
南岳寺，去发愿，也只为你。
北极庙，降明香，只为儿郎。
纸钱儿，买的你，成人长大。
我为你，吃长斋，拜庙烧香。
手掐③算，娘养你，一十五岁。
到如今，成人大，忘了亲娘。
孟姜说，娘把我，只当死了。
自古道，养女儿，落个空房。
老母说，要死了，无有指望。
扯断肠，无倚靠，哭的一场。
活活的，离了门，娘怎丢下。
有父母，无昼夜，挂肚牵肠。
你自从，杨柳池，招了夫主。
到今日，这一向，不犯商量。
佛不念，香不烧，道心退了。
无昼夜，把丈夫，挂在心上。

父母从头细说家常，邻里和街坊，谁家养女似俺孟姜。起头先说孝养耶娘，如今女大成人不贤良。

员外告街坊，众人劝孟姜。
今年且休去，转年送衣裳。

员外告街坊劝孟姜分第十八【浪淘沙】

---

① 香愿：对神佛烧香许下的心愿。
② 夜香：夜晚烧的香。
③ 掐：应为"掐"之误。

员外告街坊，苦劝孟姜，养女十五无下场，你今去了不打紧，哭杀耶娘。孟姜走上前，父母听言，养女十五是私盐，你今打发离门去，你也生天。

说父母见孟姜不肯，同街坊来劝，今年你且休去，到来年去罢。孟姜回言："众生出息难期入息，今朝不保来朝，到来年又不知少谁。你既不要我去，休交①我织下这些衣裳，衣裳不打之紧，又织黄袍一领。若是走透消息，说咱家呼皇道寡，全家该斩，四邻不安。众邻听说一齐散了。"父母便说："央人进去，也是一般。"孟姜说："各人宝物个人进用，谁家东西肯与别人。"父母见孟姜不肯回心，他自招了丈夫来家。佛也不念，香也不烧，心心念念，把丈夫说在眼前。孟姜听的父母言语不祥，扯碎罗衣，就叫四郎："我有是非，你诉与亲娘。"

　　孟姜听说叫四郎，我有是非诉与娘。
　　许孟姜，叫一声，家兄四郎。
　　七宝池，招夫主，你在何方？
　　有是非，对我娘，从头细说。
　　昧一字，打诳语，口上生疮。
　　田四郎，向前来，对娘实诉。
　　我若说，一句谎，死见阎王。
　　我二人，七宝池，无离左右。
　　范喜郎，在双林，影照池塘。
　　请范郎，下树来，怕人看见。
　　不曾住，半个时，来见耶娘。
　　孟姜说，这言语，就是实话。
　　来到家，娘问他，住在何方。
　　你守他，二日整，问他起落。

---

① 交：同"教"。

他怎得，一时闲，来到后房。
第三日，有令人，催他去了。
我父母，把是非，说在身上。
我若还，先和他，成家了计①。
听我说，灵的是，东狱城隍。
到路上，就把我，摘心剜胆。
天下人，悔骂我，搅家不良。
父母说，我的儿，你无非事。
你怎么，丢父母，只想范郎。
孟姜说，他为我，十指咬破。
将骨髓，真情话，写在书上。
我父母，你真个，不要我去。
垂杨柳，是小鬼，井是阎王。
子母们，到底是，恩情有断。
早下手，寻出路，好躲无常。
娘说儿，全不肯，回心转意。
天下人，铁心肠，谁似孟姜。

员外便说："我儿孟姜，叫婆婆②共商量，收拾盘费，炒面干粮，即便打发送出门傍。孩儿休哭，收拾换衣裳。"

父母说孟姜，千劝不依娘。
九关十八寨，处处要提防。

父母送孟姜出门分第十九【绵苔絮】

员外痛哭，两泪汪汪："你今离门，父母难舍痛恓惶。到路上

---

① 成家了计：即"成了家计"。家计，家庭事务和生计。
② 婆婆：母亲。

仔细①安祥②,坚固③保守,休要张狂。送罢寒衣,见了夫主早还乡,见了夫主早还乡。"

说员外嘱咐小姐:"即便收拾金银衣服等件上路,不必梳妆打扮,闭口藏舌,言切仔细。"孟姜说:"父母家下,大小无数之人,叫一个送我半程之路。"父母听说,就叫四郎:"小姐年纪幼小,不知好歹,你送他到长城,父母宽心。"孟姜说:"着四郎送过黄草关,过九江口,回来稍信,与父母知道下落。"

> 父母送儿上长城,今日离家断恩情。
> 父母哭,送孩儿,去上长城。
> 摘了心,剜了胆,砍断恩情。
> 十五岁,你不曾,离娘一步。
> 到外边,不仔细,倚靠何人。
> 白日行,夜间住,坚心用意。
> 隄防④着,路儿窄,切要消停。
> 许孟姜,叫父母,听儿说话。
> 要出外,随处里,仔细存心。
> 母亲娘,叫孩儿,我回家去。
> 叫员外,把娇儿,送到长城。
> 到路上,走不动,白连⑤撒了。
> 休要缠,休要裹,自在⑥行程。
> 口要谨,心要勤,长要仔细。
> 娘的话,身边事,牢记心中。
> 孟姜说,母亲娘,放心稳便。

---

① 仔细:这里是小心的意思。
② 安祥:稳重。
③ 坚固:坚定。
④ 隄防:即"提防"。
⑤ 白连:应为"白练",这里指古代女子裹脚用的布。
⑥ 自在:自由,无拘束。

十二时，昼夜想，父母言情。
这一去，无缝锁，浑身封住。
锁心猿，和意马，九窍八门①。
言不开，语不动，千人难问。
把六门，搭上锁，神鬼难明。
母听儿，说的妙，归家去了。
许孟姜，叫四郎，往前登程。
田四郎，问小姐，那是正路。
你从头，指点我，开示分明。
孟姜说，打孤村，双林寨过。
铁桥关，定南乡，休要差行。
鼓楼前，十字街，长城大路。
给孤园，方寸地，迳到长城。
咱们打，两家桥，三家店走。
金公寺，黄婆庄，十二连城。

姜女来到十二连城，步步往前行，刹那就到一座关门，界牌上写，字意分明：青龙关对白虎一座城。

一日离家一日功，未知功名成不成。
若不发个冲天志，这遭辛苦落场空。

孟姜来到青龙关分第二十一【七贤过关】

春夏秋冬四季，香奴为范郎送衣裳，夏至炎天催寒暑，阳返阴来阴返阳，阴阳交过寒来到。天下人人做衣裳，人人做衣裳我范郎不得用，冻倒儿夫，那一个知疼痛哭杀有谁明？若不是我把寒衣

---

① 九窍八门：中医里的说法，指人体的穴位。九窍指百会、天目、玉枕、膻中、夹脊、命门、下丹田、尾闾、会阴，八门指天门、地门、气门、血门、风门、火门、筋门、骨门。

送，天下人人怎过冬？阳来春返，花开果生，吃穿二字何人送？不明的众生闷杀人。春风夏热秋至寒，先天一气是根源。一年四季谁来往，孟姜才过头一关。

说孟姜过了青龙关，又过了白虎关。往前走至多时，一日到潼关一座，孟姜听的一人言说潼关难过。当时十八国过潼关，无有真宝，不放过关；有人要过潼关，宝贝俱全，才然放过。

孟姜叫声田四郎，只说潼关不想当。
许孟姜，和四郎，来到潼关。
自然的，不敢走，胆战心寒。
十八国，过潼关，全凭真宝。
一个个，到关上，都要盘桓。
说的看，真宝物，在于何处。
或在天，或在地，或在人间。
问道你，真宝物，原来多少。
那里生，那里长，起落根源。
对不着，主人公，金厢①玉宝。
潼关上，无文引，不必过关。
孟姜女，听的说，心惊胆战。
手捶胸，暗跌脚，哭叫皇天。
我不想，这大路，十分难走。
上不去，下不来，两处孤单。
又想起，我父母，无有倚靠。
我又想，范喜郎，受苦担寒。
不觉的，早来到，关墙一座。
见二人，走的紧，不由心酸。
那弓兵，问孟姜，就要真宝。

---

① 厢：应为"镶"。

有巡检,叫弓兵,当面查盘。

你若无,主人公,三件宝贝。

九天仙,你会说,难过潼关。

孟姜听说:"宝贝俱全。"巡检要查盘:"是真是假?"即便声言:"若有差错,解你回还。若是真宝,放你过潼关。"

巡检说贤人,听我诉前因。

若有三件宝,开关放你行。

孟姜到潼关巡检要宝分第二十一【浪淘沙】

宝贝要俱全,五气朝元,七珍八宝左右旋。中间一颗明珠现,戊巳包含。

说孟姜来到潼关,巡检要他真宝。孟姜奉宝巡检就看,上有三十六天,昊天上帝,金阙化仙,有三十六宫、二十四院、七十二候①、十二宫辰②、王母独拳;又有九宫八卦、九龙驼宝;上有一株娑婆大树,有三百六十枝杆;普天星斗,里外周天,七珍八宝,斗柄盘旋。巡检看罢,无量无边,包含恒沙③世界。说不尽凡圣真假,都在此间。这宝无人敢用,就是国王见了,擎拳拱手,礼拜龙天。巡检说:"此宝进与何人?"姜女说:"因我夫主修长城,我来送寒衣,织这一件宝物进与始皇。"巡检听说,不敢怠慢,就送孟姜过了潼关。

巡检就叫二弓兵,开关展窍放人行。

---

① 七十二候:古代用来指导农事活动的历法补充,根据地理、气候和自然环境产生的景象,五天为一候,每个节气分为初候、二候、三候。例如立春分为"东风解冻""蛰虫始振""鱼陟负冰"三个候。

② 十二宫辰:即黄道十二宫。

③ 恒沙:即"恒河沙数",形容数量多到无法计算。

有孟姜，一时刻，闯过关去。
为夫主，行大孝，丢了家缘①。
十五岁，小女儿，登山迈岭。
无昼夜，不眠睡，久远心坚。
白日里，践红尘，夜晚打坐。
把丈夫，举念着，常在眉间。
下观想，寻出路，禅中有定。
收将来，放下去，连彻②三关。
一会家，想夫主，不得见面。
恨不的，把丈夫，抓在跟前。
叫一声，范秀才，在也不在。
念的我，心开悟，一体同观。
口里念，心里想，不敢放意。
丢不下，放不下，口口言言。
孟姜女，问四郎，这是何处？
四郎说，这前边，又是一关。
不觉的，早来到，关墙一座。
界牌上，写的是，汴国河南。
上写着，黄草关，不用宝物。
上城的，下城的，都要通关。
孟姜女，听的说，这事怎了。
才哭罢，二弓兵，来到跟前。

弓兵二人来到跟前，系缚紧牢拴，有引无引，不放过关。因为范郎私自回还，巡检赴命，范郎私过关。

弓兵说二人，听我诉前因。

---

① 家缘：家乡。
② 彻：通。

巡检去赴命，这关过不成。

孟姜到黄草关不放分第二十二【傍妆台】

自寻思，悔前容易悔后迟。修行人结不下长生果，那些儿栽接的不整齐，止望和你长相守，谁知宾主分离。寻思起珠泪垂哭，只哭叶落归秋在那里。

说弓兵诉与二人，日前晚间因为范郎私自过关，把巡检提上长城问罪去了。今有外郎①权②关，关门封住，人人难过。姜女听说："范郎是我夫主，俺二人与他送寒衣，怎不放过关？"弓兵听说："拿入宫厅。"外郎问："是甚么人？"弓兵告诉："他二人与范郎送寒衣去。"外郎说："好！好！天加其便。因范郎私计过关，大小官吏人等住俸③。你今来投，不消问他，送到南牢监禁。等巡检来时，解上长城，亲见始皇定罪。"外郎叫弓兵送在南牢，上了刑法。

弓兵听说送南牢，孟姜放声哭哮啕。
许孟姜，在南牢，大放悲声。
只为我，救夫主，两下无功。
在家中，不信我，亲娘说话。
飞蛾儿，来投火，落在胶盆。
听耶话，我不依，真个有难。
娘言语，全不信，果有实情。
叫一声，亲父母，范郎夫主。
叫一声，冤屈气，感动天宫。
一至心，感动了，中天教主④。

---

① 外郎：衙门小吏。
② 权：掌管。
③ 住俸：停发俸禄。
④ 中天教主：应指中天紫微大帝。

忙差下，太白星，搭救贤人。
李金星，听的说，贤良妇女。
将金丹，来下界，救度众生。
痴众生，不信我，天有三宝。
无昼夜，运水火，可是何人。
我只因，儿和女，不入真火。
蒸不熟，煮不烂，怎的出笼。
大地人，全不知，华池①有水。
懒众生，不会取，洗不干净。
我只因，孟姜女，牢中受苦。
发慈心，不违愿，转大法轮。
将金丹，一撒水，熬成熟饭。
与孟姜，满牢人，且救饥贫。
李金星，刹那间，云头落地。
黄草关，化一个，白发公公。
手提着，黄磁罐，常来舍饭。
每日送，三斋饭，不错毫分。
老公公，叫弓手，开放牢狱。
这监里，有我个，贴骨②尊亲。
有弓手，把南牢，开门两扇。
老公公，进的门，就叫贤人。

公公进门就叫贤人："孟姜听一声，重生父母救我超生。你若救度。永不忘恩，得命归家，永不断恩情。"

孟姜在南牢，放声哭哮啕。
金星来下界，搭救赭黄袍。

---

① 华池：神话中昆仑山上的池子。
② 贴骨：至亲之人。

金星南牢救孟姜分第二十三【驻马厅】

金星法王，我来南牢救孟姜。我将金丹一粒，搭救贤人。得命还乡，只因忠烈进衣裳。家中父母终朝望，急早还乡，急早还乡。归家见母不怕阎王，说金星将金丹化饭，与孟姜吞入腹中，开了枷锁，到了半夜，把南牢顶上运神力打一个窟窿。通天彻地，把二人轻轻提出关外去了。金星回上关来，举一把无明火，烧了南监①，着外郎弓手，无眼难明，再不跟寻②。

金星救出许孟姜，哮啕痛哭寻范郎。
许孟姜，在荒郊，痛哭恓惶。
又只怕，二令人③，害了范郎。
他二人，取范郎，长城见主。
黄草关，那外郎，又寻范郎。
假若是，到长城，不见夫主。
这出丑，怎回去，见我耶娘。
就死在，长城里，难来见母。
投了河，跳了井，永不还乡。
到那里，问众人，若是见你。
就死了，我好歹，寻着灵光④。
把寒衣，烧与你，黄袍进了。
我死去，把贤良，留在朝纲。
叫一声，范秀才，在也不在。
哭一声，我父母，挂肚牵肠。
我哭我，年纪小，青春守寡。
那世里，无修下，不得风光。
我哭我，这一遭，不见夫主。

---

① 南监：本指刑部监狱，这里泛指监狱。
② 跟寻：跟踪寻找。
③ 令人：衙役。
④ 灵光：佛教中指人良善的本性，这里指灵魂。

赭黄袍，四件衣，落在何方？

我又哭，这长城，何时修了？

我又哭，大地夫，巳时还乡。

泪珠儿，止不住，抬头观看。

早来到，凉山县，一座庙堂。

凉山庙，至长城，还有八百。

不觉的，天色晚，坠落太阳。

天色至晚，坠落太阳，庙主走慌忙，点火烧香，礼拜神王。庙主便问："那里经商？"姊妹二人："长城送衣裳。"

四郎问庙主，借庙做店房。

在家行方便，何用远烧香。

姜女对神哭告范郎托梦分第二十四【罗江怨】

满眼儿泪冷冷，对庙神诉离情，如何不了生死病，青天可表见分明也佛①。身虽在外，牵挂双亲，盼丈夫，常把真经诵。奉圣去修因②。无有贪嗔心，要相逢，除是来托梦，除是来托梦。

泪道儿腮边倾，不由人痛伤情，这个因果实难种。当初发愿有天听也佛。言不应口，怎得成人？忘恩发，短天追命休。忘了针对针③，常常挂在心，要相逢，除是来托梦，除是来托梦。

泪点儿似血红，跌脚又捶胸。哀告老母通一信，方便夫主两相逢也佛。天堂大路，怎不分明？烧香拜斗④，才有幸。云城里好挂名，雷音寺撞金钟，要相逢，除是来托梦，除是来托梦。

泪点儿似水津，烧香拜观音，显灵降圣来作证，保佑姜女在路

---

① 也佛：这里应该是吟唱宝卷时的众人合唱，到这里时众人合唱"也佛"。下同。

② 修因：佛教术语，修行业因以求得到果报。

③ 针对针：指两相吻合，非常精准。

④ 拜斗：礼拜北斗星，这是道教的仪式。

行也佛。心无杂念,意不贪嗔,闪的我,独木桥上不敢动。昼夜苦劳心,今生果不成。要相逢,除是来托梦,除是来托梦。

说孟姜哭罢,庙主便问:"你二人何处安歇?"孟姜听说:"你与家兄后房歇去,我在这庙里念无字经一卷,拜真香一炷。景中①观我丈夫在于何处受苦。"说罢有当时神将去报玉帝得知:"今有孟姜宿在凉山庙。"玉帝听说,忙差六甲天神去与十阎王说知。十三就唤金童一对,去还报司,引范郎去凉山庙托梦,去只见庙门谨闭②。童子见无门而入,高声大叫。庙里神祇听的是童子声音,忙把正门开放,把童子共范郎放进庙来。

庙神开放古庙堂,范郎进庙见孟姜。
范秀才,进庙来,看见孟姜。
浑衣卧,土地下,受苦恓惶。
为丈夫,千万里,来受辛苦。
冷地下,尘土埋,不相模样。
在家中,靠耶娘,红炉暖帐。
只睡到,正晌午,才起梳妆。
鬼魂儿,见了妻,昏沉盹睡。
谁指望,千万里,来送衣裳。
魂灵儿,忙跪下,谢你恩重。
怎报你,万里孝,久远心肠。
孟姜女,一梦中,就问夫主。
你因何,带枷锁,不穿衣裳。
只因我,撇了你,枷锁常带。
好衣裳,到阴司,剥的精光。
孟姜问,因何死,谁人害你?

---

① 景中:梦中。
② 谨闭:疑应为"紧闭"。

范郎说，我这死，不怨君王。
怨只怨，蒙将军，哥哥亏命①。
他把我，取回来，背了君王。
许孟姜，开口说，范郎夫主。
说明白，知下落，好送衣裳。
范喜郎，叫贤妻，听我再诉。
亏十王，送出我，来到庙堂。
二童子，送我来，与你托梦。
你休与，蒙将军，做了偏房。
秦始皇，收留你，做一正院。
巧言语，妙消息，诉与君王。
你若还，恋皇宫，受其快乐。
可惜的，丢了我，这点灵光。
奏朝廷，着将军，还我一命。
上长城，九宫里，寻我灵光。
寻着我，未生前，娘的本面。
送在我，东洋海，得见龙王。
进龙宫，编了号，坠上天榜。
自然的，天书诏，享赛②十方。
到那里，得证果，还源本位。
赴王母，蟠桃会，才是一场。
这便是，实情话，再不多说。
死活的，休丢了，四件衣裳。

范郎在庙细说："孟姜醒来换衣裳，素体容妆，一片白光。我是死了，莫穿青黄，浑身上下，穿套孝衣裳。"

---

① 亏命：丧命。
② 享赛：祭祀。

孟姜在庙堂，梦中问范郎。

仔细说明白，我好送衣裳。

孟姜在庙范郎托梦分第二十五【哭五更】

一更里，断人行，来到神堂古庙中。跪着妻儿诉前因。浑身枷锁带不动，我的天呵！浑身上下带不动。

二更里，许孟姜，眼泪汪汪问范郎。因何你不穿衣裳？浑身上下一片光，我的天呵！浑身上下一片光。

三更里，半夜天，范郎对妻说根源。寻我休方方寸间，九宫里面才得见，我的天呵！九宫里面才得见。

四更里，鬼魂儿回，亡灵不等金鸡啼。守着贤妻舍不的，东洋大海久等你，我的天呵！东洋大海久等你。

五更里，东方明，孟姜醒来哭一声。梦见范郎说分明，说他尸灵①在九宫，我的天呵！说他尸灵在九宫。

说孟姜在凉山庙，有范郎托梦说："我被蒙恬将军，打在长城九宫。始皇不知，说得明白。你都记在心中。"忽然惊醒，南柯一梦。只听鸡叫不见丈夫，开了庙门，就叫四郎，解开包袱，取出孝衣，换了花红②，披下头来，撒放金莲③，辞了庙主，大放悲声，哭上长城去了。

孟姜叫声田四郎，取出白服换青黄。

许孟姜，开庙门，叫出四郎。

解包袱，取孝衣，换了青黄④。

我今日，才知道，范郎死了。

好衣裳，不得用，枉费心肠。

---

① 尸灵：尸体。
② 花红：帽上的金花和身上的红绸，这些都是喜庆的东西。
③ 撒放金莲：把裹脚布解开。
④ 青黄：泛指颜色，这里即指前面的"花红"。

把青黄，和柳绿，浑身不挂。
满身上，素打扮，一片白光。
鬏①开头，撒了脚，再不修理②。
哭啼啼，步步紧，急急忙忙。
叫四郎，上紧行，加工③进步。
去迟了，不得见，夫主灵光。
这头起，那头落，身轻体妙。
猛然间，抬头看，这是何方。
界牌上，有字意，写的改样④。
上写着，芦花寨，万里长江。
下坠着，九江口，人人难过。
叫四郎，回家去，拜上双亲。
对娘说，少想我，休要指望。
有父母，费心勤，干养一场。
说与娘，范秀才，一命死了。
对娘说，孟姜女，也要无常。
田四郎，叫小姐，我回家去。
我到家，娘问我，送你何方。
你说道，只送在，九江口上。
对娘说，他上船，我就还乡。

孟姜打发四郎还乡，二人泪汪汪，难舍家兄九远心肠。休对傍人说我不良，撇了父母，去寻范郎送衣裳。

孟姜抬头看，来到九江边。
兄弟你家去，收拾我上船。

---

① 鬏：头发散乱的样子，这里作动词，使头发散乱。
② 修理：梳理。
③ 加工：疑为"加功"之误，更加努力的意思。
④ 改样：特别。

孟姜打发四郎回家分第二十六【十七腔】

露冷朔风寒，时光似箭攒①少年。我打发四郎回家，拜上尊年，少要忧愁莫要挂牵，有缘还得重相见。四郎去好难，不由人思想不泪连。我和你人断离情恩不断，又想起丈夫一句言。混沌初分人未参，金钩钩，玉线牵。我和你五百年前有分缘，先天不了果未还。一番不尽又一番，个里②数好难。我当初未修果朝元③，知会④门前无跌倒，天榜上无名怎成仙？龙虎街前不慈主，铅汞炉里少灵丹⑤。我当初修下福半边，别人家园中果木儿全。有儿有女多有福，是他前生结下万人缘，夫主去，不见还，撒的我北来南不南，你在那里阳随阴转。还丹⑥一粒，金缺一点。丢的我玉线金针懒去穿，双林曾发当来。愿你就把山盟当戏言，你要薄情遭劫寿短，我若忘意天雷追遣。喜蛛悬，灵鹊现，左不逢来右不圆，你去时柳放花开绽，到如今梧叶儿归根不见你还。更不想思不念，撒的我姹女婴儿两挂悬。长城路，有万千，山遥水远，天圆地圆日圆月圆人未圆，无主意可怜，提起线头有万千。千里投人不相见，再相见时缺后天。少儿无女也是我修不全，得结缘处且结缘。先天不了续后天，见在不认无生母，谁肯怀胎九万年。

说孟姜来到九江口，打发四郎回家，将包袱背在身上，抗⑦着清凉伞，来到江边，只见明晃晃金水连天，无有边岸，不知那是往长城去的大路。孟姜才然待哭，只见一个老人过来，孟姜向前动问，老人就叫女子："听我说与你这一道九江径路，有千座名山洞府，万道岔路难行。

---

① 攒：通"趱"，加快。
② 个里：其中。
③ 朝元：道教里指教徒朝拜老子。
④ 知会：知道。
⑤ 龙虎、铅汞：这些都是道教内丹修炼的词语，龙虎在道教指水和火，内丹派借用其术语用来指代内丹的修炼。后文的"姹女""婴儿"也是内丹术语。
⑥ 还丹：道教人士炼出的丹药。
⑦ 抗：同"扛"。

我指一条大路与你，休离龙虎山方寸庙，久等自有船来。"孟姜下拜，老人又叫贤人，我把九江州城府县水路，旱路名山洞府庵观寺院，上稍下稍①，都说与你，记在心中，回来自然有路。

  老人便叫女贤良，听我从头说九江。
  老公公，叫贤人，听言端的。
  九江口，从头数，说在心中。
  九江口，有八水，串通一处。
  有五湖，通四海，上下周行②。
  有三百，大孤河，上接下稍。
  有六十，小黄河，节节双行。
  有二百，四十座，龙宫海藏③。
  有一百，二十间，水阁凉亭。
  有一座，七宝池，三明四暗。
  有一座，八功殿，体透玲珑。
  当阳处，有一座，古刹寺院。
  那寺里，有古佛，无字真经。
  寺中间，有一座，玲珑宝塔。
  塔周围，有四至④，八面威风。
  往东至，甲乙王，干河一道。
  往北至，壬癸庙，苦水龙宫。
  往西至，费安府⑤，金城一座。
  往南至，新火县，对塔当中。
  塔前边，十字街，鼓楼一座。
  塔后边，渠江殿，钟鼓齐鸣。

---

① 上稍下稍：上端下端。
② 周行：绕行。
③ 海藏：海里的宝藏。
④ 四至：即四个方向。
⑤ 费安府：费谐音肺，在五行系统里肺属金。下文"新火县"中"新"谐音"心"，心属火。这段内容实际上是内丹修炼的心法，通过与地名谐音的方式形象地表达出来。

殿前首，峨嵋山，双林寺院。
寺下边，重楼殿，华盖山中。
从重楼，往上去，长城大路。
重楼下，华盖寺，那是中城。
到齐州，丹阳县，九河下稍。
过胎州，芦花寨，就是黄庭。
那里有，火焰山，华藏寺院。
吕公桥，甲儿岭，也到长城。
起旱脚，走连城，二十四座。
你可打，玉枕关，径到孤峰。
我把这，三条路，从头说过。
大开示，指点你，休要忘恩。
孟姜女，问老人，何处起引①。
老人说，上了船，你问艄公。

孟姜听罢，拜谢公公："多亏指点情，杀身难报，永不忘恩。你把九江，指我一身，若不细说，长城路难明。"

孟姜抬头看，老人便开言。
只在龙虎山，方寸好等船。

姜女在龙虎山等船分第二十七【驻云飞】

来到九江，朗朗分明一派光，五湖四海，八水山川，绕定天罡，森罗万象其中降，仔细参详参详，千江有水千江一样。

说老人便叫女子只在龙虎山，休离方寸，离了方寸，失了生死，难见丈夫。姜女问老人："船在何处？"公公便说："兀的不是正船来度

---

① 起引：引，通行证。这里指买船票。

你。"哄的女子回头，不见了老人，只见一只大船，上有五条桅杆，通天彻地，五方旗斗柄盘旋，五合蓬八面威风，细乐①响昼夜连天，船头上金乌戏水，船后首玉兔生光，船左右二十八宿，船仓里文殊普贤杨四将军②，船两边一来一往载少年，桅前一面混元牌。艄公说："先有吾当③后有船，要是贤人送寒衣，过江不要他半个钱。"孟姜听的艄公说，就与一把清凉伞。艄公便说："女子上船坐下。"只看定南针，船行不动急急行程。

全忠全孝许孟姜，万里长城送衣裳。
我是先天无生母，不论贫富一般装。
无生母，驾孤舟，来到江心。
龙虎山，方寸寺，久等贤人。
你今朝，正遇我，咱是一会。
我来度，你休要，转眼无恩。
孟姜女，问艄公，这是何处。
有艄公，叫贤人，听说地名。
这就是，普陀山，洛珈寺院。
那便是，洋子江④，恶瀑难行。
这一去，进九宫，龙宫是路。
宝藏山，千花台，径到长城。
孟姜说，你休要，迷踪失路。
迷了我，范喜郎，投奔何人。
有艄公，叫贤人，听说正话。
这条路，从累劫，走到如今。
这一去，到齐州，分开大路。
新火县，往上走，步步高登。

---

① 细乐：管弦乐。
② 杨四将军：民间信仰的神灵，宋朝长沙人，传说七岁成神，曾斩杀恶龙，被封为将军。
③ 吾当：我。"当"是语助词。
④ 洋子江：即扬子江，长江。

> 三阳关，起了引，饶州挂号。
> 九阳关，纳了钞，就是头宫。
> 眉天岭，进山去，再无岔路。
> 到那里，方才是，万里长城。
> 许孟姜，叫艄公，开船举棹。
> 艄公说，我这船，不棹自行。

艄公便说女子贤人，三万六千程，顷刻时中来到头宫。孟姜抬头，细看分明，长城九宫三百六十门。

> 艄公湾住船，这是六罗山。
> 打发孟姜下，收拾我回船。

孟姜下船到六罗山分第二十八【驻云飞】

好一只法船，大海长行不记年，一朝来一遍。度众生登彼岸，佛桅杆在中间，顶上旗号，三明共四暗，得度贤良到长安。

说孟姜下了法船，打发艄公去了，来到长城六罗山。我待寻我夫主，又不知他在那一宫，我还寻着我大伯蒙恬将军，他就说："范郎死活商议，好进黄袍。"说罢，进了六罗山，见了将军，便说①："你怎知我兄弟死了，身穿重孝，来寻千山万水，扑了个空，看你怎么回去。我劝你把孝衣脱了，与我做一房妻小。等我修起长城，领你归家。"孟姜便说："我有心与你做妻，怎奈我与朝廷织了一领赭黄袍，咱二人把黄袍进了，回来与你做妻，也是不迟。"将军听说，就写表章。孟姜说："我有原来表章。"孟姜奉与将军。接在手中，不管好歹，不见分明，不敢怠慢："你归后房去等我，自己进罢。"孟姜听说，将寒衣一件包了递与将军。接了不知真假，连忙进朝。

---

① "便说"前可能遗漏"将军"二字。

将军接表进黄袍，孟姜不许你进朝。
许孟姜，见将军，说话欺心。
将寒衣，包一件，递与将军。
蒙将军，接过来，当做真宝。
他拿着，常行去，不领钗裙。
孟姜说，你这遭，死在我手。
我做的，这生死，谁得知道。
蒙将军，接寒衣，不管好歹。
心欢喜，不怠慢，闯入金门。
面对主，奏君王，山呼万岁。
臣的妻，有孝心，敬奉朝廷。
织一领，赭黄袍，处心用意。
主人主，心欢喜，就问将军。
你既来，进黄袍，甚么为证。
蒙将军，将表书，奉与朝廷。
君王看，表书上，森罗万象。
上写着，诸佛祖，前后一身。
君王说，蒙将军，将袍我看。
有将军，奉君王，就见分明。
主人公，拆封皮，从头观看。
解包袱，提起来，諕了一惊。
君王说，蒙将军，合该死罪。
两三番，你无礼，欺灭朝廷。
表书上，你写着，黄袍一领。
你包着，黑衣服，戏弄朝廷。

君王恼怒，呵骂将军："贼子可恼人，我没宣你，自己来寻。表书上写：天地龙神，说黄进黑，惹祸自缠身。"

君王差令人，拿了蒙将军。

封位六罗山,抄没大小人。

君王差人拿了将军分第二十九【傍妆台】

将军愁谁知,今日死临头,孟姜定下黄袍计,把我大势功劳一笔勾,修城事尽都丢,争名夺利下场头。

说君王拿了将军,抄没满家人眷,大小尽数都拿在朝中,把孟姜也拿在朝中。君王抬头,看见姜女身穿重孝,背着包袱,抗着清凉伞。君王就问:"年小女子,你是何人?"姜女见问转上金阶,哭叫连天:"万岁君王,与远乡儿女分忧做主。"君王听说:"你是何人?"姜女对着满朝文武,细说亏心①苦事。主公在上,侧耳细听。

姜女对主诉前因,一庄屈事告王听。
孟姜女,告冤屈,对主分诉。
满朝内,文共武,侧耳听声。
说在前,一件事,王也知道。
我丈夫,范喜郎,替父修城。
一来时,亏将军,领他见主。
王升他,高官做,大似将军。
蒙将军,使心倖②,差他稍信。
他说是,主人公,着他回程。
被君王,取回来,他就瞒主。
买令人,不言语,打在长城。
我来寻,不承望,夫主身死。
投将军,亲姑舅,大伯尊兄。
蒙将军,说范郎,君王打死。

---
① 亏心:伤心。
② 使心倖:也作"使心作倖(幸)""使心用倖(幸)",耍心机。

他见我，年纪小，就要成亲。
我说道，收留我，不打之紧。
这一领，赭黄袍，交与何人。
主人主，听说袍，就问女子。
你说黄，他进黑，话不相同。
孟姜女，告君王，听我在诉。
也有黄，也有黑，白共青红。
织几样，四件衣，黄袍一领。
与君王，和夫主，当冷遮风。
君王说，赭黄袍，在于何处。
孟姜女，将黄袍，奉上明君。
君王看，赭黄袍，森罗万象。
欠抬身，忙顶礼，万将神兵。
这黄袍，上织就，包罗天地。
按天官，三十六，织在一身。
你既有，这宝贝，将军不进。
进黑衣，轻慢主，虚诳明君。
孟姜说，这样人，不知黑白。
背君王，害夫主，自受当刑。

孟姜告罢，圣主心明，两眼泪珠倾，满朝文武跌脚捶胸。王说："将军无义无仁，害了范郎，又要骗良人。"

孟姜告御状，君王才得明。
时时有报应，龙天不错行。

孟姜告御状，要斩将军分第三十【浪淘沙】

蒙将军，好无情，你亏何人，自小儿无娘受苦辛，姑娘养你成人，大忘了前恩。

忘前恩，好呆痴，不得便宜，姑娘养你不容易，你今得了高官做，反害了兄弟。

说君王听贤人诉告情真，君王说："将军悔犯天条，带累满门家眷皆斩。"孟姜听说，命奏朝廷："我夫主一人死了，他众命难当，单自着将军一人，还我夫主一命。"说君赞念①贤人："你真是天人下界！"又问："你多大年纪？因何来寻夫主？诉与我听，与你盖一志门②碑记，流传在世，名扬千载，永远相传。"

君王有意问孟姜，因何来寻范喜郎。
君王叫，许孟姜，大孝贤人。
我与你，杀斩了，蒙恬将军。
他害了，范秀才，还他一命。
把将军，千刀剐，才趁人心。
孟姜女，听王说，哀告我主。
把将军，饶了罢，休做仇人。
主人公，听的说，饶他一命。
孟姜女，就是个，大悲观音。
王问你，和范郎，恩有己③载？
我招他，才三日，不曾成婚。
你和他，三日夫，无有情意。
你怎有，抛耶娘，万里来寻。
孟姜女，告君王，听我再诉。
五百劫，恩情重，不在今生。
君王说，这贤人，知道前后。
是菩萨，来下界，显化④人心。

---

① 赞念：称赞。
② 志门：即贞节牌坊。
③ 己：同"几"。
④ 显化：神灵显现化身。

王问你，休违阻，君王圣意。
你与我，做昭阳①，大领三宫。
孟姜女，听王说，心中欢喜。
王依我，三件事，不敢不从。
君王道，贤女子，随你细诉。
可怜见，女孩儿，无主钗裙。
头一件，衡水县，宣我父母。
华阴县，去宣我，婆婆公公。
第二件，把父母，封官赠职。
养老官，受快乐，我也宽心。
第三件，上长城，寻我夫主。
见骨衬，殡埋了，才称臣心。
把前后，恩情尽，无有牵挂。
那其间，做昭阳，纳地扑心②。

孟姜说罢，君王依从："好个女钗裙，上下何理，大小安心。又不杀害，又不贪嗔，古今少有这等孝贤人。"

君王说孟姜，依你诉衷肠。
令人宣父母，不久见爷娘。

君王宣孟姜父母公婆分第三十一【傍妆台】

女钗裙听王命令，谢皇恩，一来正是王有道，也是姜女有孝心。感动君王慈悲主，一人修下众人功。酬天地谢神明，合家大小拜皇恩。

---

① 昭阳：汉代昭阳殿为皇后所居之殿，后用"昭阳"指代皇后。
② 纳地扑心：表示尽心竭力。

说君王差人，去宣姜女父母公婆来到朝中，封官赠职①，送上养老官不题。孟姜又奏朝廷："我今身穿重孝，不敢进宫，充②犯三宫六院，不吉。"君王听说，就宣两班文武点四十万人马，与他齐穿重孝，龙车凤辇，旗幡宝帐，出离长安往长城，寻着他夫主骨衬，那时方才脱孝。说罢，大排銮驾出朝，幢幡宝盖，峦珠璎珞，细乐生琴，晃耀乾坤。在天垂下黄金相，在地成形主人公。大势人马投前进，来到长城第九宫。孟姜来到长城九宫，下了凤辇，焚香礼拜，祝赞③虚空，众位神灵齐来助力。姜女大哭，拜倒九宫，只见骨衬如山，不变真假，不知那是范郎骨衬。姜女将十指咬碎破，鲜血流出于骨衬上点，透骨透髓者，就是我丈夫，只见三百六十骨节不少，这个正是，就将四季寒衣包裹骨衬。君王传令：两班文武并四十万人马，齐哭三声，举哀已毕，排列人马，銮驾就行。

君王金口问孟姜，范郎埋葬在何方。
孟姜女，奏君王，听诉言情。
把丈夫，送东洋，大海藏身。
这骨衬，丢在海，再无牵挂。
不强如，修坟墓，作害军民。
为死尸，不打紧，主人动意。
天下人，作念④我，不得安生。
主人公，听贤良，说话有意。
正是个，天仙女，落在凡中。
有志人，感动了，君王圣主。
领人马，四十万，来送钗裙。
刹那间，就来到，东洋大海。
许孟姜，下凤辇，拜谢明君。

---

① 封官赠职：原文无"职"，依前文补充。
② 充：应为"冲"。
③ 祝赞：祷告神佛。
④ 作念：寻思。

千生受①，万生受，多多生受。
千亏②主，万亏主，亏主天恩。
孟姜说，主人公，岸上久等。
抱夫主，送入水，与主同行。
说着话，忽的声，跳入大海。
来无踪，去无影，凡圣相同。
主人公，见孟姜，投于海内。
这二人，可传世，万古标名。
孟姜女，和范郎，同居海藏。
鲛水蚓，璧水鱼③，接入龙宫。
到王宫，告龙王，范郎何处。
海龙王，差判官，就去幽冥。
取范郎，同孟姜，团圆一会。
不一时，范郎到，夫妇相逢。
拜谢了，海龙王，同受快乐。
也无生，亦无死，永远长生。

孟姜龙宫，感叹伤情，周天一由旬，龙宫海藏，夫妇同荣，贤孝有感，得证无生，金童玉女，接引上天宫。

孟姜千里志，周天一由旬④。
范郎同相见，混元一气生。

孟姜在水晶宫见范郎分第三十二【七贤过】

---

① 生受：烦劳，感谢。
② 亏：对不起，辜负。
③ 璧水鱼：应为"璧水貐"，二十八宿之一。
④ 由旬：古印度长度单位，对应长度说法不一，一由旬长度有八十里、六十里、四十里等说法。

一年四季好伤情，万里跟寻爪①着踪。紫阳宫里团圆会，四季寒衣交的明，四季寒衣交的明。孟姜送寒衣夫妇团圆分。人人不明，昼夜交宫，二人发下，发下弘誓愿，一个西来一个东。偷寒送暖，大众有情，普劝男女行贤孝，休忘了寒暑贴骨亲。

　　说孟姜范郎二位贤人原是菩萨下界，在水晶宫团圆已了。有龙王圣母，龙子龙孙，都来与他二人，做个周满大会。久等始皇，三人同赴蟠桃会。说罢玉皇丹书来诏。

　　玉皇丹书到龙宫，请赴蟠桃对合同。
　　玉皇书，丹来诏，二位贤圣。
　　孟姜女，和范郎，细对分明。
　　无昼夜，织寒衣，不得停住。
　　为大众，儿和女，使碎娘心。
　　来了去，去了来，寒来暑往。
　　颠了倒，倒了颠，水火均平。
　　范郎说，你恩重，留名在世。
　　到灵山，重还愿，拜你为尊。
　　孟姜说，我夫主，听我再诉。
　　父母恩，男子恩，一例相同。
　　我父母，生下我，恩情亦重。
　　我若不，凭夫主，怎过光阴。
　　范郎说，我死在，九宫城内。
　　若不是，你寻我，怎得出尘。
　　孟姜女，告夫主，听我又诉。
　　你若不，传书信，我也难寻。
　　多亏你，凉山庙，亲来托梦。
　　一句话，要不依，永不相逢。

---

①　爪：同"抓"，掌握。

若不是，你留下，寒来暑往。
大地人，难通晓，春夏秋冬。
结集卷，成法宝，诸人宣念。
百年后，普度你，赴命归根。
才说罢，天鼓响，丹书来诏。
号牌上，有金字，王母合同。
龙宫送，天乐迎，仙人接引。
二菩萨，赴龙华①，九转三宫。

二位菩萨依旧还乡，往来送衣裳，迷人不识父母爷娘，多亏醒悟，四配成双，结集宝卷，普劝往四方。

姜女范郎身，原是贴骨衬。
化现贤良孝，大众知心听。

【浪淘沙】

三阳②转上元③，万物争先，坎离水火两爻还阴阳，分定七十二，三圣归天。

三圣去归天，反本还源，大势人马尽回还始皇，原是古佛祖，万世流传。

说二位菩萨归天掌定寒暑，久等始皇。不多时，上方送下一匹石马赶山鞭，与始皇赶七十二座宝山入东洋大海，只有太行山不动，君王封为劳山。封罢宝山，只见千叶宝莲，万道毫光垂云落地，高叫始皇起去，姜女范郎等你同赴蟠桃大会。说罢，祥云消散，众官文武回朝各修善因，尽都斋戒，久候功圆果满，同赴龙华三会，永续长生。

---

① 龙华：指龙华树，弥勒成佛时坐于龙华树下。
② 三阳：农历十一月冬至一阳生，十二月二阳生，正月三阳开泰，合称"三阳"。
③ 上元：元宵节。

始皇圣主范喜郎，姜女三圣去归天。
结集宝卷度贤良，普劝男女孝君王。
见在①本是弥陀主，中华掌故号人王。
衲子②分明度有缘，大地诸人用心参。
参透过现未来事，三世诸佛可并肩。
纳子愿王少干戈，万民乐业笑呵呵。
衲子愿王无士马③，天下齐唱太平歌。
衲子愿王丰登位，大众齐声念弥陀。

宝卷圆满，酬谢龙天，护法在眼前，八部围绕，昼夜循环。上祝皇王圣寿，万年法界，有情同生极乐天。

回向无上佛菩提

伏愿经声朗朗，上彻穹苍，梵语泠泠，下透幽冥。地府念佛者，出离三途；地狱作恶者，累劫堕落；灵光得悟者，诸佛引路。放光明照彻十方，东西两下返光回照，南北处亲到家乡。证无生漂舟到岸，小婴儿得见亲娘，入母胎三灾不怕，赴龙华八十亿劫永远安康。尔时三圣归天，返本还源。

大众所作诸恶业，自从无始至如今。
灵山失散迷真性，一点灵光中四生。
胎生驼骡化象马，卵生鸡鹅化飞禽。
湿生鱼鳖化虾蟹，化生人人尽不通。
四生慈父弥陀佛，寻声救苦观世音。
文殊普贤掌寒暑，地藏菩萨管幽冥。
天堂地狱本是佛，众生不悟堕迷津。
普劝善男并信女，贫富贵贱早回心。
念佛躲离三途苦，龙华三会愿相逢。

---

① 见在：现在。
② 衲子：僧人。
③ 士马：兵马，泛指军队。

诸尊菩萨摩诃萨，摩诃般若波罗蜜。

愿此功德，普及于一切，我等与众生，皆共成佛道。

　　　　　　　　　　　　　销释孟姜真烈贤良宝卷终

如如老祖化度众生指往西方宝卷

如如宝卷初展开，诸佛菩萨降临来。
在位齐心来拱听①，去除八难永无灾。
天高地厚无边海，山秀水清古流传。
世上多少巧妙事，人老何曾转少年。
今生受者前生作，何不生前种福田。
今朝敬诵如如卷，三度王文坐宝莲。
普劝大众归清凉，好言紧记在心田。
在生人人增福寿，各家日日保平安。

当初释迦如来佛弃舍皇宫，往雪山修道苦行六年，功程圆满，得证金身，坐百宝光中。

凡人今日不宜修，六七十岁不回头。
只道千年常在世，小如我的葬荒丘。
同年同月年年死，不想阎王一笔勾。
眼前老幼多多少②，为人还须早回头。

---

① 拱听：即恭听。
② 多多少：即多少。

昔年清凉山灵隐寺，有一位得道和尚，名唤如如。必须①天下之人，尽归于善，方如我愿的，故取名如如。一日在山打坐，见华州府大贤县，有一姓王名文娶妻张氏。家中富足不可胜言。平生不敬三宝，好杀生灵。放债重利，毫无善念。如如亲见，悟得王文前生是个化主道人②，今生所以享福乃③；王文今生穷奢极欲，下世转落轮回，永无出期。如如广运神通，度尽众生，故此下山来度王文，必须同往西方。

  如如修道不为难，功行修来道德深。
  住在清凉灵隐寺，六根清净不染尘。
  得悟真空无尘埃，大地山河一家人。
  如如出来定观音，富豪财主叫王文。
  不识前生因果报，天罗地网紧缠身。
  造作三般诸毒孽，如何洗得孽根清。
  世人愚迷不知音，乃慢自性本来因。
  生在世间多作恶，广贪财宝杀生灵。
  不想大限无常到，定道千年百岁人。
  并无一念修行事，地狱重重待恶人。
  迷花恋酒多贪色，铁围城中受极刑。
  千思万想逃不出，后来懊悔不修行。
  那时方想前生事，何不行善做好人。
  在位善男并信女，闻知须当早修行。
  修行只要忙中去，成佛原无一定④人。
  西方自有阿陀佛，岂肯转易度恶人。
  前生王文缘法好，今生虽恶有善根。
  为人若不知因果，再将何处复生人。
  如如佛眼来观看，故此下山度王文。

---

① 必须：即定要。
② 化主道人：负责化缘的僧人。
③ 福乃：应为"福礽"，即福气。
④ 一定：固定，注定。

慢说①王文腹中事,且说如如下山林。

那如如有一徒弟,名叫真悟。如如对真悟曰:"你与我收拾行李,同我下山到他方去度众生。"那真悟对师父曰:"弟子本无道德②,况世人多被四字③迷恋,难以化度回头。不但徒弟不去,就如师父虽有妙法,亦可不去为妙。"那如如曰:"佛道利己利人,不为自求,我虽无妙道,亦当普劝众生。若单为自己,岂是出家之心。"那如如要下山,真悟又来劝师父曰:"徒弟有言劝解。"

真悟徒弟将言劝,师父听我说缘因④。
世人修福不修慧,只谈是非不念经。
经中消息⑤全不晓,单说富贵与功名。
有酒有肉是荣耀,持斋把素有几人。
腹内不明真本性,苦口想劝总不听。
师父有朝下山去,不如静坐不出门。
如如开口讲言说,你言且是⑥为己心。
世人虽是多愚昧,也有回心向善人。
倘有真心并好善,必须善劝上山林。
我今若不去劝化,先师传授枉劳心。
今朝决意下山去,不度众生不回程。
真悟稽首来送别,如如师父出寺门。
到了华州大贤县,三番两次度王文。

如如出了寺门,来到王文家中,王文正坐厅上,取了账目,到要出去收讨本利银钱。如如问道:"长者放此债务,那利钱可收得清么?"王

---

① 慢说:不说。
② 道德:僧道修得的道行、法术等。
③ 四字:应指"酒色财气"四字。
④ 缘因:原因。
⑤ 消息:奥妙。
⑥ 且是:只是。

文摆头一看，问道："你是那里来的和尚？"如如应道："我也是来收利钱的。"就在厅前打坐，默念真经。王文问道："要化怎么①东西，我这里末有②布施，不必在此打坐，往别处去罢。"如如道："我要化你，不是外物③。我有一偈，长者④你须静听。"

> 我佛堪怜⑤要指迷⑥，灵山说法有根基。
> 三界不知是火宅，特与君来说是非。
> 世人俱在红尘里，谁知西方有神祇。
> 长者若肯同我去，同登彼岸极乐地。
> 王文不解其中意，和尚说话好蹊蹊。
> 不化银钱不化米，口内唠叨说怎偈。
> 要我布施老实讲，何必多坏嘴唇皮。

那如如笑曰："我不化你东西，只要同我去修行，随我出家，休昧忘了前生因果，你且听我道来。"

> 人生富贵难强求，为我前生有善根。
> 今世不修罪孽重，多贪口腹罪加增。
> 日积月累何日了，转转轮回报不清。
> 若能弃舍修真道，方是世间大智人。
> 劝你随我去修行，可免轮回脱凡尘。
> 王文听说呵呵笑，和尚说话欠聪明。
> 口中说是前生好，我却前生快活人。
> 不过要修身发迹，不过要修做官人。
> 名利两全方荣耀，女人要修转男身。

---

① 怎么：这里是"什么"的意思。
② 末有：没有。
③ 外物：身外之物。
④ 长者：对男子的尊称。
⑤ 堪怜：可怜。
⑥ 指迷：指点迷津。

我今现在为男子，家财无数广金银。
虽然不得高官做，跟随服侍几十人。
娇妻美妾多多少①，羊羔美酒日日新。
出入非轿即车马，那个人儿不恭敬。
今朝心中还不足，要我出家去修行。
除非修到天上去，除非要我坐龙廷。
劝我修行休多说，若要布施说真情。
我今与你钱和钞，休把修行哄劝人。
如如即便将言对，长者你且听缘因。
你道家财千万亿，不过乡间财主身。
释迦如来皇太子，万里江山遍地金。
八百娇娥常侣伴，三千彩女后随跟。
一统山河民敬服，四海名扬天下闻。
如此统天②真富贵，夜半踰城雪内行。
弃舍皇宫学道德，六年工夫修成真。
人生修行为第一，小小财主何足称。

王文说道："我道是化缘的和尚，原来说大话的，不要保③他。"径入后堂去了。如如曰："我徒弟真悟到有先见之明。虽然如此，吾出家人，慈悲为念，忍气为先，岂可他不肯修行，我便去了不成。必须在此再行劝他便了。"在厅前打坐到第二日，见王文门前，有一鱼池，池边有一钓鱼台，往日王文游玩之所。至次日王文叫家丁，调和香饵，放在池中。王文自己饮酒，看他钓鱼。那如如看池内之鱼，夺食上钓，并无空钩，有一个鱼上钩来，忽然跌落在钓鱼台上，跳来跳去。如如打动王文说道："鱼儿你也不必跳了，你前生不修，今生跳也迟了。我有一言，你且听者。你本是池中水内游玩，为何贪心吞香钩？"

---

① 多多少：这里是"多"的意思。
② 统天：统领天下。
③ 保：应为"睬"。

身入池中清如水，心贪美味把香钩。
定道善人来结缘，不道恶人用药谋。
深深池水游不足，痴心妄想贪不休。
你道香饵是美味，那晓香饵把魂勾。
一纶钩丝如铁链，吞了香味性命休。
一支钓竿如锐叉，钓入台上一笔勾。
碎骨分身取肝胆，火汤地狱游一游。
我今说与迷鱼听，何不当初早回头。
王文来应如如道，休得无理说由头。
鱼儿若得能修道，黄鳝也为念佛求。
如如便乃将言对，我劝鱼儿劝你修。
你若有朝来失手，翻身不如鱼儿攸①。
今朝幸得人身在，及早修行还可求。
失了人身难再复，叫你何处再去修。
百年光阴如梭过，劝君及早把性求。
生前若不修佛道，地府阴司苦难救。
忙忙②好像鱼游水，不知生死梦中留。
有朝一日无常到，有钱难买免骷髅。
王文听了心中怒，恶言回师动高喉。
为人有生必有死，那个千年在人头。
家有钱财千千万，叫我戒荤怎可丢。
好言好语不肯走，一顿拳头你可游。
说罢了时后堂去，全然不肯转回头。

如如心中想道："是王文心真愚痴，失迷先天③已久，难以劝化。我不免点化一鱼口能念佛，王文听得鱼能念佛，或者回心，亦不枉我一番心计。"次日王文出来，如如一道法，水忽闻一鱼，口内念佛，在于

---

① 攸：自得的样子。
② 忙忙：急匆匆的样子。
③ 先天：本性，这里指前世的佛性。

池中。如如出门去了。

> 如如大师重发愿，法水化鱼劝王文。
> 小小鱼儿能念佛，王文必定也回心。
> 王文次日清晨起，游玩鱼池到来临。
> 手执弹弓闲游嬉，听得池里念佛声。
> 王文听了心疑惑，有何妖怪在池心。
> 忽见小鱼池上现，现出毫光五色新。
> 声声只把弥陀念，又念再不贪香饮。
> 多感恩师来救我，超生彼岸登佛门。
> 王文听得真希罕，便叫鱼儿你且听。
> 何人度你登彼岸，谁人叫你念佛经。
> 念佛鱼儿开口说，主人听我说缘因。
> 说道如如来度我，和尚叫我念真经。
> 我今就要上天去，从今再不转凡尘。
> 说罢空中一声响，不见池内众鱼鳞。
> 王文听得重又看，满池鱼儿上天庭。
> 巍巍不动金光现，口口说道是新文①。
> 东西来寻无影踪，莫非池内有神灵。
> 拜了四拜回家转，告与房中张氏闻。

那王文回到房中，告与张氏知道。妻曰："鱼儿念佛，就为升天。你若肯念，也成真果。"王文笑而不应，仍旧杀生饮酒。那如如思想王文，见鱼儿念佛升天，低头下拜，或者回心也未可知。过了一日，如如又来厅前打坐，心中转念②本性经佛，总想王文出家修行。那王文看见如如道："和尚为何又在我只里③打坐？"如如道："我今要你归山学道，好办前程去了。"

---

① 新文：即新闻。
② 转念：想念。
③ 只里：这里。

326

王文听说笑眯眯，和尚说话太无情。
　　若要我今修行去，铁树开花万不能。
　　为人自有主意定，不劳大师多非心。
　　如如即便回言道，长者言语不通文①。
　　劝你修行归正道，缘何不听半毫分。
　　本性迷失难劝化，有道怪人②不知因。
　　修桥砌路为第一，救济贫苦落难人。
　　造寺斋僧为善事，为人须当早修心。
　　今朝你为财帛误，贪取快乐酒色昏。
　　人心原是无厌足③，要等无常便回心。

王文听了无常二字，忽然一惊，稍有点回心，说道："我在家中吃之不尽，用之有余，闷来是有妻女解劝，渴来是有甘泉茶水，一日五餐，羊羔美酒时时足吃，看你出家之人，一无所有，叫我如何去得。"如如道："你道出家之人一无所有，我有明月清风随身作伴，也有银杏仙桃口中尝，你被酒色埋了真性，听吾一偈。"

　　人间不晓酒害人，吃了几杯便昏沉。
　　为酒迷失真原性，迷沉昏入地狱门。
　　酒不醉人人自醉，酒中利害实非轻。
　　或因酒后来争斗，倾家荡产伤性命。
　　杜康造酒埋地府，李白贪酒水底沉④。
　　渊明戒酒⑤修真性，往到西方入大乘。
　　五戒之中酒第一，人生祸事酒起兴。
　　今朝劝你先戒酒，必须戒酒好修行。

---

① 通文：通晓情理。
② 怪人：荒诞之人。
③ 厌足：满足。
④ 李白贪酒水底沉：相传李白酒醉，见水底月欲揽，落水而亡。
⑤ 渊明戒酒：陶渊明有《止酒》诗，但实际上陶渊明并未真正戒酒。

王文曰："我酒不吃，到也罢了，但你出家之人，夜宿孤庙茶亭，雨打日晒，披云打坐，戴雪行走，这般受苦，我在家中，暖被滑席，妻女问答，如何舍得，只①样快乐，叫我怎生去得。"如如曰："我有一偈，你且听着。"

堪叹人间色迷人，多少英雄伤残身。
色不迷人人自迷，色中害人祸不轻。
纣王妲己亡天下，西施美女破吴城。
吕布董卓英雄汉，贪恋貂蝉也伤身。
汉朝立帝王姓女，招君②美女献他城。
多少贤明仁德王，败国亡家祸不轻。
今朝劝你戒酒色，戒了色心好修行。

王文曰："夫妻恩爱到也罢了，但我家中用的九五进出，藏的实足纹银，放的加三利息③，买的田园产业，每年吃用有余，若同你出家人去，化得来吃，化不来就要饿了。不但未有实足银子使用，就是铜钱不能见面。"如如曰："你道我没有银钱用么，我有指石为金之妙法，比你足用。再说一言，你须细听。"

人人都道财利好，日夜劳心不得安。
有了一千想万贯，用尽心计身不闲。
穷人想要身富贵，挖壁撬洞夜不眠。
亲戚交财难长久，朋友交财信难全。
家财万贯难买死，轻财重义福自延。
有朝一日阎君请，阴司阎王不要钱。
生在阳间自你有，到了阴司苦难言。

---

① 只：这。
② 招君：应为"昭君"，即王昭君。
③ 加三利息：存疑，可能是指三分利，即月利率3%。

为人还须做好事，放债不如种心田①。
今朝劝你戒财利，财利二字休挂牵。
一心修行有好处，修成正果上西天。

王文曰："铜钱银子，原是劳心劳力，但你出家人穿的是破衣，吃的是菜饭，受的是哑气，我在家中要长要短，那一个不听。我同你出家，我要听从别人，如何去得。"如如曰："你原被气误本性，且听一言。"

人生百年总有尽，心高气硬有何用。
争田夺地俱是气，告状好讼逞英雄。
三寸咽喉气一断，默默无言一场空。
为人受得三分气，一家平安乐无穷。
我气他人他气我，两人争气必家空。
英雄豪杰多多少，斗气难免身善终。
霸王自刎乌江渡，韩信死于女钗裙②。
今朝劝你多耐气，消灾延寿福无穷。
酒色财气多劝你，旁边走出一家僮。
口说相公有人请，外面有人叫相公。
慢说王文修行事，且说外面有人翁。

外有一人，原是杀猪屠户，就是华州府开猪肉店的，向与王文交易买卖，是王文前日约他来杀猪的。故此到王文家中，叫家僮到来通报。那王文正要脱身，说道："相公即刻就来。"王文即便走出，如如随后跟着，王文不知如如随后面，说道："屠户兄，今朝你来不着了。"屠户曰："何以来不着了？"王文曰："我今日家中有一个大善人在此，教我吃素念佛，戒酒除荤，今朝若是杀猪，被他看见，道我毫无善念。他与

---

① 心田：佛教将心比作农田，善恶之念是结出的成果。
② 女钗裙：指女子。这里指韩信被吕后设计害死。

我言，若不听他，真真①对牛弹琴了，你再过一日来杀罢。"屠户曰："凡百②做事，要顺着道理，并不是我自来，原是相公叫我来的，你今日叫我去的，岂是相公行为。"王文曰："今日不过因和尚在家，叫你明日来杀，有什么许多闲话！"屠户曰："今日明日，总是要杀，若是明日和尚不去，再是明日；明日又不去，又是明日，就是一百年，总是明日，一年三百六十日，月月有初一，又有个明日。今朝相公家中，有和尚在此，叫我是明日，明日杀不完，今朝空手去，昨日店中挨挨挤挤，今日回去空滑希希③。"王文说得无言可答，说道："今日便杀了去罢，前头和尚要听见，拿到后园去杀了，肚肺收拾清致④，留在家中。"屠户曰："这个都在我们。"如如在旁边听得明白，心中暗想，若是不说，真真见死不救，说道："客人且慢，我有一言奉劝，二位相公听了。"

为贪口腹将他杀，谁知性命一般由。
临命终时真个苦，何不将心比佛修。
形体虽然有别色，天生灵性一样留。
鸡逢杀时浑身抖，狗死开眼见主谋。
猪若杀时声叫屈，牛逢杀时泪双流。
四生六道轮回转，一失人身没处求。
你吃我来我吃你，吃他四生结冤仇。
今朝你把猪来杀，鬼门关上早等候。
到了百年临终时，一日咬住要报仇。
屠户听了开言说："和尚说话没来由。
阎罗判定为畜生，千刀万剐火熬油。
世间屠户千千万，那里报得许多仇。
你吃素来我吃荤，你也管我不到头。"
那如如，上前来，苦劝屠户。

---

① 真真：实实在在。
② 凡百：一切。
③ 空滑希希：空空荡荡。
④ 清致：干净。

开口说，听不听，与我无故。
我且把，畜生身，因果说明。
那畜生，诉不出，痛苦难忍。
今日里，杀一刀，血水流喷。
是今生，现世报，刀山地狱。
烧滚汤，刮去毛，剥皮地狱。
用尖刀，剖开腹，分身地狱。
取心肝，剜五脏，抽肠地狱。
东一刀，西一刀，碎剐地狱。
烧红镬①，就下了，油锅地狱。
放在口，碎磨嚼，锯解地狱。
腹州城，转一转，深坑地狱。
后来时，出蝼虫②，阿鼻③地狱。
他骨头，狗拖去，恶狗地狱。
想迷人，真不识，冤冤相报。
到阴司，去告状，与你分明。
阎罗王，高声叫，从头细问。
你缘何，做犯人，无故杀生。
那犯人，求阎君，待我说明。
在阳间，何会晓，阴司地狱。
早知道，这般样，不敢造恶。
望大王，放我到，阳间修行。
从今后，多改过，愿做好人。
那阎王，不容情，判你罪命。
发下去，平等王，秤你轻重。
将皮毛，盖身体，转落轮回。
到阴司，在地狱，苦痛无穷。

---

① 镬：锅，也可特指烹人的刑具。
② 蝼虫：意义不详，疑是"蛴虫（金龟子的幼虫）"之误，待考。
③ 阿鼻：梵语 Avici 的音译，"无间"之义，指痛苦永无间断。

有贤妻，并孝子，难来替你。
堆下金，积下玉，难买罪命。
我劝你，听不听，任凭你心。
若肯去，修真道，祖宗超生。
莫昏迷，早回头，及早修行。

那屠户听得，说道："你真真是个大善人，我自从二十五岁以来，开了杀猪肉店，不知宰了多少猪，作了多少恶，今被师父劝化指教，我就不杀猪了，情愿出家修行，还望师父收留弟子。"如如曰："好难得，你既肯随我出家，收你为徒，取名善悟。如今你出家你是恶人回头，越要心诚。有道'苦海无边，回头是岸'，随我山中去罢。"那是王文曰："我话今日来不着了，昨日做屠户，今日做善悟，只怕吃素不过。"屠户曰："神仙也是凡人做，只怕凡人心不坚。吃素有何难哉。"如如又对王文曰：

世上凡人不肯修，口贪滋味好风流。
轮回苦报何日了，冤冤相报几时休。
百岁光阴容易过，黑发儿童忽白头。
英雄劳碌南柯梦，盖世功名顷刻丢。
堪叹世人心不足，不愁死来把贫愁。
你有黄金千万两，米积陈仓日日忧。
如此还说心不足，真性迷失善心丢。
劝君休把家财念，修条大路往西游。
人在浮生百岁期，何须用尽苦心谋。
富贵前生多布施，贫穷无禄莫强求。
贫富造化皆前定，总然①有命早须留。
行为正直天神佑，瞒心昧己祸临头。
善人神明常护佑，牛头马面恶人受。

---

① 总然：纵然。

人在阳间使鬼计，值日功曹把名留。
阳间作尽千般罪，阴司报应不差缪①。
禽在罗网逃不出，人在阴司罪难宥。
吃他半斤还八两，冤冤相报不能休。
劝君早把弥陀念，得回头处且回头。
礼念皈依生净土，悟道参禅脱冤仇。
素饭吃饱胜如肉，布衣穿暖胜锦绣。
王文听得回言道，叫我如何好去修。
现在风光不受用，反去低头做下流。
如如又来说端详，笑你今朝空自忧。
久代发迹世上少，儿孙消败人间有。
笑你空造千间屋，万顷田园顷刻丢。
死后只埋六尺地，用尽计谋反为仇。
要脱生死随我去，同登西方极乐州。
王文又对如如说，师言原来有根由。
现在快活是仙过，且到老来也可修。
如如见说微微笑，真性迷失真难求。
昨日与你同吃饭，今日与你各分游。
日日行过如飞鸟，人生犹如水上浮②。
好把心事求玄妙，莫将工夫作计谋。
恭敬父母行孝道，信从三宝敬佛修。
莫道世间无报应，如何贫富两般留。
念佛行善功无量，一生罪孽顷刻休。
西方路上为文凭，地狱门前解冤仇。
今朝我语全不听，后来懊悔也难求。

如如对王文曰："为人有福不可尽享，有势不可尽行，你今虽然四

---

① 差缪：差谬，差错。
② 浮：这里指浮游。

十有余，还是气力强健，不比老人家，起不得早，落不得夜，正好修行念佛。若及时不修行①，老来懊悔也迟。"正说之间，有一个人，牵了猿猴，在街坊做戏，又到夜间，挖人家壁洞，行至王家。那猿猴见了和尚，口中大叫，双膝跪下磕头，无数百拜②。那牵猴之人曰："你见瞎狗吃肉的和尚，原是吃二十四方的，你磕头礼拜，想他的什么东西？"那猿猴仍前磕头。化子将猿猴怒打，猿猴总是叩头而拜不往。如如、善悟晓得猿猴礼拜之意，又晓得他前世因由，因此劝曰："我有一言，奉告大兄③，你且饶他。"

那如如，开口讲，诉告衷情。
把猿猴，前世事，一一说明。
你饶他，且慢行，听说缘因。
他前生，贪口腹，好杀生灵。
多骂人，口孽重，罪愆非轻。
投胎来，做猿猴，延街求吃。
赤了脚，带了锁，不得安宁。
做戏文，招人看，前世报应。
今生里，讨人钱，供养你身。
你前生，怕了他，受气三分。
今世来，打骂他，不得来应。
因此上，见了他，求拜你们。
我劝你，放猿猴，饶他姓名。
他回言，老和尚，听我音言。
你叫我，放了他，叫我怎生。
我全靠，只猿猴，供膳我身。
你劝我，做好事，卖与你们。
如如道，就依你，多少价银。

---

① 若及时不修行：应为若不及时修行。
② 百拜：多次行礼。
③ 大兄：对平辈人的敬称。

他回言，要供我，吃用一生。
那和尚，笑一声，你好善心。
我本为，只猿猴，前生孽根。
因此上，劝你们，卖与贫僧。
既如此，随了我，供你一生。
一言出，不可悔，一言为定。
他回言，为人的，忘了前生。
望师父，指点我，一一说明。
拜师父，求师尊，取个法名。
那如如，开口说，前生有因。
取一个，好法名，因悟道人。
那王文，开口说，好多善心。
来一个，劝一个，佛法好兴。
我王文，到不如，因悟道人。
一念转，也回心，要去修行。
那双膝，跪如如，求取法名。
那如如，笑颜开，我可回程。
今日里，有感悟，取名德悟。
东因悟，西德悟，两个好徒。
随我去，到深山，修成正果。
那王文，把账目，尽皆烧过。
从今后，戒杀生，持斋把素。
朝诵经，夜坐禅，真个辛苦。
且慢说，王文的，修行事务。
再宣那，四个人，想念王文。

那王文吃荤时节，有四个结拜弟兄。大哥王文，二弟冯成，三弟周通，四弟夏德，小弟唐仁。四个人俱有别号。冯成名叫包弄穷，周通名叫酒运通，又名走家穷。夏德一名学惫懒，又名有得苦，唐仁名叫荡尽光，又名害杀人。四人往日常与王文吃酒好友，穿吃俱是王文的。那王

文自从随了如如，戒酒除荤，王文不在家中，那四人竟没得吃了。因思量曰："兄弟四人往日时常与王文大哥饮酒，如今大哥出了家，应该去望他一望。想前载我们四人吃他多少的酒饭，方是难忘当年结拜之情。二则免得外人谈论他。"三人曰："不但免外人谈论，亦且去劝他，趁此机会劝大哥开荤，我们四人与他合吃，又好穿着他们。岂非仁至义尽，名利两得。"两人曰："有理，究竟是害杀人，荡尽光，说的有理。明日早早起身，到清凉山，同去望他一望。"不道①如如大师，适日不在寺内，又到他方去劝化人了。四人正好挑唆王文。

> 四个酒友望王文，来到灵隐见哥身。
> 虽然结拜称朋友，个个俱是想王文。
> 因他随师出外去，虽有酒肉吃不成。
> 故此劝他回家转，四人终究靠王文。
> 四人走进灵隐寺，高声大叫我哥身。
> 来了师兄名善悟，原来就是杀猪人。
> 问他在此为何故，因何到此也安身。
> 善悟回言久不见，四兄到来有何因。
> 四言我等望朋友，要见大哥一王文。
> 也是皈依如如教，早已削发改衣襟。
> 闻知朋友来叫他，僧衣僧帽出来迎。
> 二弟冯成闻言讲，王文大哥不聪明。
> 前生修到今富贵，今生享福应你身。
> 若是前生不修到，那有良银数万贯。
> 弟劝大哥归家去，在家快活有福人。
> 朝晚兄弟来相会，谈天说地好称心。
> 王文启口说长短，我家师父说缘因。
> 道我今生罪孽重，劝我出家来修行。
> 今我削发已长久，若是回家罪孽深。

---

① 不道：不料。

周通三弟将言劝,王文大哥没正经。
阎王分定①做财主,判官簿上注分明。
牛马猪羊生在世,若是不杀变不成。
不生不灭经中有,牛皮绷鼓看经文。
今朝劝兄回家去,且把美酒饮几分。
前生有缘今结拜,缘何今生两处分。
夏德四弟说兄听,大哥真是无福人。
若是大哥罪孽重,小弟四人各认分。
韦驮②菩萨现在此,我们各人认罪命。
黄巢杀人八百万,他身到做上天神。
并不出家修行事,好酒好肉过光阴。
大哥出家无多日,形容憔瘦骨露筋。
今朝劝兄回家转,只好利钱轻一分。
苦苦相劝无回应,莫非忘却结拜情。
二人劝话从头听,王文心中暗沉吟。
本是如如来劝我,无奈出家来修行。
我想三人言有理,又是唐仁出来临。
小弟唐仁开口说,大哥缘何无回应。
结拜恩情多忘却,虽好修行佛难成。
若有患难同愿死,今朝太平不同身。
朋友五伦信为人,无信之人枉修行。
亦复如是经中有,古来成佛有几人。
今朝劝兄归家去,大哥真是有义人。
说得王文无言答,不觉心中早动情。
送别四人来出外,回到寺中细想情。
说道如如何见识,日日劝我来修行。
苦苦被他来缠扰,无奈出家到寺门。

---

① 分定:命中注定。
② 韦驮:也作"韦陀",佛教中的天神,四天王三十二神将之首,是佛教的护法神。

今朝幸到他方去，我今依旧转家门。
进别师兄并师弟，一刻难留就起身。
天堂地狱何处有，眼前受用是真情。
我去家中享洪福，你修清福你当承①。
慢说如如回家转，再说王文转家门。

那王文送四人出来，一心要到家中，见四人尚去不远，王文说道："兄弟我与你同走。"那四人即便立住，等他到来。王文把行李收拾，即刻起身，赶上四人，说道："唐仁小弟，你先走上前去，报与大嫂知道，大哥被我接了回来。家中快些调停②起来，我们大家好吃酒么。"唐仁急忙来到家中报与张氏大嫂知道。张氏即叫王安，快排酒宴与大相公接风。乃王安说道："吾家相公，三番起倒③才得吃素，就要开荤，别样酒肆王安都肯去，做只个开荤的酒，罪孽非常，王安不去做的。望大娘另叫别人。"正说之间，四人尽皆走到，那唐仁即将王安的言语告与四人知道。王文自知无理，默默无言。那三人见王文不言，恐怕依旧吃素，因此挑唆王文："大哥，王安是你什么人？"王文回言："是我家的小仆。"夏德道："我道你家的老子，焉有训诲④相公之理。大哥几日不在家中，王安即是这样放肆了，若是一年半载，你就回不来家了。"二人挑唆王文，怒从心起，叫一声王安，走出来。王安到厅前，王文骂曰："贱奴才，我相公去了一月，你就只等放肆，可恼。取家法过来，我打你一顿，赶出门去。"冯成曰："你看小弟一面，饶他便了。你要打，明日也好打，今朝放才⑤走到家中，訩呶⑥成何道理？王安你快去调停，众位相公在此讲说分上⑦。"王文听冯成的言语，将王安放了，王安到厨房，口内念佛，手中杀鸡，急忙烹调。四人与王文谈讲，忽见

---

① 当承：承担。
② 调停：安排。
③ 三番起倒：反复折腾。
④ 训诲：教导。
⑤ 放才：应为"方才"。
⑥ 訩呶：吵闹。
⑦ 分上：情面。

外人。想王文回家，急忙排酒接风，请他再三推却不脱，王文即去领情，四人在王文家中饮酒。

　　如如他方度众生，德悟依旧做王文。
　　结拜兄弟四人个，挑唆王文归家庭。
　　王安不肯杀生灵，又将恶言害好人。
　　将他打骂要赶出，冯成解劝放他身。
　　王安念佛把鸡杀，灶司启奏上天庭。
　　四人正在厅堂坐，有人办酒请王文。
　　再三推却辞不脱，别了四人起身行。
　　王文正在前头走，监斋菩萨①后面跟。
　　到了他家请上坐，王文举手把酒吞。
　　酒到嘴来肉进口，护法伽蓝一见瞋。
　　千斤宝锤打下去，王文身殒失三魂。
　　乡邻忙把香茶灌，灌醒王文说事因。
　　忽然菩萨来打我，道我开斋把酒吞。
　　四人吃酒来行令，抬进王文一个人。
　　张氏大娘闻知得，急忙啼哭大墙门。
　　说道吾夫上山去，都是你们劝回程。
　　好好上山去修道，今朝害我丈夫身。
　　若还不死犹且可，死了之后休上门。
　　四人听说一句话，心中算计张氏身。
　　我们四人不临门，要你家中吃不成。
　　大哥王文虽然病，还好求神请医生。
　　慢说王文身染病，要讲四人没良心。

　　那四人吃酒吃到半夜，见王文抬到家中，那张氏反埋怨四人，劝他归家的缘故，死后不许某等上门。四人商量计策曰："大哥不死到也罢

---

① 监斋菩萨：也作"监斋使者"，寺庙厨房里所供之神。

了，若死了要你大家吃不成。"冯成曰："有何计策要他吃不成？"夏德曰："我一张状纸，张氏谋死亲夫，我与王文结拜兄弟，生死不明，特来告状，望青天伸冤。官府准了我的状纸，他就活不成了，你道如何？"周通曰："不好，若是要谋杀他也是夜里，不是日里，况且王文大哥是我们劝来的，寺内和尚尽皆多见，我们四人一同来的，明明知我们同谋，弄将起来，真真有得苦，真真包弄穷。"唐仁曰："还是我荡尽光，害杀人来。"

　　一张状纸告青天，王文大哥实可怜。
　　住在华州大贤县，家中豪富多银钱。
　　娶妻张氏多不贤，好恋酒色恶心肝。
　　我见王文听邪道，心中呆想上西天。
　　到了清凉灵隐寺，戒酒除荤在佛前。
　　日在山上去打坐，夜在大殿供佛前。
　　张氏年纪只三九，青春年少发花癫①。
　　就与邻叔乌公子，私通情人共枕眠。
　　王文在山只一月，拜别师父出大殿。
　　乌姓公子来遇着，恐破机关②没人颜③。
　　就将毒药来合好，拜请王文赴酒筵。
　　毒药入口身殒倒，家中张氏假哀怜。
　　口中说道都是你，今朝一命赴黄泉。
　　小人与他结兄弟，故此特来告青天。
　　四人商量多停当，不道空中有神延④。
　　灶司⑤启奏王文事，谋计原来四人连。
　　上天若不速报应，要害张氏好人贤。

---

① 花癫：即"花痴"，因思念异性而精神失常的病。
② 机关：计谋。
③ 没人颜：没有面子。
④ 延：等待。
⑤ 灶司：即灶王爷。

玉皇闻奏忙降旨，速差雷霆除凶权①。
架起黑云并大雨，来打恶人报应严。
周夏唐仁皆打死，单留冯成在旁边。
劝人开荤已报应，再宣王文得病连。
求神服药全无效，一家大小不安眠。

王文幸喜不死，天上就把三人打死，单留冯成一人，以免那张氏不受魔难②。那王文被伽蓝一锤，昏昏沉沉，痛苦非常。只见有一人来到家中，叫王文速速起身，不可迟延。又听我言，将王文死后之事说个明白。

王文昏昏睡了去，忽见鬼差面前存。
手提铁链高声叫，喝骂王文破戒人。
轻师慢法破斋戒，好酒开荤又杀生。
今日大王拿着你，不可迟延即便行。
王文听得魂飞散，双眼雪白没精神。
强辩是非糊答应，告言使者你知闻。
我奉如如大师劝，坚心出家在灵隐。
只因念佛多辛苦，故此得病到如今。
劳烦转达大王听，身体康健便修行。
鬼使回言不必瞒，只瞒阳间难瞒阴。
若还瞒得阎君过，不劳我们拿你身。
王文听得心忙乱，哀求痛哭说缘因。
伏望老哥行方便，求恳二位做人情。
多用金银来酬谢，再求阳寿活几春。
鬼使说道难推却，不必多言要起身。
若是钱财好买命，富贵人家不死人。

---

① 凶权：原指弄权的奸臣，这里指恶人。
② 魔难：即磨难。

阎王注定三更死，断不留人到五更。
就将王文来拿住，索住咽喉锁项颈。
鬼卒牵了如飞去，拿到阴司见阎君。
王文此时身知死，悔杀从前不修行。
只道阳间无报应，阴司簿上注分明。
王文痛哭哀哀告，这番饶我必回心。
鬼卒喝骂愚痴汉，何不当初早回心。
为善必赴天堂路，作恶总归地狱门。
脚缭①手纽②难开步，喝声打骂不非轻。
早知今日来受苦，悔杀阳间不修行。
忽见一人来问说，何处犯人到来临。
鬼使答曰华州府，大贤县内姓王人。
放债有名称财主，皈依佛教又开荤。
还他地狱重重苦，永堕阿鼻不超升。
王文听得心胆碎，只番受罪不非轻。
正在心中来思想，忽然经过那庄村。
村中放出大恶狗，横拖倒扯咬王文。
浑身咬得纷纷碎，王文苦痛好难禁。

那王文罪孽深重，要游十殿，七日还魂。那如如大师，超度众生，一日打坐出定，观见王文开荤，被护法神打死，急忙赶到阴司恶狗村，王文已经受过恶狗村地狱，解到黑暗地狱去了。

恶狗村庄被咬过，前回又是一高城。
问道此地是何处，就是黑暗地狱门。
并无日月并星斗，黑暗沉沉怕杀人。
把关使者即便行，打得王文痛伤心。

---

① 脚缭：即脚镣。
② 手纽：即手杻，手铐。

此时王文真懊悔，恨杀劝我四个人。
他在阳间受快乐，我在阴司受苦辛。
善男信女须记得，何勿阳间早修行。
如如大师连忙赶，王文解到孟婆村。
王文被打哭不停，口内喉咙燥杀人。
一盏清茶吃下去，浑身燥痒又昏沉。
遍身衣衫都扯碎，将身扯得血淋淋。
如如法师来赶到，王文又是行前奔。
过了孟婆一庄村，又到奈河桥上行。
桥下都是刀枪剑，桥上臭滑好难行。
管桥使者又来问，那个犯人到此因。
解使回言华州府，贪恋酒色叫王文。
鬼使听得此言语，便叫小鬼扯王文。
奈河桥下人人怕，王文河内受苦辛。
思量爬到河边去，河边恶狗咬王文。
闻得如如要来到，又把王文解前行。
先到秦广王案下，王文一见好惊人。
长牙黑面使人怕，刀枪铜棍两傍盈①。
鬼使拿了招魂牌，王文双膝跪埃尘。
说道我奉如如教，并不开荤杀生灵。
从前原行亏心事，后来持斋念经文。
阳间若有修行到，还望爷爷弃罪名。
阳间作事神难骗，灶司启奏上天庭。
便叫受杀众生事，个个前来对分明。
只见猪羊鸡鹅鸭，齐来跪伏乱纷纷。
扭扯王文来讨命，一命今朝殄②一命。
王文受苦将言说，皆是王安杀你们。

---

① 盈：满。
② 殄：消灭。

你命皆是王安杀，与我何干扯我身。
阎王手指将言骂，王安自你家奴人。
你叫王安放肆杀，杀来原是供你身。
喝令主谋原是你，今朝你想推与人。
我将孽镜你自照，此时王文不敢论。
先到铁围城中去，后入阿鼻地狱门。
差押王文游地狱，忽见锅汤面前存。
王文含泪问鬼卒，有何罪孽受此刑。
鬼卒即便回言答，杀生害命自当承。
夜叉小鬼忙推下，镬汤地狱甚伤心。
王文浑身都滚烂，肉烂皮碎一堆尘。
世人要免只地狱，吃素念佛往西行。
普劝现前诸男女，各人躲避镬汤刑。
王文受了镬汤苦，孽风吹过又还魂。
如如追到第一殿，王文又到二殿门。
楚江大王来审问，审得王文欺良人。
轻将绫罗多作尽，寒冰地狱去受刑。
头顶雪山脚踏冰，阴风惨惨好伤心。
身不摇来心自怕，口不言来痛难禁。
世人怕入寒冰狱，生前念佛惜衣襟。
王文受了二殿苦，来见三殿宋帝神。
如如大师到二殿，王文三殿又受刑。
宋帝大王从公断，王文口孽重千斤。
挑唆兄弟不和睦，哄他夫妻各离分。
生前口内多是非，还他拔舌用犁耕。
头发缠在铁廊柱，万两黄金难买身。
火烧铁钳红焰焰，双钳插在口中心。
舌头钳出牛犁耕，遍身上下血淋淋。
生在阳间多是非，今日阴司受苦辛。
如如连忙到三殿，押解差人又来临。

解到四殿来审问，伍官大王①审真情。
王文在世多淫欲，铁床里面受灾星。
将他绑在铁床上，白炭猛火遍烧身。
哀求大王生慈悯，放我阳间去修行。
王文受灾铁床苦，悔却当初错用心。
我在生前全不信，谁知件件不饶人。
普劝善男并信女，多念陀弥少骂人。
如如到了第四殿，王文解到五殿门。
来到五殿见阎王，阎罗天子来审问。
生前宰杀鸡鹅鸭，开荤破戒害生灵。
应受碎磨地狱报，磨碎王文苦杀人。
将他放在石磨内，鬼卒推磨急如云。
囫囵王文磨粉碎，只为生前多杀生。
方知孽债难瞒骗，懊悔生前不信神。
奉劝善男并信女，及早回头修善行。
王文受过身狼藉，孽风吹过又还魂。
遍身疼痛无分说，解差又来叫王文。
解到六殿来审问，变成大王②断其情。
你在阳间算重利，大斗小秤害良民。
还他孽报捣舂罪，报得生前心不平。
王文斩得纷纷碎，铜捣铁臼舂王文。
生前一家多享福，今朝罪归自一身。
正是自作还自受，何不当初早修行。
奉劝眼前诸君子，持斋把素早回心。
王文受了舂碎狱，眼前鬼使又来临。
重把孽风来吹过，要见七殿泰山神。
如如来到第六殿，七殿阎王已判明。

---

① 伍官大王：也作"仵官大王"。
② 变成大王：也作"卞城大王"。

审问王文杀生罪，该受刀山地狱门。
王文此时高声叫，高叫大王听缘因。
小人会受如如教，并不将刀杀生灵。
众生俱是王安杀，伏望大王饶小人。
泰山大王将他骂，怒气冲冠骂几声。
此处还要来强赖，阳间无法好欺人。
傍边夜叉来推猎①，刀山地狱受罪刑。
遥望刀山有万丈，林中刀剑数万层。
阳间杀生阴司受，冤冤相报不差分。
王文哀求诸鬼使，免我刀山受苦刑。
鬼使问言王文道，生前何苦杀生灵。
你在阳间吃得好，谁人替你受罪刑。
听者各记王文苦，免踏刀山地狱门。
王文受过刀山狱，如如赶到泰山亭。
王文审过第七殿，八殿阎君要审问。
王文生前多刻薄，与人买卖不公平。
将他发到锯解狱，解为两段得公平。
两脚朝天头至地，一对挟版两处分。
此苦王文缘何受，只为王文心不平。
重重受过千般苦，风吹一扇又还魂。
听者善男并信女，为人究竟要公平。
如如来到第八殿，九殿解差解王文。
将他解到第九殿，都市大王把案审。
审得王文无别事，在世打僧骂道人。
应受饿死地狱罪，饿鬼地狱等王文。
小鬼急忙来动手，将他推进饿鬼门。
一阵冷风来吹过，腹如车篓②喉似针。

---

① 猎：矛一类的武器。
② 车篓：马车的顶棚。

头如泰山千斤重，脚俱灯草步难行。
今受地狱千般苦，皆因生前不听经。
奉劝世上男和女，莫做打僧骂道人。
王文受过饿鬼狱，如如大师又来寻。
如如赶到第九殿，十殿阎君审王文。
转轮大王开言说，放火烧山为何因。
烧死虫蚁多多少，今受剑树地狱门。
就把王文来挂起，两边禽兽闹盈盈。
身上皮肉多扯碎，后来又把火来焚。
今朝受尽千般苦，只为火烧众生灵。
生前为人皆可瞒，举头三尺有神明。
奉劝善男并信女，十殿地狱好伤心。
阎王不论穷和富，只论善恶两般分。
善人送到天堂去，恶在地狱重受刑。
故劝世人修善好，持斋念佛早修行。
如如忙走到十殿，王文十殿已游尽。
慢说王文还魂事，且说如如告幽冥。

如如到了第一殿，王文解到别殿。如如追赶十殿，王文已竟游遍十殿，又要发落酆都地狱。如如朝天叩拜苍天，曰："我度王文若有成功之日，今日与我得见。"那里晓得十殿阎君早已知道如如来救，速速审问与他游遍地府。待如如来到得救王文，不入阿鼻地狱，特差两个小鬼，到望乡台去游玩便了。

王文来到望乡台，望见家乡礼忏文。
悬幡挂榜看经卷，妻子灵前哭哀声。
王文一见真个苦，身中犹如刀割心。
欲要归家休思想，王文痛哭地埃尘。
只望夫妻同到老，那知今日两处分。
你在阳间不知我，我在阴司受苦辛。

长久不见张氏面，牌位灵前哭我身。
阳间有罪钱可赎，阴司地狱不留情。
张氏叫夫哀哀哭，两泪纷纷实伤心。
自从与夫分别后，千年万世不相亲。
家中金银空是有，田园产业也不真。
不如早把弥陀念，跳出婆娑①往西行。
人人思想千万岁，谁知阎王不留情。
无论皇亲并国戚，无常一到万事倾。
恩爱夫妻难替代，孝子贤孙没知闻。
灵前空是把酒奠，何曾受你半毫分。
虽然逢七②常追荐，孽重冤深受不成。
若有高人来忏悔，十分之中减一分。
世间为人要脱狱，在生持斋念经文。
吃素受戒光明现，照破阴司地狱门。
生前念佛真功德，死后持斋可荐亲。
自家修德自家受，善恶到头有分明。
儿孙自有儿孙福，莫为儿孙远照荫。
奉劝世上善男女，常将弥陀念几声。
慢说王文衷肠事，再说如如救王文。

王文游过望乡台，望见家中痛哭，一时想起如如之言：他说教我念佛一声，火坑能化莲池，今日在此受苦，不免念佛几句，倘有出头。随即念了数声，王文身上秽气渐渐消除，露出真形，被如如佛眼观见，将王文一把扯住，说道："往那里去的。"解使即忙双膝跪下，遂告如如曰："不瞒世尊说，十殿已经游过，要解到酆都阿鼻地狱去了。"王文曰："师父要救弟子。"紧紧扯住。如如曰："解使你三人在望乡台一等，待我去见你大王，然后起程领法旨。"

---

① 婆娑：也作"娑婆""娑婆世界"，释迦牟尼教化的三千世界的总称。
② 逢七：旧俗，人死后每七天祭奠一次，直至七七四十九天。

如如大师见十王，十王知道忙相迎。
十王参见将言问，世尊为何亲降临。
如如说与诸王听，只为吾徒一王文。
在生曾受五法戒，后因朋友破戒荤。
今受法王诸般苦，他身必定转回心。
哀求法王放他去，做个阳间劝世文。
十王即消王文案，追转王文见世尊。
一只小鬼来追转①，号啕大哭好伤心。
在生曾受师父戒，一念差池苦到今。
不道今日重相会，伏望师父做救星。
王文一见如如免，口口声声救我身。
十王已赦王文罪，如如即速转回程。
王文跪下十王殿，十殿阎君叫王文。
我今放你还阳去，你要修行做好人。
你将受苦诸般事，传与阳间劝世人。
不是如如佛力大，如何救得你还魂。
改过如新去修善，持斋受戒广济人。
此番阳间无瞒昧，冯成紧紧要留心。
今日再三嘱咐你，还当牢记要在心。
就叫王文还魂去，鬼使引路往前行。
慢说王文还魂转，且说冯成一个人。
王文死过方七日，尽托冯成料理因。

王文死于十月初二日，得病之时，补药人参不少说得，后于初八日还魂，所以形色不变。那冯成董②终以奉承为先，张氏虽然埋怨他的四人一时气头上之说，后来见三人已经天雷打死，单留冯成一人，定道是个好人。王文死后，将此嘉业事务，尽托付冯成料理，初八日那是王文

---

① 追转：追回。
② 董：意义不详，疑为衍文，下同。

头七，张氏与冯成买办，请了二十四位斋戒高僧追荐①王文。冯成在灵前料理，又去奉承张氏："大哥做一世好人，小叔无恩可报大，大哥正好在世享福，偏以②死了，我小叔无男无女，正可以死得。若是好调，我也情愿。"正在说话之间，王文高叫，即便还魂。

王文棺内叫还魂，众亲听得尽皆惊。
躲的躲来走的走，诵经和尚无投奔。
那有七日重再活，必是鬼神与妖精。
若还真个来开看，倘有差池待怎生。
王文棺中连声叫，冯成上前说缘因。
大哥王文死七日，必定冤魂来显灵。
在生与嫂有争论，假装大哥来害人。
王文听得多明白，二弟冯成不必惊。
众亲不必多惊慌，我是王文的的③真。
冯成听说这句话，两脚如飞出墙门。
王文开声叫启棺，并无怪物伴我身。
我在阴司多受苦，幸得如如亲降临。
他在阴司来救我，多费如如一点心。
今朝快些开棺木，开了棺木见虚真。
众亲闻言来说道，七日还魂未曾闻。
必是妖精说怪话，若还放出害杀人。
幸得贤妻张氏妇，抱棺哭诉好伤心。
告言我夫休性急，你的恩情海样深。
你身亡过有七日，不分昼夜哭到今。
今朝若得重相会，做戏办酒谢神明。
张氏必要开棺木，那怕妖精迷杀人。
方见夫妻恩情重，正是同床共枕人。

---

① 追荐：诵经超度死者。
② 以：应作"已"。
③ 的的：真实、确实。

立刻打开棺材盖，果然依旧是夫君。
颜色不改与生同，只番见了是真情。
好个贤妻张氏妇，全然不怕半毫分。
轻轻将手来扶起，只场大哭振天神。
合家人人皆痛哭，铁打心肠也伤心。
四亲邻舍皆大哭，一堂和尚尽悲疼。
村坊远近男和女，个个要来看新文。
张氏大娘如梦醒，脱了孝服看夫君。
一声哭来一声问，死了七日为何因。
王文即便告众邻，两泪纷纷说事因。
将我衣衫来改换，慢慢听我说缘因。
张氏忙把衣襟换，香汤沐浴改衣新。
焚香点烛拜天地，叩拜灶司并众僧。
合堂亲邻都见礼，缘何不见二弟身。
方才明明听他说，此时何处去安身。
邻人说道是怕你，连忙走出外墙门。
王文听得微微笑，冯成二弟没良心。
在生待他何等样，今朝说我是妖精。
再三说道开不得，后日如何到我门。
冯成外面多察听，急忙走进内墙门。
说道大哥真恭喜，小弟日夜念兄情。
自从大哥亡故后，岂不家中去安身。
日夜思量超度你，可恨我身替不成。
若是小弟身可代，情愿代替我兄身。
幸得天神来保佑，依旧还阳再做人。
方才听得大哥话，小弟连忙来相迎。
深深在外来拜请，拜接兄灵归家庭。
相好弟兄都死了，并无一个可托人。
内有大嫂外有弟，日夜痛哭求神明。
今日大哥还魂转，千载难逢只样情。

皆是前生修得到，今生原是好善人。
亲戚邻舍都坐定，张氏送茶与夫君。
一盏香茶来吃过，开口告与众亲邻。
当初只道无见面，谁知今日有相亲。
我有许多冤孽障，奉劝诸君细细听。
我受地狱重重苦，为人切莫造冤深。
我因前载不信佛，受尽万苦并千辛。
不信佛法游地狱，阴司地狱受灾星。
咽喉气断阴司去，阴司路上最难行。
举头一望无边岸，两眼昏昏看不明。
我不见他他见我，悾悾惶惶耳边闻。
一人牵来一人赶，踢脚扮倒往前行。
无常送入鬼门关，阴司交界转回程。
我今到了鬼门关，两只恶狗把关门。
浑身毛羽如铁健①，一声叫启吓杀人。
一口就把人咬住，众人咬得血淋淋。
又过前面孟婆村，孟婆娘娘来试心。
一杯香茶叫人吃，吃了香茶看分明。
善人吃了得安宁，恶人吃下毒伤心。
自将衣服都脱去，遍身痛痒实难禁。
小鬼即便来痛打，赤身露体往前行。
犯人来到奈河桥，奈河池中万丈深。
岸边俱是大毒蛇，摆尾摇头要吃人。
池中血水千层浪，英雄好汉实难行。
小鬼说与蛇儿听，此去犯人未审问。
待等阎王来判断，候旨定夺赏你们。
前面就是秦广王，阎君大王甚威灵。
说我阳间多杀物，镬汤地狱受罪命。

---

① 铁健：疑为"铁箭"之误。

352

煎炒众生受此劫，皮肉焦烂骨无筋。
镬汤地狱方受过，二殿阎君叫我身。
楚江大王把案察，说我前身欺善人。
不惜绫罗来作贱，寒冰地狱去受刑。
将我放在雪山上，身结停泽①好伤心。
我身受了寒冰狱，三殿阎君叫王文。
宋帝说我多是非，该当拔舌去犁耕。
把我舌头来拔出，满口鲜血直流喷。
四殿阎君差鬼卒，叫我跪伏又审问。
伍官闻我多淫欲，应受火坑地狱门。
将我手脚都缚定，白炭猛火遍烧身。
火坑地狱未曾了，五殿阎罗又提人。
审我破戒开荤罪，应受磨碎地狱门。
将我身子来磨碎，大变黄蜂小变蚊。
蚊虫苍蝇皆人变，切勿开荤莫杀生。
五殿审过到六殿，变成大王审我情。
审我王文无好事，大斗小秤不公平。
秤平斗满自古法，缘何我心不公平。
我受碓磨地狱苦，你在阳间要公平。
六殿苦楚多受过，即忙解到泰山庭。
泰山大王无面目。一点丝毫不容情。
将我发他刀山去，千刀万剐碎分身。
说我阳间吃得好，应受刀山地狱门。
我身分剖为四股，恐有轻重把我秤。
将我挂在秤钩上，遍身蚊虫与苍蝇。
重又孽风来吹活，九殿差使又来临。
都市大王来审问，缘何阳间口骂僧，
你个应受饿鬼狱，还报生前骂道人。

---

① 停泽：冰凌。

饿鬼地狱来受过，还要十殿去受刑。
十殿阎罗是转轮，判断恶人做畜生。
说我山中多烧鸟，倒挂地狱挂我身。
单是倒挂犹且可，烧死鸟兽咬我身。
你一口来我一口，遍身疼痛好难禁。
我今受苦为何事，皆因开荤不修行。
若无如如来救我，几何堕落铁围城。
念得南无佛一句，便得还魂再做人。
莫道修行无好处，七日还阳有报应。
世上佛力真广大，奉劝诸亲早修行。
我叹地狱千般苦，一一从头说分明。
普劝善男并信女，早早回头好发心。
冯成恶人还未死，再听下回见分明。

王文魂灵已经到家，是重做王文的，把阴司十殿阎君之苦尽皆说与诸亲邻友知道，听者无不惊慌悲泪，那冯成也发慈悲，痛切伤心。道言未了，忽有如如和尚，又到王文家中，亲戚邻舍，个个叩拜活佛。如如曰："德悟你休空过时光，有道光阴如箭，日月如梭，及时修行，莫到阎王地狱门。"王文即便别了众亲，立刻起身。

王文拜别众亲邻，不忘如如救命恩。
就与张氏来拜别，你在家中守闺门。
张氏听说嚎啕哭，方得团圆又起身。
张氏问夫何处去，王文回言到灵隐。
张氏留夫享洪福，缓缓去修也可行。
一年不能在一月，如何半日就起身。
方才见你如甘露，此时叫我刀割心。
我心思想重再活，只因学道去修行。
王文又对张氏道，贤妻再听说缘因。
我乃生前不信善，亲到阴司受苦辛。

死了七日并七夜，今日还魂好修行。
你为你来我为我，从今各自办前程。
今朝依旧贪富贵，如如未必救我身。
得放手来且放手，世上并无知足人。
劝你心事多去下，不用劳碌多费心。
你且听我言语说，急急回心守闺门。
张氏痛哭回言道，心中哽咽话不清。
今朝相公随师去，妾身理当送夫君。
当初在家多恩爱，朝起夜眠诉衷情。
你道深山去修行，叫我独自守孤灯。
身边无男又无女，叫我终身靠何人。
虽然衣食无亏缺，怎比夫君在家庭。
自你亡过有七日，我心时刻不称心。
房中凄凄无言语，茶汤饭食没精神。
我有心事无人晓，自己寒热自知音。
邻舍亲戚虽然好，谁替我苦半毫分。
满房绫罗皆空有，怎比亲夫一点心。
七日七夜常垂泪，犹如孤雁独宿林。
孤雁失飞常哀叫，奴比孤雁苦三分。
不道你有还魂日，好比云开见月明。
顷刻又被云遮住，星无光来月不明。
我今苦苦来劝你，岂忘同衾共枕人。
想夫此去鱼无水，与我无夫一同辛。
独自行来独自坐，并无一个托心人。
若无痛处犹如可，倘然疾病靠何人。
愿夫此去成正果，未知何日会你身。
话到其间真苦切，今朝如何各自分。
王文听说回言道，贤妻说话不知音。
我为当年贪恩爱，无边孽障缠我身。
王文便对贤妻道，若不修行悔无门。

阴司地狱重重苦，谁人替我半毫分。
那有衣衫来遮体，那个与我问寒温。
千般苦楚皆自受，不见亲人见我身。
十殿地狱多磨难，两眼睁睁没救星。
只道没有出头日，感谢师傅亲降临。
得与你们来相见，有如黑夜见光明。
七日还魂千古少，百岁之人未曾闻。
若还再恋恩和爱，后来真真没收成。
入山修道成正果，胜如天堂万万春。
今朝师父亲来叫，从今再不恋恩情。
衲衣草鞋如锦绣，淡饭粗茶胜如荤。
我今坚心如铁石，千言万语总不闻。
恁你说尽千般苦，我今再不动凡心。
贤妻不必多来送，今朝与你割断恩。
譬如我不还魂转，那里寻我一魂灵。

那张氏再三苦劝，王文执意不回。那张氏说："我也要求肯师父，指奴迷途。"如如答曰："我佛门广大，不论男女，若肯修行，总是一样。当初观音菩萨，本是西方慈航尊佛，因世上男人成佛，不见女人修道，所以化做女人，遂投凡胎，普度妇女。今日大娘既肯修行，老僧指你路程，且听一言。"

大娘听我说缘因，千般佛法总归心。
虽不烧香六根净，口不念佛心要清。
身不劳碌心常足，佛虽不拜身要敬。
万事只在你心足，总然立意要虔诚。
在家修行为第一，学做好人道也成。
要拜明师长生诀，皇极①中道在儒门。

---

① 皇极：大中至正之道。

随口诵经难出劫，身心不正枉修行。
为人须要知孝道，不孝爹娘莫斋僧。
若要杀生休吃素，瞒心昧己没功程。
搬是说非舌根拔，礼忏不悔罪更深。
不修身体休服药，放盘重利布施轻。
时运不来宜谨守，心若多贪祸临身。
件件要将自身比，正己渡人是佛心。
依此诚心求佛道，自然拨灵见真性。
念到水穷山尽出，一转乾坤享太平。
张氏紧记如如诀，在家修行一样真。
王文随了如如去，竟不回头望妻身。
一去心中无挂碍，无踪无迹往前行。
时时常把弥陀念，刻刻当修本性真。
不饥不饱无疾病，无病无痛无灾星。
一心修道无休息，要到西方佛祖门。
一年能到无量劫①，二年能知前世因。
三年能收无明火②，四年能消罪孽根。
五年能伏三毒害，六年参透佛祖根。
七年能拔阴司苦，八年上天记善名。
九年北方定坐位，十年入圣化众生。
白云一片围绕定，霞光直透九重天。
慢说王文成真果，要宣冯成命归阴。
此人天雷打不死，应受虎拕③没收成。

那冯成想起王文，一去不回，叹曰："从与大哥好吃一世酒饭，后来大哥吃了素，那三个天打杀的人邀我同去劝了回来，把他开荤，再不想大哥立刻起病而亡，嫂嫂当时埋怨他们，劝他回来之故，幸得上天开

---

① 无量劫：佛教中天地从诞生到毁灭为一劫，无量劫指无尽的时节。
② 无明火：指痴妄的欲念。
③ 拕：同"拖"。

眼,大哥还魂,就将三人天雷打死,不然还要算计嫂嫂受苦。今朝大哥还魂转来,定道在家享福,不道又到山中去了。我也不能在世看,说道大嫂,我们真真有始无终了。如今三个已经天雷打死,看来前船就是后船人,小叔也是不久的了。嫂嫂大哥只口棺木布施小叔,真正感恩不尽。"正说之间,忽有一人叫:"冯二相公,山中王文相公叫你。"冯成曰:"他去远了,叫我做什么。"那人曰:"叫你去相帮买办,烧火煮茶。"冯成道:"若有此事,竟随了他去。"到山脚下,那人忽然不见,只见一个黄班老虎,飞奔前来,一口咬住,冯成高叫,近邻的人连忙赶去,那虎放下而去,片时冯成死了。邻人皆说冯成吃用了王文一世,今日死了,大家到王文家中,报与张氏大娘众说买口棺木盛殓尸首。张氏曰:"死于何处?"众人曰:"死在山脚下,就是你家,吃酒的冯成董,如今老虎咬死了。"张氏曰:"真真可笑,方才说要只口棺木,再不道就要用了。那晓得叫冯成的,就是虎伤鬼。"却说光阴如箭,不觉王文修道已有十年,苦志勤修,并不思念家中,功程圆满,了达生死。十一年正月十五日,月朗清风,香汤沐浴,拜谢师父,一灵真性,坐化而去,作一偈云:

五百年前有善缘,贪心不断转凡尘。
忘师破戒遭地狱,今朝得悟本来因。
拨转贪心持斋戒,十年苦功道修成。
逍遥自在归天去,已后永不转红尘。
如如回答王文道,吾徒前生有善根。
可惜今朝归天去,幸得到此如我心。
直至西方生净土,星斗换转金莲生。
我发宏愿度众苦,同归西方上品①证。
王文修到十年期,不分书夜用苦辛。
一朝参透玄机妙,直上九霄都斗②门。

---

① 上品:佛教指修净土法门的道行较高者往生西方后所居的高等品位。
② 都斗:即"兜率天",佛教中天的第四层,内院是弥勒菩萨的净土,外院是天上众生的居所。

已归逍遥极乐地，再无死生转凡尘。
好个善心张氏妇，与夫分别十年春。
虽然不到山中去，家中修道不出门。
早晚常把真经念，灵光也为脱凡尘。
卷中再把谁人说，再说灵隐两个僧。

王文坐化而去，如如对杀猪、牵猴的两个徒弟曰："你们两人是晓得他家的住居么，你与他相伴十年，今王文死了，应到他家报信。"二人奉如如之命，说与张氏知道。大娘正在佛堂看经，说王大哥已经归天。张氏曰："果有此事。"即到房中，香汤沐浴，改换衣衫，告与王安："我大娘要同大相公上天去了。"忽然坐化归西。王安将言语告知二僧。二僧回来，告禀师父："大娘死了。"如如大笑问道："他家王安可见么？"二徒曰："师父为何问他？"如如曰："此人心善，好转世与你为同胞兄弟，故此叫你二人去报信，会他一会，下世兄弟和睦。今王文夫妻，我也超度，吾在凡间久留，今化一道清风。"毫光万丈，祥云霭霭，众见虚空一个白虎，乘骑而去，又遗文一首，你们听我道来：

我本西方极乐仙，为度众生到此间。
只为凡人不信佛，化作和尚度众缘。
王文夫妻都收到，功程圆满往西天。
今朝与你来分别，我返故乡上莲船。
说罢合掌来拜揖，一道青烟化作莲。
笙箫管笛来迎接，乘骑白虎上西天。
如如已到西方去，留下宝卷是真言。
为人若不信善果，枉在阳间头顶天。
如如宝卷已宣完，再将通本宣完全。
善男信女听我说，急急回头早修炼。
世间万般皆前定，枉非忙忙白了头。
孝顺儿女空好看，夫妻恩爱忽然休。
天大家财无你分，死去双手空拳头。

灵前祭扫了人事，何曾一滴到咽喉。
死后超度空费力，生前念佛是真修。
奉劝现前诸大众，要学王文十年修。
王文不是别一个，五百年前化主修。
修成福慧非一日，还他享福受风流。
只因王文贪心重，忘了前世不肯修。
杀生害命多多少，刻薄成家苦上头。
如如傍眼来观看，要去劝他出家修。
别了真悟下山去，立时起身到华州。
真悟再三劝不住，如如一心劝他修。
来到华州大贤县，王文修成万古留。
世间不信修行事，留下宝卷劝人头。
此卷非是凡人造，千年留下普度周。

大众念佛一堂。

　　　　大清光绪元年越郡剡比孙与德公室喻氏重刊愿祈
　　　　国泰民安版存杭州钱塘门外昭废寺印造
　　　　　　如如宝卷终

主要参考文献

濮文起. 民间宝卷 [M]. 合肥：黄山书社，2005.
马西沙. 中华珍本宝卷 [M]. 北京：社会科学文献出版社，2012.
张希舜. 宝卷初集 [M]. 太原：山西人民出版社，1994.
车锡伦. 中国宝卷研究 [M]. 桂林：广西师范大学出版社，2009.
车锡伦. 中国宝卷总目 [M]. 北京：北京燕山出版社，2000.
慈怡. 佛光大辞典 [M]. 台北：佛光文化事业有限公司，1988.
丁福保. 佛学大辞典 [M]. 上海：上海书店出版社，1991.
罗竹风. 汉语大词典 [M]. 上海：汉语大词典出版社，1989.
徐中舒. 汉语大字典 [M]. 武汉：湖北辞书出版社；成都：四川辞书出版社，1986—1990.
许少峰. 近代汉语大词典 [M]. 北京：中华书局，2008.
许宝华，宫田一郎. 汉语方言大词典 [M]. 北京：中华书局，1999.
顾之川. 明代汉语词汇研究 [M]. 开封：河南大学出版社，2000.
黄宜凤. 明代笔记小说俗语词研究 [M]. 成都：巴蜀书社，2013.
杨琳. 训诂方法新探 [M]. 北京：商务印书馆，2011.
杨琳. 古典文献及其利用（第三版）[M]. 北京：北京大学出版社，2014.
向达. 唐代长安与西域文明 [M]. 石家庄：河北教育出版社，2007.
蒋绍愚. 古汉语词汇纲要 [M]. 北京：商务印书馆，2005.
蒋绍愚. 近代汉语研究概况 [M]. 北京：北京大学出版社，1994.
白维国. 白话小说语言词典 [M]. 北京：商务印书馆，2011.

方步和. 河西宝卷真本校注研究［M］. 兰州：兰州大学出版社，1992.

陆澹安. 小说词语汇释［M］. 上海：上海古籍出版社，1964.

欧阳予倩. 明代宝卷研究［D］. 南京：南京大学，2014.